STEIDL

taschenbuch 88

Halldór Laxness wurde am 23. April 1902 in Reykjavik geboren. 1955 wurde er mit dem Nobelpreis für Literatur ausgezeichnet. Laxness starb 1998 in der Nähe von Reykjavik. Seine Romane und Erzählungen erscheinen in deutscher Sprache in der von Hubert Seelow betreuten Werkausgabe des Steidl Verlags.

Halldór Laxness

Das wiedergefundene Paradies

Roman

Aus dem Isländischen von Bruno Kress

Mit einem Nachwort von Hubert Seelow

Steidl

Titel der isländischen Originalausgabe:
»Paradísarheimt«, 1960

Bitte bestellen Sie unser kostenloses Gesamtverzeichnis:
Steidl Verlag, Düstere Straße 4, D-37073 Göttingen

02 03 04 05 06 7 6 5 4 3 2 1

Umschlaggestaltung: Klaus Detjen
unter Verwendung eines Fotos von Gerhard Steidl
Satz, Druck, Bindung:
Steidl, Düstere Straße 4, D-37073 Göttingen
Printed in Germany
ISBN 3-88243-470-8

Inhalt

1. Roß der Lüfte und des Wassers

In der ersten Zeit Christian Wilhelmssons, der als drittletzter ausländischer König dieses Land regierte, wirtschaftete auf dem Hof Hlidar in der Gemeinde Steinahlidar ein Bauer namens Steinar. So hatte ihn sein Vater nach dem Gestein taufen lassen, das in dem Frühjahr, als er zur Welt kam, vom Berg herabstürzte. Steinar war verheiratet und hatte zu Beginn unserer Erzählung einen Sohn und eine Tochter im Kindesalter. Den Hof Hlidar hatte er geerbt.

Zu jener Zeit, in der die Geschichte beginnt, standen die Isländer in dem Ruf, das ärmste Volk Europas zu sein. Den gleichen Ruf hatten auch ihre Väter, Großväter und Ahnen bis in die Vorzeit hinab; sie selber aber glaubten, daß vor vielen Jahrhunderten hier in Island ein goldenes Zeitalter geherrscht hätte: Damals waren die Isländer keine Bauern und Fischer wie heute, sondern Helden und Skalden von königlichem Geblüt, die Waffen, Gold und Schiffe besaßen. Wie andere Knaben in Island lernte auch der Sohn des Bauern von Hlidar früh, ein Wikinger und königlicher Gefolgsmann zu sein. Aus Brettern schnitzte er sich Äxte und Schwerter.

Das Gehöft Hlidar war so gebaut, wie es seit undenklichen Zeiten bei mittelgroßen Höfen üblich war: eine Leutestube ohne Zimmerdecke, ein Flur und eine kleine gedielte und verschalte Gästestube mit einem Bett. Einige andere giebelförmige Bretterwände sahen in der üblichen Reihenfolge zum Hofplatz, ganz wie es damals bei Bauerngehöften Brauch war: Gerätehaus, Trockenschuppen, Kuhstall, Pferdestall, Schafbockstall; schließlich eine kleine Werkstatt. Hinter den Gebäuden ragten im Herbst die Heuschober auf, waren aber im Frühjahr verschwunden. Solche von außen mit Gras bewachsenen Gehöfte standen zu jener Zeit an tausend Stellen in Island unten an den Berghängen. Das Gehöft, bei dem wir jetzt eine Zeitlang verweilen werden, zeichnete sich durch den

Umstand aus, daß der Bauer durch kunstvolle Pflege wettmachte, was ihm an äußerer Pracht mangelte. Nicht einen Tag lang wurde ein Schaden an den Gebäuden, ein Fehler an den Gerätschaften oder irgendwelcher Verfall in und außer dem Hause geduldet, vielmehr sprang man hinzu und besserte aus; ein so achtsamer Mann war dieser Bauer Tag und Nacht. Er hatte großes handwerkliches Geschick gleichermaßen für Holz wie für Eisen. Es war schon lange Brauch, jungen künftigen Bauern die Wiesen- und Hausmauern in Hlidar an den Steinahlidar zu zeigen und sie ihnen zur Nachahmung zu empfehlen. Diese Steinmauern waren so sorgfältig geschichtet, daß sie die größten Kunstwerke jener Gegend darstellten. An den Steinahlidar erheben sich Gehöfte auf Wiesengründen unterhalb von Felsen, die vor zwanzigtausend Jahren Meeresküste waren. In den Felsschrunden bildete sich Erdreich, und dort siedelte sich Vegetation an, die das Gestein mürbe macht und es zerbröckelt; in den Regenstürmen im Frühjahr und Herbst wird dann Erde aus den Gesteinsspalten gespült, und Felsbrocken stürzen auf die Ländereien. Dieses Gestein verdirbt auf einigen Anwesen jedes Jahr die Haus- und Wildwiesen, zerstört mitunter die Häuser. Der Bauer von Hlidar hatte im Frühjahr alle Hände voll zu tun, Steine von seiner Hauswiese und seinen Wildwiesen aufzusammeln, und das um so mehr, als er gewissenhafter war als die meisten anderen. Er mußte sich bei dieser Arbeit oft niederbeugen und sich mit einem schweren Stein im Arm wieder aufrichten; doch Lohn gab es dabei nicht, es sei denn die Freude, die man empfindet, wenn man sieht, wie ein Schadstein sich genau in eine Mauer fügt.

Man sagt, daß Steinar von Hlidar einen Schimmel besessen habe, den man für besser hielt als andere Pferde dort im Osten. Dieses Pferd war ein Wundertier, wie es auf jedem Gehöft eins geben muß. Es bestand kaum ein Zweifel daran, daß es ein übernatürliches Pferd war, und zwar schon von seiner Fohlenzeit an, als man es plötzlich an der Seite einer grauen, ziemlich alten Stute laufen sah, die lange mit anderen Pferden in den Bergen gewesen war. Um diese Zeit weidete sie draußen auf den Ufern des Haffs, nachdem man sie in der Mittwinterzeit im Stall gehalten hatte; keiner wußte, daß sie trächtig wäre.

Sollte hierzulande jemals eine unbefleckte Empfängnis stattgefunden haben, dann in diesem Fall. Es geschah in Schneeböen neun Tage vor Sommeranfang; Schneefälle zu dieser Zeit heißen Rabenschauer. Keine Blume; kein Sauerampfer an der Hauswand, geschweige denn ein Regenpfeifer; kaum daß man einen Eissturmvogel sich herüberschwingen sah, der nachschauen wollte, ob die Berge noch dastünden – und plötzlich war ein neues Geschöpf geboren, noch ehe der Frühling selbst geboren war. Dieses kleine Pferd lief so leichtfüßig neben der alten Grana, daß keine Rede davon sein konnte, daß es die Füße aufsetzte. Und dennoch, diese kleinen Hufe standen nicht nach hinten, und das deutete darauf hin, daß das Fohlen wenigstens kein Neck von seiten beider Eltern war. Aber da die Stute keinerlei Anzeichen von Trächtigkeit gezeigt hatte, wovon sollte da dieses Elfengeschöpf leben? Man ging zur alten Grana, brachte sie nach Hause und fütterte sie mit gutem Heu; und das junge Wasserpferd bekam Butter, die allein dazu taugte, die nicht vorhandene Stutenmilch zu ersetzen. Und während der ganzen Zeit, in der Heu und frisches Gras knapp sind, wurde dem jungen Neck weiter der Klumpen aus dem Butterfaß gegeben.

Als dieses Pferd größer wurde, entwickelte es sich schön und bekam einen geschwungenen Hals mit langer Mähne; es war hinten schmal und doch lendenschön, etwas hochbeinig; es hatte prächtige Hufe, seine Augen funkelten, es sah scharf und fand den Weg, es trabte gut und weich, galoppierte am besten von allen Pferden. Es bekam den Namen Krapi nach dem Schneewetter, das in diesem Frühjahr geherrscht hatte; und danach wurden die Jahre nach dem Geburtsjahr Krapis gezählt: im Frühjahr, als Krapi einen Winter, zwei Winter, drei Winter alt wurde und so weiter. An den Felswänden haben sich an manchen Stellen Schluchten mit Talstrecken am oberen Ende gebildet. Manchmal gingen dort viele Pferde von den Höfen an den Hlidar in einer Herde; man nannte die Stelle »oben an den Rändern«; ein andermal waren sie auf den Flußufern oder den Wiesengründen am Meer. Infolge der bevorzugten Behandlung, die Krapi durch die Leute von Hlidar zuteil wurde, hatte es die Gewohnheit, allein oben vom Berg oder draußen von den Wiesengründen angetrabt zu kommen; es blieb erst zu Hause auf dem Hofplatz stehen, rieb sich am Türpfosten und wieherte ins Haus hinein. Es brauchte dann kaum lange auf einen Klacks Butter zu warten, wenn welche da war. Manch einer liebte es, seine Wange an die Nüstern des Pferdes zu legen, die weicher als jede Mädchenwange waren; doch Krapi machte sich nichts aus langen Liebkosungen. Wenn das Pferd bekommen hatte, was es wollte, trabte es den Hofweg hinaus, ging dann in Galopp über, als ob es scheute, und hielt nicht eher an, als bis es seine Herde wiedergefunden hatte.

In jener Zeit waren auf Island die Sommer lang. Des Morgens und des Abends waren die Hauswiesen so grün, daß sie rot waren, und am Tage war die Ferne so blau, daß sie grün war. In diesem sonderbaren Spektrum, das allerdings niemand bemerkte oder um das sich niemand kümmerte, war Hlidar an den Steinahlidar weiterhin eines jener Gehöfte im Südland, auf denen sich nichts Bemerkenswertes ereignete, nur daß der Eissturmvogel noch immer vor der Bergwand flatterte, wie einst, als der Urgroßvater hier Bauer war. Auf den Vorsprüngen und in den Schrunden des Gesteins wuchsen Fetthenne und Wurmfarn, Engelwurz, Blasenfarn und Mondraute. Die Steine rollten wie sonst herab, als ob der herzlose Bergriese Tränen vergoß. Wenn es das Glück will, kann auf einem Gehöft in einem Menschenalter ein gutes Pferd geboren werden; auf manchen nicht in tausend Jahren. Draußen vom Meer, über Sandwüsten und Wiesenmoore, tausend Jahre – dasselbe Brausen. Der Austernfischer kommt am Ende der Heuernte, wenn er ausgebrütet hat, in roten Strümpfen und mit einem schwarzen Seidenumhang über dem weißen Hemd, stolziert vornehm auf der geräumten Wiese, flötet, fliegt weg. Alle diese Jahrhunderte hindurch fühlte sich der Hund Snati groß und erhaben, wenn er des Morgens an der Seite des Hirten hinter den Melkschafen herging und die Zunge heraushängen ließ. An stillen Sommertagen dringt der Schall vom Dengeln der Sensen von den nächsten Gehöften herüber. Es bedeutete Regen, wenn sich die Kühe auf der Weide hingelegt hatten, besonders wenn sie alle auf der gleichen Seite lagen; war hingegen eine Trokkenperiode zu erwarten, dann brüllten sie bei Sonnenuntergang elfmal hintereinander. Immer dieselbe Geschichte.

Als Krapi drei Winter alt geworden war, legte der Bauer Steinar dem Pferd eine Leine um den Hals, damit man es leichter einfangen konnte, und ließ es mit den Arbeitspferden auf den Weiden beim Gehöft gehen. In diesem Sommer gewöhnte es sich an den Zaum und lernte, neben einem zweiten Pferd beim Ritt zu laufen. Im nächsten Frühjahr ging der Bauer daran, es an Sattelzeug zu gewöhnen und es zuzureiten. Er sprengte mit dem jungen Pferd über die Wiesengründe in die helle Nacht hinaus. Und wenn nach Mitternacht der Hufschlag näher kam, dann war es ungewiß, ob alle im Haus gleich fest schliefen. Es konnte vorkommen, daß ein kleines Mädchen im Unterrock herauskam, mit frischer Milch in einem Eimer. Auch ein junger Wikinger in kurzem Hemdchen war da, der nie ohne seine Streitaxt unter dem Kopfkissen schlief.

»Gibt es ein besseres Pferd in der ganzen Gemeinde?« fragte er.

»Es dürfte nicht leicht zu finden sein, mein Lieber«, sagte sein Vater.

»Ob es nicht doch ganz bestimmt von einem Neck abstammt?« fragte das junge Mädchen.

»Ich glaube, alle Pferde sind halbe Elfenwesen«, sagte ihr Vater, »besonders gute Pferde.«

»Kann es dann am Himmel galoppieren wie das Pferd in der Erzählung?« fragte der Wikinger.

»Daran ist nicht zu zweifeln«, sagte Steinar von Hlidar, »wenn Gott überhaupt reitet. Tja, ich glaube es.«

»Ob jemals wieder ein solches Pferd hier in der Gemeinde geboren wird?« sagte das Mädchen.

»Das weiß ich so genau nicht«, sagte ihr Vater, »doch wird es vielleicht noch eine Weile dauern. Auch das durfte auf sich warten lassen, daß in der Gemeinde ein kleines Mädchen geboren wird, das ein so helles Licht im Hause ist wie mein Töchterchen.«

2. Große Herren begehren das Pferd

Jetzt begab es sich unter großem nationalem Erwachen, daß das bewohnte Island das tausendjährige Jubiläum seines Ursprungs feierte, und aus diesem Grunde sollte im kommenden Sommer auf Thingvellir an der Öxara ein Fest stattfinden. Dazu erging die Bekanntmachung, daß zu dem Fest König Christian Wilhelmsson aus Dänemark zu erwarten sei; zu seinem Anliegen bei der Feier würde es gehören, den Isländern offiziell die Selbstverwaltung zu gewähren, auf die sie allerdings schon lange Anspruch erhoben hatten, die ihnen aber stets von den Dänen verweigert worden war; doch von dem Tage an, an dem Christian landete, sollten wir eine selbstverwaltete Kolonie des Königs von Dänemark mit einer Verfassung sein. Diese Nachrichten wurden in jedem Bauernhaus des Landes freudig aufgenommen, da sie Vorboten noch besserer Ereignisse zu sein schienen.

Hier nehmen wir den Faden unserer Geschichte wieder auf. Eines Tages im Frühsommer, kurz vor der Heuernte, stieß der Hund in Hlidar an den Steinahlidar ein wütendes Gebell aus. Snati sträubte furchterregend sein Fell wegen des Pferdegetrappels, das vom Weg her zu hören war, und sprang auf das Hausdach, was er immer tat, wenn ihm etwas dringlich schien; er bellte wie einst der Höllenhund. Kurz darauf ritten mit Pferden wohlversehene Gäste auf den Hof Hlidar an den Steinahlidar; der öffentliche Weg führte nach dem Brauch dieser Gegenden über den Hofplatz. Auf dem Lande war es immer ein Ereignis und beschleunigte den Herzschlag der Leute, wenn Snati auf das Dach sprang; es war ein Zeichen dafür, daß keine Bettler unterwegs waren.

Zu einem Erzähler gehört es, seine Helden bekannt zu machen, ehe sie auf dem Schauplatz erscheinen. Zwei bessere Herren ritten mit mehr als genug Pferden und Pferdeknechten auf den Hof. Bezirksvorsteher Benediktsen war der Anführer; doch gehört es nicht zu dieser Geschichte, seine Geschäfte aufzuführen; Behörden haben auf dem Land allerlei zu tun. Dieser Bezirksvorsteher war kaum länger als zwei Winter im Amt, er war ein junger Mann und direkt nach dem Examen hierhergekommen. Die Bevölkerung hielt ihn für einen Dichter, und bei besseren Leuten der Gegend, die mit der Mode mitgehen wollten, stand er im Ruf eines Idealisten. Bis zu dieser Zeit hatte es in Island keine Idealisten gegeben, und alte Leute kannten das Wort nicht, sie waren der Meinung, dieser Bezirksvorsteher sei nicht vom Schlage früherer Bezirksvorsteher, sondern ein unsicherer Kantonist. Der andere Gast, Kommissionär Björn von Leirur, hatte klein angefangen und frühzeitig Begabung und Fähigkeiten, die er anderen vorauszuhaben glaubte, dafür eingesetzt, nicht hinter Kühen herlaufen oder Fische fangen zu müssen. Er ging jung nach Bakki in die Kaufmannslehre und verbrachte in seiner Jugend mit seiner Herrschaft einige Jahre in Dänemark; er kehrte zurück, wurde Bezirkssekretär bei dem alten Bezirksvorsteher in Hof und bekam von ihm verödete Gehöfte draußen am Meer, die Häuslereien Baeli, Hnuta, Svad und noch andere mit ähnlich geringschätzigen Namen. Er legte sie zu einem Anwesen zusammen und baute ein großartiges Gehöft, machte dann eine Geldheirat und hielt viel Gesinde. Damals war er schon lange nicht mehr Sekretär beim Bezirksvorsteher. Hingegen hatte er viele Aufträge von Bezirksvorstehern übernommen und bereiste jetzt im Auftrage von Schotten das Land, um für sie Pferde und Schafe gegen Gold aufzukaufen. Björn von Leirur führte oft Gold in festen Ledertaschen mit sich, die an den Tragsätteln befestigt waren. Er kaufte an den Küsten des Südlands gestrandete Schiffe, einmal auf Auktionen, ein andermal durch Verträge mit den Behörden, und gelangte so zu Reichtum, den die Bauern bestaunten. Er war stets zur Stelle, wenn Leute ihren Grundbesitz verkaufen mußten, weil es ihnen an Geld fehlte oder sie einen großen Verlust erlitten hatten oder ihnen sonst ein Unglück zugestoßen war. Er hatte jetzt an vielen Stellen, nah und fern, sogar in entlegenen Landesteilen, Höfe aufgekauft. Wohin er kam, wählte er die besten Pferde aus und bezahlte in Gold, was verlangt wurde. Er war ein unermüdlicher Reisender, kühn angesichts von Gefahren, und da er zuverlässigere Pferde als die meisten anderen besaß, war er um so entschlossener, große Ströme auf schwimmenden Pferden zu überqueren, gleich ob bei Tage oder bei Nacht. Doch obwohl Björn von Leirur jetzt alt zu werden begann, gelang es ihm nie, innerhalb der Gemeinde das

Vertrauen zu gewinnen, das notwendig war, um das Mandat der Bauern zu erhalten; seine Beliebtheit war um so größer und sein Ruhm um so herrlicher, je weiter er sich von seiner heimatlichen Umgebung entfernte. Björn von Leirur bemühte sich um die Freundschaft des Bezirksvorstehers Benediktsen, seit der in diesen Landstrich gekommen war, schenkte ihm Pferde, Kühe und Höfe und war ihm ergeben. Es geschah nicht selten, daß Björn denselben Weg wie der Bezirksvorsteher hatte, wenn dieser in Amtsgeschäften durch die Gemeinden ritt. Dabei führten sie oft übermütige Gespräche mit Bauern und Gesinde und lachten laut; doch hatten sie fast nie größere Mengen Schnaps bei sich, dafür um so mehr mit Kognak angefeuchteten Schnupftabak.

Steinar von Hlidar baute an seinen Wiesenmauern, während die Hauswiese mähreif wurde; er brachte einen um den anderen Stein in die richtige Lage, wie es ihm seine Augen zu verlangen schienen. Nach der Sitte guter Hausherren ging er seinen Gästen entgegen und begrüßte den Bezirksvorsteher ehrerbietig. Björn von Leirur hingegen begrüßte er nach Bauernbrauch mit einem Kuß.

»Ja, zum Teufel, du bist ein tüchtiger Kerl«, sagte Björn von Leirur und klopfte dem Hlidarbauern auf die Schulter »immer dabei, die Steine zurechtzulegen. Immer alles noch schöner aussehen lassen. Immer dabei, sich zu vergnügen.«

Der Bezirksvorsteher betrachtete die schnurgerade Kante der Mauer und sagte lobend: »Ja, Mann, was würden Sie nicht alles aus Stein hervorbringen, wenn Sie in Rom zu Hause wären wie der alte Thorvaldsen.«

»Oh, ich wäre undankbar gegen Gott, wenn ich die Mühe scheute, den richtigen Stein für den richtigen Spalt zu finden. Doch das ist nicht so leicht getan, mein liebes Himmelslicht. Vielleicht gibt es nur einen Spalt in der ganzen Mauer, wo dieser hier hineinpaßt. Eins ist sicher, ich habe niemals die beneidet, die vielleicht bessere Vergnügungen kennen als ich. Die schönsten Teile dieser Mauern baute jedoch nicht ich, sondern mein Urgroßvater selig, der hier nach den großen Vulkanausbrüchen im vorigen Jahrhundert, als alle Mauern einstürzten, alles wieder neu errichtete. Wir in diesem Jahrhundert haben weder das Auge noch das Geschick, Mauern zu schichten wie die Alten; außerdem arbeitet die Zeit für sie und läßt das Gestein in der Mauer sich mit Gottes Hilfe setzen, nur daß ab und zu einmal von den Nachfahren ein Handschlag hinzukommt. Bis es wieder Vulkanausbrüche gibt.«

»Ich habe sagen hören, daß du nie ja oder nein sagst, Hlidarbauer«, sagte der Bezirksvorsteher. »Bei passender Gelegenheit möchte ich ausprobieren, ob das stimmt.«

Der Bauer kicherte leise und gab Antwort: »Das habe ich nun eigentlich nicht bemerkt, mein Lieber«, sagte er und folgte der Sitte echter Steinahlidarleute, mit einem großen Herrn wie mit einem Bruder oder eher noch wie mit einem Gemeindearmen zu sprechen, nicht so sehr, weil man ihn wegen seiner Vorzüge schätzte, sondern weil man in ihm eine göttliche Persönlichkeit sah. »Als ob es in dieser Welt nicht egal ist, ob du ja oder nein sagst, hehehe, und kommt jetzt bitte zum Haus, Freunde, seht hinein und trinkt einen Schluck Wasser.«

»Erzähl mir etwas vom deinem grauen Fohlen, das der Bezirksvorsteher und ich uns auf dem Wiesengrund angesehen haben. Ein schönes Tier; woher stammt es?«

»Das beste wäre, die Kinder danach zu fragen«, sagte der Bauer. »Sie glauben, daß es aus dem Haff gestiegen ist. Oft scheint mir, daß die lieben Kinder im Vergleich zu uns Erwachsenen viel mehr vom Dasein haben. In der Tat ist es in gewisser Hinsicht ihr Pferd.«

Der Bezirksvorsteher war nicht aus dem Sattel gestiegen, doch Björn von Leirur führte sein Pferd am Zügel, als er mit dem Bauern den Hofweg entlangging. Die Kinder standen schon draußen auf dem Hofpflaster. Björn von Leirur küßte sie und schenkte jedem nach guter Leute Brauch eine Silbermünze. »Hier sehe ich ein Mädchen, das ich zur Frau haben will, wenn es groß ist, und einen Jungen, den ich zum Verwalter haben möchte«, sagte er, »doch was wollte ich denn eigentlich sagen, lieber Steinar? Ja, zum Teufel, du bist ein tüchtiger Kerl, daß du dieses hübsche Fohlen besitzt. Mann Gottes, was willst du mit einem solchen Pferd? Willst du es mir nicht verkaufen?«

»Als ob ich mich auf so etwas einlasse, solange die Kinder es für ein Wasserpferd halten. Ich denke, wir sollten damit warten, bis es ein gewöhnliches Pferd geworden ist wie schließlich die meisten Pferde und die Kinder nicht mehr klein sind.«

»Das ist recht von Ihnen«, sagte der Bezirksvorsteher. »Nie das Märchen seiner Kinder verkaufen. Ich denke, Björn von Leirur hat genug, um sich damit zu amüsieren; soviel ich weiß, hat er seit Weihnachten zwei große Schiffbrüche gehabt. Außer all den besseren Bäuerinnen und Bauerntöchtern in den westlichen Bezirken.«

»Unser neuer Bezirksvorsteher hat manchmal eine etwas komische Redeweise«, sagte Björn von Leirur. »Man sagt, er könne dichten.«

»Bauer«, sagte der Bezirksvorsteher, »wenn Sie dieses Pferd ablassen, dann verkaufen Sie es mir; mir fehlt im nächsten Sommer gerade so ein Pferd, wenn ich nach Süden reite, um den König zu empfangen.«

»Ich habe noch keinen Beamten gekannt, der nicht aus einem Klassepferd in einem Jahr eine Schindmähre gemacht hätte«, sagte Björn von Leirur. »Doch das sollst du wissen, mein lieber Steinar, der du mich gut kennst: wenn ich einmal ein gutes Pferd erworben habe, dann mache ich daraus ein noch besseres Pferd.«

Der Bezirksvorsteher steckte sich, im Sattel sitzend, eine Pfeife an und sagte dabei: »Ja, du verkaufst sie für Goldgeld nach England, wo sie geblendet und in die Kohlenbergwerke gebracht werden. Das Pferd kann sich glücklich preisen, das hier in Island zur Schindmähre wird, statt dir in die Hände zu fallen.«

»Schämt euch was, Kinder«, sagte Steinar von Hlidar.

»Veranschlage, was du willst«, sagte Björn von Leirur. »Wenn du Bauholz brauchst, dann bitte! Kupfer und Eisen habe ich mehr als genug, und Silber wie Mist. Komm her und guck hier hinein, was du da siehst!«

Er nahm eine große lederne Börse aus seinem Mantel. Der Bauer Steinar ging zu ihm hin und sah nach.

»Was würden wohl meine Kinder sagen, wenn ich wirklich unser Elfenpferd für Gold verkaufte?« sagte der Bauer.

»Recht so!« sagte der Bezirksvorsteher. »Gib nicht nach!«

»Wenn du kein Gold willst, dann gebe ich dir eine frühkalbende Kuh«, sagte Björn von Leirur. »Zwei, wenn du willst.«

»Ich habe keine Zeit mehr für diese verdammte Trödelei«, sagte der Bezirksvorsteher.

»Es ist nun einmal so, mein Lieber: wenn die Welt in den Augen unserer Kinder nicht mehr voller Wunder ist, dann ist nicht mehr viel übrig«, sagte Steinar. »Ob wir nicht noch ein bißchen warten?«

»Reit mit dem Grauen nach Leirur, wenn du in guter Stimmung bist, wir wollen ihn uns beide ansehen und weiter miteinander sprechen. Es war schon immer mein Lebensinhalt, gute Pferde zu betrachten«, sagte Björn.

»Reit nie mit dem Grauen nach Leirur«, sagte der Bezirksvorsteher, »auch nicht, wenn er dir eine Kuh bietet. Du kommst am Abend mit ein paar Schusternadeln zurück.«

»Ach, halt den Mund, Bezirksvorsteher! Mein lieber Steinar von Hlidar kennt mich gut genug, um zu wissen, daß ich bei niemandem zweimal nach einem Pferd nachfrage. Und wir küssen uns trotzdem, ob du mir ein Pferd verkaufst oder nicht.«

Dann ritten die Gäste vom Hof.

3. Beginn der Romantik in Island

Das Volksleben in Island war noch nicht so romantisch geworden, daß Leute vom Lande an Feiertagen im Sommer Reittouren ähnlich den Waldausflügen in Dänemark unternommen hätten, wie es später der Fall war. In jener Zeit hielt man es auf dem Lande noch für unangebracht, sich mit irgendeiner Sache nur deswegen abzugeben, weil sie amüsant war. Vor mehr als hundert Jahren hatte der Dänenkönig Vergnügungen in Island mit einer Verordnung abgeschafft. Der Tanz sei des Teufels, hieß es, und war damals seit vielen Generationen auf dem Lande nicht mehr geübt worden. Man hielt es nicht für anständig, daß unverheiratete junge Leute einander zu nahe kämen, außer höchstens, um uneheliche Kinder zu kriegen. Das ganze Leben sollte nützlich und gottgefällig sein. Dennoch hatte das Jahr seine Feste.

Eines der großen Feste des Jahres war die Pferchzeit mit der Lammabsetzung, wenn man die Lämmer entwöhnte und von den Mutterschafen trennte. Es fiel auf die Zeit um die Johannismesse, wenn die Sonne auch des Nachts scheint. Gott wohlgefällige Dauerläufe hinter Schafen her wurden Tag und

Nacht veranstaltet, und die Luft erzitterte von schrillem Geblök, denn Schafe blöken sich in den Schlaf. Die Zunge hing den Hunden Tag und Nacht aus der Schnauze, und viele konnten nicht mehr bellen. Nachdem die Lämmer einige Nächte lang von den Mutterschafen getrennt gehalten worden waren, wurden sie schließlich in die Berge getrieben. Das nannte man auf die Lämmerberge gehen. Es war für alle eine festliche Prozession, nur nicht für die Lämmer.

Es wurde die ganze Nacht getrieben, die längste Zeit am Fluß hinauf, von Stufe zu Stufe, bis sich das Hochland auftat, unbekannte Berge mit unbekannten Seen dazwischen, und in ihnen spiegelte sich ein unbekannter Himmel. Das war die Welt der Wildgänse, und mit ihnen sollten sich die Lämmer den Sommer über in die Leckerbissen der Einöden teilen. Hier konnte man den Hauch der Gletscher verspüren, so daß Snati niesen mußte.

Die Bewohner einiger Höfe an den Hlidar verabredeten sich für den Lämmerauftrieb. An diesem Ritt durften manchmal auch Frauen teilnehmen; treue Mägde hatten sich seit dem vorigen Jahr auf diese Herrlichkeit gefreut, denn das Einerlei der Männer war nichts im Vergleich zu dem der Frauen; schließlich ein paar junge Leute und halbwüchsige Kinder. Zur Stelle war auch der Bursche mit dem strohblonden Haar aus Drangar, der eine Saison lang unten in Thorlakshöfn zum Fischfang gewesen war und auf dem Heimweg vom Fischfangplatz nach der Saison in Hlidar an den Steinahlidar hereingeschaut hatte. Er wohnte ein paar Gehöfte weiter nach Osten, wo sich einige Felsen aus dem Gestein herausgelöst hatten. Es war das Konfirmationsjahr der kleinen Steina. Und um die Tatsache, daß sie ein großes Mädchen geworden war, feierlich zu begehen, hatte ihr Vater sie ohne viel Worte auf das Reitpferd Krapi gesetzt; das war vorher nie geschehen. Er war sich dessen sicher, daß das Pferd nicht mit ihr davonlaufen würde, da das Tempo von bekümmerten Lämmern bestimmt wurde.

Die Liebe – was wir heute darunter verstehen – war damals noch nicht nach Island importiert worden. Die Menschen paarten sich ohne Romantik nach einem unausgesprochenen Naturgesetz und gemäß dem deutschen Pietismus des Dänenkönigs. Das Wort Liebe war allerdings in der Sprache bewahrt, ein Überbleibsel aus grauer Vorzeit, als die Wörter etwas ganz anderes bedeuteten, vielleicht in bezug auf Rosse gebraucht wurden. Dennoch setzte die Natur das ihre durch, wie weiter oben gesagt, denn wenn sich einem jungen Mann und einem jungen Mädchen keine Gelegenheit bot, sich heimlich anzublicken, sei es während der langen deutschen Predigten über den Pietismus oder auf den Schafsammelplätzen, wo das Gejammer lauter ist als sonstwo auf der Welt, dann blieb es nicht aus, daß sie sich im Sommer beim Heubinden zufällig berührten. Und obwohl nur der Monolog der Seele allein erlaubt war, und der Volksdichter sich in einem Gedicht selbst nicht näher kommen durfte als durch die Behauptung, er spotte des Schicksals, wird dennoch angenommen, daß die Leute alles an der rechten Stelle gehabt haben, damals wie heute. Mit einem unauffälligen Zeichensystem und täuschender Redeweise war es möglich, in ganzen Gegenden natürliches Menschenleben aufrechtzuerhalten. Die Tochter des Bauern von Hlidar sah während des ganzen Lämmerauftriebs diesen Burschen nicht an, sondern blickte immerfort in die entgegengesetzte Richtung. Sie saß auf dem Grauen so sicher, als ob sie nie ein anderes Pferd geritten hätte.

Als sie so weit auf das Hochland gekommen waren, daß Snati zu niesen begann, lag da ein großer Binnensee gegen die aufgehende Sonne, und ein geheimnisvoller kühler Hauch atmete ihnen entgegen. Der Bursche ritt plötzlich an ihre Seite und sagte:

»Wurdest du nicht im Frühjahr eingesegnet?«

»Ich war ein halbes Jahr über das Alter hinaus. Ich hätte voriges Jahr angenommen werden sollen, doch dann wäre ich ein bißchen zu jung gewesen.«

»Als ich auf dem Weg vom Fischfang bei euch vorbeikam und dich sah, traute ich meinen Augen nicht.«

»Ach, ich bin jetzt sicher ein schrecklich großes und häßliches Trampel. Das einzig Gute ist, daß ich im Innern noch klein bin.«

»Ich habe auch noch Zeit, klüger zu werden, obwohl ich viel gelernt habe, als ich auf See war«, sagte er.

»Ich glaube noch an vieles, was vielleicht nicht wahr ist«, sagte sie, »und verstehe das andere nicht.«

»Hör mal«, sagte er, »du solltest mir erlauben, schnell einmal auf dem Grauen zu reiten – wir sind hier hinter einem Hügel, wo Steinar von Hlidar, dein Papa, nichts sehen kann.«

»Pfui, was muß ich hören! Als ob ich nichts anderes zu tun hätte, als dir hier auf der Hochfläche das Pferd zu überlassen, wo Seen sind. Wo es doch ein Wasserpferd ist!«

»Ein Neck?« fragte er.

»Weißt du das nicht?« sagte sie.

»Soweit ich sehe, stehen seine Hufe nicht nach hinten.«

»Ich habe auch immer gesagt, daß es nur von einer Elternseite her ein Neck ist«, sagte das Mädchen. »Paß auf, ich glaube, es wird nach uns gerufen.«

»Ich rede später mit dir; bald. Ich komme dich besuchen«, sagte er.

»Ach, tu das nicht, um Gottes willen, ich bekäme Angst. Und dann kennst du mich überhaupt nicht. Und ich kenne dich auch gar nicht.«

»Ich meinte nicht, daß ich gleich komme«, sagte er. »Nicht heute und nicht morgen. Und auch nicht übermorgen. Vielleicht, wenn du siebzehn Jahre alt bist. Dann bin ich schon lange mündig. Ich hoffe, daß ihr dem Björn von Leirur dieses Pferd noch nicht überlassen habt, wenn ich komme.«

»Ich müßte mich so schämen, daß ich mich in einer Truhe verstecken würde« – und damit wendete sie das Pferd von dem Burschen ab, so daß sie ihn nicht anzusehen brauchte, auch dauerte es keinen Augenblick, bis ihre Väter sie eingeholt hatten.

»Wir müssen aufpassen, daß die letzten der Herde nicht zurückbleiben, meine Lieben«, sagte ihr Vater.

Der andere Bauer sagte: »Ich sollte mich sehr irren, wenn ihnen nicht etwas Gutes in den Sinn gekommen ist.«

4. Das Pferd und das Schicksal

Lämmerauftrieb zur Sommersonnenwende, dazu ein Pferd vom Geschlecht der Wassergeister und eine Brise vom Gletscher – wer in seiner Jugend eine solche Reise gemacht hat, dem wird sie später immer wieder im Traum erscheinen, auch wenn es ein langes Leben wird; zuletzt mit der wortlosen Leere verlorener Hoffnung und nahen Todes. Sie ritt Krapi nur dieses eine Mal. Warum nicht alle Zeit nach diesem Tag?

»Voriges Jahr, Steinar, sprach ich mit Ihnen darüber, ob Sie mir den Grauen, gleich gegen welche Bedingung, ablassen würden, jetzt, diesen Sommer, wenn ich nach Süden reite, um den König zu sehen. Es hat schon was für sich, wenn man an einem solchen Tage wohlberitten nach Thingvellir kommt, nicht nur gegenüber den anderen Bezirken, sondern auch gegenüber den Dänen selbst.«

Steinar von Hlidar kicherte seiner Gewohnheit gemäß.

»Oft habe ich die Pferde des Bezirksvorstehers bewundert«, sagte er. »Das sind zuverlässige Tiere und geeignet für Flüsse, das ist Arbeit und kein Pfusch. Über den König will ich nichts sagen, doch es würde mir Spaß machen, den Bezirksvorsteher hierzulande zu sehen, der besser beritten wäre.«

»Ja oder nein?« sagte der Bezirksvorsteher. Er hatte es eilig, wie Beamte überhaupt, und hatte keine Zeit, sich Ausflüchte anzuhören.

»Hm«, sagte Steinar von Hlidar und schluckte seinen Speichel hinunter. »Dazu ist erst einmal zu sagen, Freund, daß das Pferd, von dem du sprichst, ein im höchsten Grade unerprobtes Tier ist und nicht einmal ganz gezähmt. Es ist nun mal so, daß es das Märchenpferd der Kinder geworden ist; und wenn überhaupt, dann ist es soviel wert, wie es in ihren Augen wert ist, solange sie jung und klein sind.«

»Es ist lebensgefährlich, Kinder auf ungezähmte Pferde zu setzen«, sagte der Bezirksvorsteher. »Man muß sie auf alten Kleppern festbinden.«

»Bisher habe ich sie allerdings wenig auf ihm reiten lassen«, sagte der Bauer, »doch wenn das zu sagen gestattet ist – ich weise stets auf Krapi hin, wenn ich ihnen Geschichten von erhabenen Pferden erzähle, etwa vom Pferd Grani, auf dem Sigurd der Drachentöter ritt, als er auszog, um mit Fafnir zu kämpfen; oder von dem Pferd Faxi des seligen Hrafnkell Freysgodi, jenem Pferd, in das der Gott Freyr mit dem Spruch einging, daß, wer es auch ritte, außer dem Goden selbst, dafür das Leben einbüßen sollte; und dann vergesse ich auch nicht den Sleipnir, der achtfüßig die Milchstraße entlanggaloppierte, so daß die

Sterne herabstürzen; oder aber ich erzähle ihnen, daß das Pferd der Neck sein könnte und hier aus dem Haff gestiegen ist.«

Der Bezirksvorsteher steckte sich eine Pfeife an.

»Es hat keinen Sinn, mir mit Geschichten aus dem Altertum zu kommen«, sagte er. »Ich kann meine Geschichten selber machen, Freund. Ihr Bauernkerle beachtet nicht, daß Sigurd der Drachentöter mitsamt dem Drachen und dem ganzen Pumpwerk längst in der Hölle gelandet ist. Doch Björn von Leirur kann euch abluchsen, was er will, sogar die Seele, wenn eine da wäre und er sie haben wollte.«

»Oh, ich hätte nun gerade nicht daran gedacht, meinen guten Björn von Leirur mehr als ein angemessenes Stück auf unserem Krapi reiten zu lassen, obwohl ich meinerseits Björn alles Gute gönne«, sagte Steinar von Hlidar.

»Der Tag könnte kommen, Freund, an dem dieses Pferd für wenig weggeht und an dem du bereust, es mir verweigert zu haben«, sagte der Bezirksvorsteher und stieg in den Sattel.

Der Bauer Steinar von Hlidar lachte wieder mit seiner dünnen Stimme, wie er da auf der Steinplatte vor der Tür stand. »Das weiß ich wohl, daß es manchem nie gepaßt hat, wenn ein armer Mann ein schönes Pferd besaß; ich begreife auch, daß ihr deshalb gehörig euren Spaß mit mir treibt, ihr großen Herren. Damit muß man sich dann abfinden, Freund. Es ist sicher wahr, daß man vielleicht nur noch kurze Zeit zu warten braucht, bis dieses Pferd anderen Pferden nichts mehr voraus hat; und vielleicht ist dieser Tag schon da, obwohl ich es nicht wahrhaben will.«

Wiederum erwies es sich: Je mehr man in Steinar von Hlidar bohrte, um so gutmütiger wurde das Gekicher dieses Bauern. Und das Ja, das ihm sowieso von allen Wörtern am fernsten lag, entfernte sich nur noch mehr, bis es in die Unendlichkeit entschwunden war, wo das Nein wohnt.

Doch Steinar von Hlidar konnte sich auch einen Spaß erlauben wie die Großen. Es fehlte nicht an Leuten, die hämisch grinsten, als sich herumsprach, er hätte es sowohl dem Bezirksvorsteher wie Björn von Leirur abgeschlagen, ihnen ein Pferd für den Ritt nach Thingvellir zu verkaufen, doch verlauten lassen, er wolle gegen Ende der Heuernte selbst hinreiten und den König begrüßen.

Nun war schon längst festgelegt, welche besseren Leute aus der Gegend im Gefolge des Bezirksvorstehers nach Süden reiten sollten; überflüssig zu bemerken, daß Steinar von Hlidar nicht zu ihnen gehörte. Doch machte es ihm offensichtlich nichts aus, allein zu reiten.

Es war nicht zu bestreiten, etwas war an diesem Pferd, das von anderen Pferden abstach und sie in den Schatten stellte: etwas in der Gangart, in der Haltung, im Blick und in allen Reaktionen, was jedenfalls darauf hindeutete, daß es nicht ganz stimmte, wenn man behauptete, das Pferd sei stehengeblieben, seit es das Geweih verloren habe; seine Entwicklung wäre gänzlich abgeschlossen, obwohl es den vollkommensten Fuß der Welt ausgebildet habe, mit nur einer Zehe in einem angewachsenen Schuh. Zumindest überragte dieses Pferd, wie der Papst auf seine Art, nicht nur andere Pferde, sondern auch seine ganze Umgebung, Wiesen, Seen, Berge ...

Es stand außer Zweifel, daß Steinar von Hlidar mit diesem Pferd zum König reiten wollte, oder wie er sich aus gewohnter Bescheidenheit gegenüber seinen Nachbarn ausdrückte: »Mein Krapi will nach Thingvellir, um mit dem Hlidarbauern im Sattel den König zu begrüßen.« In der Gemeinde fehlte es jedoch nicht an Spaßvögeln, die diesen Satz umdrehten und sagten, der Schimmel von Hlidar wolle auf seinem Besitzer nach Thingvellir reiten, um den König zu sehen.

Obwohl Krapi zu Hause auf dem Hofplatz brav wie ein Kind war und sich am Rand der Hauswiese in Hlidar mit der Leine um den Hals wohl fühlte, war es ein ganz anderes Pferd, wenn es auf die Weide sollte. Zu Hause benahm es sich wie ein vorbildlicher Gefangener, der jegliche Belohnung verdient hat, sogar die, daß man ihn schnellstens freigibt. Im Freien tat es, was es wollte. Wenn es mit anderen Pferden auf den nahe gelegenen Grasflächen an den Sandblößen weidete und man es holen wollte, so schwebte es wie ein Windhauch seinen Verfolgern davon; und je mehr sie sich ihm zu nähern versuchten, um so weiter entfernte es sich; und je schneller sie sich heranmachten, um so mehr glich es dem Wind und flog über Geröll und Morast, Wasserläufe und Erdlöcher wie über ebene Wiesengründe; und wenn ihm die Sache über wurde, nahm es Kurs auf den Berg. So war es auch an jenem Tag, als Steinar von Hlidar mit dem Zaum hinter dem Rücken auf die Wiese ging und das Pferd mit List in seine Gewalt bringen wollte, am Tage vor seiner Abreise. Das Pferd lief fort und drehte den erhobenen Hals hin und her, als ob es scheu geworden wäre, lief dann auf abenteuerlichen Pfaden den steilen Hang hinauf und war über den Bergesrand verschwunden. Das bedeutete, daß jetzt der Bauer mit seinen Leuten den Berg nach Pferden absuchen und sie hinabtreiben mußte, bis das Pferd in einem Sammelpferch gefangen werden konnte. Als die Leute von Hlidar das Pferd bis über den Bergesrand verfolgt hatten, sahen sie, wie es allein ganz oben auf einer Anhöhe stand und sich gegen den Himmel abhob; es sah zu den Gletschern hinüber und wieherte laut.

»Wiehere nur gut und lange die Gletscher an, mein Lieber«, rief da der Bauer Steinar dem Pferd zu, »denn es kann sein, daß du jetzt für eine Weile eine andere Aussicht bekommst.«

Die Staubwolken vom Ritt der noblen Herren und großen Leute hatten sich auf allen Reitpfaden an den Steinahlidar gelegt, das Pferdegetrappel hatte sich weiter im Süden mit dem anderer nobler Herren und königlicher Beamter vereinigt. Beamte sollten den König empfangen, wenn sein Schiff im Hafen von Reykjavik einlief, Bezirksvorsteher und Althingsabgeordnete waren von Amts wegen erste Gäste bei den bevorstehenden Feiern in der Hauptstadt zu Ehren des Königs. An einem ruhigen Spätsommerabend, an dem nur die eine oder die andere Seeschwalbe am Wege schlief und ein Austernfischer auf den Hauswiesen umherstolzierte, inmitten der Stille, die bei den zu Hause Gebliebenen eintritt, wenn die Herren zum Fest geritten sind, sattelte der Bauer von Hlidar an den Steinahlidar sein Pferd und ritt allein fort. Der Hund Snati war eingeschlossen worden. Die Frau stand auf der Steinplatte vor der Tür und wischte sich die Pflichttränen ab, als sie ihren Mann den Hofweg hinausreiten sah; die beiden Kinder standen links und rechts neben ihr und hatten den Kopf des Pferdes umarmt und ihm zum letzten Mal das duftende Maul geküßt. Sie wichen nicht vom Hofplatz, bis endlich ihr Papa an den Geröllhalden vorbei und im Westen hinter dem Berg Hlidaröxl verschwunden war.

5. Heilige Steine mißhandelt

In der Brandschlucht auf Thingvellir, wo man einst Menschen auf den Scheiterhaufen führte, hatte sich an diesem Spätsommerabend am Tage vor der Ankunft des Königs eine kleine Schar von Bauern in der Dämmerung zusammengefunden. Das Gestein unten am Fels ist größtenteils mit Kissenmoos überzogen, und auf einen mannshohen, halbbemoosten Felsbrocken war ein Mann geklettert, um zu seinen Landsleuten über eine wichtige Sache zu sprechen. Eine kleine Gruppe neugieriger Besucher war dorthin gewandert, um zu hören, was es auf dieser Versammlung Neues gäbe. Der Bauer Steinar von Hlidar gehörte zu denen, die sich dazugesellten. Er hatte seine Reitpeitsche in der Hand.

Von weitem hörte es sich für den Bauern ganz so an, als trage dieser Mann etwas aus der Bibel vor, doch fand er es sonderbar, daß an diesem Ort niemand jenes andächtige Gesicht machte, das man sonst bei einem solchen Vortrag zu sehen pflegt. Hingegen trugen dort nicht wenige Leute eine ziemlich geringschätzige Miene zur Schau, und einige hielten mit ihrem Mißfallen über das Gesagte nicht hinter dem Berg. Man fiel dem Redner oft ins Wort, manche riefen ihm Schimpfwörter zu – und nicht immer anständige –, andere schrien und lachten. Doch der Redner blieb die Antwort nicht schuldig und ließ sich nicht aus der Ruhe bringen, obgleich er von Natur nicht sehr wortgewandt war.

Der Mann war anscheinend im gleichen Alter wie der Hlidarbauer; er war grobschlächtig und hochschultrig, doch ziemlich mager, und sein Gesicht war ein wenig abgezehrt, auch wohl blatternarbig und vom Schicksal gezeichnet. Seine Erscheinung zeugte von ungewöhnlicher Erfahrung. In jener Zeit hatten die meisten Isländer unter dem Backenbart volle Wangen, und ihre Lebensnöte waren so natürlich wie der

Kummer der Kinder; selbst alte Männer hatten den Gesichtsausdruck von Kindern. Damals hatten viele Leute in Island eine fahle Gesichtsfarbe; je nach Witterung und Ernährungszustand überzog das Gesicht ein kaltes Blaurot oder eine blauschwarz getönte Röte. Dieser Mann hingegen war leicht graubraun im Gesicht, Gletscherwasser oder aufgewärmtem Kaffee mit Magermilch darin nicht unähnlich. Er hatte dichtes, krauses Haar, und seine Kleider waren ihm zu groß; doch er war kein Schwächling.

Worüber sprach dieser Mann in Thingvellir an der Öxara außerhalb der Tagesordnung der großen nationalen Gedenkfeier, als allen guten Bauern im Lande ob des Anbruchs besserer Zeiten die Brust schwoll?

Steinar von Hlidar fragte, wer dieser Pfarrer sei, und bekam zur Antwort, es sei ein Irrgläubiger.

»Na so etwas«, sagte Steinar von Hlidar. »Es ist nicht ausgeschlossen, daß ich so einen Mann sehen möchte. So viele auch in Hlidar vorbeikommen, die meisten wußten über den Allmächtigen Bescheid. Mit Verlaub, Leute, was ist der Irrglaube dieses Mannes?«

»Er ist aus Amerika hierhergekommen, um die Offenbarung eines neuen Propheten gegen Luther und den Papst zu verkünden«, antwortete der Mann, den Steinar angeredet hatte. »Der Prophet soll Joseph Smith heißen. Sie haben viele Frauen. Aber die Bezirksvorsteher haben die Bücher des Mannes mit der Offenbarung verbrannt. Er ist hierher nach Thingvellir gekommen, um den König aufzusuchen und die Erlaubnis zu erwirken, neue Ketzerbücher herzustellen. Sie tauchen die Leute bei der Taufe unter Wasser.«

Der Bauer Steinar trat näher. Die Versammlung war auf dem Punkt angelangt, wo von einer geordneten Darlegung nicht mehr die Rede sein konnte. Die Verkündigung des Fremden hatte die Leute so aufgebracht, daß der Irrgläubige kaum Gelegenheit bekam, einen Satz zu sagen, ohne daß die Zuhörer aufschrien, um seine Ansichten auf der Stelle zu widerlegen oder genauere Erklärungen zu verlangen. Einige waren bereits so zornig, daß sie kaum mehr genug höhnische Worte für den Irrgläubigen fanden.

»Welche Beweise hat der Kerl, den du nanntest, dafür, daß man unter Wasser tauchen soll?« schrie ein Dazwischenrufer.

»Wurde der Erlöser vielleicht nicht untergetaucht?« sagte der Mann, der die Rede hielt. »Glaubst du, der Erlöser hätte sich untertauchen lassen, wenn der Herr die Kindertaufe annimmt? In der Bibel wird stets untergetaucht. Kindertaufe gibt es nicht in Gottes Wort, no Sir! Es kam niemandem in den Sinn, unvernünftige Kinder mit Wasser zu besprengen, nicht vor dem dritten Jahrhundert zu Anfang des Großen Abfalls, als unaufgeklärte und gottlose Menschen damit anfingen, Kinder zu taufen, die einem Götzen geopfert werden sollten; yes Sir. Sie hielten sich für Christen, doch opferten sie dem Teufel Saturnus. Später griff natürlich der Papst diese Unsitte auf wie den ganzen übrigen Irrglauben; und Luther nach ihm, obwohl er sich rühmte, es besser zu wissen als der Papst.«

Einer fragte: »Kann Joseph Smith Wunder tun?«

Der Redner fragte dagegen: »Wo sind die Wunder Luthers? Und wo sind die Wunder des Papstes? Ich habe nichts davon gehört. Hingegen ist das ganze Leben der Mormonen ein einziges Wunder, seit Joseph Smith zum ersten Mal mit dem Herrn sprach. Wann sprach Luther mit dem Herrn? Wann sprach der Papst mit dem Herrn?«

»Gott sprach mit dem Apostel Paulus«, sagte ein theologisch Gebildeter.

»Pah, das war ein ziemlich kurzes Gespräch«, sagte der Redner. »Und Gott würdigte den Mann nur dieses eine Mal eines Blickes. Hingegen sprach der Herr mit Joseph Smith nicht einmal und nicht zweimal und nicht dreimal, sondern hundertdreiunddreißigmal, die Hauptoffenbarungen nicht mitgezählt.«

»Die Bibel ist Gottes Wort hier in Island«, sagte der aufrechte Theologe, der vorher gesprochen hatte; doch darauf gab der Redner schnell eine Antwort:

»Glaubst du«, sagte er, »daß Gott sprachlos geworden war, als er die Bibel zu Ende diktiert hatte?«

Ein witziger Zwischenrufer meinte so: »Vielleicht nicht sprachlos, aber wenigstens baff bei dem Gedanken daran, daß Joseph Smith kommen und die Geschichte verhunzen würde.«

»Sprachlos oder baff, darüber will ich mich mit dir nicht streiten, guter Mann. Ich glaube zu verstehen, daß du annimmst, Gott sei allerwegen verstummt; und Gott habe bald zweitausend Jahre lang den Mund nicht aufgetan.«

»Ich glaube zumindest nicht, daß Gott mit einem Narren spricht«, sagte der Mann.

»Nein, das stimmt«, antwortete der Irrgläubige, »er spricht sicher eher mit Chorbauern und Bezirksvorstehern und dann vielleicht mit dem und jenem Pfarrer. Es sei mir gestattet, noch das eine hinzuzufügen, weil ihr nach Wundern gefragt habt: was für ein Wunder habt ihr dem entgegenzusetzen, als Gott Joseph den Weg zu den goldenen Tafeln im Hügel Cumorah zeigte und dann in einer unmittelbaren Offenbarung die Mormonen in das verheißene Land führte, welches ist Gottes Wohnung und das Reich der Heiligen der letzten Tage im Salzseetal?«

»Sieh da«, sagte der Zwischenrufer, »ist jetzt Amerika mit seiner Allerweltssammlung von Verbrechern und Landstreichern zum Reich Gottes geworden?«

Jetzt mußte der Mormone seinen Speichel ein- oder zweimal herunterschlucken.

»Ich gebe zu«, sagte er schließlich, »es kann manchmal passieren, daß einem hier in Island die Zunge am Gaumen klebenbleibt und daß ungebildete Leute wie ich sich alle Mühe geben müssen, sie loszubekommen. Das eine möchte ich euch jedoch sagen, weil ich weiß, daß ich aus voller Überzeugung spreche: Alles, was der Erlöser und die Heiligen des Papstes wollten und nicht konnten, und wenn auch alle eure Könige im Luthertum hinterdreinklapperten, das vollbrachten Joseph Smith und sein Jünger Brigham Young, als sie gemäß dem ausdrücklichen Gebot und Befehl Gottes uns Mormonen in die Gottesstadt Zion führten, die auf die Erde herabgekommen war; und über jenem Land scheint das Licht der Herrlichkeit; dort ist Gottes Freudental und das Tausendjährige Reich auf Erden. Und weil dieses Tal hinter den Gebirgen, Steppen, Wüsten und Strömen Amerikas liegt und weil zweitens Amerika die goldenen Tafeln des Herrn bewahrte, die Joseph fand, ist dieses Land schon genug gepriesen, wenn nur sein Name genannt wird.«

»Und von allen Schwindlern und Vagabunden in Amerika ist Joseph der Tafelkönig der schlimmste gewesen«, rief einer von achtzehn.

»Wo ist euer verheißenes Land?«

»Im Himmel.«

»Aha, konnte ich mir denken. Ist das nicht schrecklich weit oben im Luftmeer?«

Ein anderer sagte: »Es wäre ganz schön, diese goldenen Tafeln zu Gesicht zu bekommen. Du hast wohl nicht zufällig eine Scherbe davon mit? Ja, und wenn du auch nur ungefähre Tafeln über den Boden in Zion hättest!«

»Im Salzseetal ist es gang und gäbe, daß ein Bauer zehntausend Mutterschafe und dazu noch anderes Vieh besitzt«, sagte der Mormone. »Wie sieht es in deinem Tausendjährigen Reich aus?«

Es war offensichtlich, daß sich das überhebliche Wesen der Männer bei der Schilderung der Viehzucht im verheißenen Land etwas legte.

»Unser Erlöser ist unser Erlöser, gelobt sei Gott!« bekannte ein gottesfürchtiger Mann, wie um sich gegen diesen großen Schafbesitz zu wappnen.

»Ja, ist Joseph vielleicht nicht Joseph?« sagte der Mormone. »Das möchte ich doch annehmen, auch wenn ich nicht studiert habe. Joseph ist Joseph. Gelobt sei Gott!«

»Das Neue Testament legt Zeugnis ab für uns«, rief der mit dem Predigerton. »Wer an Christus glaubt, glaubt nicht an Joseph.«

»Jetzt hast du gelogen!« sagte der Mormone. »Wer an Christus glaubt, der kann an Joseph glauben. Nur wer an das Neue Testament glaubt, kann an die goldenen Tafeln glauben. Und wer das Neue Testament ein Schwindelbuch nennt, zurechtgemacht von Vagabunden, und fragt: Wo ist die Urschrift?, der kann auch nicht an Joseph glauben. Solch ein Mensch wird dir sagen, daß er das Neue Testament mit den Tafeln des Joseph auf eine Stufe stellt. Solch ein Mensch sagt: Wie die Bekannten des Erlösers das Neue Testament zusammenlogen, so logen Josephs Bekannte die goldenen Tafeln zusammen. Solch ein Mensch will dir beweisen, daß der Erlöser und Joseph beide unredliche Männer waren. Liebe Brüder, die

Leute, die so sprechen, wie ich es jetzt geschildert habe – mit denen sprechen wir Mormonen nicht. Mit ihnen haben wir nichts gemein.«

»Ich glaube so viel verstanden zu haben, Freund«, sagte ein wohlhabender Bauer, »daß du uns eben erzählt hast, wieviel Schafe dir gehören. Hast du zehntausend gesagt, wie? Willst du uns jetzt nicht sagen, wieviel Frauen du hast?«

»Wieviel Frauen hatten sie in der Bibel? Zum Beispiel Männer wie Salomon, der doch mindestens ein ebenso großer Chorbauer war wie du!« sagte der Mormone. »Und erlaubte vielleicht Luther nicht dem Landgrafen von Hessen, mehr als eine Frau zu haben? Und wozu wurde der Papismus in England abgeschafft? Nur damit König Heinrich viele Frauen haben konnte.«

»Aber wir hier sind Isländer«, sagte eine Stimme aus der Schar.

»Ja, die Isländer haben schon immer Vielweiberei getrieben«, sagte der Mormone.

Das verschlug verschiedenen guten Leuten den Atem.

Einige schrien: »Das lügst du!« Andere forderten den Mormonen auf, seine Behauptung zu beweisen.

»Nun ja, sie taten es wenigstens, als ich noch hier war«, sagte der Mormone. »Nur in der Weise, daß es einem Mann freistand, viele Frauen zu Huren zu machen, statt sie durch den Ehekontrakt in den Ehrenstand zu erheben, wie wir Mormonen es tun. Die Mormonen lassen nicht vor ihren Augen hoffnungsvolle Mädchen in Elend und Schande verkommen, wenn diese die Tölpel nicht ehelichen wollen, die sich ihnen gerade bieten. Viele tüchtige Mädchen sind hingegen bereit, gemeinsam einen guten Mann zu haben, statt sich mit irgendeinem Jammerlappen zu begnügen: Wir im Salzseetal wollen keine Frauen zu Huren, alten Jungfern, entehrten Müttern und Witwen werden lassen, die dann in die Fänge schlechter Männer geraten. Damals, als ich in Island aufwuchs, waren die Gemeinden voll von solchen Frauen. Für Kinder wurden Vaterschaften und für Frauen wurden Heiraten festgelegt, je nachdem, wessen Ansehen in diesem oder jenem Fall gerettet werden mußte. Ich bin selbst in Vielweiberei gezeugt und geboren. Man hielt mich für den Sohn eines Pfarrers. Bei den

Beamten, die lange Inspektionsreisen zu machen hatten, war es Brauch, daß sie bei Frauen lagen, wie sie wollten, verheirateten und unverheirateten. Meine Mutter verschlug es auf die Westmännerinseln, und dort ging sie an der Verachtung anderer zugrunde; ich wurde aufs Festland gebracht und in ihrer Heimatgemeinde aufgezogen. Ein Ziehkind, meistens ein uneheliches Kind, das war in Island nicht gerade eine angesehene Person. Mir wurden immer nur am ersten Sommertag die Kleider gewechselt und die Haare geschnitten. Da wurde der Sack genommen, auf dem der Hund den Winter über im Eingang gelegen hatte; er wurde an der Hausecke ausgeklopft, eine Halsöffnung wurde ausgeschnitten und ich hineingesteckt. In Island hat es stets Vielweiberei gegeben, und so wird sie in der Tat ohne Rücksicht auf Frauen und Kinder getrieben. Und dennoch war es zu meiner Zeit nicht einmal so schlimm wie einst, als die Nebenfrauen der Polygamisten wegen Kindeszeugung hier auf Thingvellir in einem Pfuhl ertränkt wurden. Bei uns im Salzseetal hingegen ...«

An dieser Stelle konnte man hören, daß für ehrbare Bauern in der Schar das Maß übervoll war. Einige sagten, sie wären nicht aus fernen Gegenden nach Thingvellir geritten, um Zeuge zu sein, wie durch unanständiges Gewäsch über Standespersonen und angesehene Bauern heilige Steine mißhandelt und die Stätte beschmutzt würde. Von mehreren Seiten erschollen Rufe, jetzt sei es genug. Brave Leute traten näher heran und wollten den Sprecher vom Felsen stoßen. Er sah diese Männer über seine Brille hinweg an und verstummte mitten in der Rede, legte im Nu sein Rednergehabe ab und fragte in ruhigem Ton, wie wenn man auf einen alltäglichen Gegenstand zu sprechen kommt: »Habt ihr vor, Hand an mich zu legen?«

»Wenn du diese heiligen Stätten noch einmal mit einem Wort aus deinem schamlosen und gottlosen Maul beleidigst, dann wirst du es büßen«, antwortete ein nobler Herr in Schaftstiefeln und trat dicht an den Felsen heran, auf dem der Mormone stand.

»Ich höre auf«, sagte der Mormone. »Ich schweige, wenn man mich schlagen will. Gott siegt, auch wenn Mormonen sich nicht prügeln. Gott befohlen, ich gehe.«

Sie sagten: »Pfui, schäme dich, Gottes Namen in den Mund zu nehmen.«

Der Mormone kletterte etwas unbeholfen vom Felsen. Zwei oder drei brave Bauern packten zu, jedoch nicht, um ihm herunterzuhelfen, sondern um ihn in die Zange zu nehmen. Sie hielten ihn dem Haufen hin, so daß jeder, der wollte, vortreten und ihn schlagen konnte. Ein besserer Herr in Stiefeln kam und gab ihm einen Tritt. Ein anderer guter Mann kam und schlug ihm rechts und links ins Gesicht.

Da stand nun ein Mann von nicht besonders großartigem Aussehen, fast ein wenig verlegen, mit einer Reitpeitsche in der Hand.

»Gut, daß wir hier eine Reitpeitsche haben«, sagte ein dikker, goldbetreßter Mann mit Spitzbart. »Du Kauz da, leih den Leuten die Peitsche.«

»Zum Glück hat die Peitsche hier ein bißchen Menschenverstand, hahaha, so lange jedenfalls, wie ich sie in der Hand halte«, antwortete der Bauer Steinar von Hlidar und lachte im Falsett.

Ob es nun deshalb war, daß sie die Peitsche Steinars von Hlidar nicht geliehen bekamen, jedenfalls hörten sie auf, den Mormonen zu verprügeln. Sie ließen ihn los und sagten, er solle zur Hölle gehen. Er schlich sich nach Süden zum See hinunter davon, ein wenig breitbeinig, etwas gebeugt. Manche riefen ihm gemäß isländischer Sitte und landesüblichem Brauch etwas nach; die einen schrien: Amerika, die anderen Salt Lake City, noch andere riefen zotige Schimpfwörter; doch er sah sich weder um, noch beschleunigte er seinen Schritt. Nach kurzer Zeit legte sich die Erregung der Leute, und sie gingen auseinander. Dann waren die meisten aus der Brandschlucht verschwunden, nur der Hlidarbauer saß noch mit seiner Reitpeitsche auf einem Stein.

Dieser Bauer gehörte zur Schar der unvorhergesehenen Gäste auf Thingvellir; er vertrat keine besondere Person, kaum sich selbst, nicht einmal sein Pferd; höchstens seine Reitpeitsche. Deshalb war auch für ihn nirgends Vorsorge getroffen worden, es gab für ihn kein bestimmtes Nachtquartier auf der großen nationalen Feier außer dem Moos, das heilige Steine überzog, und keine Bewirtung außer der Brise, welche die Schutzgeister des Landes ausatmeten. Nachdem er schon früher am Abend sein Pferd der Pferdewache übergeben hatte, war er mit seiner Reitpeitsche allein geblieben. Da er keine andere Bleibe hatte, begann er sich jetzt in der Brandschlucht nach einer Stelle umzusehen, wo das Kissenmoos so dick war, daß man das scharfe Gestein nicht spürte.

Und während er sich darüber Gedanken machte und jene Leute, die sich über den Mormonen entrüstet hatten, verschwunden waren, kehrte der Redner unversehens wieder in die Schlucht zurück. Solange in der Schlucht die Erregung der Gemüter anhielt, war er an der Felswand nur so weit nach Westen gegangen, bis er aus dem Blickfeld war. Er schaute sich in der spätsommerlichen Dämmerung um, als ob er etwas verloren hätte. Obwohl er an Steinar von Hlidar vorbeiging, hielt er es nicht für nötig, ihn zu grüßen

»Guten Abend, lieber Mann«, sagte Steinar von Hlidar.

»Bist du mir mit dieser Peitsche entgegengekommen?« fragte der Mormone.

»Bisher habe ich mir wenig daraus gemacht, Leute mit der Peitsche zu schlagen«, sagte der Bauer. »Ich suche mir gerade eine Stelle, wo ich mich hinlegen kann.«

»Hast du vielleicht meinen Hut gesehen?« fragte der Mormone.

»Nein, das nicht«, sagte der Bauer, »soviel ich sehen konnte, hieltest du die Rede mit bloßem Kopf.«

»Ich habe ihn vorher hier in ein Loch zwischen den Steinen gesteckt«, sagte der Mormone. »Ich verstecke meinen Hut immer, ehe ich eine Rede halte. Du weißt nie, was sie mit deinem Hut machen.«

Der Bauer Steinar von Hlidar bot bei der Suche nach dem Hut bereitwillig seine Hilfe an. Sie suchten lange Zeit in dem moosbewachsenen Geröll unten an den Felsen. Es war schon ziemlich schummrig geworden. Schließlich fielen die Blicke des Bauern Steinar auf etwas Unförmiges, das zwischen den Steinen wuchtete. Es war der Hut. Er war in durchsichtiges Papier eingewickelt.

»Ist das da vielleicht dein Hut?« sagte der Bauer.

»Sei gepriesen, daß du ihn gefunden hast«, sagte der Mormone. »Ich denke, du bist ein Glückskind. Dieser Hut und

Wäsche zum Wechseln, das ist alles, was ich besitze, seitdem sie mir die Bücher weggenommen haben. Wenn ich ihn verliere, so besagt das, daß ich nicht für meinen Hut tauge.«

»Und du hast ihn in Pergamentpapier eingewickelt?« sagte der Bauer.

»Ja, in so etwas packen sie in Amerika die Hüte ein, wenn es gute Hüte sind. Damit sie nicht naß werden, wenn es regnet. Pergamentpapier stößt Wasser ab. Der Hut ist immer wie neu.«

»Ja, Freund«, sagte der Bauer. »Dennoch scheint es mir das Merkwürdigste von allem zu sein, daß in deinem Erdteil jenes gute Land liegen soll, wie du gesagt hast.«

»Ja, ihr hier in Island könnt mich dafür schlagen und mir Tritte geben, so viel ihr wollt«, sagte der Mormone, »mein Land ist gut.«

»Du hast wohl allerhand durchgemacht«, sagte der Bauer.

»Ach, das hier war doch nicht viel«, sagte der Mormone, »man hat mich selten so wenig geschlagen. Ich habe dreimal eine große Tracht Prügel bekommen, viele Male ein blaues Auge, und ein Zahn ist locker. Ich bin durch ganze Bezirke gewandert, wo mir nichts zu essen und zu trinken angeboten wurde, geschweige denn ein Lager unter einem Dach; das waren Anordnungen von Bezirksvorstehern und Pfarrern.«

Der Bauer Steinar von Hlidar pflegte niemanden zu verurteilen, doch jetzt konnte er sich nicht enthalten, eine alte Redensart in den Mund zu nehmen, die gewöhnlich gebraucht wird, wenn kleine Leute sich gegenüber Höherstehenden zu sehr aufspielen: »Ja, wisch mir den Hintern, Herr Richter!«

»Doch was ist das schon im Vergleich dazu, daß sie mir meine armen Bücher weggenommen haben! In Amerika legte ich hundert Tagesmärsche zurück, den größten Teil zu Fuß, aus dem Salzseetal ostwärts nach Dakota, bis ich endlich die einzige Druckerei auf der westlichen Halbkugel fand, welche die Buchstaben þ und ð hatte und meine Bücher setzen konnte. Dort gibt es, wenn man gut sucht, an einem Flußufer hinter den Wäldern ein paar Gemeindearme aus Island wie mich. Als meine Bücher dort in Dakota fertiggedruckt waren, machte ich mich mit ihnen auf den Weg hierher nach Island. Und jetzt sind keine mehr übrig.«

»Mit Verlaub«, sagte der Bauer, »was haben denn diese lieben Dummerjane mit den Büchern gemacht?«

»Die Frage ist schnell beantwortet«, sagte der Mormone. »Sie schickten sie nach Dänemark. Das Gehirn der Isländer ist immer in Kopenhagen gewesen. Sie sagten mir, daß die dänischen Amtsstellen entscheiden müßten. Also bin ich hierher nach Thingvellir gekommen, um den König abzupassen. Ich habe gehört, daß er ein deutscher Bauersmann ist, und ich habe viele solche im Salzseetal gekannt; das Gehirn der Dänen liegt in Deutschland. Deutsche wiederum sehen nicht auf Isländer herab, und deswegen erhoffe ich mir am ehesten etwas von einem Deutschen. Ich will ihn fragen, weshalb ich nicht Bücher haben darf wie andere hier im Königreich.«

»Das ist vernünftig«, sagte Steinar von Hlidar. »Es soll ein guter König sein.«

6. Das große nationale Jubiläum. Die Isländer ernten Gerechtigkeit

In diesem Buch wird nicht die Geschichte des Festes auf Thingvellir aufgezeichnet, zu dem man sich versammelte, um der tausendjährigen Besiedlung des Landes zu gedenken und den Dänenkönig willkommen zu heißen. Über diese Ereignisse wurden ausführliche Berichte und im Laufe der Zeit auch ausgezeichnete Bücher geschrieben. Doch gibt es einige nach Ansicht mancher Leute nicht gänzlich bedeutungslose Dinge, die in diesen hervorragenden Darstellungen keinen Platz gefunden haben. Hier wird jetzt von einem solchen Ereignis berichtet, über das man nur in unbedeutenderen Büchern nachlesen kann; es ist gleichwohl ebenso wahr.

Zunächst muß ein Punkt behandelt werden, der heutzutage bei vielen in Vergessenheit zu geraten pflegt. Es gab nämlich eine Zeit, als die Isländer, obwohl sie ärmer als die meisten Bewohner der nördlichen Halbkugel waren, ganz allgemein ihre Geschlechter auf Könige zurückführten. Auch haben sie viele Könige in Büchern am Leben erhalten, um deren Andenken sich andere Völker wenig gekümmert haben und die sonst im Diesseits und Jenseits in Vergessenheit geraten wären. Die meisten Leute in Island leiteten ihre Geschlechter von den Königen ab, die in den alten Sagas erwähnt werden. Einige leiteten sie ausschließlich von Heerkönigen oder Seekönigen ab, andere von alten Gaukönigen in den Tälern Norwegens oder sonstwo in den nordischen Ländern, oder von Anführern jener Söldnerscharen aus den nordischen Ländern, die dem Kaiser von Konstantinopel dienten; einige jedoch von solchen Königen, die wirklich gekrönt worden waren. Ein Bauer, der sein Geschlecht nicht bis zu Harald Haarschön oder dessen Namensvetter Harald Kampfzahn zurückführen konnte, galt in seiner Gemeinde nicht viel. Alle Stammbäume der Isländer kann man bis zu den Ynglingen und Skjöldungen zurückverfolgen, falls es auf der Welt noch jemanden gibt, dem diese Leute bekannt sind. Viele spielten damit, Sigurd den Drachentöter, König Gautrek von Gautland und Gönguhrolf zu ihren Ahnen zu zählen; und wer über noch umfassendere Gelehrsamkeit verfügte, konstruierte eine Verwandtschaft mit Karl dem Großen und Friedrich Barbarossa oder kämpfte sich durch bis zu Agamemnon, welcher der größte unter den Griechen war und Troja eroberte. Bei gelehrten Ausländern galten die Isländer als die besten Genealogen Westeuropas, nachdem die Adelsregister nach der Französischen Revolution zu blauem Dunst erklärt worden waren.

Viele waren zur Thingstätte geritten, um zu sehen, wie die Männer beschaffen wären, denen mittelalterliche Autoren in ihren Büchern Leben gegeben haben. Es waren nicht wenige dort, die Verwandtschaft zu größeren Fürsten als Christian Wilhelmsson für sich in Anspruch nehmen konnten. Und obwohl die Bauern die Würde, welche die Dänen diesem Ausländer mit dem Königstitel verliehen hatten, gehörig schätzten, war es doch fraglich, ob dieser König je in seinem Leben einer Schar von Leuten begegnet war, die ihn hinsichtlich der Abstammung für so weit unter sich stehend ansahen, wie es die rachitischen Gestalten in ihren verbeulten Rindshautschuhen taten, die hier von einem Bein aufs andere traten. In Island hat man nie vergessen, daß dieser Sproß des niederen deutschen Adels, der als angenommenes Kind in Dänemark aufgezogen wurde, sein Geschlecht nur mit Hilfe isländischer Genealogien auf den Dänenkönig Gorm den Alten zurückführen konnte, von dem manche behaupten, er habe nie existiert. Doch andere Dinge machen klar, was für ein Mann Christian Wilhelmsson gewesen ist, so daß die Isländer ihn trotz seiner niederen Herkunft höher schätzten als die meisten Dänenkönige. Daraus kann man ersehen, daß, wenn es darauf ankommt, selbst im Lande fanatischer Genealogen die Menschen geneigt sind, einige Dinge höher zu bewerten als das blaue Blut, das vor tausend Jahren in manchen Adern floß. Im Wesen Christian Wilhelmssons gab es, obwohl er niederer Abkunft war, einen Zug, der ihm die Verehrung und sogar die Bewunderung der Isländer eintrug, und das war seine Tüchtigkeit als Reiter. Nach isländischer Auffassung sollen Könige gut zu Pferde sein, wie ja auch jeder, der ein gutes Pferd reitet, in Island mehr gilt als andere Leute. Schimmel waren in Island von jeher eine Zierde des Landes, und die Bauern stritten sich darum, dem König solche auserlesenen Pferde zur Verfügung zu stellen, als er durch das Land ritt. Zu jener Zeit sogen die meisten Isländer aus hölzernen Flaschen oder Hörnern Tabak durch die Nase; dieser Tabak heißt auf plattdeutsch Snuß; und sie rechnen es jedem hoch an, wenn er von ihnen Schnupftabak annimmt. Es heißt, daß Christian Wilhelmsson gern schnupfte.

Es kann nicht bestritten werden, daß die Isländer es begrüßten, vom Dänenkönig eine Verfassung zu bekommen, doch nur in Maßen. Sie vergaßen ganz und gar, dem König auf dem Fest für die Verfassung zu danken. Es war nur ein einziger Mann anwesend, der Schwung genug besaß, dem König im Namen der Isländer für dieses Geschenk zu danken, obwohl man ihn dazu nicht aufgefordert hatte und er kein Mandat besaß; das war der dänische Baron, der diese Verfassung für den König entworfen hatte. Vielleicht waren zu viele Isländer der Ansicht, daß man ihnen mit dieser Verfassung nicht einmal das gab, was ihnen von Rechts wegen zustand. Der König seinerseits vergaß, den Isländern für das zu danken, was sie für ihr wertvollstes Geschenk hielten, nämlich ihre Gedichte. Einige Dichter machten acht Gedichte auf den König. Es ist in Deutschland nicht Brauch, Preislieder auf Amtsmänner, Kurfürsten oder gar den Kaiser zu dichten, und Christian Wilhelmsson riß die Augen groß auf und wunderte sich, als einer nach dem anderen hervortrat, um ihm Verse vorzutragen; er hatte noch nie Verse gehört und wußte nicht, was das war.

Man erzählt, daß am Morgen nach dem Fest auf Thingvellir einige Männer auf den Grasflächen Pferde ausprobierten, auf denen der König nach Reykjavik reiten sollte. Viele Bauern waren zugegen, um zu sehen, wie die Pferde sich machten und wie gut sie wären. Unter ihnen war Steinar von Hlidar. Und wie er da so stand, hielt er seinen Schimmel, über den bereits geschrieben wurde und der Krapi hieß, am Zaum. Als er eine Weile zugeschaut hatte, wie die Männer die Pferde galoppieren ließen, und er gesehen hatte, wie sie sich bewährten, führte er seinen Schimmel fort und hielt auf das große Zelt zu, wo der König mit seinem Hof und den isländischen Bezirksvorstehern beim Morgenmahl saß. Der Bauer Steinar grüßte die Wache und wünschte den König zu sprechen. Sie hatten es nicht eilig, dem Ansuchen des Gastes nachzukommen, doch schließlich wurde es einer der Amtspersonen gemeldet, die dem König zur Hand gingen. Dieser fragte, was der Bauer vom König wolle. Der Bauer sagte, er habe ein dringendes Anliegen an den König, er wolle ihm ein Geschenk machen. Nach einer ziemlich langen Weile kam der Herr wieder heraus und sagte, der König nehme keine Geschenke von nichtadligen Einzelpersonen an, doch solle es dem Bauern freistehen, hineinzugehen und den König zu begrüßen, während dieser frühstückte.

Im Zelt saßen viele goldbetreßte vornehme Leute an der Tafel, und einige tranken Bier. Dieses Logis duftete stark nach Zigarren, die bessere Leute unter dickem Qualm zwischen den Zähnen brennen lassen. Es waren sowohl dänische wie isländische Standespersonen anwesend. Man kann sich denken, daß einige schiefe Blicke warfen, als ein dazu nicht befugter Bauersmann eintrat.

Im Zelteingang nahm Steinar von Hlidar seinen alten Hut ab und strich sich das Haar in die Stirn, das fast kein Haar mehr war. Obwohl er keinen Versuch unternahm, sich zu rekken und die Brust herauszudrücken, sondern nach Bauernart mit schweren Schritten ging, ließ seine Haltung in keiner Weise erkennen, daß er sich etwa für geringer hielt als die Leute, die drinnen saßen. Es sah so aus, als sei er nichts mehr gewohnt, als vor Könige zu treten. Doch er war nicht wegen alltäglicher Dinge hier.

Er ging geradewegs dorthin, wo der König saß. Dann verbeugte er sich geziemend vor dem König, jedoch nicht zu tief. Einige berühmte Männer, die in der Nähe saßen, vergaßen, sich den Bissen in den Mund zu stecken. Schweigen herrschte im Zelt. Jetzt, da der Bauer Steinar von Hlidar dem König gegenüberstand, strich er sich noch einmal das Haar in die Stirn. Dann begann er zu reden; und er sprach zum König, wie es in den alten Geschichten einem Bauersmann ansteht.

»Ich bin Steinar Steinsson von Hlidar an den Steinahlidar«, sagte er. »Ich heiße den König willkommen in Island. Nach der Ahnentafel, die Bjarni Gudmundsson in Fuglavik für meinen Großvater zusammengestellt hat, sind wir Verwandte. Von Haus aus bin ich Jüte und stamme von König Harald Kampfzahn ab, der die Schlacht von Bravellir schlug.«

»Ich bitte Eure Majestät um Nachsicht«, sagte da eine höhere Amtsperson auf dänisch, drängte sich vor den Bauern Steinar und verbeugte sich vor dem König. »Ich bin«, sagte er, »der Bezirksvorsteher dieses Bauern, und es geschieht nicht mit meinem Willen, daß er bis zu Ihnen vordringt.«

»Auf jeden Fall werden wir das Anliegen dieses Mannes anhören«, sagte der König. »Dolmetschen Sie bitte.«

Bezirksvorsteher Benediktsen ergriff sogleich das Wort und sagte, dieser Mann habe den König willkommen geheißen mit dem Zusatz, daß er durch seine Ahnenreihe mit dem König verwandt sei. »Ich bitte Eure Majestät zu entschuldigen – unsere Bauern sprechen alle so. Sie können nichts dafür. Die alte Geschichte ist ihr Lebensinhalt.«

König Christian antwortete: »Jetzt bin ich fest davon überzeugt, daß sich wohl die meisten Könige übernehmen würden, wollten sie mit den Bauern hierzulande über Stammbäume diskutieren. Aber hat dieser Ehrenmann noch etwas auf dem Herzen?«

Jetzt fuhr Steinar Steinsson in seiner Rede fort:

»Da ich, mein guter und lieber König, gehört habe, daß wir hinsichtlich Abstammung und Stand vieles gemein haben, denn ich glaube, du bist ein Bauersmann aus Südjütland, möchte ich gern den Dank meiner Gegend dafür abstatten, daß du uns das gebracht hast, was wir selbst besitzen, nämlich die Erlaubnis, hier in Island aufrecht zu gehen. Niemand bekommt von seiner Obrigkeit ein besseres Geschenk als die Erlaubnis, das zu sein, was er ist. Ich für mein Teil möchte mich Ihnen gern für dieses Geschenk erkenntlich zeigen, wenn auch nur mit wenigem. In meinem Geschlecht hat es immer gute Pferde gegeben. Von mir selbst sagt man, daß ich ein nicht unbehendes Pferd besitze, was mein Bezirksvorsteher am besten bezeugen kann, denn er gehört zu den großen Leuten, die das Tier haben wollten und Gold dafür angeboten haben und ihre Freundschaft dazu. Nun, da du uns Gerechtigkeit ins Land gebracht hast, möchte ich Ihnen dafür als bescheidenes Gegengeschenk die Zügel dieses Pferdes in die Hand legen. Das Tier ist jetzt im Gewahrsam der Grafen vor dem Zelteingang. Doch wäre es mir lieb, wenn ich den Zaum bei erster Gelegenheit zurückbekäme.«

Christian Wilhelmsson ließ sich diese Rede erst ins Dänische übersetzen, doch wurde ihm ihr Inhalt nicht klar; er rief seinen Diener herbei, um sich die Worte des Bauern in seine Muttersprache, das Deutsche, übersetzen zu lassen. Die Rede erschien ihm um so bedeutender, je öfter sie ihm verdolmetscht wurde.

»Stehen wir auf, und sehen wir uns das Tier an«, sagte er schließlich.

Sie gingen vor das Zelt, wo ein Mann stand und das Pferd am Zügel hielt, und von allen Seiten strömten Leute herbei, um ein so ausgezeichnetes Reittier zu betrachten. Dem Pferd zitterten ein wenig die Schultern, es hatte es nicht gern, abhängig und vieler Leute Augenweide zu sein. Der König sah sofort, daß es ein schönes Tier war, er trat heran und streichelte es nach Reiterart mit behutsamer, doch sicherer Hand, und das Pferd beruhigte sich. Er wandte sich an einen Baron, der neben ihm stand, und sagte in seiner Muttersprache: »Vielleicht bin ich der Häuptling, dem es gut ansteht, König der Isländer zu sein. Doch möchte ich von diesen Bauern nichts umsonst haben. Erstattet ihm aus meiner Kasse den vollen Wert des Pferdes auf dem Wege über den zuständigen Bezirksvorsteher.«

Dann gab der König dem Bauern Steinar von Hlidar die Hand zum Abschied und sagte, daß er ein solches Geschenk lange in Erinnerung behalten werde. Er sagte, der Bauer solle sich an ihn wenden, wenn ihn etwas bedränge; er werde an ihm, dem König, immer einen Freund haben.

Steinar von Hlidar dankte für die gute Aufnahme und entfernte sich vom König und seinem Pferd und von der großen nationalen Jubiläumsfeier.

7. Kirchgang

Der Bauer Steinar nahm seinen Sattel, warf ihn auf die Schulter und brach auf. Er ging den Waldpfad am See entlang nach Süden, durch jenen Wald, der dort sei Tausenden von Jahren wächst und sich von anderen Wäldern dadurch unterscheidet, daß er nur mannshoch wird oder höchstens so hoch, wie man mit den Händen reichen kann; alles, was darüber ist, erfriert. Das Geäst in diesem Wald krümmt sich nach den Gesetzen des Windes. Dann folgte er den Pfaden, die neben dem Abfluß des Sees von Thingvellir einherlaufen, und nahm Richtung auf die Ebene, wo er auf den Weg in seine Heimat stieß. Er ging den ganzen Tag lang bis tief in die Nacht hinein. Es hatte angefangen zu regnen, und die Erde war naß, doch duftete sie gut. Der lange Sommertag, zwei Monate ohne Nacht, war jetzt vorbei, doch konnte man nicht sagen, daß die Nacht schon dunkel war. Auf dem einen und dem anderen Gehöft bellten Hunde. Er kam auf Wiesengründe, wo Heu in Haufen gesetzt war, legte sich den Sattel unter den Kopf, breitete Heu über sich und aß ein ganz besonders schmackhaftes halbes Fladenbrot, das allerdings zäh wie eine Satteldecke war; damit war sein Proviant aufgezehrt. Ehe er einschlief, sprach er diese Strophe:

»Müde war ich schon und naß,
wollt nicht weiter laufen.
Legt den Sattel in das Gras,
schlief im trocknen Haufen.«

Am nächsten Morgen kam er auf den Vorplatz eines Gehöftes. Der Bauer war schon auf und fragte den Ankömmling, ob er

Mormone wäre. Steinar von Hlidar sagte, daß er keiner wäre. »Leider, möchte ich beinahe sagen«, fügte er hinzu. Er sagte, daß er aus dem Osten sei, von den Steinahlidar.

»Tja, wenn du sagst, du bist keiner, dann bist du keiner«, sagte der Bauer: »Denn das hat man noch nie gehört, daß ein Mormone, auch wenn er nicht gefragt wurde, bestritten hätte, ein Mormone zu sein, auch wenn er wußte, daß man ihn schlagen würde.«

»Die Gefahr besteht, daß sich jeder wegen seines Irrglaubens großtut«, sagte Steinar. »Ich wegen meines, du wegen deines Irrglaubens. Doch was wollte ich sagen – dürfte ich um einen Schluck zu trinken bitten?«

»Mädchen«, rief der Bauer ins Haus. »Gebt dem Mann hier einen Schluck Molken. Und eine Schafsbacke.«

Die Sonne schien jetzt vom heiteren Himmel. Am frühen Nachmittag begann die Luft über der Ebene zu flimmern. Das Meer hob sich zitternd empor. Die Westmännerinseln waren zum Himmel gestiegen.

Der Bauer Steinar von den Steinahlidar hatte fast vergessen, daß es Sonntag war. Scharen von Kirchgängern zu Pferde holten ihn ein. Jemand sagte, er hätte da einen guten Sattel.

»Und ob«, sagte Steinar. »Und sogar eine Reitpeitsche. Doch den Zaum habe ich verloren.«

Sie boten ihm ein Pferd an, doch er wollte lieber zu Fuß gehen. Die Bauern sagten, die Leute von den Steinahlidar wären doch sonst nicht so.

»Ihr habt recht, Freunde«, sagte Steinar, »hier ist ein geringer Mann unterwegs: sogar so gering, daß er dadurch nicht geringer werden kann, daß er kein Pferd hat.«

Der unberittene Bauer Steinar kam später zur Kirche als andere Leute. Als er bei der ihm unbekannten Kirche anlangte, waren alle beim Gottesdienst. Über dem Vorplatz lag jene besondere Atmosphäre der Menschenleere, wie sie kleinen Kirchen sonntags am frühen Nachmittag eigen ist. Pferde standen schlafend im Gehege, und die Hunde saßen am Kirchhofstor oder vor der Kirchenstufe und heulten zu den Westmännerinseln hinüber, weil diese zum Himmel gestiegen waren. Wohin man auch blickte, kein Mensch war zu sehen. Doch aus der Kirche konnte man schönen Gesang hören. Der

Bauer Steinar freute sich, als er sah, daß er noch zum zweiten Segen zurechtkommen würde.

Und als er den Weg vom Gehöft zum Gotteshaus entlangging, sah er drei alte Pferdesteine aus der Hauswiese hervorragen, die nicht mehr benutzt wurden: Entweder war das Gehöft verlegt worden oder die Kirche. Wie er so nach den Steinen blickte, bemerkte er, daß ein großes Bündel am mittleren Stein festgemacht war. Er sah nach, was es wäre, und da war es ein Mensch.

»Nanu«, sagte der Bauer.

Dieser Mann war geknebelt und gefesselt, und der Strick war an den Eisenring des Steins gebunden. Steinar ging näher heran und sah, in welcher Verfassung sich der Mann befand. »Es ist, wie mir scheint, der Mormone«, sagte er. Der Mann war barhäuptig, und sein Haarschopf sträubte sich nach allen Seiten. Bei Tageslicht hatte der Mann eine braune Haut wie ein gegerbtes Fell. Das Gesicht war ein wenig entstellt, weil sie ihn geknebelt hatten. Der Bauer Steinar von Hlidar machte sich sofort daran, dem Mann den Knebel aus dem Mund zu nehmen; es war ein runder, erdiger Stein. Der Mann spuckte mehrere Male aus, als er den Stein los war, er hatte etwas Erde im Mund, auch blutete sein Gaumen ein wenig. Die Männer sagten einander guten Tag.

»Du hast eine ordentliche Tracht Prügel bekommen«, sagte Steinar von Hlidar und fuhr fort, den Mann loszubinden.

»Ach, manchmal ist es schon schlimmer gewesen«, sagte der Mormone und suchte in den Taschen nach seinem Brillenfutteral. »Ich kann von Glück reden, daß sie meine Brille nicht zerbrochen haben.«

»Was ist das bloß für eine Handlungsweise gegenüber einem Fremden«, sagte Steinar von Hlidar. »Und das wollen Christen sein?«

»Bin ich sehr schmutzig?« fragte der Mormone.

Der Bauer Steinar rollte nach der Gewohnheit ordnungsliebender Leute den Strick sorgfältig auf und legte ihn auf den mittleren Stein. Dann klopfte er den Mormonen ein bißchen ab.

»Ich kann dazu nicht viel sagen«, sagte der Bauer. »Es würde mich keineswegs erhöhen, wenn ich andere Leute verurteilte.«

»Wann haben sich die Christen anders benommen als so?« sagte der Mormone. »Gleich nach dem Urchristentum verfielen sie in Ketzerei.«

»Mit Verlaub, wo ist dein Hut?« fragte der Bauer.

»Er ist gut verwahrt«, sagte der Mormone. »Es ist merkwürdig, daß sie mir niemals meine Schuhe wegnehmen, wo ich doch gute Schuhe anhabe.«

»Du hast gewiß keine Angst«, sagte der Bauer Steinar. »Es ist auch besser, daß diejenigen, die Unrecht erleiden, so sind.«

»Am wenigsten kann ich große Hunde leiden«, sagte der Mormone. »Mir war immer ein bißchen bang vor Hunden. Es hat mich nämlich eine Hündin gebissen, als ich noch ein kleines Wurm war.«

»Mit Verlaub, wohin willst du?«

»Ich wollte hinüber zu den Westmännerinseln. Die Leute dort, die früher die größten Rüpel in Island waren, überragen heutzutage andere Leute. Dort haben die Heiligen der letzten Tage Asyl.«

»Bist du an den König herangekommen?«

»Was kümmert dich das? Wer bist du?«

»Ich bin Steinar Steinsson von den Steinahlidar, der Mann, der sich neulich abends in Thingvellir eine Lagerstatt suchte.«

»Ach, Glück und Segen, Freund«, sagte der Mormone und küßte den Bauern. »Mir kam es schon halbwegs so vor, als ob ich dich kenne. Danke dir für neulich. Nein, ich traf den König nicht, dafür haben die Isländer gesorgt. Er ließ mich aber grüßen und sagte, daß Joseph Smith im Königreich Dänemark frei ist.«

»Bekommst du deine Bücher nicht zurück?« sagte der Bauer.

»Nicht von den Isländern«, sagte der Mormone. »Doch ein goldbetreßter Däne trug meine Sache dem König vor, der ein ehrlicher Deutscher ist. Er kam zurück und sagte, daß ich alle Bücher wiederbekommen könnte, wenn ich willens wäre, sie aus Kopenhagen zu holen. So akkurat sind die Deutschen. Und wenn die Dänen sie verloren haben sollten, so ließ der König mir ausrichten, dürfte ich in Kopenhagen so viele Bücher drucken, wie ich wollte, und mit ihnen nach Island reisen und sie verschenken und verkaufen, wie es mir gefiele. Es wäre ungesetzlich von den Isländern gewesen, mir meine

Bücher wegzunehmen. Das wußte ich allerdings selbst, und auch, daß die Isländer ein viel unbedeutenderes Volk als die Dänen sind – wenn auch die Deutschen natürlich hoch über beiden stehen.«

»Vielleicht bist du schon auf der Reise nach Kopenhagen, um ein neues Buch zu drucken«, sagte der Bauer Steinar.

»Bücher machen sich nicht selbst, guter Mann«, sagte der Mormone. »Mit dem Drucken allein ist es nicht getan. Es ist ein schrecklicher Gedanke für einen ungebildeten Knecht aus den Eylönd, sich an die Abfassung von Büchern machen zu müssen, um so ein Volk wie die Isländer zu bekehren. Der einzige Trost ist, daß Gott allmächtig ist.«

»Und ob«, sagte Steinar von Hlidar. »Und vielleicht kommen wir noch zum zweiten Segen zurecht, wenn es auch spät geworden ist.«

»Ich habe heute schon einmal versucht, in die Kirche zu gehen, und versuche es nicht wieder. Es ist unnötig, sich öfter als einmal am Tage aus so einem Gotteshaus hinauswerfen zu lassen. Geh du, Bruder. Und grüße bitte den lieben Gott. Was Menschen von Gott erleiden müssen, ist nichts im Vergleich zu dem, was Gott in diesem Land von den Menschen erleiden muß.«

»Auf Wiedersehen, Freund, gute Reise, und Gott sei mit dir«, sagte der Bauer Steinar von Hlidar.

Doch als der Mormone bereits ein Stück weiter auf der Hauswiese war, drehte er sich nach dem Bauern um, denn er hatte vergessen, sich bei ihm zu bedanken. Der Bauer war noch nicht in die Kirche gegangen, sondern tappte zwischen den Hunden am Kirchhofseingang umher.

»Hab Dank fürs Losbinden, Freund«, rief der Mormone.

»Vielleicht wartest du ein bißchen«, sagte Steinar. »Ich habe etwas vergessen.«

Er ging zu seinem Sattel und nahm ihn auf den Rücken; dann ging er wieder auf die Wiese zu dem Mormonen. »Ich denke, es ist sowieso zu spät für die Kirche, vielleicht gehen wir zusammen bis vor die Wiesenmauer.«

»Ja, sei mir nochmals willkommen, Freund«, sagte der Mormone.

Sie entfernten sich zusammen von der Kirche. Als sie an die Wiesenmauer kamen, bückte sich der Mormone und nahm seinen Hut aus einem Draindurchlaß; er war wie immer sorgfältig in Pergamentpapier eingewickelt. Auch ein kleines Bündel war dabei mit den wenigen Sachen des Mormonen. Der Mann strich sich mit der flachen Hand die Haare zurecht und setzte sich im Sonnenschein pedantisch den Hut auf.

»Ich vergaß, dich nach dem Namen zu fragen«, sagte der Bauer.

»Ach, das hast du vergessen«, sagte der Mormone. »Ich heiße Bischof Theoderich.«

»Soso«, sagte der Bauer. »Das macht nichts aus. Doch was wollte ich sagen: groß ist das Land, aus dem du kommst.«

»Ja, ich hatte es dir doch gesagt. Was soll das?«

»Ich habe seit dem Abend in Thingvellir darüber nachgedacht«, sagte der Bauer. »Und nach diesem Tag werde ich es wahrscheinlich noch weniger vergessen. Ein Mensch, der es in Kauf nimmt, vor einer Kirche geschlagen und gebunden zu werden, weil er seine Worte nicht zurücknimmt, der spricht keinen Unsinn. Ich verstehe nicht, wie jemand davor zurückschrecken sollte, in dein Land zu fahren, auch wenn sie dort die Leute untertauchen. Weshalb wollen die Isländer nicht aus einem schlechten Land in ein gutes gehen, wo es so wenig kostet?«

»Aber ich habe doch nie gesagt, daß es wenig kostet«, sagte Bischof Theoderich. »Da hast du nicht richtig aufgepaßt. Viel bekommt man nicht für wenig, Freund. No Sir.«

»Anders konnte es nicht sein«, sagte der Bauer. »Das hätte ich mir vielleicht selber sagen können, daß das Untertauchen allein nicht ausreicht. Teuer gekauft ist nicht totgekauft. Mit Verlaub, was hast du bezahlt?«

»Was geht das dich an?« fragte Bischof Theoderich.

»Ich denke über mich selbst nach«, sagte der Bauer Steinar, »wieviel ich zu bezahlen imstande wäre.«

»Das mußt du mit dir selbst abmachen«, sagte Theoderich. »Wenn wir an einen klaren Bach kommen sollten, dann kann ich dich untertauchen.«

»Und was dann?« fragte der Bauer.

»Du hast mich losgebunden«, sagte der Bischof, »und verdienst dein Lösegeld. Doch ich muß sagen wie der Apostel: »Gold und Silber habe ich nicht, doch was ich habe, gebe ich dir.«

»Ja nun, guter Mann, danke fürs Angebot, ich nehme dein Wort für die Tat«, sagte der Bauer. »Doch wenn du nach Eyrarbakki gehen willst, dann scheint mir, daß wir hier am Kreuzweg angelangt sind und sich unsere Wege einstweilen trennen. Ich danke dir für die gute Bekanntschaft. Und sei du vielmals gesegnet, und Gott sei mit dir alle Tage, und gern möchte ich auf dich zählen können.«

»Das gleiche gilt von mir, Freund«, sagte der Mormone.

»Und sollte es der Zufall so fügen, mein Lieber, daß es dich nach Osten an die Steinahlidar verschlägt, dann werden die Hunde in Hlidar bestimmt nicht auf dich gehetzt.«

Damit schieden diese Bauern voneinander; der eine ging in Richtung Osten, der andere in Richtung Süden, jeder seine Straße. Doch als sie einen Steinwurf weit auseinander waren, blieb Bischof Theoderich plötzlich stehen.

»Hör mal, Freund«, rief er. »Wie heißt du?«

»Ach, habe ich es dir noch nicht gesagt?« rief der Bauer zurück. »Ich heiße Steinar Steinsson.«

»Hast du nicht gefragt, was ich dafür gegeben habe, Mormone zu werden?« sagte Bischof Theoderich.

»Reden wir nicht mehr davon«, sagte Steinar.

Der Mormone kam jetzt zurück und ging wieder über den Kreuzweg zum Bauern Steinar hin.

»Mormone wird nur der, der alles dafür gegeben hat«, sagte er. »Es kommt niemand mit dem Gelobten Land zu dir. Du mußt selber durch die Wüste gehen. Du mußt Heimat, Familie und Besitz verlassen. Das ist ein Mormone. Und wenn du zu Hause nur die Blumen hast, die man in Island Unkraut nennt, so verläßt du sie. Du führst dein junges blühendes Mädchen hinaus in die Wüste. Das ist ein Mormone. Sie trägt euer Kind auf dem Arm und drückt es an sich. Ihr geht und geht Tag und Nacht, Wochen und Monate, mit euren Sachen auf einem Handwagen. Willst du Mormone werden? Eines Tages sinkt sie vor Hunger und Durst in die Knie und ist tot. Du nimmst ihr eure kleine Tochter aus den Armen, die nicht lächeln lernte, und sie sieht dich in dieser Wüste fragend an. Mormone. Doch einem Kind wird nicht warm, wenn es sich an den Brustkasten eines Mannes schmiegt. Wenige wie ein Vater, keiner wie eine Mutter, Freund. Dann gehst du lange allein durch die Wüste mit deinem kleinen Töchterchen auf dem Arm. Bis du eines Nachts fühlst, daß auch diese kleinen Gebeine erstarrt sind. Das ist ein Mormone. Mit den Händen begräbst du sie im Sand und setzt ihr ein Kreuz aus zwei Halmen, die der Wind sogleich davonweht. Das ist ein Mormone ...«

8. Geheimnis aus Mahagoni

Jetzt wanderten die Blicke immer öfter vom Hofplatz in Hlidar an den Geröllhalden entlang, wo man von Süden kommende Leute zuerst erblicken konnte. Es war vorgesehen, etwas Milch im Eimer und einen Klacks Butter bereitzuhalten, um es dem Pferd zu geben, wenn es abgekämpft wie ein hungriger Wolf von der langen Reise käme.

Die Regenpfeifer waren diesen Sommer merkwürdig beklommen, vom Austernfischer war kaum ein Flötenton zu vernehmen. Es war auch einer jener Spätsommer, in denen es an den Steinahlidar kein Echo gibt. Wer ruft, bekommt keine Antwort. Der Eissturmvogel schwebte schweigend vor der schwarzen Felswand. Als zwei oder drei Tage über die Wartezeit verstrichen waren, schien es den Kindern ganz so, als ob von den Geröllhalden her ein Bettler mit seinem Bettelsack zu Fuß herankäme. Doch als der Ankömmling sich näherte, kam ihnen der Gang bekannt vor: Er trat bei jedem Schritt zweimal mit demselben Fuß auf, wie wenn man unsicheres Eis prüft. Als er an die Hauswiesenmauer kam, blieb er stehen, betastete die Mauer, rückte einen und den anderen Stein zurecht und fügte Steine, die herausgefallen waren, in die Mauer.

Das junge Mädchen, die Tochter des Bauern, stand auf dem Hofplatz, und plötzlich rollten ihr die Tränen über die Wangen.

»Ich hatte es ja geträumt«, sagte sie unter Schluchzen. »Ich wußte, daß es so kommen würde. Jetzt ist alles aus.«

Nach diesen Worten lief sie in das Gehöft und versteckte sich.

Dann kam der Bauer Steinar auf den Hof mit seinem Sattel auf dem Rücken. Er grüßte Frau und Sohn freundlich und fragte, wo die kleine Steina wäre.

»Wo ist Krapi?« fragte der Wikinger.

»Das ist eine Geschichte für sich«, sagte der Bauer. »Aber hier bringe ich wenigstens meinen Sattel. Und meine Peitsche.«

»Natürlich hat er das Pferd verkauft«, sagte die Frau.

»Ein kleiner Mann kann mit einem großen Pferd nichts anfangen«, sagte er. »Deshalb habe ich es dem König geschenkt.«

»Ach, wie dumm von mir«, sagte die Frau. »Natürlich hast du das Pferd verschenkt.«

»Ich hatte irgendwie das Gefühl, daß ein solches Pferd nirgends besser aufgehoben wäre als beim König«, sagte der Bauer.

»Ja, es war wirklich gut, daß du vom König kein Geld genommen hast, mein Lieber«, sagte die Frau. »Ich möchte nicht mit einem Pferdehändler verheiratet sein.«

»Außerdem, Geld für ein solches Pferd, wäre das nicht Unsinn, meine Gute?« fragte der Bauer Steinar.

»Kein Geld kann unseren Krapi ersetzen«, sagte die Frau. »Gesundheit und Seelenfrieden sind die einzigen Lebensgüter. Dagegen fängt alles Unglück mit dem Gold an. Wie bin ich doch froh und Gott dankbar, daß ich hier in Hlidar niemals Gold zu sehen bekomme.«

»Hingegen versprach der König, mir in Gedanken gewogen zu sein«, sagte der Bauer.

»Da seht ihr«, sagte die Frau. »Wann hat je ein Bauersmann hier in der Gemeinde die Freundschaft des Königs gewonnen? Gott segne den König.«

»Was sollen wir jetzt gern haben?« sagte der Knabe und weinte nun auch wie seine Schwester.

»Man erfährt erst, was man wert ist, wenn man sein Pferd weggegeben hat«, sagte der Bauer.

»Hab dich nicht so, du Dummer«, sagte die Mutter des Knaben. »Du begreifst nicht, was für ein Mann in deinem Vater steckt. Du kannst nicht wissen, ob der König ihn nicht in Kürze zu sich ruft und ihn zu seinem Ratgeber macht.«

Durch diese Vorhaltungen ließ sich der Knabe trösten, denn er war ein Königsmann und Wikinger.

»Am meisten tut mir leid, daß ich den Zaum am Pferd vergessen habe«, sagte der Bauer. »Doch da wird sich schon Rat finden.«

Er ging mit seinem Sattel in das Gerätehaus.

Es war schon spät im Herbst, als sich in Hlidar folgendes ereignete: Ein Bote des Bezirksvorstehers ritt auf den Hof, stieg an der Türplatte ab, zog einen Brief mit dem Amtssiegel hervor und überreichte ihn dem Bauern.

In jener Zeit geschah es selten, daß von seiten der Behörden ein besonderer Bote zu Kleinbauern geschickt wurde, es sei denn, um ihnen den Bescheid zu überbringen, daß ihr Besitz aus irgendwelchen gesetzlichen Gründen beschlagnahmt würde, oder um ihnen zu eröffnen, an welchem Tage sie exmittiert werden sollten. Ein Brief wie der, welcher jetzt übergeben wurde, war, soweit man wußte, einem einfachen Mann in Island bislang nicht zugestellt worden. In diesem Bescheid verlautete, daß Seine Majestät der König von Dänemark aus alter Gunst Steinar von Hlidar seinen allergnädigsten Gruß sende; das Anliegen des Königs lautete dahin, daß er diesen Bauern einlud, ihn in Dänemark zu besuchen; dem königlichen Schatzmeister war aufgetragen worden, die Reisekosten des Bauern zu bezahlen und die Kosten seines Aufenthalts in der Residenzstadt Kopenhagen zu übernehmen, solange er dort wäre. Der König selbst wollte den Bauern in demjenigen seiner Schlösser empfangen, in dem er sich gerade befände, wenn der Bauern Steinar einträfe. Dieses war gewissermaßen der Dank des Königs für das Pferd, das der König von dem Bauern in Island erhalten hatte und das jetzt den Namen Pussy trug. Am Königshof hatte man Pussy sehr gern, besonders das junge Volk unter den Verwandten des Königs; das Pferd war auf Schloß Bernstorff, der Sommerresidenz des Königs außerhalb der Stadt, eingestallt.

Es gilt für unschicklich, daß Boten der Behörden auf ihren Dienstgängen irgendwelche Bewirtung von gewöhnlichen Bauern annehmen: Wir königlichen Beamten haben keine

Zeit. Und doch blieb dieser aus Neugierde auf dem Hofplatz stehen, während Steinar den Brief las.

»Dies ist gewiß ein guter und inhaltsreicher Brief«, sagte der Bauer, als er mit dem Lesen fertig war. »Und du hättest es wohl verdient, daß ich dir eine Goldmünze schenkte. Aber so gut stehen die Dinge nicht und werden wohl auch kaum je so gut stehen. Meine liebe Frau sagt auch, daß Gold der Anfang des Unglücks im Leben der Menschen ist. Richte dem König meinen Gruß aus: Sage, daß ich ihn besuchen werde, wenn ich eine passende Gelegenheit sehe. Und möchtest du den königlichen Stallmeister daran erinnern, daß ich meinem Pferd wohl den Zaum umgelassen habe, als ich es im vergangenen Sommer weggab. Den möchte ich gelegentlich gern wiederhaben.«

In diesem Buch ist bereits erwähnt worden, daß der Bauer Steinar von Hlidar für seinen Einfallsreichtum und sein handwerkliches Geschick bekannt war. Seine Nachbarn suchten ihn ständig mit zerbrochenen Geräten oder Gefäßen auf, und er richtete alle Dinge her wie neu. Als es Winter wurde, geschah es immer öfter, daß er sich von seiner Familie zurückzog; er saß dann draußen im Gerätehaus und schnitzte an kleinen Stücken Holz herum. Es war alles kleines Zeug und schien eigentlich nichts Besonders zu sein; er warf seine Schnitzerei jedesmal wieder fort wie irgendeinen unnützen Zeitvertreib. Doch wenn ihn sein Weg zu den Laglönd in die Nähe des Meeres und der Sandstrecken führte, brachte er jedes Mal hübsche Stücke Holz von den Bauern mit, die Treibholzrechte besaßen. Diese Bastelei setzte er den Winter hindurch fort. Während er arbeitete, sprach er immer eine einzige Strophe vor sich hin; sie war aus den Rimur von Thordur Hreda; er sagte sie niemals zusammenhängend her, sondern immer in Teilen, eine und die andere Zeile. Es war diese Strophe:

»Essen übrig hatte sie,
Gern ein Bett sie jedem lieh.
Ihr Gemüt war niemals schwer,
was sie hatte, gab sie her.«

Doch so viel er auch zimmerte, die Hölzer paßten nicht; sie waren entweder zu kurz oder zu lang, zu schwach oder zu stark. So verging der Winter, und die Frühjahrsarbeiten rückten heran. Da kam der Bauer mit der ganzen Schnitzerei des vergangenen Winters in die Küche und steckte sie der Hausfrau unter den Kochkessel. Dann nahm er auf der Hauswiese Steine auf, die während des Winters vom Berg herabgestürzt waren, und besserte die Wiesenmauer aus.

Im Sommer fragte man, ob es wahr wäre, daß er bald zum König wolle, doch er gab nichts darauf. Nachdem aber das Heu in Schober gebracht war und vor dem Herbst die Arbeitslast nachließ, machte er sich noch einmal auf den Weg zu den Laglönd und bat die Leute darum, sie sollten ihn in Holzvorräten herumstöbern lassen wie schon früher; er fand jedoch auf den meisten Höfen nichts Brauchbares, und ehe er sich dessen versah, befand er sich ganz im Süden in Leirur.

Der alte Björn von Leirur war kein Griesgram, weder heute noch sonst; er küßte den Bauern mit Gefühl und führte ihn in die gute Stube und fragte, was er ihm zum Gefallen tun könnte. Steinar sagte, ihm fehle etwas hübsches Holz, am liebsten wäre ihm ein bißchen Mahagoni, wenn auch nur so viel, wie ein Hund auf einer Seite tragen kann – »und ich möchte dich bitten, du himmlische Güte, mir die Kühnheit von damals nicht nachzutragen, als du mir Gold anbotest und ich es ausschlug.«

»Du bist schon immer ein verflixt guter Kerl gewesen, und kaum je hast du mir besser gefallen als damals, als du es ablehntest, mir ein Pferd zu verkaufen. Doch du warst ein noch echterer Isländer, als du es dem Bezirksvorsteher abschlugst. Solche Isländer von altem Schrot und Korn brauchen wir! Die trinken nicht aus der Hufspur! Keinem Geringeren als dem König zu Diensten zu sein! Sagtest du Holz? Mahagoni? Ich weiß, es ist das beste Holz der Welt und das Holz, das zu dir paßt. Nun will es der Zufall, daß ich neulich ein gestrandetes russisches Schiff hier auf den Sandstrecken abwracken ließ, alles nur Mahagoni. Ich habe es draußen auf der Hauswiese stapeln lassen. Bitte schön, kassiere den ganzen Haufen.«

»Ich bin doch kaum in der Lage, mehr als für etwa fünfundsiebzig bis achtzig Öre zu nehmen«, sagte der Bauer. »Und ich muß auf mein Guthaben in Eyrarbakki anweisen.«

»Wir Königsmannen und alten Isländer werden nie so gering, daß wir es uns nicht leisten können, einander Pferdelasten von Mahagoni zuzuwenden«, sagte Björn von Leirur.

»Ich bin ein armer Mann und möchte nicht riskieren, Geschenke anzunehmen«, sagte Steinar von Hlidar. »Nur reichen Leuten steht es wohl an, Geschenke anzunehmen.«

Gleichwohl begleitete Björn von Leirur den Bauern hinaus auf die Hauswiese, wo das Mahagoniholz in einem Schuppen gestapelt war.

Obwohl Björn von Leirur nichts von einer Bezahlung wissen wollte, war Steinar von Hlidar nicht der Mann, mehr Mahagoni als nötig anzunehmen. Björn ging mit seinen zwei Knechten daran, dem Bauern zu helfen, ein Pferd mit dem Mahagoniholz zu beladen; dann begleitete er seinen Gast den Hofweg hinaus und küßte ihn dort: »Glück und Segen und Gott sei stets und ständig mit dir, so ein verflixt guter Kerl, wie du bist.«

Steinar von Hlidar stieg in den Sattel und ritt los, das Pferd mit dem Mahagoni hielt er am Zaum. Björn von Leirur machte das Wiesentor zu. Er hatte große Schaftstiefel an und bekam keine nassen Füße. Als er gerade das Gatter festbinden wollte, fiel ihm etwas ein, denn Isländern fällt ihr Anliegen stets erst ein, wenn sie sich verabschiedet haben. Er rief dem Bauern Steinar nach und sagte:

»Hör mal, lieber Steinar«, sagte er, »wo du doch am öffentlichen Weg wohnst, würdest du es mir da nicht gestatten, meine Gäule die eine oder andere Nacht auf der Weide bei dir rasten zu lassen, falls ich im kommenden Sommer welche für die Engländer aus den östlichen Gegenden nach Süden treiben sollte?«

»Du bist allezeit in Hlidar willkommen, mein Guter, mit deinen Gäulen, bei Tag und bei Nacht«, rief der Bauer Steinar zurück. »Als ob es dem Gras nicht egal ist, wer es frißt.«

»Es kann gut sein, daß ein paar Treiber aus dem Osten mit mir kommen«, sagte Björn von Leirur.

»Mein Haus in Hlidar steht euch zur Verfügung, solange es steht«, sagte der Bauer Steinar. »Auch lädt man Bekannte am liebsten ein.«

9. Der Bauer geht fort; nimmt das Geheimnis mit

»Essen übrig hatte sie,
gern ein Bett sie jedem lieh.«

Wer ist die Frau, die solche Taten der Gastfreundschaft vollbracht hat, fragte man. War es die Glücksfee, die jenseits der Tage wohnte, oder die Norne, die das Schicksal der Bauern bestimmt? Oder die gute Bäuerin hier in Hlidar, die in keiner Hinsicht an der Überlegenheit ihres Mannes zweifelte und es ihm zur Ehre anrechnete, daß er kein Gold annehmen wollte? Oder war es die Frau in Blau, die seit tausend Jahren an heißen Sommertagen gesehen wurde, wenn sie allein im Heidekraut unten an den Felsen lustwandelte? Ich möchte doch nicht annehmen, daß es Ihre königliche Majestät selbst war, die in Dänemark wohnt? Oder war es bloß die falsche Schlange, die von manchen Leuten Frau Welt genannt wird? Eines war sicher, die Frau wurde im Gedicht nicht mehr gelobt, als es in Island Brauch ist, wenn man auf die Dinge zu sprechen kommt, die etwas wert sind.

Als der Winter seinem Ende zuging, lehnte Steinar von Hlidar immer öfter die Tür an, wenn er in seiner Werkstatt war, und schloß sich ein. Wenn er hinausging, schloß er ab und steckte den Schlüssel in die Tasche.

»Papa, als wir klein waren«, sagte das Mädchen, »da hast du uns immer alles erzählt. Jetzt erzählst du uns nichts, sondern schließt dich ein, wenn wir neugierig sind.«

»Wir haben die Kinderschuhe schon fast aufgetragen, meine Herzchen«, sagte ihr Papa. »Krapi, euer Märchenpferd, ist ein Pony beim König geworden und heißt jetzt Pussy.«

»Ja, aber du kannst uns ab und zu ein ganz klein bißchen erzählen, wenn es auch nicht bloß Märchen sind. Wir möchten so gern wissen, was du baust.«

»Vielleicht gelingt es mir mit Gottes Hilfe, vor dem Frühling etwas Besonderes auszutüfteln, und dann schließe ich euch meine Werkstatt auf«, sagte der Bauer.

Er hielt Wort. Im Frühling, als das Land sich aus den Banden des Frostes befreite, rief der Bauer seine Kinder hinaus in das Gerätehaus und zeigte ihnen das fertige Produkt. Es war eine Schatulle. Die Schatulle war überaus sorgfältig gearbeitet. Sie war nirgends lackiert und behielt deshalb die natürlichen Farben des Holzes; doch waren ihre Flächen geglättet, als wären sie mit der flachen Hand gerieben worden. Und so kunstvoll war sie geschnitzt, daß es schien, als hätte sich ihr Holz ergeben und sich biegen und formen lassen wie Wachs. Sie wa höher und länger als Schatullen sonst, hatte jedoch keinen gr ßeren Umfang. Ihre Maße waren ein wenig eigenartig; es ga überhaupt keine zweite Schatulle wie diese. Sie sah ebens gefällig aus, wie sie angenehm zu berühren war.

Diese Schatulle war mit großen und kleinen Fächern ausg stattet. Unter den Hauptfächern, die lose waren, befand sich der Boden. Doch dahinter steckte mehr, als man zunächst vermuten konnte, denn unter ihm waren drei Geheimfächer manche sagen vier, und nichts ließ sich ohne einen besonderen Kunstgriff öffnen, auf den wir gleich zu sprechen kommen. Wenden wir uns jetzt dem Verschluß dieses Behältnisses zu. Man erzählt, daß dieser Verschluß komplizierter und ausgeklügelter war, als man es je in Island erlebt hatte. Viele sorgfältige Handgriffe waren nötig, um diese gute Schatulle zu öffnen. Im Deckel befanden sich numerierte Knöpfe, eine ganze Reihe, und man mußte sie nach einer kniffligen Regel betätigen, bis die Schatulle aufging. Wenn man sie aufschließen wollte, begann man mit dem siebten Knopf, der sechste wurde zuletzt bewegt, dann war das Behältnis geöffnet. Um sich die Regel fest einzuprägen, blieb dem Bauern Steinar nichts anderes übrig, als sie in Reime zu bringen. Es war ein langes Gedicht, in der Weise gebaut, wie es nur isländische Bauern können. Doch wer das Gedicht nicht auswendig wußte, brauchte sich nicht einzubilden, er könne das Kästchen öffnen.

Gedicht zum Öffnen eines Kästchens

Erst die Sieben faß am Schopf,
kommt sogleich die Elf hervor;
rührst du an dem vierten Knopf,
hebt die Neun sich schnell empor.

An dem zweiten Stumpf jetzt rück,
tanzt die Acht im Kreise dann;

auf die dritte Taste drück,
Dreizehn kommt mit Freuden an.

Zapfen fünf ist endlich frei,
Vierzehn sich zur Seite legt.
Komm dem Kopf der Zwölfe bei,
Sechs mit einem Ruck sich regt.

Suchst du Lebensfröhlichkeit,
leg die Zehn und Fünfzehn fort;
Gottes Macht und Herrlichkeit
dir erscheint. Rühr nichts vom Ort.

Zu finden Gold mit klugem Rat,
vierzehn Schlüssel gab ich dir.
Einer noch ist gut verwahrt,
nie bekommst du ihn von mir.

Des Bauern Tochter fragte, wofür diese Fächer wären.

Ihr Vater antwortete: »In diesem großen Fach ist Silbergeld.«

»Und was ist in den Fächern, die in vier geteilt sind?« fragte der junge Bursche.

»Gold und Edelsteine«, sagte Steinar von Hlidar.

»Aber dann verstehe ich nicht, was in die Geheimfächer hinein soll«, sagte das Mädchen.

»Das will ich dir sagen, mein Weltlicht«, sagte der Vater und kicherte nach seiner Gewohnheit, »dort kommt hinein, was kostbarer ist als Gold und Edelsteine.«

»Und was ist das?« sagte das Mädchen. »Ich dachte, das gibt es nicht.«

»Das sind die Geheimnisse, die andere Leute nie erfahren sollen, solange die Welt besteht«, sagte ihr Vater und klappte die Schatulle zu.

»Gehört all dieses Gold«, sagte der kleine Wikinger, »und alle diese Edelsteine uns?«

»Und was für Geheimnisse haben wir, Papa?« sagte das Mädchen.

»Warum schuf Gott die Welt mit Fächern für Silber und Gold und Edelsteine, meine Kinder«, sagte ihr Vater, »und noch viele Geheimfächer dazu? War es, weil er so viel Bargeld besaß, daß er nicht wußte, wo er es lassen sollte? Oder weil er selber etwas auf dem Gewissen hatte, das er in Felslöchern verstecken mußte?«

»Papa«, sagte das junge Mädchen und schaute verzückt auf die geschlossene Schatulle, »wer soll dieses Kästchen öffnen, wenn wir tot sind und keiner mehr das Gedicht kann?«

Die Kunde von diesem ausgezeichneten Werkstück drang weithin, und viele, die ihr Weg vorbeiführte, klopften in Hlidar an und baten darum, dieses Wunderwerk ansehen zu dürfen. Andere machten sich nur aus diesem Grunde aus entfernten Gegenden auf. Viele boten hohe Summen für die Schatulle.

Gegen Ende des Sommers ließ Steinar von Hlidar verlauten, daß er vorhabe, eine Reise nach Dänemark zu machen, um seinen Krapi aufzusuchen, und daß die Fahrt auf Einladung Christian Wilhelmssons, des Königs von Dänemark, erfolge. Er bereitete sich jetzt auf die Reise vor, so gut er konnte. Eine als tüchtig bekannte Näherin aus einer anderen Gemeinde schneiderte ihm Kleider aus blauem Lodenstoff, und Schuhe ließ er aus Eyrarbakki kommen. Er brach in der Nacht auf, ohne sich von seinen Kindern zu verabschieden, sah sie nur einen Augenblick an, wie sie da schliefen, ehe er hinausging. Als er diese Reise unternahm, fehlten ihm zwei Jahre an fünfzig.

Sein Sohn Vikingur war damals gerade konfirmiert, und seine Tochter Steina hatte das siebzehnte Lebensjahr noch nicht erreicht. Obwohl die Abreise dieses häuslichen Mannes seiner Familie Grund zu Wehmutstränen gab, wurden sie aufgewogen durch den Stolz, einen Vater zu haben, den fremde Könige zu sich luden, wie in den alten Sagas. Die Bäuerin wischte sich die Tränen mit dem Schürzenzipfel ab und sagte zu ihren Nachbarn:

»Es war zu erwarten, daß die Könige meinem Steinar Nachricht geben würden, er solle kommen. Welch herrlicher Frieden würde im Ausland herrschen, wenn es dort solche Männer gäbe. Ich weiß, daß das Himmelreich auf Erden sein wird, wenn Männer wie mein Steinar den Sinn der Könige gewinnen.«

Als er die Reise begann, standen die Verhältnisse des Bauern Steinar von Hlidar folgendermaßen: Er wohnte, wie oben berichtet, auf seinem väterlichen Erbe, seinem eigenen Grund und Boden; nach alter Taxe war das Anwesen zwölfhundert Ellen Lodenstoff wert; hundert Ellen sind eine Kuh. Er schuldete niemandem etwas, denn zu jener Zeit hatten Bauern keinen Kredit, auch gab es nirgends Leihkapital. Wenn Bauern Unglück hatten, mußten sie von Haus und Hof. Steinar besaß dreißig Mutterschafe und ein Dutzend andere Schafe, zwei Kühe, ein einjähriges Kalb und fünf Arbeitspferde, die sich zum größten Teil selbst versorgten. Die Kuh ist in Island schon lange die Mutter der Menschen, und die Schafe bringen Geld. Nach heutiger Preislage wird ein Mutterschaf so hoch veranschlagt wie der Lohn eines Arbeiters für zwei Tage, doch damals gab es keine Arbeiter, die für Tagelohn arbeiteten. Von dreißig Mutterschafen einer Bauernwirtschaft dienen zehn zur Aufrechterhaltung des Grundstocks; also hatte Bauer Steinar pro Jahr nur die Einkünfte von zwanzig Mutterschafen zur Verfügung, was etwa vierzig Tagelöhnen eines Arbeiters entspricht. Für dieses Geld kaufte er Roggenmehl und Graupen sowie andere Bedarfsartikel in der zwei Tagereisen entfernten Warenhandlung in Eyrarbakki; damals befand sich dort die größte Handelsniederlassung im Dänenreich, und die Leute kamen aus Orten, die viele hundert Kilometer entfernt lagen, in diesen Laden. Für den eigenen Fleischbedarf schlachtete Steinar einige alte Mutterschafe. Die Kleidung wurde zu Hause aus Abfallwolle hergestellt. Schuhe wurden auch selbst verfertigt aus ungegerbten, leicht mit Alaun behandelten Häuten, und den Kindern wurde unablässig eingeschärft, sie sollten nicht so fest auftreten, um nicht zuviel Fellschuhe zu verbrauchen. Fisch und Speisetang kaufte Steinar gegen Schafe von den Strandbauern, und wenn es zu Hause knapp wurde, ging er dann und wann in der Saison nach Thorlakshöfn zum Fischfang und fischte in einem offenen Boot. Wenn ihm das Glück hold war, machte er an der brandungsreichen Küste leidlich gute Fänge – dort, wo in fast jedem Winter in Unwetter und Meerestosen im Verhältnis mehr isländische Fischerbauern ertranken, als Soldaten im Kriege umgebracht werden.

10. Vom Pferdehändler

Jetzt ist davon zu berichten, wie Bauer Steinar von Hlidar nach Reykjavik aufgebrochen ist, ein Schiff bestiegen hat, in See gestochen und in fremde Länder gereist ist.

Der Bauer brach erst spät in der Heuernte auf, als das meiste Heu eingebracht war; er rechnete damit, mit dem letzten Herbstschiff vor Einbruch des Winters zurückzukommen. Auf dem Gehöft war niemand außer der Bäuerin und den Kindern, um die Herbstarbeiten zu verrichten. Nachts wurde es schon dunkel.

Petroleum war zu jener Zeit, gemessen an der finanziellen Lage der Bauern, so teuer, daß von Lichterpracht auf dem Lande kaum die Rede sein konnte; und Tran, der von jeher in Island als Lichtquelle diente, war auch zur Luxusware geworden. Die wenigen Liter Petroleum, die in Hlidar als Jahresvorrat gekauft wurden, blieben der Mittwinterzeit vorbehalten, und man war bemüht, sich so lange wie möglich an das Tageslicht zu halten: die Glut auf dem Herd mit Asche zu bedecken und schlafen zu gehen, wenn es zum Arbeiten nicht mehr hell genug war, und den Tag früh zu beginnen, bis es morgens wie abends gleich dunkel war; dann begann man Licht anzuzünden. Die ersten Abende, nachdem ihr Vater in ein anderes Land gefahren war, wurden den Kindern recht lang.

Nach einem anstrengenden Tag blieb nichts anderes übrig, als schlafen zu gehen. Doch es kam vor, daß die Brüder Schlaf und Traum nicht bereit waren, ihre Hand auf das Gehöft zu legen. Dann konnte man sich noch am besten die Zeit damit vertreiben, auf entferntes Pferdegetrappel zu lauschen. Die Kinder erkannten den Hufschlag von Pferden aus mehr als einer Gemeinde. In der nächtlichen Stille war es eine Abwechslung zu hören, wenn jemand über den Hofplatz ritt und der Hund auf dem Dach bellte. An jedem Morgen wurden die Tage gezählt, bis Papa nach Hause kommen würde.

An jenem späten Abend, von dem jetzt berichtet wird, kurz vor dem ersten Hochweideabtrieb, waren alle schon längst schlafen gegangen. Den ganzen Abend lang war von nirgendwoher Hufschlag zu vernehmen. Es regnete. Gegen Mitternacht schraken Mutter und Tochter aus tiefem Schlummer auf, denn um das Gehöft war ein Getöse, als ob alles niedergewalzt würde. Kurz darauf kam jemand ans Fenster, klopfte und nannte nach Landesbrauch den Namen Gottes.

Mutter und Tochter warfen sich rasch etwas über und liefen zur Tür. Es regnete in Strömen. Ein kräftiger durchnäßter Mann in einer weiten Joppe und in schrecklich hohen Stiefeln drückte sie an sich und küßte sie. Er roch stark nach Pferden und ein wenig nach Tabak und Kognak. Sein Bart war regennaß, und in den Goldhärchen auf der Nase hingen kalte Tropfen.

»Ach, es ist bloß euer alter Björn von Leirur«, sagte der Gast, nachdem er sie im Dunkeln geküßt hatte. »Wir kommen von Osten über die Flüsse, einige Burschen mit ein paar Pferden. Die Gäule werden schon ein bißchen schlapp; die Burschen haben zwei Tage nicht geschlafen; kein trockener Faden ist an uns bis zu den Brustwarzen. Tja, eine wahre Gottesgabe, euch so warm küssen zu dürfen. Was ich sagen wollte, ist mein lieber Steinar noch immer hinter dem König her?«

Die Bäuerin sagte, Steinar sei in Kopenhagen und würde nicht vor Wintersanfang zurückerwartet – »doch wenn ihr mit diesem Hause vorliebnehmen wollt, dann seid willkommen. Wie du weißt, Björn, gibt es hier nichts, was großen Leuten den Gaumen kitzelt. Und doch, was für meinen Steinar gut ist, das sollte für den König taugen; das habe ich immer gesagt.«

»Was sollen klatschnasse Männer schon für große Leute sein, gute Frau«, sagte der Gast. »Das beste wäre ein Teller warme Suppe, auch wenn es Rindfleischsuppe ist. Über alles andere habe ich schon vor langer Zeit mit meinem lieben Steinar gesprochen, und in Wirklichkeit hat er es mir von sich aus angeboten, wie meine zwei Burschen wissen, die hier stehen und die ihm halfen, das Mahagoniholz auf einen Klepper zu packen. ›Du tust es mir zuliebe, Björn‹, sagte der gute Kerl, ›daß du auf meinem Lande rastest, wenn du das nächste Mal Jungpferde treibst: dem Gras ist es egal, wer es frißt. Was die Burschen betrifft, so können sie draußen im Lämmerstall liegen, wenn sie sich ein bißchen Heu unterbreiten dürfen.‹«

»Ja, es ist aber so, lieber Björn«, sagte die Frau, »daß wir für die Suppe nur die Grütze haben. In Hlidar ist noch nicht geschlachtet worden. Alles wartet auf Steinar. Doch Dörrfisch ist da, wenn auch so etwas für vornehme Leute kein Festessen ist. Und die Leutestube steht euch zur Verfügung, so daß ihr euch die drei Betten, die dort stehen, teilen könnt, aber du selbst bekommst natürlich das Gästebett in der Stube.«

»So bist du immer, meine Beste«, sagte der alte Björn. »Und was die Suppe betrifft, so möchte ich sicher annehmen, daß wir in unseren Koffern einen geräucherten Schafsrumpf und Bauchfleisch verwahren, wenn du Grütze hast.«

Die Frau trug ihrer Tochter auf, Kleinholz und getrockneten Schafsmist zu holen und das Feuer anzufachen.

Es war eine große Zeit. Ein Dutzend nasser Gäste füllte die Leutestube, und die Bewohner hatten alle Hände voll zu tun, um ihnen aus den Sachen zu helfen. Ein kleines Licht war angezündet worden, und dennoch sah man wegen des Dampfes, der aus den nassen Kleidern der Männer stieg, keine Armlänge weit. Wer keine Sachen zum Wechseln hatte, bekam etwas geliehen. Etwas Schnaps war da, um sich daran gütlich zu tun, während man auf die Suppe wartete; das weckte den Gesang. Die Suppe kam erst, als die Nacht bald vorüber war, und einige waren schon eingeschlafen. Sie verteilten sich auf die Betten, doch mußten einige draußen stehen und auf die Herde aufpassen, damit kein Pferd weglief.

Gegen Morgen hielt es die Bäuerin für angebrachter, ihre Tochter in die Stube zu schicken, um dem Kämpen ins Bett zu helfen, als zuzulassen, daß sich ein so ahnungsloses Geschöpf noch länger zwischen übermütigen Pferdehändlern, die zudem noch einen in der Krone hatten, in der Leutestube umhertummelte.

»Besten Dank, gute Frau«, sagte Björn von Leirur und bot der Frau mit einem Kuß gute Nacht. »Es muß schon eine Flinke sein, um den alten Kerl zu bedienen, so steif und matt, wie er aus den Gletscherflüssen kommt.«

Es war eine alte Sitte in den nordischen Ländern, daß auf besseren Höfen stets eine Frau zu Diensten stand, um dem Nachtgast aus den Kleidern zu helfen, wenn er schlafen ging.

»Ach ja, mein Schäfchen«, sagte Björn von Leirur.

Er hatte einen solchen Körperumfang, daß er die kleine Stube fast ausfüllte. Er streichelte dem Mädchen Wangen und Kopf, wie man einen Hund liebkost, befühlte dann flüchtig

Brust, Leib und Hinterteil, wie wenn man Mutterschafe abtastet, um festzustellen, ob sie zunehmen, so daß das Mädchen nach Atem rang.

»Du hast dich herausgemacht, seit ich dich damals bei deinem Vater hier auf dem Hofplatz sah, mein Kleines«, sagte er. »Jetzt ist es bald soweit, daß ich dich anwerbe. Meine Alte hat die Gicht und ist launisch, so daß ich dringend eine Wirtschafterin brauche.«

Wie nicht anders zu erwarten, war das Mädchen von solchen Reden sonderbar berührt; es wurde ein wenig verlegen und fand nicht gleich eine Antwort.

»Wir sagen nie ja, Björn«, sagte sie und sah ihm trotz ihrer Angst gerade ins Gesicht. »Nur mein Bruder Vikingur sagt manchmal nein, doch das will mein Vater nicht, denn er meint, es bedeutet soviel wie ja.«

Jetzt hatte sich dieser Koloß auf das Gästebett gesetzt, lehnte sich an die Holzverkleidung und streckte seine Beine auf den Fußboden. Das Mädchen legte sich vor ihm auf die Knie und versuchte, ihm die Riesenstiefel herunterzuzerren, die in gewöhnlicher Sprache allerdings Watstiefel heißen, sie werden mit Trägern gehalten. Darunter hatte er Strumpfhosen an. Er war weder so naß noch so verfroren, wie er tat; vielleicht auch nicht so furchtbar alt.

Er sagte: »Jetzt bist du doch in dem Alter, mein Herzchen, daß sich schon einmal, als es nicht auffiel, ein Junge an dich herangemacht haben muß, um dir etwas zu sagen, worauf man nicht nur mit Schlucken antworten kann.«

»Das kann schon sein«, sagte das Mädchen. »Es war voriges Jahr. Ich ritt auf unserem Krapi zum Lämmerauftrieb. Und im Morgenrot, als wir schon auf dem Berg waren, sagte ein Junge ungefähr folgendes zu mir: ›Du sollst mir erlauben, auf dem Grauen zu reiten‹, sagte er. Noch nie hatte jemand von anderen Höfen mich um so etwas gebeten. Was sollte ich sagen? Ich habe mich immer noch nicht beruhigt.«

»Da du weder ja noch nein sagen konntest, so denke ich, es hätte dir nichts ausgemacht, stillschweigend abzusteigen, mein Schäfchen. Er hätte sich dann auf das Pferd gesetzt, der Bursche, wenn er sich getraut hätte.«

»Sie holten uns gerade ein, mein Papa und sein Papa«, sagte sie. »Sonst weiß ich nicht, was ich getan hätte.«

»Er war doch hoffentlich Manns genug, Andeutungen zu machen, als du ihn das nächste Mal trafst«, sagte Björn.

»Im nächsten Frühjahr ritt ich beim Lämmerauftrieb nicht mit«, sagte das Mädchen. »Und dieses Frühjahr auch nicht. Als mein Papa den Krapi weggab, da wußte ich, daß ich nie wieder mitreiten würde.«

»Und ihr habt euch seitdem nicht gesehen?« fragte Björn.

»Wir haben uns vielleicht nur eben so angeblickt, wenn ich mal zur Kirche kam«, sagte das Mädchen. »Mir scheint, er hat es mir noch nicht verziehen. Vielleicht vergißt er es mir nie.«

»Diese Bengels haben noch nicht den rechten Mumm in den Knochen, mein Schäfchen, kümmert euch doch nicht um sie; eher langt nach uns alten Kerlen, dann wißt ihr, woran ihr seid.«

»Du kommst mir nicht sehr alt vor, Björn«, sagte das Mädchen. »Auch mein Papa nicht; als ich klein war, schlief ich immer an seinem Bart ein. Seitdem ist es so, als ob alles irgendwie in der Ferne entschwunden ist.«

»Ja, die Kindheit ist schnell entschwunden, mein Täubchen, dann geht es ständig mit einem bergab, bis man vor Alter bettlägerig wird, und dann wird es Gott sei Dank wieder ein bißchen besser. Trockne mir jetzt die Zehen, mein Dummerchen; warum zum Teufel will man auch jeden Tag drei Gletscherflüsse zu Pferd überqueren?«

Das Mädchen sagte: »Mein Papa hat mir immer einen Vers vorgesummt, der geht ungefähr so:

›An meine Wange deine leg,
doch kalt und rauh ist meine;
du Mädchen, blühend und so reg,
wie warm und glatt ist deine.‹«

»Ja, ich muß wohl dein Ersatzvater sein, solange mein Steinar von Hlidar beim König ist. Jetzt ziehst du mir diese englischen Hosen aus, und dann sind nur noch die Teufelsbuxen übrig. Du bist ein wahres Goldstück und etwas anderes als das alte Weib, das sich vorgestern abend mit mir in Medalland im Osten abplackte; Gottes Lohn und vielen Dank.«

»Es lohnt sich kaum, für so wenig zu danken«, sagte das Mädchen, stand vom Fußboden auf, rieb sich die vom Liegen gefühllos gewordenen Knie und wurde rot. Dann machte sie Anstalten zu gehen und sagte zum Abschied, daß er nicht zögern solle zu rufen, wenn er etwas haben wolle, und in ihrer Güte und dem rückhaltlosen Vertrauen, das in jungen Frauen wurzelt, fügte sie hinzu: »Für mein Leben gern bediene ich Gäste, die einen aus den Betten holen.«

»Wo ihr jetzt uns Pferdekerle in eure Betten gesteckt habt, was wird da mit euch Frauensleuten?«

»Meine Mutter bleibt auf, um die Sachen der Leute vorn in der Küche zu trocknen«, sagte das Mädchen. »Wir Kinder legen uns auf Sattelrasen draußen im Gerätehaus. Es ist eine so schöne Abwechslung. Es dauert nur eine kurze Weile, denn es ist nicht mehr lang bis Tagesanbruch.«

»Was muß ich da hören, liebes Kind?« sagte Björn von Leirur. »Denkst du, ich lasse es zu, daß du mit deinem schönen blonden Haar und so roten Wangen und einem Körper wie frischgeknetete Butter dich meinetwegen draußen in einem Schuppen auf ein Stück Rasen legst? Nein, wir sind zwar schnell dabei, Pferde zu kaufen und zu verkaufen, doch wir sind nicht so schnell dabei, die Mädchen von uns wegzuschikken. Erlaube, daß ich das Kopfkissen da an das Kopfende lege, und krabble über die Bettkante zu mir wie die Jungfrau, die einst das Tier erlöste.«

11. Geld auf dem Fensterbrett

Als es am nächsten Morgen hell geworden war, gab es für die Bewohner von Hlidar Grund genug, auf das höchste erstaunt zu sein, denn auf den Wiesen des Bauern Steinar standen mehr Rosse, als man je in diesen Gegenden auf einmal gesehen hatte. Eine sehr ansehnliche Herde war dort zusammengekommen. In einigen Darstellungen heißt es, daß an diesem Morgen dreihundert Pferde auf den Weiden standen, andere sagen vierhundert. In der letzten Zeit war das Wetter ziemlich regnerisch gewesen, und die Erde war aufgeweicht. Durch die hin und her laufenden Pferde brach der Boden auf, und an den Stellen, wo sie sich zusammendrängten, verwandelte er sich in Morast. Schon in der ersten Nacht war die Hauswiese hoffnungslos zertrampelt. Diese ganze Herde kam aus entfernten Gegenden; sie hielt sich deshalb nicht an die Weideflächen und versuchte davonzulaufen; die Jungtiere spielten oder hatten Angst und sprangen gegen die Mauern. Gleich in der ersten Nacht gab es eine ganze Anzahl Breschen in dem kunstvollen Mauerwerk, das Generationen von Meistern in Hlidar geschichtet hatten.

Als das Mädchen am Morgen aufwachte, war sie allein in der Stube; es war taghell. Sie hatte noch das Fähnchen an, das sie sich in der Nacht übergeworfen hatte. Ihr Nachtgast war über alle Berge mit seinen großen Stiefeln. Und als sie einen Blick aus dem Fenster warf, sah sie, daß ihre Wiesen und ihr ganzes Land von Pferden wimmelten. Während sie sich darüber wunderte, fiel ihr Blick auf ein rotes Geldstück auf dem Fensterbrett. Mit diesem seltsamen Ding ging sie zu ihrer Mutter in die Küche und zeigte es ihr; sie sagte, daß sie es am Stubenfenster gefunden habe, als sie aufgestanden sei.

»Nanu«, sagte die Frau, nahm das Geldstück in die Hand und betrachtete es. »Es war eigentlich vorauszusehen, daß dieser Tag kommen würde wie andere Tage. Doch glaubte ich, daß mich der Erlöser länger davor bewahren würde, den Stoff in der Hand halten zu müssen, nach dem Steinar, dein Vater, zuallerletzt strebt. Es ist nämlich Gold, der Stoff, der Böses in der Menschenwelt verursacht, mein Kind. Noch nie hat jemand in Hlidar diesen Stoff berührt. Wie kommt es, daß du dieses Zeug aus dem Zimmer des Nachtgastes bringst?«

»Ich habe heute nacht dort geschlafen«, sagte das Mädchen. »Und als ich aufwachte, war da nichts, nur dies.«

Die Frau starrte ihre Tochter entsetzt an. Als sie endlich ein Wort hervorbringen konnte, sprach sie in jenem unterdrückten Klageton, der hierzulande Brauch war, als man noch daran glaubte, daß jedes Ding zu seiner Zeit eintritt: »Ich bitte den Erlöser, den armen Geschöpfen gnädig zu sein und besonders denen, die keinen Verstand im Kopfe haben. Hatte ich dir nicht gesagt, du solltest dich draußen im Gerätehaus auf ein Stück Sattelrasen legen?«

»Das ist alles wahr«, sagte das Mädchen. »Ich verstehe mich nicht. Ich hatte dem Mann beim Ausziehen geholfen und war aufgestanden. Ich hatte schon gute Nacht gesagt und wollte gehen. Ich schwöre es, ich war dabei, aus der Stube zu gehen. Da sagt der Mann: ›Wohin willst du, mein Schäfchen?‹ Und als ich ihm sage, daß ich hinaus ins Gerätehaus schlafen gehen will, fängt er damit an, er kann es nicht zulassen, daß ich seinetwegen draußen im Schuppen auf einem Stück Rasen liege. Kurz und gut, ich weiß nur, daß ich mich vor den Mann an die Bettkante legte und einschlief.«

»Du Unglückswurm«, sagte ihre Mutter. »Und was dann?«

»Nichts«, sagte das Mädchen. »Ich weiß nichts von mir, bis ich heute morgen aufwachte. Und das da lag auf dem Fensterbrett.«

»Soll ich wirklich glauben, mein Kind, daß du ausgerechnet bei Björn von Leirur geschlafen hast!« sagte die Frau.

»Mama«, sagte das Mädchen, »ich glaube nicht, daß der alte Björn so schlecht ist, wie man sagt. Er hat mir wirklich nichts getan, obwohl ich dumm bin.«

»Du weißt doch wohl, daß du ein erwachsenes Mädchen bist und dich nicht ausgezogen zu einem Mann ins Bett legen kannst«, sagte die Frau.

»Wie, ich?« sagte das Mädchen, und wie zu erwarten war, brachten sie die Worte ihrer Mutter zum Weinen. »Wie kannst du so etwas zu mir sagen, Mama, wo du doch besser als alle anderen weißt, vielleicht weiß es nur noch der Erlöser besser, daß ich noch ein Kind bin und den ganzen Tag an nichts anderes denke als an meinen Vater und wie es möglich ist, daß er wegreisen konnte. Außerdem habe ich mich gar nicht ausgezogen.«

»Was hast du unter dem Kleid an?« sagte die Frau. »Ach, konnte ich es mir nicht denken! Wenn du bisher nicht geahnt hast, du armes Ding, wie weit du bist, dann ist es jetzt an der Zeit, daß du über dich selber nachdenkst, nach heute nacht.«

»Was ist mir denn passiert, Mama, sag es mir doch!«

»Als ob du nichts mit dem Kerl zu tun gehabt hast«, sagte die Frau.

»Ich fühlte bloß so, daß da jemand war«, sagte das Mädchen. »Er ist nun einmal so groß und dick, wie jeder weiß. Und ich bin auch schon groß und dick. Und das Bett ist nur gerade so für einen.«

»Ein bißchen hat der Kerl dich doch wohl beengt, Kind«, sagte die Frau. »Wenigstens hatten sie das zu meiner Zeit so an sich.«

»Ich war müde zum Umfallen und schlief gleich ein«, sagte das Mädchen. »Und der Mann schnarchte schon. Was mich beengte, nachdem ich eingeschlafen war, wie soll ich das wissen? Das ist, glaube ich, nicht viel gewesen. Wenigstens wurde ich nicht wach; ich würde es nicht einmal einen Alpdruck nennen. Und ich bin erst am hellichten Tag aufgewacht.«

»Warum nimmst du dann das Goldstück in die Hand, Kind?« fragte die Frau. »Leg es dorthin, wo du es hergenommen hast. Du solltest noch nicht vergessen haben, daß Björn von Leirur und der Bezirksvorsteher und der König selbst Gold für unseren Krapi boten. Und was gab dein Vater zur Antwort?«

Den Hausbewohnern schien es höchst verwunderlich, obwohl es sich nicht schickte, darüber viele Worte zu verlieren, daß die Gäste keinerlei Anstalten machten, aus dem Nachtquartier aufzubrechen und weiterzuziehen. Ganz im Gegenteil. Am nächsten Morgen bekamen sie Proviant und andere Ausrüstung auf Packpferden. Auf dem Heumietenplatz schlugen sie ein Zelt auf. In Island ist es kein Zeichen von Lebensart, Gäste danach zu fragen, was sie aufhalte. Diese jedoch machten kein Geheimnis daraus, daß sie hier auf weitere Pferde warteten. Es stellte sich jetzt heraus, daß die Pferdehändler keine Rindfleischsuppe brauchten, obwohl sie am Abend vorher so getan hatten, als würden sie sich mit wenigem begnügen. Einige der Gäste lagen in der Leutestube und schnarchten musikalisch in den Tag hinein, andere saßen auf dem Pflaster des Hofplatzes und sogen aus hölzernen Flaschen und Hörnern Schnupftabak durch die Nase, während sie auf die Herde aufpaßten. Der eine oder andere war völlig betrunken. Einige galoppierten kreuz und quer über den Landbesitz und jagten hinter störrischen Jungpferden her. Die benachbarten Bauern waren schon auf den Beinen, jeder bei sich, um ihr Land vor diesem Teufelsgezücht zu schützen, das mit den Plagen zu vergleichen war, die nach der Bibel über die Welt kamen. Die Pferdehändler gaben Mutter und Tochter Fleisch und Getreidewaren, woraus sie ihnen Suppen kochen und Brot backen mußten. Butter in Dosen hatten sie bei sich. Der Bäuerin gegenüber zeigten sie sich nicht kleinlich. Wenn sie ihr Kaffee gaben, der in ihren Töpfen gebrannt war, dann nie weniger als ein Pfund. Die Kinder konnten in Puderzucker und dänischem Molkenkäse waten. Scharen von Pferden wurden nach einer Richtung fortgeschickt, aus einer anderen kamen dafür neue heran. Weitere Pferdetreiber kamen hinzu, legten sich ins Zelt und rupften Heu aus dem Schober, um es sich unterzulegen. Vikingur Steinarsson wurde für das Pferdegeschäft ausgeliehen und in andere Gegenden geschickt.

Einige Tage danach kam Björn von Leirur wieder. Es war kurz vor Mitternacht, und die Leute hatten sich zur Ruhe begeben. »Wo ist Steina?« rief er draußen auf dem Hofplatz. Die Bäuerin steckte den Kopf aus der Gerätehaustür, bereit, ihm zu Diensten zu sein. Er küßte sie, trieb sie wieder hinein und sagte, er wolle junge Mädchen haben. Da wurde die Bauerstochter geweckt. Sie machte ihm mitten in der Nacht Suppe warm, auch Kaffee mußte gekocht werden, danach Punsch; und schließlich mußte man ihm beim Ausziehen helfen, denn er hatte sich wie gewöhnlich mit Gletscherflüssen herumgeschlagen.

»Du hast neulich ein Goldstück vergessen«, sagte das Mädchen.

»Es war dein Goldstück, Kleine«, sagte Björn auf Leirur, »fürs Mitanfassen.«

»Mein Papa und meine Mutter sagen, daß Goldstücke der Anfang alles Bösen sind«, sagte das Mädchen.

»Faß doch mal mit an, Kleine«, sagte Björn von Leirur und lachte.

Früh am Morgen war er bereits wieder nach anderen Gegenden unterwegs, um mehr Pferde zu kaufen, doch hatte er auf dem Fensterbrett einen spiegelblanken Silbertaler zurückgelassen.

War das ein Herbst!

Fremde Pferde beherrschten das Hlidarland, und die Pferdehändler verfügten über Haus und Hof. Das Gästebett in der Stube stand bereit und wartete auf Björn von Leirur, der manchmal kam und manchmal nicht kam. Wenn er kam, dann um Mitternacht, und immer war er durchnäßt von den Gletscherflüssen. Wo war Steina? Die Tochter Steinars von Hlidar durfte weder wachend noch schlafend von seiner Seite weichen, solange er da war. Und die Bäuerin, ihre Mutter, war nach und nach gleichgültig geworden.

An einem Herbsttag zwischen dem ersten und zweiten Hochweideabtrieb, als die Belagerung noch andauerte, gab es in Hlidar insofern eine Abwechslung, als ein Gast aus der Gemeinde auf den Hof geritten kam und nach der Bäuerin fragte. Es war der Bauer von Drangar, dem dritten Gehöft weiter östlich an den Hlidar. Sein Sohn war es, der bei dem Lämmerauftrieb vor ein paar Jahren nicht auf den Grauschimmel steigen durfte. Der Bauer wurde in die Stube gebeten.

»Du wirst Neuigkeiten zu erzählen haben, gute Frau«, sagte Geir von Drangar.

»Sechshundert Pferde Tag und Nacht«, sagte die Frau. »Und außer dem Jungen, der zum Treiben gemietet ist, nur wir beiden unverständigen Geschöpfe. Gnade uns Gott!«

»Ich möchte euch zwar nicht für stumme Kreaturen halten«, sagte der Bauer, »doch ein klein bißchen mehr Beherztheit erwarten viele von den Bäuerinnen hier an den Hlidar.«

»Ich sage dir doch, daß wir weder Verstand noch Sprache haben«, sagte die Frau. »Wir haben nicht einmal eine Pferdeknarre. Mein Steinar hat nie so ein albernes Gerät anschaffen wollen. Hier auf dem Gehöft hat es nie ein Stück Eigentum gegeben außer Steinars Kopf.«

»Es ist gewiß nie als Tugend angesehen worden, seine Nase überall hineinzustecken«, sagte der Bauer. »Und ein jeder entscheidet selbst darüber, wie er mit seinem Eigentum verfährt. Alle sehen, daß euer Land sich in eine Wüste verwandelt, die schwerlich wieder anzusamen ist. Doch der Grund meines Besuchs ist, daß ich so halb und halb Wind davon bekommen habe, daß es meinem Joi in den Sinn kommen könnte, so mit der Zeit hierherzugehen und mit der kleinen Steina, eurer Tochter, zu sprechen. Hm. Mir kam der Gedanke, daß jemand, der euch wohlwill, mit dem Bezirksvorsteher sprechen sollte; er könnte es womöglich mit dem Schwert des Gesetzes zuwege bringen, daß sich diese Plage etwas mildert.«

»Im Vertrauen gesagt, Nachbar«, sagte die Bäuerin, »die Sache verhält sich so, daß der, welcher die Pferde treibt, Zeugen dafür bei sich hatte, daß es mit Einwilligung des Bauern hier in Hlidar, meines Steinars, geschieht. Also kann ich nichts weiter tun als hoffen, daß der, der die Pflanzen geschaffen hat, irgendwann hier in Hlidar wieder Gras wachsen läßt. Trotzdem ist es kein Nachteil, gute Nachbarn zu haben, und ihr von Drangar seid uns willkommen, du und dein Sohn, je eher, um so lieber, ob bei Tag oder bei Nacht.«

Gerade als der Bauer Geir aufsteht und gehen will, fällt sein Blick auf das Fenster, und er sieht Geld auf dem Fensterbrett liegen. Es waren eine große englische Goldmünze und viele spiegelblanke dänische Silbertaler.

»Bei euch in Hlidar scheint etwas angebissen zu haben«, sagte der Bauer Geir.

»Der alte Björn von Leirur läßt stets am Morgen, ehe er geht, etwas Geld hier«, sagte die Frau. »Doch wir hier in Hlidar wissen mit Geld nicht Bescheid; wir wagen nicht einmal, es anzufassen. Er meint wohl, der alte Kerl, daß meine Steina es als Entschädigung dafür verwahren soll, daß sie beim Ausziehen mit anfaßt. Seine Tat ist nicht weniger wert, auch wenn wir es liegenlassen.«

»Björn«, sagte das Mädchen in der Nacht darauf, als sie in der Stube auf den Knien lag und das kalte, verdreckte Zeug auszog, zu dem Reisenden, der es von allen Menschen am meisten liebte, Gletscherflüsse auf schwimmenden Pferden zu überqueren, »es liegt noch immer ein Goldstück dort auf dem Fensterbrett.«

»Hast du mit etwas anderem gerechnet?« sagte er. »Gold ist für Jungfern. Das gibt man einer Frau nur einmal.«

»Jetzt ist noch diese Menge Silbergeld dazugekommen«, sagte das Mädchen. »Mama und ich haben Angst davor. Was sollen wir Papa sagen, wenn er kommt?«

»Silber ist für Kebsweiber«, sagte Björn von Leirur und lachte.

Wenige Tage später erwachte das Mädchen am Morgen im Gästebett, stand auf, blickte aus dem Fenster und sah, daß überall Schnee lag. Es war der erste Schnee. Es war kurz vor Wintersanfang. In der herbstlichen Dunkelheit hatte der

Schnee sich weiß und rein über das Land gebreitet. Sie wunderte sich, daß nirgends auf dem Grundstück ein Pferd zu sehen war. Der Schnee war auch nirgends zertreten: Sie hatten die Herde in der Nacht fortgetrieben, ehe es zu schneien begann. Das zertrampelte Land war unter dem Schnee verschwunden. Um das Gehöft war alles still, keine fremden Männer schnarchten mehr in der Leutestube. Das Land und der Hof waren in kalte weiße Welten des Schweigens entrückt. Kaum je sind so viele Pferde von so wenigen Menschen vermißt worden. »Gelobt sei der liebe Erlöser«, sagte das Mädchen. Da bemerkte sie, daß eine Handvoll großer Kupfermünzen zu der prächtigen Goldmünze und den Silbertalern auf das Fensterbrett gelegt worden war.

12. Der Liebste

In der folgenden Zeit schien es denen in Hlidar oft, als ob sich im Westen auf den Geröllhalden, wo der Weg hinter dem Felsvorsprung Hlidaröxl verschwindet, ein Mann gegen den Himmel abhob, besonders in der Dämmerung. Er schien jenen vorsichtigen, gewissenhaften Gang zu haben, bei dem man mit jedem Fuß zweimal auftritt, um zu prüfen, ob einen der Boden trägt. Doch nie war es er. Oft war es bloß der Elfenmann. Die Kinder in Hlidar schliefen ermüdet von der herbstlichen Hirtenarbeit ein und wurden immer wieder von demselben Traum heimgesucht. Sie träumten, ihr Vater wäre allein im Herbstdunkel auf irgendwelchen endlosen Straßen im Ausland unterwegs und fände nicht den Weg nach Hause. Der erste Schnee war zwar wieder verschwunden, doch die Vögel kamen nicht zurück, nicht einmal der Eissturmvogel und die Raubmöwe; der weiße Sonnenschein des Herbstes glitzerte nur auf dem Rücken des blauschwarzen Raben. Die Beeren waren reif, und das Beerenlaub war rot. Das Land war gänzlich still. Der Himmel war auch still. Des Nachts fror es schon. Die zertretene Böschung des Hofplatzes, die zerwühlte Wiese, alles war hartgefroren. Die Tage des Winteranfangs waren vorbei und das letzte Herbstschiff angekommen. Oben vom Berg stürzten des Nachts Steine herab.

Der Bursche, der nicht auf dem Grauschimmel reiten durfte, stand im Flur und reichte der Bäuerin die Hand.

»Mein Weg führt mich über den Hof«, sagte er.

»Du wirst mit Steina sprechen wollen«, sagte die Frau.

»Über nichts Besonderes«, sagte er.

»Ich werde sie rufen«, sagte die Bäuerin.

»Nicht, wenn sie schlecht abkömmlich ist«, sagte der Gast.

»Sie ist in der Kammer und buttert«, sagte die Frau. »Vielleicht will sie sich die Butter aus dem Gesicht wischen, ehe sie mit einem Jungen spricht.«

»Mir soll es gleich sein«, sagte er. »Ich kann kurz vor Weihnachten wiederkommen.«

»Vor Weihnachten?« sagte die Frau. »Bis Weihnachten ist es zum Glück noch lange. Sie ist schön bei euch Burschen, die Höflichkeit. Doch kann man von allem zuviel tun.«

»Ich hätte gern bei ihr eine Kleinigkeit gesehen, von der ich weiß, daß sie sie hat«, sagte er. »Doch wenn sie nicht abkömmlich ist, so macht das nichts, dann bitte ich nur, sie zu grüßen. Vielleicht später.«

»Geh einfach in die Speisekammer zu dem Mädchen, Junge«, sagte die Frau.

Steina stand im Unterrock, entblößt bis zur Brust, die glänzende Erdmauer hinter sich, und stampfte im Butterfaß mit jener eigenartigen, etwas langsamen, doch rhythmischen Bewegung, die dazu erforderlich war: Es ist, wie wenn Mensch und Gerät in einem besonderen Tanz zu einem Leib verschmelzen. Sie butterte weiter, als sie den Burschen ein wenig gebeugt in der Kammertür stehen sah. Beim Stampfen war ihr die Butter auf die bloßen Arme, den Hals und das Gesicht gespritzt. Sie wurde rot und lächelte auf das Butterfaß hinunter; denn man darf nicht mitten im Buttern aufhören. »Darf ich dich bitten, den Trog da umzudrehen und dich daraufzusetzen?«

Als er saß, sagte sie beim Buttern: »Selten sieht man weiße Raben, das kann man wohl sagen. Gibt es etwas Neues?«

»Nicht daß ich wüßte«, sagte er. »Was gibt es bei dir?«

»Nur Gutes«, sagte sie und ließ sich beim Buttern nicht stören, doch sie sah ihn verstohlen an, neugierig und schüchtern zugleich, aber heiter, bis sie sich nicht mehr enthalten konnte zu sagen: »Was ist das? Bist du zusammengegangen? Ich dachte, du wärst größer und kräftiger.«

»Das kommt sicher daher, weil du selbst so zugenommen hast«, sagte er und konnte den Blick nicht von diesem großen Mädchen wenden.

»Wir starren einander an und kennen uns kaum wieder, so lange ist es her, seit wir uns gesehen haben«, sagte sie. »Doch dir ist vielleicht bloß kalt. Warum bist du nicht gekommen?«

»Hast du auf mich gewartet?« sagte er.

Sie antwortete: »Du sagtest, du wolltest es. Ich habe mich darauf verlassen.«

»Wir haben uns ab und zu an der Kirche gesehen«, sagte er.

»Das heißt für mich nicht sich sehen. Ich schäme mich bloß, weil ich mit Butter bespritzt bin, jetzt, wo du mich endlich siehst. Doch bald bekommst du Buttermilch.«

»Als wenn es nicht schlimmere Spritzer als Butter gäbe!« sagte er. »Und Buttermilch bleibt Buttermilch, auch wenn es eigentlich eine Art Magermilch ist.«

»Wolltest du etwas Besonderes?« sagte sie.

»Ich habe erzählen hören, du hättest ein Goldstück bekommen«, sagte er.

»Wer sagt das?«

»Einer hat es auf dein Fensterbrett gelegt«, sagte er, »eins von diesen großen, die in der ganzen Welt gelten.«

»Ich mache kein Hehl daraus«, sagte das Mädchen. »Ich werde es dir zeigen, wenn ich mit Buttern fertig bin.«

Endlich war es gut. Sie nahm die Butter aus dem Butterfaß und legte den ungekneteten, von Buttermilch tropfenden Klumpen in den Buttertrog. Von ihrer Mutter aus der Küche holte sie ein heißes Fladenbrot, denn zu frischer Butter gibt es stets heiße Roggenfladen. Drei Dringe hält man in Island in der Poesie für das höchste Glück: heißes Fladenbrot, ein dralles Weib und kalte Buttermilch. Sie schmierte ihm diese schöne Butter aus dem Butterfaß mit dem Daumen auf das Fladenbrot und geizte nicht; dazu gab sie ihm Buttermilch in einer Kanne zu trinken. Auf dem Wege hatte sie ein Bündelchen unter ihrem Kopfkissen hervorgezogen; sie holte ihr Goldstück heraus und zeigte es ihm.

»Das ist ja eine Pracht«, sagte der Bursche. »Ich möchte annehmen, daß es eine Kuh wert ist. Wie bist du dazu gekommen?«

Sie schnalzte mit der Zunge, als ob so etwas keine große Sache wäre – »Ach, das hat jemand liegenlassen. Du kannst es behalten, wenn du willst. Wir erwarten unseren Papa heute oder morgen aus Kopenhagen zurück, und ich weiß nicht, was er täte, wenn er hier Gold sähe.«

»Von wem hast du es bekommen?« fragte der Bursche.

»Von Björn von Leirur«, antwortete sie.

»Wofür?«

»Ich half ihm beim Auskleiden.«

»War das alles?«

»Der Mann war klitschnaß«, sagte sie. »Er hatte auf allen Höfen Pferde eingehandelt und saß bis an die Brust im Wasser, als das Pferd die Gletscherströme durchschwamm; er hatte keinen trockenen Faden mehr am Leibe, als er neulich nachts hier ankam.«

»Er ist ein Dreckskerl«, sagte Joi von Drangar.

»So etwas Häßliches habe ich mein Leben lang noch nicht über irgendeinen Menschen sagen hören«, sagte das Mädchen, und fort war die heitere Miene. »Auch ist es nicht wahr, Björn von Leirur ist ein sehr netter Mensch.«

»Das hat noch niemand über Björn von Leirur gesagt, meine ich«, sagte der Bursche. »Hingegen ist es allbekannt, daß er jedes Jahr wenigstens drei, vier Mädchen verheiratet, außer denen, die er nicht zu verheiraten braucht, weil sie schon verheiratet sind; und dann noch, was er abschwört.«

»Ich verstehe nicht, wovon du sprichst!« sagte sie. »Soll das ein Rätsel sein?«

»Es wäre zu wünschen, daß du es nie zu verstehen brauchst«, sagte er.

»Ja, du weißt Bescheid«, sagte sie. »Du meine Güte!«

»Du bedenkst nicht, daß ich fast drei Jahre älter bin als du und nächsten Winter das vierte Mal zum Fischfang nach Höfn gehe.«

»So etwas, wie du da gesagt hast, nennt man das nicht Fischerklatsch?« sagte sie. »Du kannst dich darauf verlassen, ein angenehmerer und einfacherer Mann als Björn von Leirur ist schwer zu finden. Ich war menschenscheu, bis er anfing, hier zu übernachten. Sogar gegen dich war ich so schüchtern, wie ich es gar nicht sagen kann. Ich war zwei Jahre lang krank, weil ich beim Lämmerauftrieb nicht wagte, dich ein bißchen auf dem Grauen reiten zu lassen.«

»Da du nicht mehr schüchtern bist, meine ich, du solltest erzählen, wozu der alte Kerl dich nachts bei sich hat.«

»Wer sagt das?« fragte das Mädchen.

»Das Gerücht ging von Pferdehändlern aus«, sagte der Bursche.

»Wozu er mich bei sich hat! Der Björn von Leirur! Da bin ich platt. Natürlich zu gar nichts. Du lachst. Ich hätte nie gedacht, daß du so bist.«

»Warum antwortest du mir nicht?« sagte er.

»Ich brauche dir überhaupt auf nichts zu antworten«, sagte sie. »Nur daß es einem armseligen jungen Ding gefällt, wenn ein erwachsener Mann es für wert hält, mit ihm wie mit einem Menschen zu sprechen.«

»Was dann?«

»Zum Beispiel, was denkst du?« sagte sie.

»Natürlich fängt so ein Kerl gleich ein bißchen zu schäkern an«, sagte er.

»Schäkern? Wenn du Schöntun meinst, so kann ich mir keinen Menschen denken, der davon so frei ist wie Björn von Leirur«, sagte sie.

»Und doch sagst du, du hast ihm das nasse Zeug bis zur Brust ausgezogen«, sagte der Bursche.

»Das waren nicht meine Worte«, sagte das Mädchen. »Etwas anderes ist es, und das verheimliche ich nicht, und ich habe es auch meiner Mutter erzählt, daß oft, wenn ich ihm das nasse Zeug ausgezogen hatte, der alte Mann geradeheraus zu mir sagte: ›Leg dich lieber da vor mich auf die Bettkante, mein Schäfchen, statt draußen im Gerätehaus auf einer Grassode zu liegen.‹«

»Wenn ich auch in solchen Dingen nicht erfahren bin«, sagte der Bursche, »so glaube ich kaum, daß ein Kerl wie Björn von Leirur ein Mädchen in Frieden läßt, wenn es erst einmal bei ihm im Bett liegt.«

»Ich weiß nur, daß er mich in Ruhe ließ«, sagte das Mädchen. »Ich wurde nur schläfrig und todmüde in der Nähe des Alten, und kaum hatte ich mich vor ihm hingelegt, da hatte ich auch schon keine Erinnerung mehr.«

»Hat er dich denn nicht angerührt?«

»Ich weiß nur noch, daß er mich einmal unabsichtlich im Schlaf beengte und daß ich aufschreckte, als ob ich etwas geträumt hätte; doch ich bin sogleich wieder eingeschlafen. Und danach spürte ich ihn nie mehr, nur daß er natürlich ein großer, kräftiger Mann ist. Und das ist wahr, noch nie habe ich so fest geschlafen wie bei diesem Mann. Ich rührte mich nicht einmal, wenn er morgens über mich stieg und wegging.«

Der Gast sah das Mädchen zweifelnd an.

»Wie sollen Männer Frauen verstehen?« sagte er. »Es gibt keine ungleicheren Geschöpfe. Entweder glaubt man euch oder nicht. Ich ziehe es vor, dir zu glauben, Steinbjörg. Und jetzt habe ich keine Zeit mehr. Gottes Lohn für das Brot und die Buttermilch– «

»– und das Goldstück, Joi«, fügte sie hinzu, »das Goldstück. Es ist höchste Zeit, daß ich wiedergutmache, daß ich dich nicht auf unserem Krapi reiten ließ, der jetzt allerdings dem König gehört und Pussy heißt.«

»Das hatte nichts zu sagen«, sagte er. »Glück und Segen. Vielleicht stecke ich dein Goldstück ein – für später. Und ich danke dir.«

Sie sah ihn voller Dankbarkeit an, weil er gekommen war, und voller Wehmut, weil er so schnell wieder gehen mußte. Sie konnte sich nicht enthalten zu sagen: »Nach dieser kurzen Weile kommst du mir wirklich größer und breiter vor.«

»Das macht das Brot und die Buttermilch«, sagte er: »Und die Butter aus dem Butterfaß.«

Sie sah ihm nach, wie er sich unter den Türbalken beugte, und fast war sie ein wenig enttäuscht. Doch gerade als er in den stockdunklen Gang treten wollte, fiel ihm etwas ein, und er kam wieder zu ihr herein. Er sah sie ein wenig verlegen an und wollte etwas sagen.

»Was ist denn?« sagte sie und lächelte ihn an, puterrot im Gesicht.

»Ich wollte noch fragen«, sagte er zögernd, »– war es nur eins?«

Sie mußte nachdenken, um herauszufinden, worauf er hinauswollte, und ihr Lächeln erstarb.

»Warte«, sagte sie.

Sie griff in ihr Bündel und holte einen Haufen schöner Speziestaler hervor. »Bitte schön.«

»Es freut mich, wenn du sie behalten willst. Ich bin sicher, meinem Vater würde es mißfallen, wenn er sie bei mir sähe.«

Er betrachtete das Silber und sah wohl, daß es gut war. »Aber«, sagte er, »ich meinte, waren es nicht mehr Goldstücke?«

Sie sah ihn ein wenig erstaunt an. Und dann brach aus ihr die Klugheit oder besser Unklugheit Björns von Leirur hervor.

»Eine Frau bekommt bloß einmal ein Goldstück«, sagte sie. »Dann bekommt sie nur noch Silber.«

»Ach, also doch«, sagte er. »Es war, wie ich dachte. Du hast weggegeben, was Gold wert war.«

13. Von Königen und Kaisern

Steinar von Hlidar kam mit dem letzten Herbstschiff nicht ins Land. Schließlich wußte sich die Frau keinen anderen Rat, als sich an den Pfarrer zu wenden. Sie ritt zu ihm und sagte:

»Ich suche Sie auf, weil Sie der Vorsehung näherstehen als andere Leute, näher sogar als der Bezirksvorsteher. Glauben Sie, daß mein Mann noch lebt?«

Der Pfarrer antwortete, wenn auch das Herbstschiff ohne ihn eingelaufen wäre, so seien doch keine Nachrichten darüber eingetroffen, daß er tot gewesen wäre, als das Schiff von Kopenhagen auslief.

Die Frau fragte: »Könnte er dennoch gestorben sein?«

Der Pfarrer antwortete: »Ja, hm, nicht direkt. Nicht ganz.«

Die Frau sagte: »Ja, jetzt frage ich Sie, denn meine Dummheit ist groß und ist nie größer gewesen als jetzt, und Ihre Klugheit ist dementsprechend groß: dürfte er dann vielleicht auch nicht ganz am Leben sein?«

»Daran könnte wohl einiges Richtige sein«, sagte der Pfarrer.

»Also glauben Sie, daß etwas daran ist«, sagte die Frau und starrte vor sich hin, und ihre Tränen gefroren von innen.

»Vielleicht nicht mehr, als notwendig ist«, sagte der Pfarrer.

»Es ist kein Spaß, ein unvernünftiges Weibsbild zu sein«, sagte die Frau. »Nun bitte ich Sie, es mir zugute zu halten, wenn ich frage: wenn mein Steinar nicht direkt und vielleicht nur in gewisser Hinsicht gestorben ist, was wird dann ins Kirchenbuch geschrieben? Wenn hingegen etwas daran ist, daß er gestorben ist, und wenn es nur ein ganz klein bißchen wäre, wie hoch ist das in Tränen zu veranschlagen?«

»Ich weiß, es kommt alles auf Tränen an, liebe Frau«, sagte der Pfarrer. »Wieviel, wie groß. In diesem Falle möchte ich sagen: ja hm. Sollten wir die Sache nicht bis zum Frühjahr auf sich beruhen lassen?« Dann beugte sich der Pfarrer zu der Frau hin und flüsterte: »Mir ist eben nur so zu Ohren gekommen, daß dein Steinar einer von denen ist, die einen Mormonen getroffen haben. Es soll in den Gemeinden im Süden gewesen sein, im Sommer, als der König kam. Manche sagen, er habe einen Mormonen von einem Stein losgebunden.«

Zwischen dem letzten Weideabtrieb und der Adventszeit, um die Zeit, als die Tränen in Hlidar nicht mehr nur in der Tiefe gefrorenes Wasser, sondern festes Eis geworden waren, kam ein Brief von Papa. Der Brief war kurz vor Anfang des Winters in Kopenhagen geschrieben und mit dem Herbstschiff geschickt worden, doch nachdem er ins Land gekommen war, hatte sich niemand gefunden, der ihn schnell befördert hätte; er war durch viele Hände gegangen und daher zerknittert.

»Es gibt viele Gewässer auf dem Weg nach Osten zu den Steinahlidar«, sagte die Frau. »Zum Glück kommen gute Nachrichten langsam voran, doch erreichen sie ihr Ziel. Schlechte Nachrichten kommen stets einen Tag zu früh.«

Der Bauer schrieb, unvorhergesehene Hindernisse seien schuld daran, daß er das Herbstschiff nicht wie geplant erreicht habe. Ebenso sei es zu spät, Mitteilungen zu Papier zu bringen, nur zum Spaß schreibe er etwas über das Kästchen und gebe dann einen kurzen Bericht von seinem Besuch bei Krapi. Des weiteren richte er einen schuldigen Dankesgruß an den Erlöser für gute Behütung des Schreibers von seiner Abreise an bis zu diesem Brief.

Nun ist zu berichten, wie sie Schottland anliefen bei der Stadt Leith. Dort waren goldbetreßte Beamte der Britenkönigin zugegen, um in dem Gepäck der Leute zu schnüffeln und dadurch den Schmuggel ungesetzlicher Ware zu verhindern. Da sahen sie den Sack des Bauern und fragten, was darin stecke. Er antwortete: »Das ist nun erstens meine Bettdecke.« Sie betasteten den Sack und fragten, was in dem Oberbett sei, und wollten es sehen. Es war das oben erwähnte Kästchen. »Was für eine Höllenmaschine ist das?« fragten sie und wollten es öffnen, was leichter gesagt als getan war. Da zog der Bauer das »Gedicht zum Öffnen eines Kästchens« hervor und zeigte ihnen, wie man verfahren mußte, und das Kästchen öffnete sich. Sie fragten dann, für wieviel er dieses Stück verkaufen wolle, doch er antwortete nicht und machte das Kästchen wieder zu. Jetzt kamen Beamte von höherem Rang hinzu, und im gleichen Maße stiegen die Angebote für das Kästchen. Zuletzt erschien der höchste Offizier und die größte Respektsperson des Zolls in Schottland und bot englisches Gold im Werte von zwei Kühen für das Kästchen und versuchte lange, es aufzukriegen, indem er an den Knöpfen herumfingerte, denn ihm war klar, daß es nicht mit einem Schlüssel zu öffnen war. Das Kästchen blieb um so fester verschlossen, je mehr er an ihm herumfingerte. Da ließ der Bauer durch die Dolmetscher sagen, daß dieses Kästchen nur mit einem Gedicht zu öffnen wäre. »Den Preis einer Kuh für das Gedicht«, sagte der Offizier. Doch als der Offizier das Gedicht ansah, geriet er in arge Verlegenheit. Da lachte der Bauer Steinar und klopfte diesem noblen Herrn auf die Schulter und ließ sagen, daß die Britenkönigin eine Perle von Mensch sei, daß aber das britische Reich dieses Kästchen nicht bezahlen könne; hier sei die einzige Stelle, wo Gold nichts vermöge. Danach wickelte er das Kästchen wieder in die Bettdecke, und die Briten wünschten ihn zum Teufel.

Mehr ist vom Hlidarbauern nicht zu berichten, bis er mit dem Kästchen nach Kopenhagen kam, das sie neuerdings Kaufmannshafen zu nennen pflegten. Am Kai stand ein Abgesandter des Königs mit einem Brief, daß der Bauer im Seemannsheim, Vestergade 5, Christianshavn, schlafen solle; dort würde ihn ein isländischer Student aufsuchen und ihm die

Stadt zeigen. Im Brief lag Geld, für das er sich in Wirtshäusern Essen kaufen sollte, denn hier bekam man keine Bewirtung ohne Bezahlung.

»Ich habe jetzt keine Zeit, viel Worte über Kopenhagen zu machen, den Ort, über den man Bücher schreiben könnte«, schrieb der Bauer. »Dort gibt es eine merkwürdige Brücke, die sich selbst öffnet, ich weiß nicht, wie, und Seeschiffe fahren durch; ein großes Wunderwerk. Dann ist dort auch Thorvaldsens schöne Werkstatt mit anmutigen Feen und schlanken Knaben; außerdem mit starklendigen Pferden, auf denen Ritter mit einigem Kampfesmut sitzen. Dann ist das Gaswerk zu nennen, eins der größten Meisterwerke hierzulande: es spendet den Leuten Licht und Wärme. Dort ist eine mächtige Steinkohlenglut, von dort führen Rohre durch die Erde in die Stadt, durch die Mauern hinauf in die Häuser und Zimmer. Wenn man Licht oder Feuer haben möchte, dreht man in den Zimmern der Stadt ein Messingrohr auf und hält ein Streichholz daran, dann gibt es eine Flamme. Manchen scheint dies unglaublich, und das ist es auch, dennoch ist es wahr und wunderbar. Ich habe noch nicht Tivoli erwähnt, das die Dänen geschaffen haben, um das Himmelreich und Paradiesesglück nachzumachen, obwohl ich mich dort nicht ganz wohl fühlte«, schrieb der Bauer. »Und in meiner Kindheit wäre es mir wohl kaum erlaubt worden, öffentlich solchen Klamauk zu machen, wie er dort vor sich geht; ich möchte auch meine Kinder nicht bei solchen Spielen sehen. Einige glitten wie Katzen senkrecht an Stangen empor und vollführten an Trapezen und auf Seilen unnütze Verrenkungen und waghalsige Kunststücke; doch zum Glück passierte nichts. In einer Schaubude traten einige unglückselige Leute auf, die entsprechend ausstaffiert waren, um mit Purzelbäumen und Backpfeifen und anderen nicht sehr gescheiten Faxen eine Narrenposse vorzuführen; einige waren allzu wenig bekleidet, besonders die Weibspersonen; ich fragte, was das für Leute wären, und man sagte mir, der Mann heiße Arlaki und die Frau Kollabina; da war auch ein Bursche mit Namen Paljak; er machte der Frau den Hof. Alle diese Leute schienen mir ziemlich unzuverlässige Mitbürger zu sein. Eigentlich sollte alles Spaß sein, doch das ist es nur für die, welche geringe Ansprüche stellen.«

»Das Jagdschloß des Königs«, schrieb der Bauer, »ist von diesem schönen Wald umgeben. Dort laufen viele Damhirsche zwischen den Bäumen umher. Sie recken den langen Hals und beißen mit ihrem zierlichen, zarten Maul, das wie ein Lämmermaul aussieht, belaubte Zweige ab und bewegen es äußerst schnell; die feinen Kiefermuskeln bewegen sich wie ein winziges Spielzeug, wenn sie kauen. Sie springen weich und leicht, so daß die Füße nicht die Erde zu berühren scheinen. Erstaunlich, daß vornehme Leute zu ihrem Vergnügen hinausgehen, um so ergötzliche Tiere umzubringen. Doch im Altertum«, schrieb der Bauer, »soll das Schlachten als heiliges Tun angesehen worden sein, und wer es ausübte, stand in einem besonderen Bund mit Gott; seitdem gehörte es zum edlen Amt der Könige, hinauszugehen und Tiere zu schlachten. Ich hielt es für besser, das Schloß erst zu betreten, als ich die Anzahl dieser Tiere geschätzt hatte.«

Danach erzählte unser Bauer in seinem Brief, wie er und sein Begleiter durch das Schloßtor schritten. »Dort saßen Dragoner in voller Bewaffnung zu Pferde, schrecklich anzusehen. ›Aber wenn man zu ihnen nicht guten Tag oder dergleichen sagt, dann lassen sie einen in Ruhe‹, sagte mein Begleiter. Auf dem Rasenplatz waren feine Herren und schöne Damen und spielten mit Ball und Kelle, und Leutnants, die auf isländisch Leuchtefanze heißen, stolzierten in goldbetreßten Uniformen auf den gepflasterten Wegen und fragten, was für ein Gast das sei.« Der Bauer ließ sagen, daß auf Einladung des Königs ein Mann aus Island hierhergekommen sei, um ein Pferd zu besuchen.

»Hast du eine Höllenmaschine dabei?« sagten sie.

»Davon kann wohl kaum die Rede sein«, sagte der Bauer. »Das hier ist ein Kästchen mit einem Gedicht dazu.«

»Dann ließen sie uns hinein.«

Der König war im Salon. Er ging seinen Gästen entgegen und begrüßte sie liebenswürdig, doch ein klein wenig geistesabwesend und gleichsam insgeheim ein bißchen abgespannt. Er fragte sogleich, wie es dem Bauern und seiner Familie gehe. Dann dankte der König dem Bauern für das Pony Pussy und sagte, daß es ein gutes Pony sei. Es war der Liebling der Enkel des Königs, wenn sie hierher in die Ferien kamen, und man spannte es im königlichen Garten vor einen Wagen; es konnte spielend drei bis vier Kinder ziehen. Der Bauer fragte, ob es am Hof keine Reiter gäbe, denen es Freude machte, auf einem Paßgänger über die Anger auf Seeland zu galoppieren. Ein ehrenwerter Herr antwortete, daß es vorkäme, daß kleine Jungen Pussy bestiegen, doch es wäre sicherer, das Pferd am Zügel zu führen, denn es habe die Eigenart, sich aufzubäumen und durchzugehen. »Aber in Dänemark«, sagte der König und sprach von diesem Land wie von einem komischen fremden Land, von dem er nur wenig wußte, »in Dänemark betrachtet man es als Tierquälerei, wenn Erwachsene auf Ponys reiten. Erst vor kurzer Zeit wurde ein Mann bestraft, weil er gesehen wurde, wie er in der Hauptstraße von Kopenhagen ein Islandpony ritt. Doch«, sagte der König, »darüber lachen wir, die wir in Island selber auf solchen Pferdchen geritten sind.«

Als nun der König und sein Gast einige Worte über das Pferd gewechselt hatten, ergriff der Bauer das Wort und sagte, daß er dem König ein Geschenk zu überbringen hätte, einen Behälter, den er selbst angefertigt habe und in den man Gold, Edelsteine und Geheimnisse legen könne. Dann stellte er das Kästchen vor den König und öffnete im Nu das komplizierte Schloß daran. Der König bedankte sich für das Geschenk und lobte die Erfindungsgabe des Bauern. »Aber als er es selber öffnen wollte, da kam der Gute in Verlegenheit«, schrieb der Bauer.

»Das muß ich Valdemar zeigen«, sagte der König.

Dann rief er nach Prinz Valdemar, seinem Sohn, und sagte ihm, daß er diesen Bauern begrüßen solle, was der Prinz bereitwillig tat, wonach er von dem Pony Pussy erzählte. Er sagte, daß es dick und fett wäre und ein wenig störrisch, wie es bei Isländern häufig ist, wenn man sie nicht richtig behandelt. Prinz Valdemar versuchte sich dann an dem Kästchen, bewies aber nicht viel Geschick. Nach einer Weile sagte er, derjenige solle es an seiner Stelle öffnen, den er bestimme, und es wäre richtig, wenn man den Zaren sich mit so einem Apparat abgeben lasse. Er ging hinaus auf die Terrasse und rief die Gäste des Königs, jene Leute, die vorhin auf der Rasenfläche gespielt hatten, und sagte, daß hier ein Bauer aus Island sei mit einer schrecklich kniffligen Aufgabe, für deren Lösung man mehr Verstand brauche als für das Kricketspiel. Das Wort Island rief draußen große Heiterkeit hervor. Bald strömten viele Leute in den Salon; das waren durchaus keine Lausekerle und auch keine Bettlerinnen oder Armenhäusler. Dann erzählte der Bauer in seinem Brief, daß er hätte annehmen müssen, man wolle den Hlidarbauern auf den Arm nehmen, wäre es nicht der Hausherr Christian Wilhelmsson selbst gewesen, ein rechtschaffener Mann, der ihm die Namen der Ankömmlinge nannte.

»Nun verhielt es sich so, daß die Kinder und Schwiegerkinder König Christians gerade in diesen Tagen daheim zu Besuch waren, um sich zu vergnügen. Diese Kinder sind in der ganzen Welt Könige und Königinnen geworden, und einige haben es noch vor sich. Als ersten nenne ich den, der die Griechen regiert, denn er kam zu mir und reichte mir die Hand, ein außerordentlich höflicher und wohlwollender Mann«, schrieb der Bauer, »glatzköpfig, mit langem Schnurrbart. Nach ihm kam der Prinz von Vallia oder Wales, der mit Alexandra Christiansdottir verheiratet ist, und dieser Mann ist dafür vorgesehen, das Britenreich zu regieren und zugleich Kaiser von Indien zu werden; er regiert den Staat oft, wenn seine Mutter, Frau Victoria, fort ist, um sich zu amüsieren. Er fand es nicht der Mühe wert, mich zu begrüßen, was auch nicht zu erwarten war. Er trat als erster aus der Gesellschaft an das Kästchen heran und betrachtete es mürrisch. Herr Eduard ist ein ältlicher junger Mann, er hat besonders gut gekämmtes, glänzendes Haar und volle Wangen; ich kann verstehen, daß ein Mann, der das Britenreich regieren soll, kein fröhliches Gesicht macht. Sodann kam ein forscher Mann mit Glatze und nicht unfreundlichem Blick; er hatte einen Bart wie Björn von Leirur und war gekleidet wie Leute, die nie etwas mit Krieg zu tun hatten; hätte doch manch einer ohne eigene Erfahrung gedacht, daß dieser mehr goldene Tressen als sonst jemand trüge und daß er bei Tage und bei Nacht mit Wasserstiefeln und einem Säbel ausgestattet wäre, denn hier handelte es sich um keinen anderen als um Zar Alexander den Dritten. Er war der einzige Mensch in dieser Gesellschaft, der ein paar Worte an den Steinahlidarbauern richtete; mein Begleiter übersetzte mir seine Rede, nachdem wir fortgegangen waren. Der Zar sagte, daß er im Russischen Reich und von noch weiter her viele Wilde, darunter einen Mann aus Tibet, gesehen hätte, doch noch nie einen Isländer. Er meinte, daß die Wilden alle verschieden aussähen, ausgenommen vielleicht die Isländer und die Tibetaner; er meinte, das rühre daher, weil sie von allen Menschen auf Erden am weitesten voneinander entfernt wohnen, die einen, mehr als gut ist, von trockenem Land umgeben, die anderen von Wasser; doch wären die Isländer bei weitem seltener als die Tibetaner, ja so rar, daß er, der Zar, heute in seinem Notizbuch ein Kreuz machen wolle. Und als der Zar sah, daß der künftige Britenkönig über das Kästchen gebeugt stand, sagte er zu dem Bauern, er müsse sich für sein Zarentum im fernen Moskowien ein Schloß errichten lassen, in das hineinzugelangen genauso schwierig sei, so daß der Britenkönig es nicht öffnen könne. Mir schien der Zar der allerangenehmste Mensch zu sein. Jetzt näherten sich viele berühmte Ladys, Königinnen und Kaiserinnen; alle wollten sie den sonderbaren Wilden aus Island in Augenschein nehmen. Wäre es zu irgendeiner Zeit an den Steinahlidar gewesen, so hätte man von mancher gedacht, sie steht gut im Futter. Doch wie mir schien, wurden alle von der Frau überragt, die Königin bei den Griechen ist, Großfürstin Olga Konstantinona, wenn ich sie richtig zu nennen weiß; sie gab mir eine Münze zum Andenken. Da war auch Dagmar Christiansdottir, Zarin des Russenreichs. Darauf schneiten viele Grafen, Barone und Marquis und ihre Frauen herein, die stets den Kaisern auf dem Fuße folgen, und diese Sorte wird von ihnen angesehen wie auf dem Lande das Gesinde und dazu gebraucht, wie man mir erzählte, die Herrschaften auszuziehen und, mit Verlaub, zum Pissen abzuhalten. Zum Glück waren es alles leutselige und angenehme Menschen. Alle diese Leute redeten in deutscher Sprache, welches die größte Sprache Europas ist; doch Dänisch bezeichnen sie als Plattdeutsch und verachten es.«

Ehe man sich dessen versah, stand die ganze Schar im Salon und bastelte an dem Kästchen herum, mit geringem Erfolg. Einige wurden ärgerlich, und der Britenkönig war der erste, der dem bösen Machwerk aus Island einen Tritt gab und sagte, es wäre bestimmt eine Höllenmaschine. Andere sagten, es wäre nichts Neues, daß die Isländer gute Leute in die Klemme brächten. Und als der Bauer das »Gedicht zum Öffnen eines Kästchens« hervorzog, sahen sie es sich an und sagten, die Sache würde dadurch nicht besser; ein ehrenwerter Herr aus dem Britenreich knüllte den Zettel zusammen und ließ ihn zu Boden fallen; er wurde vom Diener weggefegt. »In diesem Augenblick kamen Damen und sagten meinem Dolmetscher, daß wir zu Kaffee und Kuchen in die Leutestube eingeladen seien. Wir trennten uns also von den Königen und Kaisern der Welt, die sich abmühten, das obenerwähnte Kästchen zu öffnen«, sagte der Bauer in seinem Brief.

Als nun der Bauer eine Stärkung bekommen hatte, kam Christian Wilhelmsson persönlich und sagte leutselig, daß der Stallmeister Pussy vor die Schloßtür habe führen lassen. Sie gingen beide hinaus und die Schloßtreppe hinunter. Da stand das Pferd. Ein rotgekleideter Kutscher hielt es am Zaum unter der Lippe. Das Pferd war gestriegelt, fett und dickbäuchig wie ein Mastschwein, vollgefressen, fein gekämmt und mit Seife gewaschen. Dem Bauern Steinar erschien es als eine große Verschlechterung, daß man dem Pferd die Mähne so kurz geschnitten und den Schweif so übermäßig gestutzt hatte, daß nur noch die Schwanzwurzel übrig war. Der Zaum war mit Silber beschlagen und die Kopfriemen bestickt und auf der Innenseite mit farbenprächtigem Filz belegt. Noch nie stand ein isländisches Pferd in so hohem Ansehen. »Nun trat ich«, erzählte der Bauer, »an unseren grauen Gaul heran, der aus einem See stammt und doch in den Himmel springen kann; ich streichelte ihm das Maul. Mir war, als wäre hier das Pferd meiner Seele. Ich erkannte das Funkeln in seinem Auge wieder. Sogar der König glaubte an dem Blick des Pferdes zu merken, daß es seinen Ziehvater wiedererkannte, doch mir wollte scheinen, daß es mich mit fremdem Ausdruck ansah, wie ein verstorbener Verwandter, der einem im Traum erscheint; und wirklich wünschte ich in diesem Augenblick, es möge mich nicht wiedererkennen.«

»Ich fragte jetzt den Stallmeister, ob es in der Nähe nicht gute Reitplätze gäbe; er aber antwortete: ›Nur diesen Obst- und Blumengarten.‹ Er wiederholte, was der König zuvor gesagt hatte: daß Pussy verwendet wurde, um die Kutschwagen oder Kinder zwischen den Blumenstauden zu ziehen; er sagte, so eine Katze von Pferd wäre nur ein Kinderspielzeug, wenn auch kein ungefährliches, denn es pflege hinten und vorn hochzugehen, wenn es nicht am Zaum gehalten werde.«

Weiter schrieb der Bauer: »Dann verabschiedete sich der König von mir und sagte dabei, daß ich mir von ihm wünschen könnte, was ich wollte und was ihm zu erfüllen möglich wäre. Ich antwortete mit einem isländischen Sprichwort: ›Es ist gut, den König zum Schuldner zu haben.‹ Es verhält sich jedoch so, daß ich keines der Dinge brauche, die Könige zu vergeben haben. ›Als ich das Pferd damals weggab‹, sagte ich, ›vergaß ich das Zaumzeug abzunehmen, das möchte ich aber gerne wiederhaben.‹ Der König rief nach dem Knappen und trug ihm auf, diesem Bauern aus Island so viele und so gute Zaumzeuge zu geben, wie er haben wollte.« Am Ende seines Briefes schrieb der Bauer: »Dort ließ ich nun das Pferd und das Kästchen meiner Seele in den Händen von Königen zurück und bekam das Zaumzeug; außerdem Bilder der Könige und Königinnen in ihren Prachtgewändern.«

Als er in seinem Brief so weit gekommen war, schrieb der Bauer, daß es jetzt in Kopenhagen späte Nacht sei, er müsse deshalb den Gruß kurz fassen, denn das Schiff steche bald in See.

Nachtrag: »Ich möchte nicht unterlassen, euch, meiner Familie, davon zu berichten, daß an demselben Tage, als ich von Königen und Kaisern und ihren Ladys und von Frau Großfürstin Konstantinona wegging, es sich so fügte, daß ich für zwei Öre von dem Wasser kaufte, das im Wald aus einem Felsen quillt – das reinste Wasser in Dänemark, Kirsten Pils Quelle. Durch Fügung der Vorsehung und höheren Ratschluß traf ich dort einen Mann, dem ich in Island zufällig zweimal begegnet bin. Ich hatte schon geglaubt, das wäre ein Traum gewesen. Dieser Mann heißt Theoderich und ist Bischof. Er befand sich an dieser Quelle, um für zwei Öre gutes Wasser zu trinken. An diesen Mann habe ich ein dringendes Anliegen. Deswegen kann ich im Augenblick nicht nach Island kommen. Ich befehle euch Gott in meinen tränenreichen Gebeten, ohne weitere Worte zu verlieren.«

14. Geschäftsangelegenheiten

Tiefer Schnee liegt über dem Land; und große Finsternis; und hundertfünfzig Jahre lang keine Vergnügungen, wie oben berichtet; Licht kaum vorhanden, noch weniger Liebe und Geld. Doch die meisten verstehen Gott, viele das Vieh – in gewisser Hinsicht; keiner das Herz. Alle murmeln alte Verse vor sich hin oder brummeln weise Sprüche, und die Jugend trinkt Leben aus der alten Geschichte. Jedoch ist zu verzeichnen, daß ein junger Bursche seit dem vergangenen Jahr beinahe so groß wie Egill Skallagrimsson geworden ist. Trotzdem beeinträchtigte bäuerlicher Wirtschaftssinn seinen Wikingergeist nicht so, daß er die Böcke zu den Mutterschafen gelassen hätte. Gegen Ende der Brunstzeit besannen sich gute Nachbarn und trafen Anstalten, sich um die Schafe zu kümmern, die in Hlidar an den Steinahlidar noch brünstig waren. Doch leider dachte man nicht daran, die Kühe decken zu lassen. »Es war keiner mehr auf dem Gehöft, der Verstand genug hatte«, sagte die Frau.

Anfang Hornung, während noch die tiefste Finsternis das Land bedrückte und die Welt unter dem Schnee begraben lag, ereignete es sich einmal, daß löbliches Hundegebell in den Herzen in Hlidar ein Echo weckte. »Es ist schon lange her, daß Snati sich so angestrengt hat und auf das Dach gesprungen ist«, sagten die Bewohner: »Es ist wahrlich kein Rabengebell.« Silberklang lag in dem Bellen.

Bald darauf trat ein Mann in den Flur; er hatte eine Pelerine um. Die Stuben bebten, als er den Schnee abtrat. Er hüllte die Leute in diese weite Pelerine und küßte sie drei-, viermal mit dem großen Bart voller Schnupftabak und Kognak. »Meinen Pferden braucht man nichts zu geben, sie sind dick genug«, sagte er, »und meine Burschen sind daran gewöhnt, draußen zu warten, während ich Jungfrauen auf guten Höfen einschläfre. Und man erzählt, unser Freund sei Mormone geworden«, fuhr er fort.

»Aber nanu doch«, sagte die Frau.

»Mormonen«, sagte Björn von Leirur, »das sind Leute nach meinem Geschmack, ja, wahrhafte Männer. Wenigstens einundzwanzig Frauen, mein Täubchen, und jede hat ihre eigene

Tür mit einem Gang und einem Zimmer für sich, so daß es im Hause nie Zusammenstöße gibt. Das ist etwas anderes als das verflixte Versteckspiel bei uns Isländern. Habe ich nicht immer gesagt, mein Steinar von Hlidar ist ein Teufelskerl? Und ihr Weibsbilder kommt fabelhaft zurecht? Fett, was? Gottes Lohn für vergangenen Herbst. Ich komme, euch zu befühlen. Es kommt darauf an, fett zu sein, besonders von innen. Ich weiß, mein Steinar würde mir nie verzeihen, wenn ich euch abmagern ließe, während er bei den Mormonen ist.«

»Ich möchte wissen«, sagte die Frau, »warum die armen Leute ständig auf diese Mormonen anspielen. Was für Märchen sind das? Ich habe bisher gedacht, daß ich meinen Steinar vielleicht ebensogut kenne wie manche Bauersfrauen hier in der Nachbarschaft, die am meisten von den Mormonen reden. Ich weiß nicht, welche Meinung sie bisher von meinem Steinar gehabt haben, aber das sage ich, wenn ich auch dumm bin: Dann hat sich mein Mann in einem knappen halben Jahr verändert, wenn er schon einundzwanzig Frauen hat.«

»Liebe Frau«, sagte Björn von Leirur, »sowohl der Bezirksvorsteher wie der König wissen, was für ein Mann Steinar ist. Er steht über ja und nein; zuletzt hast du nichts von ihm als ein bißchen Kreischen. Er steht höher als Gold. In Island hat noch nie solch ein Mann gelebt. Es wäre allerhand, wenn ich die Frauen eines solchen Mannes verkümmern ließe. Jemand sagte, daß ihr keine Milch habt.«

»Was noch schlimmer ist«, sagte die Frau, »meine alte Rotbunte hat letzten Herbst verkalbt und gibt nicht einen Tropfen Milch mehr; und dann wurde nicht daran gedacht, die Kuh, die im Sommer kalbt, zum Bullen zu bringen; weiter reicht der Verstand hier auf dem Gehöft nicht. Meine Tochter hatte bis zu diesem Winter nichts mit Rindvieh zu tun und versteht nichts vom Decken des Viehs; und ich bin gleichgültig geworden. Es ist klar, mit Milchspeisen sind wir nicht gesegnet. Wenn auch der kleine Vikingur ein bißchen blaß aussieht und wenig Lust zur Arbeit zeigt, so hat sich doch Steinbjörg, deine Stütze, gut entwickelt.«

Björn von Leirur ging zu dem Mädchen und befühlte es von oben bis unten, bis es tief errötete und es ihm schwarz vor den Augen wurde und es sich kaum auf den Beinen halten konnte.

»Nun, es ist tatsächlich so«, sagte Björn von Leirur, »zum Teufel.«

»Ich laufe auch in einem fort zu dem Tranfäßchen, das mein Papa zum Lichtmachen haben wollte, wenn es not tut«, sagte das Mädchen. »ich glaube, ich habe es schon bald leer.«

»Ich werde an euch denken, wenn es trotz des Schnees möglich ist, eine Kuh vorwärts zu treiben«, sagte Björn von Leirur und hörte auf, das Mädchen zu befühlen. »Ich habe eine Kuh, die zu Weihnachten kalbt – sie gibt nicht übermäßig viel Milch, behält sie aber lange. Doch mit einer Kuh ist es nicht getan. Es nutzt nichts, daß die Kühe kalben, wenn niemand an die Mädchen denkt. Ich wünschte, ich hätte einen Jungen, der für dieses Mädchen paßt. Doch das ist leider nicht der Fall. Etwas muß man dennoch tun, mein Schäfchen.«

Das nahm dem Mädchen jede Kraft.

»Mir ist ein Bursche in den Sinn gekommen, nicht allzu weit von hier«, sagte Björn von Leirur, »und wenn ich mich recht erinnere, so ist euch beiden selbst etwas Gutes miteinander eingefallen.«

Das Mädchen kauerte zusammengesunken auf seiner Bettkante.

»Ich setze euch auf ein hübsches kleines Anwesen und kratze Geld im Wert von ein paar Kühen zusammen«, sagte Björn von Leirur.

Das Mädchen verbarg das Gesicht in den Armen.

Björn von Leirur setzte sich zu ihr und umfaßte sie, und da wurde dieses große Mädchen wieder klein.

»Na, was sagst du, mein Schäfchen?«

»Ich weiß es nicht«, flüsterte ihm das Mädchen ins Ohr. »Ich wollte, ich wäre eingeschlafen.«

Eine ganze Weile besänftigte er das Mädchen in seinen Armen und wiederholte in einem fort: »Ach, mein Schäfchen, mein Dummerchen«, und manchmal sogar: »Ach, mein armes kleines Ding.«

Die Frau saß ein Stück entfernt, zur Bildsäule erstarrt.

»Zu meiner Zeit, Björn«, sagte sie schließlich, »pflegten die Burschen selber zu kommen und um ein Mädchen anzuhalten. Sie selber riskieren ja auch am meisten.«

»Sie getrauen sich nicht, die armen Kerle, solange sie noch keinen rechten Mumm in den Knochen haben«, sagte Björn von Leirur. »Aus eigenem Antrieb bin ich keiner Frau auch nur einen Schritt nachgelaufen, ehe ich an die Vierzig war. Heute verheirate ich bis zu vier im Jahr. Und jetzt gehe ich. Der Wind frischt sowieso auf.«

Der Gast drückte Mutter und Tochter den Bart ins Gesicht, so daß sie wiederum Duft und Dunst von Schnupftabak und Kognak verspürten, zwängte sich in seiner Pelerine durch die Tür, und weg war er.

Als es taute, brachten zwei Männer draußen von den Strandhöfen eine Kuh mit strotzendem Euter für die Leute in Hlidar und nahmen eine der beiden güsten Kühe mit sich. Es sah aus wie ein Kuhhandel in der Gemeinde.

Der Kommissionär ließ es nicht damit bewenden. Zunächst vergingen einige Wochen. Dann stand eines schönen Tages der junge Bursche von Drangar in der Tür. Er war eigentlich gar nicht mehr so jung. Sein Auftreten war bei weitem sicherer als bei seinem Besuch im vergangenen Herbst. Dieses Mal hatte er keine Bedenken, geradeheraus nach der Tochter des Hauses zu fragen. Danach sprachen sie allein miteinander. Zuerst sahen sie sich eine kleine Weile von der Seite an, dann ergriff er das Wort.

»Du hast nicht die Wahrheit gesagt.«

Es lag nahe, daß das Mädchen bei einer solchen Anrede einen Schreck bekam. Seit Menschengedenken war es nicht vorgekommen, daß in Hlidar an den Steinahlidar ein unwahres Wort gesprochen worden wäre.

»Ich weiß nicht, auf was du hinauswillst«, sagte sie und sah ihn erstaunt an.

»Letzten Herbst hast du gesagt, daß nichts geschehen wäre«, sagte er.

»Was ist geschehen?« sagte sie. »Ich weiß nichts davon, daß etwas geschehen wäre. Ist etwas passiert?«

»Nicht mit mir«, sagte er.

»Na, Gott sei Dank«, sagte sie, »mit mir auch nicht. Ich wollte nur, ich verstünde zu reden.«

»Du hast bei einem Mann im Bett gelegen«, sagte er.

»Ich weiß einfach nicht, was ich davon halten soll«, sagte das Mädchen und seufzte. »Daß du nicht aufhören kannst, davon zu sprechen.«

»Du hast ihn geküßt«, sagte der Bursche.

»Den Björn von Leirur?« sagte das Mädchen. »Nein, nur daß er hier manchmal Mama und mir seinen Bart entgegenstreckt.«

Es konnte nicht ausbleiben, daß ihm bei ihren offenen Antworten der Mut sank; besonders aber, weil er sie in der Leutestube vor sich stehen sah, so füllig am ganzen Körper, und weil sie dem Fragesteller direkt in die Augen sah. Er konnte kein Wort herausbringen, um sie zu fragen, als sich dieser Freimut vor ihm auftat.

»Die Leute sagen, daß du dick wirst«, sagte er schließlich. »Mir scheint es auch so.«

Sie sagte: »Gewiß bin ich keine gutaussehende Person, das ist wahr. Doch was kann ich dafür, wenn ich mich entwickle? Ich höre, du hast nicht vergessen, was mir letzten Herbst herausrutschte, nämlich daß du ziemlich dünn wärst. Ich weiß nicht, wie ich dazu kam, das zu sagen; jetzt bitte ich dich, es mir nicht nachzutragen.«

»Es gibt nicht viele, die ebenso dick sind wie Björn von Leirur. Er hat dir auch eine Kuh geschenkt.«

»Wer sagt das?« fragte sie.

»Es wird erzählt«, sagte er.

»Gelte ich auf einmal als Hausherr hier?«

»Irgendwie bist du in die Sammlung dieses Kerls geraten«, sagte der Bursche.

»Wohin geraten?« sagte das Mädchen. »Was dir alles herausrutscht! Ich hatte geglaubt, ihr in Drangar wärt so gute Leute. Willst du was von uns?«

»Das kann man wohl kaum sagen«, sagte der Bursche. »Wenn ich recht verstanden habe, hatte er es mit dir abgesprochen.«

»Abgesprochen?« sagte das Mädchen. »Wie denn? Was denn? Ich weiß von nichts.«

»Wollte er dich nicht verheiraten? Wollte er sich nicht nach einem Mann für dich umsehen?«

»Ich glaube, du bist nicht bei Trost«, sagte sie

»Ich bin gewiß etwas einfältig«, sagte er, »wenigstens dir gegenüber.«

»Björn von Leirur pflegt mit den Leuten zu scherzen, um sie zu unterhalten«, sagte das Mädchen. »Und obwohl ich ihn gern plaudern höre, habe ich nicht gehört, daß man verpflichtet wäre, es ernst zu nehmen.«

»So sind die Weiber«, sagte der Bursche. »Die Kerle scherzen und scherzen, und niemand nimmt etwas ernst, am wenigsten die Weibsleute. Sie denken an rein gar nichts, bis sie bei ihnen im Bett liegen.«

»Vielleicht nur so, um den Rest der Nacht zu schlafen«, sagte das Mädchen. »Besonders wenn alle Betten vergeben sind.«

»Sie vergrößern ihre Sammlung überall, wo sie übernachten. Soviel ich weiß, hat er seit dem Herbst in den Ostbezirken eine andre, und eine dritte im Süden im Ölfus. Und sicher noch viele mehr.«

»Ich muß schon sagen, daß du deine Nase in allerlei hineinsteckst«, sagte das Mädchen.

»Er hat mir freigestellt, unter diesen dreien zu wählen«, sagte der Bursche. »Ich glaubte aber zu verstehen, daß er dich am besten ausstatten würde.«

»Die Späße des alten Björn kenne ich«, sagte das Mädchen. »Da müßte man mich für reichlich dumm halten, wenn ich diesen Scherz für Ernst nähme.«

»Er bot an, dir einen Hof im Wert von zehn Kühen mitzugeben«, sagte der Bursche. »Und Vieh nach Vereinbarung.«

»Und auf so etwas läßt du dich ein?« sagte das Mädchen. »Wofür hältst du dich denn?«

»Es hängt davon ab, was du willst«, sagte er.

»Ich?« sagte das Mädchen. »Ich will gar nichts. Ich will nicht, daß die Fischer über mich klatschen.«

»Was hast du vor?« fragte er.

»Nichts«, sagte das Mädchen. »Wir warten bloß auf Papa.«

»Ich dachte, daß du mich vielleicht gerne siehst«, sagte er.

»Ärgere mich heute nicht mehr«, sagte sie. »Wir haben ein bißchen Kaffee. Sollen wir welchen für dich aufbrühen?«

Er sah sie eine lange Weile an und wußte nicht mehr, was er tun sollte.

Schließlich stand er auf, nahm seine Mütze, starrte erst in sie hinein und drehte sie dann um.

»Könnte es dir einfallen, mich zu heiraten?« sagte er.

Jetzt schlug das Mädchen die Augen nieder und sagte: »Ich weiß es nicht. Hm. Und du?«

»Wenn ich einigermaßen wüßte, was ich bekomme«, sagte er. »Wie ich zu Björn gesagt habe...«

»Was hat Björn von Leirur mit dieser Sache zu tun?« sagte das Mädchen.

»Hof und Vieh ist nicht genug, wenn ein solcher Mann beteiligt ist«, sagte er.

»Wieso verlassen wir uns auf Björn von Leirur, einen fremden Mann?« sagte das Mädchen. »Jetzt kommt mein Papa bald heim, und dann sage ich zu ihm: ›Willst du Joi in Drangar und mir einen Teil von Leiten ablassen?‹ – ›Aber gerne‹, wird er sagen.«

»Dein Papa ist ein armer Mann«, sagte der Bursche. »Mein Vater ist auch ein armer Mann. Mein Anteil in Thorlakshöfn ist für die Wirtschaft daheim draufgegangen; über mein Geld habe ich erst dieses Jahr verfügen dürfen. Ich halte es für selbstverständlich, daß man seine Macht über Björn von Leirur ausnutzt und schieres Gold für jenes verlangt – von dem Mann, der mit Säcken voll Gold durchs Land reitet.«

»Wofür?« fragte das Mädchen.

»Geradeheraus dafür, daß du zu ihm ins Bett gestiegen bist, wie du mir selber erzählt hast, und dich hast einschläfern lassen«, sagte der Bursche.

»Wie sehr ich mich jetzt freue, daß ich dich nie auf dem Krapi meines Papas reiten ließ«, sagte das Mädchen.

»Er hat dir eine englische Guinee hingeworfen, doch er schuldet dir mindestens hundert. Ich will, daß du selbst zu ihm gehst und ihm das sagst –«

»Wenn ich überhaupt wohin gehe, so gehe ich zu meinem Papa; er hat Gold und Edelsteine, außerdem Zauberdinge in Geheimfächern, die nie ein Mensch zu sehen bekommen soll«, sagte das Mädchen.

15. Kind im Frühling

Im Frühling kam weder ein Brief noch ein Gruß; überhaupt keine Nachricht. Es hieß, das Postschiff »Diana« wäre gekommen und wieder abgefahren. Bis in den Sommer hinein wartete und hoffte man in Hlidar, daß am Ende vielleicht ein zerknitterter Zettel einträfe mit den Fingerspuren von vielen unsauberen Gemeinden, wie im vergangenen Herbst, doch das geschah nicht. Es kamen nicht einmal Lämmer aus den Mutterschafen wie bei anderen Leuten; und Geld war knapp. Die Kuh von Björn von Leirur schaffte es gerade, die Leute mit Milch zu versorgen; es wäre schlimm geworden, wenn nicht von unbekannter Seite ein Faß Roggenmehl und eine Kiste Zucker herangeschafft worden wäre, um den Mundvorrat aufzubessern.

Der Hof war seit dem Herbst von den Pferden zertrampelt, am schlimmsten die Hauswiese; niemand vermochte sich vorzustellen, daß man im kommenden Sommer dort eine Sense ansetzen könnte. Es war auch entsetzlich zu sehen, was in diesem Winter vom Berg auf die Hauswiese gestürzt war. Dieses saubere Gehöft, das früher mit seinen unsterblichen Wiesenmauern am Wege prangte, war seit vorigem Sommer sehr heruntergekommen.

Die Leute fühlten sich schlapp, was allerdings im Frühjahr in den Gemeinden des Landes nichts Neues war. Besonders die Tochter des Hauses klagte über innere Völle mit Schmerzen den Leib hinauf und hinunter.

»Wenn es bloß kein Blutpfropf ist«, sagte ihre Mutter.

Wenn die Beschwerden vorüber waren, sagte die Frau: »Ich denke, es waren Wachstumsschmerzen.«

Eines Tages legte sich das Mädchen mit Wehgeschrei ins Bett.

»Wie wäre es, wenn ich einen kalten Umschlag machte?« sagte die Frau.

Als der kalte Umschlag gegen die Krankheit des Mädchens nicht half, sagte seine Mutter: »Ob wir es nicht mit einem heißen Umschlag probieren sollten?«

Am Abend konnte das Mädchen es nicht mehr aushalten, und die Mutter schickte ihren Sohn mit geliehenen Pferden nach Westen über den Fluß, den Arzt zu holen. Es war ein Ritt von vielen Stunden.

Am Morgen, als die Sonne schon lange aufgegangen war, ritt der Junge mit dem Arzt auf den Hof. Da war das junge Mädchen schon niedergekommen und hatte einen Knaben geboren. Ihre Mutter hatte die Nabelschnur abgebunden. Der Arzt wurde wütend und fragte, womit er es verdient hätte, in dieser Gemeinde Hohn und Spott zu ernten.

»Wie in aller Welt hätten wir darauf kommen sollen?« sagte die Frau.

»Nun, was meint das kleine Fräulein?« fragte der Arzt.

»Wie soll ich das wissen?« sagte das Mädchen. »Meinen Tod konnte ich erwarten, aber nicht dies hier.«

»Du weißt wahrscheinlich, wo du gewesen bist, kleines Mädchen«, sagte der Arzt.

»Ich bin nirgends gewesen, nur hier«, sagte das Mädchen.

»Ja, Gott hat deutlich noch einmal seine Allmacht bewiesen, als schon alle den Glauben verloren hatten und keine Lämmer mehr geboren wurden«, sagte die Frau.

»In dieser Angelegenheit braucht ihr bei mir keine Abbitte zu leisten«, sagte der Arzt. »Kriegt so viele Kinder, wie ihr wollt. Ich bin nur keine Hebamme, verdammt noch mal.«

»Hier ist wahrhaftig ein Wunder geschehen«, sagte die Frau. »Darf man dem Herrn Kaffee anbieten?«

Nach dem Arzt kam der Pfarrer, allerdings erst, als das Mädchen aus dem Kindbett aufgestanden war. Er brachte sein großes Buch mit. Auch ihm wurde Kaffee angeboten.

Er antwortete: »Einem armen Pfarrer wird überhaupt kein guter Happen mehr angeboten, seit der Kaffee erfunden wurde. Das ist meine siebenunddreißigste Tasse heute. Bald gebe ich alles ab, wegen des Magens, wie andere Pfarrer. Vielleicht aber schreibe ich noch alles auf, was sich hier zugetragen hat, bevor ich sterbe.«

»Was der Herr Pfarrer hier sieht, ist alles«, sagte die Frau, »der Bauer verschwunden, und keiner weiß mehr, ob er lebt oder tot ist.«

Der Pfarrer setzte die Brille auf, nahm ein Tintenfaß aus der Manteltasche und öffnete sein Buch.

»Hier kommt es darauf an, sich kurz zu fassen. Steinar Steinsson, unverändert, außer: reiste während der Heuernte ins Ausland, um den König aufzusuchen. Gerüchtweise verlautet, er sei Theoderich, dem Polygamisten und Untertaucher aus den Eylönd, begegnet. Ja, hm, liebe Frau, er stellt sich wieder ein, wenn er nicht tot ist. Was noch?«

»Dann sind da noch die beiden Kinder und ich«, sagte die Frau.

»Ich habe alles eingetragen, was ich getauft und konfirmiert habe«, sagte der Pfarrer. »Noch jemand?«

»Nur, was dazugekommen ist«, sagte die Frau. »Hier kam ein Kind zur Welt.«

»Ja, hm«, sagte der Pfarrer. »Wie? War etwas nicht in Ordnung, oder was?«

»Bisher wurde keine Erklärung dafür gefunden«, sagte die Frau.

Nun wurde das Mädchen geholt und dem Pfarrer ermöglicht, mit ihm in der guten Stube unter vier Augen zu sprechen.

»Wie lange ist es her, seit wir uns wegen des Christentums gekabbelt haben, mein Täubchen?«

Er meinte, wann sie konfirmiert worden sei, und als sie die Frage beantwortet hatte, sagte der Pfarrer, daß viele Mädchen in noch jüngeren Jahren vollentwickelt wären. »Und wie ich höre, ist der Kleine wohlauf?«

»Aber sicher«, sagte das Mädchen. »Und Dank für die Nachfrage.«

»Und der Vater?« fragte der Pfarrer.

»Das weiß ich nicht«, sagte das Mädchen. »Es kam eben so.«

»Ja, hm«, sagte der Pfarrer. »Wie?«

»Meine Mutter sagt immerzu, es müßte doch irgendein Vater dasein«, sagte das Mädchen. »Das verstehe ich wahrhaftig nicht. Wozu?«

»So hat man es lieber im Kirchenbuch«, sagte der Pfarrer. »Wo bist du da hineingeraten, mein Täubchen?«

»Ich bin nirgendwo hineingeraten«, sagte das Mädchen. »Ich weiß nicht, wo ich eigentlich hätte hineingeraten sollen.«

»Na, dazu braucht man nicht viel auszuziehen«, sagte der Pfarrer.

»Ich habe gar nichts ausgezogen«, sagte das Mädchen

»Um von etwas anderem zu reden, waren nicht furchtbar viel Pferde im vergangenen Herbst hier?« fragte der Pfarrer.

»Und ob«, sagte das Mädchen.

»Es sind oft lustige Leute, die die Pferde treiben«, sagte der Pfarrer. »Wie?«

»Mich haben sie nicht belustigt«, sagte das Mädchen.

»Hier in der Gemeinde ist es vorgekommen, daß ein Mädchen spätabends einem Nachtgast beim Ausziehen half, und was geschah? Er ist so freundlich, ihr ein Stück entgegenzurükken. Er rückt so sehr, daß das Mädchen, ehe sie sich dessen versieht, bei ihm an der Wand liegt.«

»Das habe ich noch nie gehört«, sagte das Mädchen. »Und wie ging es weiter?«

»Im Frühling kam ein Kind«, sagte der Pfarrer. »Ich habe es hier in meinem Buch eingetragen.«

»Ich habe mich bei keinem an die Wand gelegt«, sagte das Mädchen. »Wir Kinder wurden ins Gerätehaus geschickt, auf Sattelrasen zu schlafen.«

»Irgendwie ist das Kind doch entstanden«, sagte der Pfarrer.

»Das kann sein«, sagte das Mädchen. »Aber nicht durch menschliches Zutun.«

»Potztausend!« sagte der Pfarrer. »Hat keiner den armen Kerlen beim Ausziehen geholfen, als sie durchnäßt aus den Gletscherströmen kamen?«

»Es ist vorgekommen, daß ich dem alten Björn hier in der Stube abends beim Ausziehen half«, sagte das Mädchen.

»Dem Kommissionär?« sagte der Pfarrer. »Manch einer hat Geringeres angefaßt.«

Der Pfarrer zog den Korken aus dem Tintenfaß und wollte seine Feder eintauchen.

»Na, sollen wir nicht einfach den Alten eintragen und uns nicht weiter streiten?« sagte er.

»Der Herr Pfarrer entscheidet, was er schreibt; nicht ich schreibe«, sagte das Mädchen.

»Du dürftest wissen, wie Kinder gezeugt werden, mein Herzchen«, sagte der Pfarrer.

»Oh, dafür bin ich nicht konfirmiert worden«, sagte das Mädchen. »Ich merkte auf einmal, daß etwas von innen in mir wuchs. Wir dachten alle, daß mein Bauchfett so zunahm, weil ich vom Tranfäßchen trank. Dann war plötzlich ein Kind da.«

Der Pfarrer schrieb einstweilen nicht.

»Irgend jemand sagte, manchmal hätten auch Goldstücke dagelegen«, sagte er. »Wie?«

»Jetzt bin ich einfach platt. Ich dachte, diese Geschichte wäre nicht unter die Leute gekommen«, sagte das Mädchen. »Es ist jedes Wort wahr. Letzten Herbst bekam ich ein Goldstück geschenkt. Ich schenkte es dem Burschen weiter, der mir so gut gefiel, als ich klein war. Ich gab ihm auch die Silbermünzen. Ich gab ihm alles außer dem Kupfergeld.«

»Gab es also auch Kupfergeld?« sagte der Pfarrer. »Das ist eine hübsche Geschichte!«

»Ich habe Björn von Leirur um nichts, um gar nichts gebeten«, sagte das Mädchen.

»Wer Kupfergeld gibt, ist kein guter Mensch«, sagte der Pfarrer. »Jedenfalls nicht gut zu Mädchen. Man sagt, der Kommissionär ist ein brutaler Kerl.«

»Das habe ich nicht gesagt«, sagte das Mädchen. »Es fehlte bloß noch, daß ich schlecht von Leuten spreche.«

»Ein angenehmer Mann?« fragte der Pfarrer.

»Er hat einen besonders guten Geruch«, sagte das Mädchen. »Und saubere Hände. Sogar wunderbar weiche Hände für einen Mann.«

»Eben«, sagte der Pfarrer. »Wie? Hast du gelacht, mein Vögelchen?«

»Dumm belacht oft, was er denkt«, sagte das Mädchen. »Wenn er mich abends auch nur mit den Fingerspitzen berührte, war ich schon eingeschlafen – darüber habe ich gelacht. Ich war so geborgen wie bei meinem Vater.«

»Eingeschlafen, ja, genau das«, sagte der Pfarrer. »Wie?«

»Ich habe mich oft bei ihm ans Fußende gelegt, wenn es schon so spät war, daß es sich nicht mehr lohnte, in das Gerätehaus zu gehen und auf Sattelrasen zu schlafen«, sagte das Mädchen. »Ich weiß, daß man so etwas nicht erzählen soll. Doch ich wollte nur sagen, daß der alte Björn kein Grobian ist und auch kein unangenehmer Mensch, ganz im Gegenteil.«

»Hast du bemerkt, wo er dich berührte?« sagte der Pfarrer.

»Ach, eigentlich nicht«, sagte das Mädchen. »Sagte ich nicht, daß ich eingeschlafen war?«

»Ob es wohl oberhalb oder unterhalb des Zwerchfells war?«

»Zwerchfell?« wiederholte das Mädchen vollkommen verdutzt. »Ich habe keine Ahnung, wo das Zwerchfell liegt. Ich zerbreche mir nicht den Kopf darüber, was in einem drinnen ist.«

»Tja, man muß sich vor denen hier in acht nehmen, obwohl sie keine Mormonen sind«, sagte der Pfarrer. »Paß auf, daß du keine Mormonin wirst, mein Schäfchen.«

»Wenn mein Papa Mormone ist«, sagte das Mädchen, »dann will ich Mormonin sein.«

16. Behörde, Geistlichkeit und Seele

Wenige Tage nach der geschilderten Visitation kam ein Brief vom Bezirksvorsteher: auf Grund des Gerüchts, das wegen der Vaterschaft des Kindes von Steinbjörg Steinarsdottir, Hlidar, umlief, und unklarer Antworten, die sie selbst ihrem Gemeindepfarrer gegeben habe, sei die Forderung auf Untersuchung dieser Angelegenheit erhoben worden. Dem Mädchen wurde auferlegt, an einem bestimmten Tag in Hof zu erscheinen.

Von jeher galt es in Island für ziemlich erbärmlich, zu Fuß zu gehen; doch in Hlidar gab es einstweilen keine andere Wahl, denn die Pferde waren nicht besonders gut, kaum das, außerdem schlecht im Futter. Die Vögel flogen um das Mädchen auf seiner Wanderung. Sie zog sich die Strümpfe aus, band den Rock hoch und watete durch kalte Gebirgsbäche. Es war eine vergnügliche Reise im schönsten Frühling. Sie atmete den Geruch von Meer und Land zugleich. Doch als sie an den Gletscherfluß kam, mußte sie die Fähre nehmen.

Da dieses Mädchen seit dem frühen Morgen unterwegs war und jetzt die Mittagszeit herannahte, hatte sie so viel Milch daß ihr am Fährhaus nichts anderes übrigblieb, als nach der Hausfrau zu fragen und sie um eine Unterredung unter vier Augen zu bitten. Die Frau fragte, woher sie komme und wem sie gehöre. Dann nahm sie das Mädchen mit in die Speisekammer.

»Gibt es etwas Neues bei euch am Gebirge?« fragte die Frau.

»Nicht daß ich wüßte«, sagte das Mädchen. »Alles wohl und munter. Nur ist letzten Winter viel vom Berg heruntergekommen.«

»Nein, wie schrecklich«, sagte die Frau. »Doch das Vieh hat sich leidlich gehalten?«

»Aber ja doch«, sagte das Mädchen. »Etwas anderes kann man nicht behaupten. Doch es gibt wenig Lämmer in Hlidar in diesem Frühjahr. Und die Pferde stehen nur mäßig im Futter, sonst wäre ich geritten. Es gab eine Zeit, da hatten wir ein gutes Pferd. Mit Verlaub, gibt es bei euch etwas Besonderes?«

»Nichts, was der Rede wert wäre«, sagte die Frau. »Nur ist hier heute einer mit siebzehn Pferden über den Fluß geritten.«

»Das war bestimmt Björn von Leirur«, sagte das Mädchen und lachte.

»Du bist also auch auf dem Weg nach drüben«, sagte die Frau.

»Ach, sie haben mir da etwas geschrieben«, sagte das Mädchen. »Ich glaube, bei denen rappelt es.«

»Die Männer sind sich immer gleich«, sagte die Frau. »Und jetzt lege ich dir den Lappen auf. Ich denke, für jetzt ist es genug so« – sie zeigte dem Mädchen, wieviel im Napf war.

»Gottes Lohn und vielen Dank«, sagte das Mädchen und war der Frau dankbar dafür, daß sie nicht danach fragte, warum ein so junges Mädchen so viel in den Brüsten hatte.

Dann sagte die Frau: »Bist du nicht hungrig und durstig? Darf ich dir nicht eine Erfrischung vorsetzen?«

»Besten Dank«, sagte das Mädchen. »Ich muß weiter. Oh, jetzt ist mir so viel leichter. Glück und Segen, und gern werde ich an dich zurückdenken.«

»Das gleiche sage ich von mir«, sagte die Frau und gab dem Mädchen auf dem Hofplatz einen Kuß. »Geh geradeaus, mein Mann ist mit der Fähre am Ufer.«

»Herrlich, wie schön deine Hauswiese wird«, sagte das Mädchen. »Daß ich bloß nicht auf die Butterblumen trete!«

»Ich danke dir«, sagte die Frau. »Gott behüte dich.«

Das Mädchen ging am Rand der Hauswiese entlang geradeaus und achtete darauf, daß sie nicht auf die Butterblumen trat.

Die Frau stand schon im Hausgang, als sie dem Mädchen nachrief, und ihre Stimme war jetzt hart und streng wie die einer ganz anderen Frau. Sie wußte sogar, wie das Mädchen hieß, obwohl sie nicht danach gefragt hatte; sie nannte sie beim Namen.

»Kleine Steinbjörg«, rief sie mit Nachdruck.

Das Mädchen blieb stehen und sah sich um. »Hast du mich gerufen?«

Da sagte die Frau: »Laß den verdammten Kerl bezahlen. Ich denke, es geschieht ihm recht. Laßt euch nicht auf die Tölpel ein, die er euch kauft, meine Schäfchen.«

Am jenseitigen Ufer stand ein junger Mann mit zwei Reitpferden. Er wartete. Das Mädchen ging zu ihm, als sie aus der Fähre geklettert war. Er war abgestiegen und lehnte sich an den Hals seines Pferdes, das ein wenig unruhig war. Er sah zu, wie das Mädchen die Beine bewegte, während sie näher kam. Es war Joi. Von weitem bot er einen guten Tag.

»Glück und Segen«, sagte sie. »Allerhand, daß du so höflich geworden bist, guten Tag zu sagen. Ja, sogar von weitem. Wo hast du gelernt, so schön guten Tag zu sagen?«

»Das kommt alles nach und nach«, sagte er.

»Wartest du auf etwas?« sagte sie.

»Auf dich«, sagte er.

»Woher wußtest du, daß ich hierherkommen würde?« sagte sie.

»Ich weiß, daß du verhört werden sollst«, sagte er. »Ich bin schon verhört worden.«

»Du hättest mir lieber eines deiner Pferde leihen sollen, da wir denselben Weg hatten.«

»Ich habe es hinter mir«, sagte er. »Außerdem habe ich kein zweites Sattelzeug.«

»Ich bin gewohnt, ohne Sattel zu reiten«, sagte sie.

»Du ließest mich damals nicht auf dem Grauen reiten«, sagte er.

Sie sah ihn sprachlos an; vor Zorn schwollen ihr die Adern, sie blickte zu Boden. Dann wollte sie ihre Wanderung fortsetzen.

»Ich spreche mit dir!« rief er ihr nach.

»Ich dachte, wir hätten im Frühjahr alles gesagt, was zu sagen war«, sagte sie.

»Ich wollte dir sagen, daß Björn schon alles mit mir geregelt hat«, sagte er. »Wenn der Bezirksvorsteher anfängt zu fragen, sagst du sofort, daß ich es gewesen wäre.«

»Was meinst du damit?«

»Ich war es, der dir das Kind gemacht hat«, sagte er. »Dann wird nach nichts mehr gefragt. Wir heiraten.«

»Ich glaube, du bist nicht recht bei Verstand«, sagte das Mädchen. »Mein Lebtag ist mir so etwas noch nicht vorgekommen.«

»Du sagst einfach, ich wäre einmal zu dir in die Speisekammer gekommen, als du beim Buttern warst«, sagte er. »Und ich hätte dich auf die Buttertruhe gesetzt. Du verstehst wahrscheinlich, daß ein Mann dazugehört, um ein Kind zu machen.«

»Ich verstehe Männer nicht«, sagte das Mädchen. »Falls du ein Mann bist.«

»Du solltest allmählich wissen, wie Tiere sich vermehren.«

»Denkst du, ich bin ein Tier?« sagte das Mädchen. »Denkst du, ich bin eine Kuh?«

»Der Pfarrer verlangt einen Vater zu dem Kind und wenn der Bezirksvorsteher fragt, brauchst du nur zu sagen, daß ich deinen Rock ein bißchen über das Knie geschoben habe«, sagte der Bursche.

»Wenn der Bezirksvorsteher fragt«, sagte das Mädchen, »dann sage ich ihm, was ich für wahr halte, denn etwas anderes kann ich nicht, darf ich nicht und will ich nicht sagen.«

»Begreifst du nicht, daß uns Geld geboten wird?« rief der Bursche dem Mädchen nach. »Und ein Hof!«

»Nicht mir«, antwortete das Mädchen.

»Begreifst du nicht, daß unser beider Glück fürs ganze Leben auf dem Spiel steht?« sagte er.

»Ich mache mir nichts aus einem gekauften Tölpel.«

Er stieg forsch in den Sattel und rief ihr nach: »Du willst lieber für eine Krone bei dem alten Björn schlafen.«

Da blieb sie stehen, drehte sich um und fragte: »Wer hat die Krone bekommen?«

Er gab dem Pferd die Peitsche und ritt davon.

Der Bezirksvorsteher lag in Hemdsärmeln auf dem Sofa. Er las einen Schauerroman und rauchte Pfeife. Das Mädchen brachte man durch den Kücheneingang zu ihm hinauf; vorher gab man ihr etwas Brei zu essen. Der Bezirksvorsteher paffte und paffte. Es war, als wäre Heu in Brand geraten. Er lachte über eine Stelle im Buch laut auf. Schließlich fiel sein Blick auf das Mädchen.

»Was willst du?« sagte er und stand auf.

»Ich wurde aufgefordert zu kommen«, sagte sie. »Wegen eines Kindes.«

»Ach, bist du das, du armes Dummerchen?« sagte der Bezirksvorsteher und betrachtete und betastete das Mädchen. »Himmelherrgott, wie jung du bist! Was für ein verdammter Schuft der Kerl ist! Solche Kerle sollte man bis aufs Hemd ausziehen und der Armenpflege übergeben. Wie die Dinge liegen, ist es das beste für dich, mein Schäfchen, wenn du dich mit dem Bengel zusammengeben läßt, den ich heute morgen hier bearbeitet habe; allerdings ist er nicht viel wert. Es macht keine Frau überglücklich, sich mit den unehelichen Kindern Björns von Leirur herumzuschleppen. Sagt mir bloß, was zum Teufel zieht euch alle zu dem Kerl ins Bett? Nie kriege ich so ein Püppchen zu fassen, und ich halte mich für keinen schlechteren Mann als den alten Björn. Ich muß, bitte sehr, bei der Bezirksvorstehersfrau schlafen.«

Das Mädchen konnte hier keinen Rat geben; außerdem hatte es Angst vor dem Bezirksvorsteher.

»Hörst du, was ich sage?« sagte der Bezirksvorsteher. »Ich sage, wenn die Geistlichkeit hier eine Gerichtsverhandlung verlangen sollte, was Sira Jon ganz ähnlich sähe, denn er ist ein Quatschkopf, dann denke daran, daß ich dir helfen will. Wonach er auch fragt, du zögerst keinen Moment, sondern weißt nur, es war der Bengel, wie heißt er doch schnell, er machte sich im Gerätehaus an dich heran, oder war es draußen im Kuhstall –«

»In der Speisekammer war es auch nicht«, sagte das Mädchen.

Hierdurch wurde der Bezirksvorsteher unsicher, und er wiederholte ein wenig erstaunt ihre Antwort: »In der Speisekammer auch nicht? Wo denn dann? Wie es sich auch damit verhält, er legte dich auf eine Truhe.«

»Bin ich ein Tier?« fragte das Mädchen und blickte nichtsahnend zum Bezirksvorsteher auf. »Oder vielleicht ein toter Gegenstand, den man auf eine Truhe legen kann?«

Doch jetzt hatte der Bezirksvorsteher genug. Seine Geduld war zu Ende. Er stampfte auf den Fußboden.

»Was für eine Unverschämtheit«, sagte er. »Das hat man davon, wenn man über solche Leute gesetzt ist. Will man mich zu einem Weltwunder machen, das Kinder vor Gott und dem König als von Jungfrauen geboren ausgibt? Leute, die sich so benehmen, sollte man auspeitschen. Ich höre mir keinen Unsinn mehr an, und du tust, was ich dir sage, Mädchen!«

Später am Tage ließ man das Mädchen in das Verhandlungszimmer kommen. Dort war der Bezirksvorsteher zugegen, in blauer Uniform mit vergoldeten Knöpfen; er hatte eine goldbetreßte Mütze auf. Dort war auch der Mann, der das Buch verwahrte. Sira Jon saß am Fenster und sah über die Hauswiese hinweg, dorthin, wo seine Pferde weideten. Niemand blickte das Mädchen an, das sich mit Herzklopfen in den Augen durch den Türspalt zwängte. Der Bezirksvorsteher trug dem Mann auf, das Buch zu bringen. Er wollte es lieber vor sich liegen haben. Als er das Buch aufschlug, fielen einige Aktenstücke heraus. Er pfiff durch die Zähne. Uninteressiert und ohne aufzublicken, begann er etwas dahingehend zu murmeln, daß gemäß einem Schreiben des zuständigen Gemeindepfarrers von diesem und jenem Datum und so weiter, hm, sich unklare Antworten bezüglich der Vaterschaft des Kindes von Steinbjörg Steinarsdottir, Hlidar an den Steinahlidar, ergeben hätten, von seiten der genannten Frauensperson an den Obengenannten. »Na, ich erspare es mir, diesen Sums vorzulesen, ich denke, die Sache ist erledigt: hier liegt ein Aktenstück, unterzeichnet von Johann Geirason, Drangar, der zugibt und zu beeiden bereit ist, daß er der Vater ist –«

»Hm?« fragte der Pfarrer.

»Was?« entgegnete der Bezirksvorsteher kurz angebunden.

»Tja, ich bin nur ein armseliger Seelenhirte«, sagte der Pfarrer. »Deswegen habe ich wohl nie davon gehört, daß Mannspersonen sich Kinder zuschwören.«

»Sondern was?« fragte der Bezirksvorsteher.

»Daß sie in einigen Fällen einen Gegeneid leisten«, sagte der Pfarrer.

»Schwören Sie, was Ihnen beliebt, guter Mann«, sagte der Bezirksvorsteher. »Ich werde Ihre Pferde gleich holen lassen, mir ist ganz egal, auf welcher Seite des Hinterns Sie reiten oder auf welcher Seite des Sattels Sie hängen« – dann sah er wieder ins Buch, wie es die Form verlangte. »Ich übergebe Ihnen kraft meines Amtes dieses Schriftstück als Grundlage für die rechtskräftige Eintragung der hier zur Debatte stehenden Vaterschaft. Danach sehe ich keinen Grund mehr dafür, daß irgend jemand hier im Bezirk mit weiterem Gerede über diese Angelegenheit behelligt wird.«

Jetzt trat Stille im Verhandlungszimmer ein. Es war jene seltene Stille, die einen am ehesten noch an die Stille in der Njalssaga erinnert. Die Fliegen waren von der Scheibe auf das Fensterbrett gefallen. Bis dem Pfarrer ein Oho entschlüpfte. Dieses Oho war an die Adresse des Mädchens gerichtet.

»Ich weiß es nicht«, antwortete das Mädchen.

»Was wissen Sie nicht?« sagte der Bezirksvorsteher.

Schließlich antwortete das Mädchen, nach Atem ringend: »Ich weiß nicht, wie Kinder entstehen.«

Die Männer sahen einander an und waren platt. Schließlich steckte sich der Pfarrer einen Bissen Kautabak in den Mund.

»Diese Angelegenheit steht nicht auf der Tagesordnung«, sagte der Bezirksvorsteher. »Wir sind hier nicht zusammengekommen, um die Naturgeschichte zu untersuchen. Dieses spezielle Kind ist nachweislich zur Welt gekommen und der Vater nachgewiesen. Das ist alles.«

»Tja, hm«, sagte der Pfarrer. »Wie? habe ich recht gehört, daß du neulich einen anderen Mann genannt hast, mein Täubchen?«

»Von meiner Seite ist die Sache abgeschlossen«, sagte der Bezirksvorsteher »Ich werde Ihre Pferde holen lassen.«

Der Pfarrer bohrte weiter:

»Dürfte ich eben nur fragen, ehe wir fortreiten, mein Kind: Der Bursche, der dieses Schriftstück unterschrieben hat, mit Verlaub, wann ist er dir in den Schoß gefallen?«

»Nie«, sagte das Mädchen.

»Akkurat«, sagte der Pfarrer. »Dann darf man wohl den Bezirksvorsteher bitten, daß er den Pferden gestattet, noch ein bißchen zu weiden. Darf man die Aufmerksamkeit des Bezirksvorstehers darauf lenken, daß das Mädchen den Unterzeichneten nicht als den Kindesvater anerkennt?«

»Es war nicht anders zu erwarten«, sagte der Bezirksvorsteher. »Sie versteht Sie nicht. Sie sprechen zu altertümlich. Ich verstehe Sie auch nicht, zum Glück. Es hat keinen Sinn, hier mit Fragen in der Sprache des goldenen Zeitalters Unheil stiften zu wollen.«

Daraufhin fragte der Pfarrer: »Wann hast du bei diesem Burschen aus Drangar geschlafen, mein Schäfchen?«

»Nie«, sagte das Mädchen.

»Hingegen ein bißchen bei Björn, glaube ich?«

»Ich habe Sira Jon neulich alles gesagt, wie es war«, sagte das Mädchen.

»Mit Verlaub«, sagte der Pfarrer, »halten es die Behörden für besser, wenn der richtige Vater benannt wird?«

»Mir ist es scheißegal«, sagte der Bezirksvorsteher. »Es hat sich niemand beschwert.«

»Leugnet der Bezirksvorsteher die Notwendigkeit der Seelsorge in Island?« fragte der Pfarrer.

»Ich kann nicht sehen, daß es die Religion etwas angeht, wie sich die Leute paaren«, sagte der Bezirksvorsteher. »Was kümmert es Jesus, wie die Säugetiere sich vermehren? Doch die Geistlichkeit hat natürlich ihren eigenen Geschmack. Die Theologie kann meinetwegen die Seele in die Geschlechtsteile der Menschen verlegen.«

»Und von seiten des Bezirksvorstehers wird es nicht beanstandet, daß ein Kind von Geburt an gleichsam zum Wechselbalg gemacht wird, so daß dieses Individuum von da an niemals beweisen kann, wer es ist? Und es ist nicht der Rede wert, wenn eine solche Machenschaft vor den Augen des Pfarrers durchgeführt wird, der doch eingesetzt ist, nach seinem Gewissen und den Gesetzen des Landes zu wirken!«

Der Gesichtsausdruck des Bezirksvorstehers glich jetzt dem eines Spielers.

»Was verlangen Sie von mir?« fragte er.

»Ich bitte darum, daß diesem meinem armen Gemeindekind für sich und ihr Kind Recht und Billigkeit widerfährt«, sagte der Pfarrer. »Ich bitte darum, vor Gericht eine Erklärung abgeben zu dürfen.«

»Holen Sie die Gerichtszeugen aus der Kuhle draußen«, sagte da der Bezirksvorsteher zum Schreiber und fügte hinzu: »Es ist nicht nötig, daß sie sich waschen.«

Zwei zu diesem Amt befugte Pächter des Bezirksvorstehers traten ein, biedere, beherrschte Männer mit klugen Mienen – doch niemand brauchte zu mutmaßen, was sie gearbeitet hatten. Sie legten die Sodenschneider am Eingang ab.

Auf Antrag des Gemeindepfarrers an den Steinahlidar konstituierte sich jetzt das Gericht. Er begründete seine Klage, von der er gehofft hatte, daß sie außerhalb des Gerichts erledigt werden könnte; da aber seine Argumente und Ausführungen von hochgestellten Personen außerhalb des Gerichts verdächtigt und verhöhnt worden seien, sehe er keinen anderen Weg, die Wahrheit an den Tag zu bringen.

Der Bezirksvorsteher schlug mit dem Hammer auf den Tisch und befahl dem Geistlichen, zur Sache zu sprechen.

Als schließlich der Pfarrer den Fall dargelegt hatte, wurde das Mädchen verhört. Sie sagte, sie habe niemals verheimlicht, daß sie sich vor Björn von Leirur hingelegt hätte. Aber als ihr eindringlich weitere Fragen gestellt wurden, begriff das Mädchen ganz und gar nicht, worauf sie hinauswollten. Ihr waren die beschönigenden Wörter, die vor Gericht in bezug auf den Geschlechtsverkehr verwendet werden, ebenso unbekannt wie allgemeine Ausdrücke für dieselbe Sache. Sie kannte nur die Worte und Taten von Heiligen und Engeln. Das Werden von Kindern im Mutterleib war ihr noch nie erklärt worden, außer bei der Jungfrau Maria. Sie war auch nie zugegen gewesen, wenn die Böcke zu den Mutterschafen gelassen wurden. Und als sie danach gefragt wurde, wie ihrer Meinung nach solche Dinge vor sich gehen, antwortete sie nur mit diesen heiligen Worten: »Gott ist allmächtig.«

»Ich überlasse es dem Pfarrer, dieser unwissenden Person zu erklären, wonach hier vor Gericht gefragt wird«, sagte der Bezirksvorsteher.

Sira Jon nahm mehr Kautabak und begann dort im Gericht, dem Mädchen jene bemerkenswerte Weisheit in feierlicher Wortwahl klarzulegen, bis das Mädchen ihr Gesicht in den Armen vergrub und sagte:

»Ich will gehen.«

»Möchte der Pfarrer der Zeugin weitere Fragen vorlegen?« fragte der Bezirksvorsteher.

Der Pfarrer sagte, nachdem das Mädchen diese notwendige Unterweisung in der Naturgeschichte erhalten habe, dürfte es an der Zeit sein, daß sie die Frage beantwortete, wieviel sie damals im vorigen Herbst ausgezogen hätte.

»Ich habe nichts ausgezogen«, sagte das Mädchen.

»Neulich sprach ich mit dir darüber, ob es nicht in Betracht kommen könnte, daß du das eine Hosenbein ausgezogen hast«, sagte der Pfarrer. »Wie?«

»Ich hatte keine Hosen an«, sagte das Mädchen.

»Nun, das ändert die Sache«, sagte der Pfarrer. »Hätte ich das gewußt! Ja, hm. Da es nun so war, denke ich, mußt du bald etwas Eigenartiges bemerkt haben. Willst du uns das nicht sagen?«

»Ich schlief ein«, sagte das Mädchen.

»Und der Mann?« fragte der Pfarrer.

»Er schlief auch«, sagte das Mädchen.

»War es nicht etwas eng?« sagte der Pfarrer.

»Ich sage nicht, daß es nicht ein bißchen eng gewesen wäre«, sagte das Mädchen.

»Aber es drückte nicht«, sagte der Pfarrer, »– ich meine: nicht so, daß es dir weh getan hätte?«

»Vielleicht einmal ein bißchen, als ich eingeschlafen war«, sagte das Mädchen. »Doch ich wußte, es war aus Versehen. Und ich war gleich wieder eingeschlafen.«

»Ja, hm«, sagte der Pfarrer.

»Noch mehr?« fragte der Bezirksvorsteher und sah den Pfarrer an.

»Nein, danke«, sagte der Pfarrer. »Nur möchte ich jetzt zusammenfassen, was sich ergeben hat, so wie ich die Sache sehe. Sie war nachts bei einem Mann drinnen. Sie war müde. Sie nahm sein Angebot an, sich zu ihm ins Bett zu legen. Bald überkam sie der Schlummer, und schnell liegt sie in tiefem Schlaf, so wie er ermattete junge Dinger befällt. Sowohl aus diesem Grunde wie auch wegen ihrer grenzenlosen Unerfahrenheit und Unwissenheit ist es ihr unklar, was dann geschah. Die Dinge geschahen, die das Gericht jetzt begutachten und deren Ausgang es einschätzen soll.«

Das Mädchen sah verstört vor sich hin und war zusammengesunken, als hätte man ihm alle Knochen genommen. Ihr Gesicht begann zu zucken, und dann sagte sie, nach Atem ringend:

»Ich will nach Hause.«

Die Tränen, die ihren Augen entsprangen, waren weiß und dick, wie wenn ungewöhnlich viel Salz darin wäre. Sie flossen in Strömen, und sie machte keinen Versuch, sie abzuwischen; ebensowenig der Bezirksvorsteher und der Pfarrer. Sie starrte weiter geradeaus, wie es verzweifelte Menschen tun, wenn es sinnlos geworden ist, sich nach Hilfe umzusehen.

Der Bezirksvorsteher ordnete an, dem Mädchen ein Schriftstück vorzulesen, unterschrieben von Johann Geirason, Drangar. Darin bekannte sich der Unterzeichnete als Vater des Kindes, das Steinbjörg Steinarsdottir, Hlidar, bekommen hatte. Sie beide hätten sich in der Kindheit einander versprochen und sich die Treue gehalten, bis es im vergangenen Herbst geschah, daß sie sich begegneten, als sie nur wenig bekleidet war, und das war in der Speisekammer in Hlidar; sogleich wäre das Kind gezeugt worden, das jetzt geboren wurde und das Kind Johann Geirasons und keines anderen wäre, was er bereit sei zu beschwören. Der Bezirksvorsteher forderte das Mädchen auf, Antwort zu geben und ihre Zeugenaussage zu dem Schriftstück zu machen. Das Mädchen antwortete nichts.

»Was geschah noch in der Speisekammer?«

»Ich butterte«, sagte das Mädchen.

»Was dann?« fragte der Bezirksvorsteher.

»Ich nahm die Butter aus dem Butterfaß und legte den Klumpen in einen Trog«, sagte das Mädchen.

»Das hat wohl kaum zu einem Kind geführt«, sagte der Bezirksvorsteher. »Was war dann?«

»Es fielen ein paar Tropfen Buttermilch auf den Boden«, sagte das Mädchen mit der Hand vor dem Gesicht.

»Dann setzte er Sie auf die Buttertruhe und fing an, schönzureden, nicht wahr?«

»Wir haben keine Buttertruhe.«

»Er schob doch den Rock ein bißchen über Ihre Knie?« sagte der Bezirksvorsteher.

Das Mädchen weinte noch immer.

»Begreifen Sie denn nicht, daß ich Ihnen helfen will, Kind?« sagte der Bezirksvorsteher. »Und jetzt mache ich den letzten Versuch: Hatten Sie etwas drunter an? War es nicht der Fall, dann spreche ich das Kind dem Burschen zu. Sonst war alles umsonst.«

Das Mädchen warf sich über das Tischchen, an dem sie saß, und sprach diese von heftigem Schluchzen unterbrochenen Worte:

»Ich will zu meinem Papa.«

17. Wasser in Dänemark

Den klaren Quell aus hartem Felsen schlug
die Jungfer Kirsten Pil allhier vor Zeiten.
Das Wasser später ließ Graf Reventlow
vom Stein zum grünen Hain hinleiten
für dich und manchen Knecht im Dänenheer.
In Saxos Land gibt es kein beßres mehr.

Bei Kirsten Pils Quelle in Dänemark, wo das gute Wasser hervorquillt, ist das oben angeführte Gedicht vor vielen Menschenaltern in eine Steinplatte gemeißelt worden. Wenn es irgendwo einen Ort gibt, seit Moses mit seinem Stab den Felsen schlug, aus dem ebenso ausgezeichnetes Wasser herauslief, dann ist es in den uns bekannten Büchern nicht überliefert. Dieses Wasser spendet eine milde Kühle, die sich von der Zunge über den ganzen Körper ausbreitet. Weltberühmte Dichter, die dieses Wasser besungen haben, halten es nicht nur für das gesündeste Wasser, sondern auch für das edelste Getränk, das in Dänemark zu finden ist. Wer von diesem Wasser kostet und dabei zur Sonne blickt, wird zur selbigen Stunde eine Vorahnung des himmlischen Lebens empfangen, besonders aber ein wonniges Vorgefühl der Selbstvergessenheit, von der in Büchern des Orients berichtet wird. Mit irdischer Wissenschaft können jedoch die Urbestandteile dieses Wassers nicht bestimmt werden, ebensowenig kann aufgezeigt werden, woher jene Steigerung des Wohlgefühls rühren mag, die das Wasser hervorruft. Darum wird es den Menschen zum Bedürfnis, die Allnatur und ihr Werk zu preisen, wenn sie den Labetrunk kosten, der dort dem Gestein entspringt. Habe ich schon geschrieben, daß Kranke und Versehrte durch das Wasser wunderbare Linderung erfahren? Und wer im finsteren Kerker sitzt, dessen Gemüt erheitert sich bei diesem Wasser, denn von diesem reinen Wasser kommt den Menschen eine Kraft, ihr Schicksal zu ertragen, die über jede ärztliche Kunst erhaben ist. Und deshalb wird dieses Wasser, das langsam aus seinem Felsen sickert, des Nachts dem Mann gebracht, der im Morgengrauen zum Richtblock geführt werden soll. Wer von diesem Wasser trinkt, stirbt froh und versöhnt in Dänemark. Dieses Wasser kostet zwei Öre die Tasse.

Jetzt ist davon zu berichten, wie der Bauer Steinar von Hlidar von der Audienz beim König kam, nachdem er sein Reitpferd besucht hatte, das eines höheren irdischen Glücks teilhaftig geworden war als andere von Stuten geborene Pferde in Island. Er hatte Könige und Kaiser ohnegleichen auf Erden bei einem Kästchen stehen lassen; ihre Macht und Weisheit reichte nicht hin, es zu öffnen, obwohl sie sich alle zusammen bemühten; ihnen half auch nicht die Gnade Gottes, welche diese Männer in ihrem Titel führten; sie hatten ja auch das Gedicht verloren.

Als sie vor das Schloßtor gelangt waren, sagte der Bauer zu dem Studenten: »Ich habe Durst. Ich habe davon reden hören, daß sich hier in der Nähe der berühmteste Ort in Dänemark befindet, was Getränke betrifft; er soll Kirsten Pils Quelle heißen. Ich habe mir vorgenommen, davon zu trinken.«

Der Student antwortete, es wäre das allerneueste, wenn Bauern von den Steinahlidar den Studenten in Kopenhagen hinsichtlich des Biers Bescheid sagen wollten. Das Bier, von dem der Bauer schwatzte, hätte er noch nicht nennen hören, obwohl, wie er behauptete, isländische Studenten seit gut drei Jahrhunderten in der Stadt herumlungerten. Weiter sagte er, daß sie sich nie darum bemüht hätten, Vergnügungen und Kurzweil in diesem Lande kennenzulernen, ausgenommen Biertrinken; den Studenten ginge es gegen den Strich, wenn Bauern aus Island kämen und sich einbildeten, besser als sie über Bier in Dänemark Bescheid zu wissen. »Hier in diesem Wald«, sagte der Student, »gibt es viele gute Kneipen, die sehr angenehm zu besuchen sind, dort schenkt man die ausgezeichnetsten Biere aus.« Der Student meinte, es sei höchste Zeit, das neue Kapitel zu feiern, das jetzt in der Geschichte Islands begonnen habe, wo ein Heubart sich wie in alten Lügensagas über Könige und Kaiser stellte und sie zum Narren hielte. »Außerdem ist seine Schindmähre fett wie ein Schwein und wird höher gestellt als die Räte des Königs in Dänemark.« Er sagte, isländische Studenten könnten noch lange in Dänemark trinken, bis sie wieder einen solchen Tag erlebten.

Der Bauer sagte, er wolle diesen Tag gern begehen, indem er von dem Getränk koste, welches das berühmteste und ausgezeichnetste in Dänemark sei. Sie fragten sich nun nach dem Hain durch, wo Kirsten Pils Quelle aus dem Gestein entspringt, wie oben erwähnt. Doch als der Student das Wasser sah, war ihm die Sache nicht geheuer. Er verabschiedete sich schleunigst von dem Bauern und verschwand.

Der Bauer Steinar ging dorthin, wo einige Männer in Gedanken versunken auf einer Lichtung saßen; es schienen nicht viele Großbauern darunter zu sein. Sie waren es müde geworden, im Wald herumzulaufen, und hatten beschlossen, sich Wasser zu kaufen, das in einer alten Inschrift gepriesen wurde. Eine leichte Brise wehte vom Sund. Einige hatten sich auf eisernen Stühlen um kleine Tische gesetzt und genossen im Sonnenschein mit zufriedener Miene das gute Wasser. Viele standen in einer Reihe beim Schanktisch und warteten, bis sie an die Reihe kamen. Der Bauer buchstabierte sich lange durch ein Gedicht, das da in der Nationalsprache der Dänen in den Fels gemeißelt war, und darunter stand: Ein Glas zwei Öre, eine Kanne fünf Öre. Und als er genug gelesen hatte, stellte er sich an, bis die Reihe an ihn kam.

Als er sich nun Wasser gekauft hatte, führte er es dort, wo er stand, vorsichtig an die Lippen. Der Bauer war durstig geworden und freute sich bei jedem Schluck Wasser an Körper und

Seele. Doch als er von diesem Labetrunk schlürfte und darüber nachsann, wie groß und wundervoll die Frau gewesen sein mußte, die in alten Zeiten dieses Wasser entdeckt hatte, und daß die Dänen ihren Namen für alle Ewigkeit in dankbarer Erinnerung behalten würden, da fiel sein Blick zufällig auf einen anderen Mann, der allein an einem kleinen runden Tisch unter einem hohen Waldbaum saß und ihm den Rücken zukehrte. Dieser Mann hatte einen kräftigen Nacken. Es war kein jugendlicher und vitaler Nacken mehr, sondern zwischen den Sehnen bereits ein wenig eingesunken, und hinten auf dem Hals hatte sich eine prachtvolle Zeichnung aus Runzeln gebildet; dennoch war der Nacken noch erstaunlich aufrecht und saß gut auf dem Körper. Der Mann hatte den Hut abgenommen, zumal der widerspenstige Haarschopf den Kopf zu einem nicht sehr guten Huthalter machte. Der ganze Kopf war stark von der Sonne gebräunt. Dieser Mann trank Wasser aus Kirsten Pils Quelle. Jetzt zog er aus seiner Tasche ein kleines, in Zeitungspapier gewickeltes Päckchen; wie sich herausstellte, war es Schwarzbrot. Er begann nun dieses zu kauen und trank dazu von dem guten Wasser, damit es besser hinunterglitt. Auf einem anderen Stuhl neben ihm lag ein ausgezeichneter Hut, wie neu, in Pergamentpapier eingewickelt. Der Bauer Steinar ging zu diesem Mann hin und begrüßte ihn.

»Die Welt ist klein, das kann man wohl behaupten, und sei mir gegrüßt, lieber Freund.«

»Sei selbst gegrüßt, lieber Landsmann«, sagte Bischof Theoderich. Er sprach ein klein wenig breit, wie alle, die sich dem Englischen anpassen. »Setz dich, Freund. Du hast recht, diese Welt ist klein, besonders an diesem Ende. Soll ich dir vielleicht Wasser kaufen?«

»Oh, danke schön, das ist gar nicht nötig«, sagte der Bauer Steinar, »denn ich habe gerade eine Tasse getrunken.«

Bischof Theoderich war nicht davon abzuhalten, für sich und seinen Landsmann eine volle Kanne von Kirsten Pils Wasser in Dänemark zu kaufen. Als sie begonnen hatten, dieses Wasser zu schlürfen, sagte Bischof Theoderich folgendes:

»Wer bist du denn eigentlich, lieber Landsmann?«

»Ich heiße Steinar Steinsson von Hlidar an den Steinahlidar, tja, das denke ich. Wir begegneten uns das erste Mal in Thingvellir an der Öxara, als der König kam. Das nächste Mal begegneten wir uns während des Gottesdienstes im Floi.«

»Ach, sei nochmals gegrüßt, Freund«, sagte der Bischof Theoderich, stand auf und küßte den Bauern. »Danke fürs letzte Mal. Was gibt es Neues?«

»Oh, nichts Besonderes«, sagte Steinar von Hlidar. »Nachdem wir uns vorvoriges Jahr trennten, war die Witterung bis Weihnachten besonders günstig; aber nach Weihnachten war das Wetter schlecht mit viel Schneetreiben und im Frühjahr unbeständig; um die Johannismesse gab es einen Wettersturz, den wir Rabenschnee nennen. Der Sommer danach war ziemlich regnerisch ...«

Jetzt unterbrach ihn der Mormone.

»Das kommt daher, daß die Isländer keine Paletots haben«, sagte er. »Ich bekam erst einen Paletot, als ich nach Utah kam. Doch in Utah braucht man natürlich keinen Paletot. Mir ist es vollkommen gleich, wie vorvoriges Jahr das Wetter in Island war. Wie geht es dir, mein Lieber?«

»Diese Kruke von den Hlidar ist tatsächlich in Kopenhagen und trinkt Kirsten Pils Wasser«, antwortete der Bauer Steinar.

»Ja, da hast du den Nagel auf den Kopf getroffen, Freund, der Mensch ist ein Gefäß«, sagte der Mormone. »Es kommt darauf an, daß gutes Wasser in dieses Gefäß gefüllt wird. Mrs. Pile ist eine einzigartige Frau gewesen. Ich fahre zweimal in der Woche mit der Eisenbahn hierher in den Wald, um von ihrer Quelle zu trinken. Dieses Wasser schmeckt wie Utahwasser.«

»Da du gerade von Wasser sprichst«, sagte der Bauer Steinar, »fällt mir etwas ein. Taucht ihr noch immer unter?«

»Was denkst du, Junge«, sagte Bischof Theoderich. »Denkst du, der Erlöser habe sich als unwissender Säugling in Bethlehem mit Wasser bespritzen lassen? Was geschieht, wenn ein Kind mit Wasser bespritzt wird? Nur die Hand des Pfarrers wird rein, das Kind ist unrein nach wie vor. Das steht außer Frage. Habe ich euch das nicht damals schon gesagt? Es reicht nicht, Leuten etwas nur einmal zu sagen. Deswegen habe ich auch den ganzen Sommer hier in Kopenhagen gesessen und auf isländisch ein Buch darüber geschrieben und es drucken lassen, um es nach Island zu bringen an Stelle der Bücher, die sie mir gestohlen haben. Yes Sir.«

»War es nicht die Obrigkeit, Freund?« fragte der Bauer Steinar.

»In Island hat es nie andere Diebe gegeben als die Obrigkeit«, sagte der Mormone. »Sie stahlen meiner Mutter alles, auch ihren guten Ruf. Dennoch war sie eine Heilige. Sie hatten mir schon alles gestohlen, ehe ich geboren wurde, außer dem Sack, auf dem der Hund lag. Den durfte ich schließlich als guten Anzug anziehen. No Sir. Es war Joseph Smith, der mich erhoben und mir Land gegeben hat. Erzähl jetzt etwas von dir selbst, mein Freund. Was willst du hier?«

Steinar antwortete: »Ich weiß nicht mehr, ob ich dir damals, als ich dich im Floi mit Gottes Hilfe losband, erzählte, daß ich gerade dem Dänenkönig ein Pferd geschenkt hatte. Mir geht es ein bißchen wie dem Mann, der am Morgen mit seinem Pferd in den Marktflecken ritt, um etwas für seine Kinder zu kaufen. Es war grau, eher eine Spur steingrau. In Wirklichkeit war es das Pferd meiner Kinder. Der König lud mich zu sich ein, um dieses Pferd wiederzusehen. Ich komme gerade daher. Dort waren die größten Kaiser der Welt versammelt und ihre Frauen, und ich brachte ihnen ein Kästchen; hier habe ich dafür ihre Bilder, tja, so ist es, aber den Zaum, den der König noch von mir hatte, habe ich sicherlich eingebüßt.«

Der Bauer Steinar zog die Bilder hervor, die ihm Könige und Kaiser, Königinnen und Kaiserinnen gegeben hatten, und legte sie auf den Tisch. Der Mormone nahm schweigend seinen Hut aus dem Pergamentpapier und setzte ihn auf; wie es nicht anders sein konnte, stach dieser sorgfältig saubergehaltene, funkelnagelneue Hut von dem runzligen, grau gewordenen und verwitterten Gesicht des Mormonen ab; es sah ganz so aus, als hätte ein feiner Ausländer dieses Prunkstück irgendwo draußen vergessen, genauer gesagt, auf einem menschenähnlichen Lavafelsen.

»Wir Mormonen setzen den Hut nur auf, um uns gegen zuviel Sonne zu schützen«, sagte Bischof Theoderich. »Was hast du da?«

Er setzte umständlich seine Brille auf und ließ sie auf der Nasenspitze ruhen, zog die Mundwinkel so weit wie möglich nach unten, mußte aber dennoch die Bilder eine Armlänge von sich halten. Eine ganze Weile betrachteten sie diese Bilder von Herren mit goldenen Tressen und Königinnen mit riesigen Turnüren. Es gab keine Tugend, keine Leistung noch Großtat auf Erden, die nicht ihr Zeichen in Gestalt eines Ordens auf der Brust dieser Leute hinterlassen hätte. Der Hlidarbauer mußte ein wenig kichern.

Als der Mormone sie genug betrachtet hatte, machte er sich daran, seinen Hut wieder in Pergamentpapier einzuwickeln, sah den Bauern von der Seite an, nahm dann die Brille ebenso feierlich ab, wie er sie aufgesetzt hatte. Er fragte:

»Was willst du mit diesem unnützen Zeug?«

»Entschuldige, wenn ich meine Könige in Schutz nehme, Freund«, sagte der Hlidarbauer. »Und die lieben Kaiser nicht minder. Und wenn es nur der Griechenkönig Georg wäre, der der geringste Mann auf diesen Bildern ist und von dem man sagt, daß er in Griechenland Gemeindearmer ist; die Dänen nennen das: kein Geld für Kautabak haben. Er steht dennoch nach Ruf und Ansehen weit über jedem Isländer, sogar wenn man die Mormonen dazunimmt, könnte ich mir denken. Hehehe; er hat auch eine gut gebaute Frau. Diese Leute sind Gott näher als wir, da sie größeren Anteil daran haben, die Welt zu regieren.«

»Ja, wenn es nicht einfach nur verdammte Räuber sind und damit sage ich schon mehr als meine Gebete«, sagte der Bischof. »Doch erlaube mir, daß ich dich noch etwas frage, ehe ich den Mund halte: du sagst, du hast ihnen dein Kästchen geschenkt. Vorher hast du gesagt, du hättest ihnen dein Pferd geschenkt. Was willst du von diesen Leuten?«

Jetzt blieb der Hlidarbauer die Antwort schuldig und blickte auf die hübschen Blumen, die dort in Dänemark neben ihnen auf einem kleinen Beet wuchsen.

»Schön sind die lieben Blumen hierzulande, und schon ist es Herbst«, sagte er.

»Ja, das Ganze hier ist ein einziger Gemüsegarten«, sagte Bischof Theoderich.

Da sagte der Bauer von den Hlidar: »Als ich meine Steina anschaute, wie sie so friedlich inmitten dieser schrecklichen Welt schlief, ich glaube, sie war drei Jahre, da ging mir auf, daß der Baumeister, der die Welt gemacht hat, ganz ohnegleichen ist, falls es ihn gibt. Mein Gott, mein Gott, dachte ich, daß diese Augenweide so schnell vorbei ist! Später bekam ich einen kleinen Jungen; der war wie Egill Skallagrimsson und Gunnar von Hlidarendi und die Norwegerkönige. Des Abends schlief er mit seiner hölzernen Axt an der Wange ein, denn er wollte die Welt besiegen. Hm. Nebenbei bemerkt, was ist denn nun wieder westlich der Wüste, von der du damals gesprochen hast?«

»Ob es nicht ein Kästchen ist?« sagte der Mormone.

»Eben das«, sagte der Bauer. »Und was für ein Kästchen ist es denn?«

»Ein Tabernakel«, sagte der Mormone.

»Akkurat«, sagte der Bauer. »Sieh mal an. Ausgerechnet. Mit Verlaub, was für ein Gefäß ist das?«

»Sei so freundlich, nimm dir mehr kaltes Wasser«, sagte der Mormone.

»Du solltest mir das Gefäß, das du erwähnt hast, ein wenig beschreiben«, sagte der Bauer, »– damit ich auf der Heimreise nach Island etwas habe, über das ich nachdenken kann an Stelle meines Kästchens; doch vor allem, um den Kindern davon zu erzählen.«

»Mein Freund Brigham, der Nachfolger von Joseph Smith, steckte es ab, ein Jahr nachdem ich durch die Wüste kam. Dann begannen wir zu bauen. Es ist zweihundertfünfzig Fuß lang, hundertfünfzig Fuß breit und achtzig Fuß hoch. Der Deckel ruht auf vierundvierzig Säulen aus Sandstein. Als wir es bauten, waren es bis zur nächsten Ansiedlung im Osten, wo man hätte Nägel kaufen können, tausend Meilen ohne Weg und Steg und achthundert nach Westen ans Meer, wo man vielleicht auch hätte Nägel kaufen können. Also beschlossen wir, keine Nägel zu kaufen.«

»Es wäre gut, zu wissen, was dieses große Gefäß zusammenhält«, sagte der Bauer Steinar. »Ist es gezinkt?«

»Joseph Smith ist es nicht schwergefallen, mehr als das zusammenzuhalten Freund«, sagte der Mormone.

»Und was tut ihr, mit Verlaub, in dieses große Gefäß?« fragte der Bauer.

»Den Heiligen Geist«, sagte der Mormone.

»Akkurat«, sagte der Bauer. »Habe ich es mir nicht gedacht! So langsam merke ich, was mein kleines Kästchen wert gewesen ist! Und wie habt ihr es fertiggebracht, den Heiligen Geist hineinzuleiten?«

»Wir bauten ihm eine Orgel«, sagte der Mormone. »Dafür holten wir ausgesuchtes Holz und transportierten es auf Ochsen über dreihundert Meilen. Es ist das beste Musikholz in Amerika. Denn der Heilige Geist wohnt nicht in Worten, obwohl er manchmal gezwungen ist, sie unmusikalischen Menschen gegenüber anzuwenden. Der Heilige Geist wohnt in der Musik. Als beides fertig war, die Orgel und das Tabernakel, gefiel es dem Geist so gut, daß er selber kam, um dort zu wohnen. Yes Sir. Musiker aus der ganzen Welt sind nach Utah gekommen, um auf diesem Instrument zu spielen, von dem sie sagen, daß sein Klang von allen irdischen Kunstwerken am meisten zu Herzen gehe.«

»Du erzählst große Dinge, Freund«, sagte der Bauer Steinar. Der Mann, der höchstens ein paar Schusternadeln und sonst nichts aus dem Marktflecken nach Hause brachte, erfuhr hier schließlich etwas, das wert war, den Kindern erzählt zu werden.

»Kaum jemand ist in Island so oft der Lüge verdächtigt worden wie Bischof Theoderich«, sagte der Mormone. Du sollst mir auch nicht glauben. Sehen ist mehr als Hören, Freund. Fahr hin und sieh selber!«

»Ich glaube, ich würde schon etwas dafür geben, fahren zu können und dein Kästchen zu sehen«, sagte der Bauer. »Selig der Mann, der teilhat an einem solchen Kästchen. Vielleicht wurde hier das Kleinod gefunden, das meiner kleinen Tochter wohl ansteht, die so schön schlief, und dem Jungen, von dem ich sprach. Würde ich nicht übermorgen nach Island abreisen, dann wollte ich es wohl auf mich nehmen, wegen der Kinder durch die Wüste zu ziehen.«

»Gott ist zwar ein etwas teurer Kaufmann, doch er betrügt niemanden«, sagte der Mormone.

18. Gast im Bischofshaus

Bisher ist davon berichtet worden, wie der Bauer Steinar von Hlidar an den Steinahlidar in Island wegreiste, um sein Pferd beim Dänenkönig zu besuchen; wie er sein Geschenk abgab gegen geringen Dank und keinen hohen Grafentitel und wie er dann in Dänemark Wasser trinken ging. Doch wie aus dem Vorstehenden ersichtlich ist, kam mit dem Wasser dort der Zechkumpan, der für längere Zeit das Schicksal des Bauern bestimmen sollte: der Mann, der einmal vor einer Kirchentür im Floi an einen Stein gebunden war.

In ihrem Gespräch kam es dahin, daß Steinar seine Neugierde verriet, das Land zu sehen, das der König der Heerscharen den Menschen als Teil der rechten Lehre angewiesen hatte. Wenn dortzulande die Menschen alles Notwendige für Körper und Seele bekämen, so hielt es der Bauer für offensichtlich, daß Joseph Smith eine richtigere Lehre hatte als die Dänenkönige; er wollte, daß seine Kinder einer solchen Lehre teilhaftig würden. Das dürfte zur Folge haben, daß er, der arme Steinar von Hlidar, und die Seinen Anhänger einer solchen Offenbarung würden. Doch er fügte hinzu, daß es sehr schwierig wäre, ausreichendes Zehrgeld zu beschaffen, um über Land und Meer auf die andere Seite der Erde zu reisen. Am schwierigsten wäre es jedoch, seiner Familie eine solche Reise zu erklären.

»Was Gott dir eingibt, brauchst du keinem Menschen zu erklären, noch ihn dafür um Verzeihung zu bitten«, sagte Bischof Theoderich. »Man hat nichts davon gehört, daß der Erlöser gegenüber seiner Mutter viel Worte gemacht hätte, als er von ihr fortging, um die Welt zu erlösen, oder der Prophet Joseph, als er den Kuhschwänzen in Palmyra Lebewohl sagte und das Christentum wiederzuerrichten begann. Da ich dir nur Gutes zu verdanken habe, Freund, will ich zusehen, was ich für dich zusammenkratzen kann.«

Kurz und gut, das Bäuerlein war so begeistert von der Neuigkeit, daß Zion jetzt auf Erden gefunden und bezugsfertig wäre, daß er das letzte Schiff nach Island im Herbst verpaßte. Um diese Zeit war sein Zehrgeld vollständig aufgebraucht. Er suchte jetzt Kaufleute auf; an einem Tage ging er zu einem

Fleischer, einem Bäcker und einem Seiler. Diesen Männern bot er ausgezeichnete Bilder zum Kauf an, die ihm Könige geschenkt hatten. Sie jagten ihn zum Teufel damit und meinten, daß solche Bilder kaum eine Zierde der Wohnungen seien, außerdem würden sie täglich in den Zeitungen gedruckt. Der Fleischer sagte, allen Leuten in Dänemark hinge die Zunge aus dem Halse, wenn sie die Bilder von Staatsmännern betrachteten. Der Seiler sagte, die Königsbilder sind die Schlinge nicht wert, die man brauchte, um sich zu erhängen. Doch der, welcher buk, sagte, daß der Bauer für jeden König ein Plunderstück gratis haben sollte. Dann ging Steinar in einen Laden zu einem Mädchen, von dem er wußte, daß sie Kurzwaren verkaufte; er hatte einmal von ihr einen Knopf gekauft, um ihn an seinen Umhang zu nähen. Diesem Mädchen schenkte er die Gedenkmünze von Olga Konstantinona und sagte, daß diese Frau am ehesten ein Vorbild für andere Frauen wäre, sowohl an Schönheit wie an Bescheidenheit. Das Ladenmädchen dankte dem Isländer herzlich für das Geschenk und reichte ihm als Gegengabe einen Brief Nadeln.

Nachdem das Islandschiff ausgelaufen war, dauerte es nicht lange, bis Bischof Theoderich von Utah ins Seemannsheim kam, um Steinar zu treffen. Der Bauer Steinar saß in Gedanken versunken in einer kleinen Kammer und aß Plunderstücke. Der Bischof kam ihm nicht mit großen Weisheiten, sondern zog seine Börse aus der Tasche; ein Taschentuch war mit drei Sicherheitsnadeln darum befestigt. In dieser Börse waren amerikanische Dollarstücke, die der Mann dem Bauern Steinar als Reisegeld in die Gottesstadt Zion gab. Er sagte ihm, er solle sich einem Trupp skandinavischer Mormonen anschließen, die sich auf den Weg nach Utah machen wollten, nachdem sie zum Zweck der Taufe und Seelenrettung gänzlich in reines Wasser getaucht worden waren; es waren noch weitere Mitreisende dabei, die hatten verlauten lassen, daß sie sich wahrscheinlich bekehren würden. Theoderich fragte jetzt den Bauern Steinar, ob er das Testament zu umarmen wünschte, denn so sagen die Mormonen, wenn sich jemand zu dem rechten Goldenen Buch vom Himmel bekehrt, das Joseph Smith auf dem Hügel Cumorah empfing. Der Bauer Steinar gab zur Antwort, daß er ein armer Mann sei, der nur sein bißchen Verstand zu verspielen hätte; er wolle auf keinen Fall dieses bißchen Verstand, so ärmlich es auch sei, außer acht lassen. Er sagte, daß eine Anschauung, der man gegen seinen Verstand zustimmt, einem kaum Nutzen bringe, und am wenigsten dann, wenn es am meisten darauf ankomme; und ein Land, über das Propheten, Apostel und Kirchenväter nach einem Goldenen Buch predigten, könnte niemand mit gutem Grund loben, ehe er dort nicht gelebt hätte; denn das Herz des Menschen sei nicht klug, wenn auch manche Menschen gewiß ein recht gutes Herz hätten, und es gäbe keine Grenzen für Einbildungen, die man mit dem Gehirn für wahr ansähe; aber Mund und Magen wären die untrüglichsten Organe, wenn es sich auch häßlich anhöre. Theoderich erwiderte kühl, daß er niemand dazu verleiten wolle, den Lehren zu glauben, die von Joseph und Brigham verkündet würden, sondern daß es allen freistünde, den eigenen Körper zum Prüfstein der Wahrheit zu machen, besonders denen, die da meinen, die Seele sei ein Idiot. Wenn der Bauer Steinar nach erfolgter Prüfung im Land Utah der Meinung sein sollte, der Herr habe die Mormonen belogen, dann solle er an den Ort zurückkehren, aus dem er gekommen sei. Das machten sie miteinander aus, und Steinar sollte ohne Taufe nach Amerika fahren.

Theoderich sagte, dieser Trupp würde zuerst nach England reisen und dort auf das Schiff warten, das sie noch vor Weihnachten über den Ozean nach Amerika bringen sollte. Er sagte, daß sie sich in bezug auf England keine großen Erwartungen machen sollten, was sich auch bewahrheitete, denn ihnen wurden Nummern um den Hals gehängt wie dem Vieh, das zum Schlachten verkauft wird; man ließ sie drei Wochen lang in einem Auswandererlager mit geringen Bequemlichkeiten kampieren und gab ihnen Suppe zu essen und trocknes Brot zu beißen. Doch wenn sie im Mormonenstützpunkt in New York auf der anderen Seite des Ozeans angelangt wären, sagte Theoderich, hätte es niemand mehr nötig, Tang zu essen oder Wasser zu trinken; dort würde jeden Tag Braten und Milch gereicht und Gemüse in Menge; dort gäbe es keinen Brei, sagte er, was sich auch als wahr erwies, und mancher wäre am liebsten immer dort geblieben. »Dann werdet ihr in einen Eisenbahnzug gesetzt«, sagte der Bischof; »er fährt ziemlich lange durch ebene und fruchtbare Gegenden, sodann durch ausgedehnte Wüsten, wo es zu meiner Zeit nicht einmal Wege gab; wir mußten uns über Stock und Stein den Weg in die Ferne bahnen. Jetzt gibt es kein Hindernis mehr« – sagte Theoderich – »außer Büffeln, die dort in langgezogenen Herden über die Schienen zotteln und die Reisenden aufhalten; es sind solche Bullen, daß man sie in Island Thorgeirsbullen nennen würde. In der Wüste gibt es Gestrüpp aus zähen Stauden, das bei den Einheimischen Salbeidickicht heißt und kein Wasser braucht; es ist auch für jedes Lebewesen giftig. Aus diesem Dickicht schleichen mitunter Rothäute hervor. Diese Menschen sind in ihrer Erscheinung und Sinnesart den alten Isländern nicht unähnlich; sie schießen mit Pfeil und Bogen wie Gunnar von Hlidarendi und treffen bei jedem Schuß.« Er sagte, es käme nicht selten vor, daß die Reisenden aus dem Zug steigen und mit ihnen kämpfen müßten. Steinar sagte: »Das hätte ich mir nun nicht träumen lassen, als ich aus Island abreiste, daß ich noch mit Gunnar von Hlidarendi zu kämpfen haben würde.«

»Wenn du an deinem Ziel, dem Salzseetal, angekommen bist, dann brauchst du nur nach dem Weg zu fragen, der nach Spanish Fork führt, man nennt es auch mitunter Spanshfork, und zu sagen, daß du aus Island bist. Da werden dich alle Leute küssen. Laß dir dann zeigen, wo der Postwagen nach der Stadt Provo abfährt, und von dort mußt du zu Fuß gehen. Du gehst immer die Straße entlang. Du hast schräg zur linken Hand einen höheren Berg, als ihn Isländer je gesehen haben; er heißt Timpanogos nach einer roten Königin. Dort sind die Schluchten zehnmal tiefer als die Almannagja. Hier können sich die Isländer ein schönes Hirtenleben leisten in Laubwäldern ohne Unwetter, und demzufolge brauchen sie keinen Schnaps. Oben auf diesem Berg, der etwa noch einmal so hoch wie der Öraefagletscher ist, wächst ein frommer und herzensguter Baum, die Zitterpappel. Auf diesem Berg habe ich zwei Herden. Doch kümmere dich nicht darum. Bis wohin bist du gekommen? Paß nur auf, Freund, daß du nicht vom Wege abirrst. Ehe du dich's versiehst, liegt der Timpanogos hinter dir, und ein neuer Berg ist da, der sieht aus, als wäre er mit einer Schere aus einem gefalteten Blatt Papier geschnitten; es ist der Heilige Berg, wo die Sonne über der Siedlung Spanish Fork aufgeht; dort hinauf kletterte einmal eine alte Frau mit Eimer und Spaten, um Silber und Gold zu suchen. Du gehst die Straße weiter entlang und kümmerst dich nicht um andere Häuser, bis du zu der Nummer kommst, die an der Straßenkreuzung steht. Es ist Nummer 214, das Haus des Bischofs. Hinter dem Gartentor wachsen Salbeibüsche bis zur Veranda hinauf, denn ich will die Wüste um mich haben, und in ihr will ich sterben. Vor der ganzen Front ist eine Veranda, und dort ist der Eingang des Hauses; an jeder Seite sind zwei Fenster. Dieses Haus ist halb aus Ziegelsteinen, die ich selbst getrocknet habe, und halb aus Balken. Das obere Stockwerk steht auf Pfeilern. Oben befindet sich ein Balkon mit einem Geländer aus gedrechselten kleinen Säulen. Auf dem haben schon viele gute Leute geschlafen, denn in Utah ist es gesund, draußen zu schlafen, außer mitten im Winter, der kaum den Hornung überdauert. Hingegen gibt es dort keine solchen Mistmonate wie Goa, Einmonat oder Harpa in Island, wo die Menschen hungern mußten und das Vieh krepierte. Mach dir nicht die Mühe, an die Tür zu klopfen, denn wir mögen kein Geklopfe. Es werden dir drei Schwestern samt den Kindern meiner mittleren Schwester entgegenkommen, doch ich lasse keinen grüßen. Sag ihnen, ich schicke ihnen nichts, komme aber selbst in drei Jahren. Ich bin beim König und schreibe ein Buch für die Isländer. Sie haben Schweine genug und fünfzehn Schafe und Gemüse, soviel sie wollen, außerdem Sira Runolfur, der für die Hausschafe im Gehrock Gottesdienst hält. Wir nennen ihn Ronky. Sag ihnen, daß du nach oben gehen und auf einer Bank auf dem Balkon schlafen willst. Wenn du dir etwas vornehmen willst, dann wende dich an die Alte mit der Brille. Schräg über die Straße, einen Steinwurf weit, liegt meine Ziegelei; sag der alten Frau, daß du dort hingehen darfst und Ziegelsteine machen, wenn du willst. Sag ihr, sie soll dir Lehm anfahren lassen, und Stroh sollst du von Ronky verlangen. Sag der mittleren Schwester, daß sie die Kinder nicht zu Schaden kommen läßt, denn mir ist es nicht möglich, auf sie aufzupassen. Ich kann nicht umhin, immer ein bißchen Angst um die Kinder zu haben. Sag ihr, daß die Wahrheit wichtiger als alles andere ist und Frauen sich damit abfinden müssen. Und sag meiner schniefenden Maria: Wenn der König der Engel jemals einen ganz und gar heiligen Menschen auf die Westmännerinseln geschickt hat, dann ist sie es gewesen. Wenn du getauft wirst, denk daran, dich auch taufen zu lassen für deine verstorbenen Verwandten, die du nicht rücklings in die Hölle verwünschen willst. Die Ziegelsteine kannst du verkaufen oder verschenken, wie du gerade Lust hast. Ich für mein Teil kann sagen, daß ich mehr Ziegelsteine verschenkt als verkauft habe. Ziegelsteine sind ein gutes Geschenk, was man von Edelsteinen nicht sagen kann. Und ein christliches Geschenk dazu.«

Steinar Steinsson von Hlidar dankte Bischof Theoderich von ganzem Herzen und küßte ihn zum Abschied. Als sie sich verabschiedet hatten, erinnerte der Bauer Steinar sich daran, daß er eine Kleinigkeit vergessen hatte: »Da jetzt Aussicht besteht, daß du vor mir nach Island kommst«, sagte er, »und wenn es sich so fügen sollte, daß du dort eine kleine Frau an einem großen Berg siehst, so möchte ich dich bitten, ihr diesen Brief Nadeln zu übergeben.«

Dann ging er fort.

Nachdem er um die halbe Erde gereist war, klopfte er dreimal an den Türpfosten von Bischof Theoderichs Haus. Es lag in einem weiten Wüstental, das im Winter ergrünte, im Gegensatz zu den Tälern in Island. Und kaum zu glauben: im Norden stand ein hoher Berg, der die Berge Islands zu Hügeln machte, genau wie Trolle Menschen zu Zwergen machen, und im Osten ein kahler Berg, wahrscheinlich voller Silber und Gold, schön regelmäßig geformt, als wäre er mit einer Schere ausgeschnitten.

Die Frau, die an die Tür kam – es war die mit der Brille –, war hager vor Alter und von tiefen Runzeln gezeichnet. Sie fragte würdevoll im Stil von Elfenfrauen: »Wer pocht da an mein Haus?«

»Es scheint mir doch passend, den Personen der Dreieinigkeit je einen Schlag zu gönnen, wenn man bei einem Bischof anklopft – und seien Sie gegrüßt und gesegnet, gute Frau«, sagte der Gast.

»Den Heiligen Geist kann man nicht mit Schlägen preisen«, sagte die Frau. »Doch gestatten wir Lutheranern, zweimal im Namen des Vaters und des Sohnes zu klopfen.«

Nach dieser Zurechtweisung änderte sie den Ton, reichte dem Gast die Hand und fragte, auf welche Weise sie ihm behilflich sein könnte.

Steinar erzählte wahrheitsgemäß, wie er hierhergekommen sei, und daß ihn der Bischof selbst geschickt habe. Er richtete aus, daß der Bischof zwar nicht auf irdische Weise grüßen lasse und seinen Schwestern keinerlei Geschenke schicke, die als unnützer Tand unter der Sonne anzusehen sind, sondern daß er ihnen seinen Segen samt der Verheißung ewiger Würde und Herrlichkeit sende.

»Da hast du uns was Schönes erzählt«, sagte die Frau. »Das sind nicht die Worte unseres Dori. Wie geht es dem armen Kerl?«

»Er bat mich auszurichten, er sei in Dänemark, wo der König wohnt, um ein Buch für die Isländer zu schreiben, und käme erst in drei Jahren wieder.«

»Hört ihr, Schwestern?« sagte die Frau mit der Brille, und ehe man sich's versah, waren noch zwei hinzugekommen. »Unser Dori ist bei dem schrecklichen Menschen, der viele Jahrhunderte von den Isländern lebte, bis wir nur noch das Hemd besaßen und manche nicht einmal das.«

»Ich möchte ungern etwas Schlechtes über Dänemark hören«, sagte der Bauer, »nicht zuletzt, weil ich wohlbehalten ins Himmelreich gelangt bin. Denn das kann ich bestätigen, daß Dänemark Wasser hat, das Kirsten Pils Wasser heißt, das beste Wasser der Welt. Das Wasser haben Bischof Theoderich und ich gemeinsam getrunken.«

»Nein, so etwas! Hör bloß, Maria«, sagte die mittlere Schwester, die verhältnismäßig jung und munter war; sie hielt eine uralte, starblinde Frau an der Hand, die aussah wie ein Mehlsack. Die Finger dieser Frau waren nach hinten gekrümmt und dann nach vorn, wie erfrorene Zweige; in den Handrükken hatte sie Wasser. Das Haar war ihr fast ganz ausgegangen. Und wenn sie lächelte, so war da kein Zahn mehr, nur mütterliche Wärme, die jedoch höchstens für Säuglinge taugte; und vielleicht für zum Tode Verurteilte. An den Röcken dieser Frau hingen Kinder mit großen Augen.

»Ich sehe, Sie sind wohl die Frau, die ich darum bitten sollte, auf die Kinder achtzugeben, damit sie nicht zu Schaden kommen«, sagte der Gast und gab der mittleren Schwester, die so drall und oben herum so füllig war, die Hand.

»Hast du das gehört, Maria? Er siezt mich!« sagte die mittlere Schwester und klatschte sich auf den Schenkel.

»Es scheint mir passender in einem Bischofshaus, wenigstens beim ersten Mal«, sagte der Gast.

»Wie kann es sich Dori nur einfallen lassen, daß die Kinder unter den Augen Marias zu Schaden kommen könnten!« sagte die mittlere Schwester.

»Ihr Guten, laßt doch den Mann hereinkommen und kocht ihm Dinner«, sagte die alte Frau, und es stellte sich heraus, daß sie oft mit der Zunge anstieß, denn sie konnte wegen ihrer Zahnlosigkeit weder »r« noch »s« sprechen.

Da nahm Steinar Steinsson unwillkürlich den Hut ab. Er umfaßte die verkrampften Hände dieser Frau und küßte sie herzlich, um ihr seine Ehrerbietung zu bezeugen, doch konnte er bei dieser Gelegenheit nicht die Worte sprechen, die ihm Bischof Theoderich für sie aufgetragen hatte.

»Der gute Mann, allein diesen weiten Weg zu machen!« sagte die alte Frau und betastete Steinar Steinssons Gesicht und Körper mit ihren gekrümmten Fingern. »Es ist so, daß Gott etwas mit uns allen vorhat. Ich bin beinahe sicher, daß ich vom vorigen Sonntag noch ein bißchen Kaffee in der Dose habe, als der Lutheraner hier war.«

»Wenn nicht unser Sira Runolfur ihn aus Versehen genommen hat – wie schon einmal«, sagte die Frau mit den Kindern.

Es war ein gastfreies Haus von der Art, wie es sie früher in Island hie und da auf dem Lande gab, kaum jedoch irgendwo in anderen Ländern: dort standen für Gäste und Wanderer die Türen Tag und Nacht offen, und Bewirtung wurde ihnen zuteil, ob nun die Leute kürzere oder längere Zeit bleiben wollten. In diesen Häusern wurde es niemals eng. Man nahm an einem leidigen Gast keinen Anstoß, zumal viele Leute nicht besonders angenehm waren. Man erwartete nicht, daß die Leute den Hausbesitzern irgendein Entgelt für die empfangene Bewirtung gaben, denn man ging davon aus, daß alle Reisenden armes Volk wären und reiche Leute bei sich zu Hause blieben. Im Hause Bischof Theoderichs in der Gottesstadt Zion wurde von den Leuten nur verlangt, daß sie von der Straße hereinkämen, ohne anzuklopfen. Zweimal klopfen konnte man Lutheranern verzeihen, das dritte Klopfen war eine Beleidigung des Heiligen Geistes.

Die meisten, die sich im Hause Bischof Theoderichs festsetzten, waren heimatlose Isländer; einige waren eben erst aus Island gekommen, andere hatten im Land der Verheißung mit unzuverlässigem Gehirn und noch unwissenderem Herzen die Wahrheit gefunden, doch kaum mit den untrüglicheren Organen. Viele von Theoderichs Gästen fanden schließlich eine Existenz. Zu denen, die lange geblieben waren, gehörte Sira Runolfur, früher Pfarrer der Gemeinde Hvalsnes. Einer göttlichen Berufung folgend, hatte er sein Amt in Island verlassen, um der kleinsten und ärmlichsten lutherischen Kirche der Welt zu dienen, die drei Sonderlingsfamilien mitten im Herzen der Gottesstadt Zion errichtet hatten. Als er nach Amerika gekommen war, wurde er mit der Zeit Mormone und erhielt die Taufe durch Untertauchen. Kurz darauf wurden die Fenster der lutherischen Kirche vernagelt. Man wußte nicht genau, was den Aufstieg Pfarrer Runolfurs in Zion behinderte, wo doch beides zugleich der Fall war: daß kaum jemand so wie er nach der Bekehrung die rechte Denkweise übte und noch weniger Leute so gut wie er wußten, woran sie glaubten; denn er hatte sich als studierter Mann das Goldene Buch sowie die Offenbarungen des Propheten und überdies die Bücher der ersten Heiligen zu eigen gemacht. Andere Männer, zum Teil ungebildete und untaugliche, gelangten sozusagen direkt aus der Gosse flugs in kirchliche Ämter und wurden Sekretäre der Wache, denn so heißt der Gemeinderat der Mormonen, oder sogar Gemeindebischöfe – wenn sie nicht gar bis in den Hohen Rat, die höchste Instanz aller Bistümer, aufstiegen und Älteste, einer der Siebzig, Hohe Priester oder sogar Apostel wurden, ehe es einer Kuh gelang, dreimal zu brüllen. Doch Sira Runolfur mußte so freundlich sein, sich an die fünfzehn Schafe zu halten, über die ihn Bischof Theoderich an dem Tag gesetzt hatte, als er untergetaucht wurde. Er war noch nicht höher gestiegen als bis zum Gehilfen in der Wache. Dennoch war niemand fähiger als er, wenn es galt, glaubensschwache Leute aufzumuntern oder gar mit Lutheranern zu disputieren; er disputierte einige aus dem Haus, andere von ihren Höfen, wiederum andere in ein anderes Land. Es kann sein, daß diese Disputierkunst als zweischneidiges Schwert angesehen wurde und die Mormonen in Schrecken versetzte. Doch die fünfzehn Hausschafe, über die er zu bestimmen und für deren ständige Erneuerung er zu sorgen hatte, gleich wieviel geschlachtet wurden, und selbst wenn sie alle auf einmal geschlachtet worden wären, sie mochten ihren Pastor gern und gediehen gut, nicht zuletzt um den Schwanz herum, der dortzulande durchaus kein Stummel ist, sondern lang und schwer. Ein hohes Maß an Toleranz in religiösen Dingen legte Bischof Theoderich an den Tag, als er den Schwestern auftrug, für Sira Runolfur stets einen neuen lutherischen Diplomatenrock zu nähen, wenn der alte unbrauchbar geworden wäre, gemäß der Gepflogenheit, daß ein General als Gefangener im feindlichen Heer seine Uniform tragen darf, solange er es selber will, und auch den Säbel, wenn er ihn nicht verloren oder zerbrochen hat. Dieser kleine, trippelnde, abgezehrte Mann mit Wasser in den Augen und breitgezogenem Gesicht, der in der Wüste einen Mantel trug, machte es sich zur Aufgabe, Steinar Steinsson im rechten Glauben zu unterrichten.

Und da Pfarrer Runolfur ein kluger, jedoch auch etwas schwatzhafter Mann war, gelang es ihm schnell, Fremden einen gewissen Begriff von den Verhältnissen der Menschen in der Gegend zu vermitteln; auch davon, welcherart die verwandtschaftlichen Beziehungen in diesem Hause waren. So erzählte Pfarrer Runolfur, daß Bischof Theoderich drei eigene Frauen habe, allgemein jedoch die Ansicht herrschte, daß er nur die eine liebe, die er aus Island mitnahm und hinaus in die Wüste führte; diese Frau war verdurstet. Er hatte sie im Sand verscharrt. Nachdem sie gestorben war, trug er ihr Kind noch eine Zeitlang auf dem Arm durch die Wüste, doch die Lebenszeichen, die das Kind von sich gab, wurden immer schwächer, bis es sich schließlich nicht mehr regte. Bischof Theoderich begrub das Kind in einer Sanddüne und setzte ihm ein Kreuz aus zwei Halmen. Es soll ein kleines Mädchen gewesen sein. Bischof Theoderich war einer der Pioniere aus Island, die das verheißene Land für den Preis erkauft hatten, den es wert war.

Zu dem Trupp von Wüstenwanderern, in dem Bischof Theoderich seine Liebste gehabt und verloren hatte, gehörte auch eine alleinstehende Frau mittleren Alters. Diese Frau hieß Anna und trug eine eiserne Brille. Sie war anderthalb Jahrzehnte älter als Bischof Theoderich. Die Frau hatte der Mutter und dem Kind Wasser aus ihrem Vorrat gegeben, solange noch ein Tropfen da war. Sie ließ Theoderich sich ausruhen, indem sie das Kind des Nachts einschläferte, nachdem Theoderichs Liebste gestorben war. Bischof Theoderich war ihr dankbar dafür. Nachdem die Überlebenden das Land der Heiligen erreicht hatten, bat er die Frau um ihre Hand und heiratete sie; zugleich ließ er sich der anderen, die im Sand begraben lag, auf ewig ansiegeln. Seitdem hatte Anna ihm stets die Wirtschaft geführt und wurde Eisenanna genannt. Sie schenkten der Kirche die Hälfte von allen ihren Einkünften, fasteten viermal öfter als vorgeschrieben, formten Ziegel, bauten den Leuten Häuser und zogen Waliser und Dänen ebenso wie Isländer aus den Erdlöchern heraus, in denen die ersten Ansiedler hausten und die sie Dugouts nannten. Für diese und viele andere gemeinnützigen Taten wurde Theoderich Gemeindevorsteher, Bischof, Präsident des Hohen Rats, Ältester, Hoher Priester und, wie es Nephi prophezeit hat, einer der zwölf Jünger des Lamms gemäß Ernennung durch den Erlöser in der Gnadenfrist und mit Dispensation in der Erfüllung der Zeit. Diesen Mann hatten sie im Floi vor dem Gottesdienst an einen Pferdestein gebunden, geknebelt und verprügelt.

Im Salzseetal und in der Umgebung trieb sich eine arme Weibsperson herum, die angab, in Colornay geboren und aufgewachsen zu sein. Gebildete Engländer im Hohen Rat meinten, es wäre eine Stadt in Frankreich – doch schließlich stellte es sich heraus, daß es eine Gegend in Island mit Namen Kjalarnes war. Es war ein großes und stattliches Mädchen. Es war von einer Heeresabteilung angehalten worden; doch wenn man dortzulande sagt, jemand werde angehalten, so meint man damit, dieser Mann ist mit dem Gewehr bedroht worden. Zu der Zeit hatte die Unionsregierung der Vereinigten Staaten angefangen, bewaffnete Heeresabteilungen in die Gottesstadt Zion zu schicken, um die Heiligen dazu zu bewegen, das Sittengesetz selbst aufzugeben, das ihnen von Gott offenbart und von der Kirche verkündet worden war, darunter die heilige Vielehe. Die Heeresabteilung hatte diesem Mädchen Kinder gemacht. Im nächsten Jahr wurde es von Indianern angehalten. Sie legen einen Pfeil auf die Bogensehne und töten Menschen mit großer Kunstfertigkeit nach Art des Gunnar von Hlidarendi, wie oben berichtet. Durch diese Anhalte war das unschuldige Mädchen bei verschiedenen Gruppen verrufen, besonders bei Walisern und Dänen, die damals darin wetteiferten, in Spanish Fork ein züchtiges Leben zu führen. Niemand wollte eine derart deklassierte Frau in seinem Hause haben; sie schlief des Nachts oft im Tamariskengebüsch am Rande von Salzquellen, wo Frösche quaken und Heuschrekken und Zikaden zirpen. Bei ihr schliefen auch ihre beiden kleinen Kinder. Einmal zu Weihnachten zog Bischof Theoderich diese Weibsperson mitsamt ihren Kindern aus einer Erdsenke und sagte, es sei gegen das Buch Josephs wie auch gegen die Lehren, die von Brigham Young verkündet werden, dem getreuen Jünger des Propheten, daß Frauen so ohne weiteres von Heeresabteilungen und Indianern auf freiem Feld beschlafen würden. Aus diesem Grunde habe der Herr durch eine Offenbarung die Vielehe eingesetzt, damit keine Frau mit ihren Kindern zu Weihnachten draußen in Gräben zu liegen brauche. Es war das ausdrückliche Gebot und Gesetz der Kirche der Heiligen der letzten Tage, daß die Mormonen so viele Frauen wie möglich durch ewige Siegelung schützen sollten, statt sie erst in die Wildnis zu treiben und dann über sie herzuziehen. Mit dieser Vorrede lud Bischof Theoderich Madame Colornay in sein Haus ein und nahm sie zu seiner Ehefrau neben Eisenanna, deren Brille zu jener Zeit schon ziemlich stark verrostet war. Er siegelte sich auch die Kinder an, die Madame Colornay bei ihren Anhalten bekommen hatte, und zeugte selbst andere mit ihr. Dadurch mehrte sich das Ansehen Bischof Theoderichs in Spanish Fork noch beträchtlich. Es war durchaus zu ersehen, wie weit er anderen Leuten voraus war, da er Güte und Vernunft in gleichem Maße besaß wie Furchtlosigkeit gegenüber den Vorurteilen der Waliser und Dänen. Bei dieser religiösen Tat stand ihm jedoch niemand so zur Seite wie Eisenanna, seine erste Frau.

Das hohe Ansehen Bischof Theoderichs litt auch nicht in der Gemeinde und noch weniger bei den Frauen, die er bereits hatte, als er sich entschloß, das dritte Mal zu heiraten und sich in himmlischer Ehe Maria von Ömpuhjallur anzusiegeln, einem verhutzelten, blinden Geschöpf von über siebzig Jahren. Diese Frau war auch durch die Wüste gezogen.

Maria stammte von den Westmännerinseln und war in jeder Hinsicht unbescholten. Sie war als Dienstmädchen einer kinderreichen Familie von den Westmännerinseln hierher in den Westen gelangt. Es war ihr Los, die Kinder durch die Wüste zu tragen und die kranke Mutter zu stützen. Dann starb die Mutter der Kinder, wie es dort in der Wüste häufig geschah. Im Westen angekommen, verließ Maria die Kinder nicht, sondern zog sie auf und verfertigte selbst die Kleider für sie, lehrte sie die Passionslieder und erzählte ihnen Gleichnisse von Heiligen auf den Westmännerinseln. Nie kam ein häßliches Wort gegen Menschen oder Tiere über ihre Lippen. Sie gehörte außerdem zu denjenigen Isländern, die nie schlecht vom Wetter sprechen. Als die Schar ihrer Waisenkinder flügge geworden und in der ganzen Welt verstreut, zum Teil auch in den Krieg gezogen war, versorgte sie eine andere Kinderschar, die ihren Ernährer verloren hatte. Auch dieses Gelege zog sie auf mit Weisheiten von den Westmännerinseln und durchwachte viele lange Nächte mit Waschen und Stricken, selbst schon fast erblindet, jedoch mit einer Freundlichkeit, die weder Jammern noch Vorwürfe kannte. Die Zeit verging, und bald waren auch diese Kinder hinaus in die Welt gezogen, um die Dinge zu erlangen, aus denen Maria Jonsdottir sich nie etwas gemacht hatte. Es sprach sich aber weit herum, daß eine isländische Frau anderer Leute Kinder liebhaben könne. Deswegen wurde Maria gebeten, sich unmündiger dänischer Kinder in der heiligen Stadt anzunehmen, die man Salt Lake City nennt. Sie machte sich also auf den Weg in diese gute Stadt, vom Alter gebeugt, halb erblindet und arm. Die dänischen Kinder verstanden die isländischen Passionslieder nicht, und sie mußte sich damit begnügen, ihnen Geschichten von guten Leuten auf den Westmännerinseln zu erzählen, wie auch von einem Vogel, der Papageientaucher heißt und dort aus Felslöchern gezogen und zu Suppe verarbeitet wird – bis auch diese Kinder so weit waren, good-bye zu sagen. Zurück blieb die blinde, verhutzelte Frau auf den breiten Straßen der heiligen Stadt, allein, ohne Stütze und Zuflucht. Als sie umherwanderte, wurde sie sogleich überfahren und erlitt einen Knochenbruch. Die Polizei brachte die Frau dort in Salt Lake City ins Hospital. Sie gab an, sie sei Maria Jonsdottir von Ömpuhjallur auf den Westmännerinseln. Dann wurde nach Spanish Fork gemeldet, daß eine alleinstehende blinde alte Frau aus Westman Islands, Iceland, mit einem Knochenbruch auf der Straße gefunden worden sei. Kaum hatte Bischof Theoderich diese Nachricht erhalten, als er auch schon die Pferde anspannte und nach Salt Lake City fuhr. Er traf die Frau im Hospital, begrüßte sie ehrerbietig und bat sie, sich mit ihm durch rechte Siegelung in der Kirche vor Gott für Zeit und Ewigkeit zu verheiraten. Dann schenkte er ihr einen Dollar, damit sie sich Kaffee kaufen konnte. Dem Hospitalvorsteher trug er auf, ihm Nachricht zu geben, wenn der Knochenbruch der Frau geheilt wäre, er würde alsbald mit dem Wagen kommen und sie abholen. Er richtete dann mit vorgeschriebener Weihe seine Hochzeit mit der Frau aus und führte sie heim ins Bischofshaus, 214 Main Street, Spanish Fork. Maria übernahm es, die Kinder aufzuziehen, die Madame Colornay in die Welt setzte, und lehrte sie die schönen Gebete Sira Hallgrimurs und die guten Geschichten von den Westmännerinseln. Maria sagte, sie hoffe, dem Lord, der die himmlischen Heerscharen lenkt, möge es gefallen, ihr die Kinder anderer Leute zu schicken, damit sie diese so lange um sich habe, wie sie noch begnadet wäre, einen Strumpf stricken zu können.

19. Gottesstadt Zion

Draußen von der Straße war der Hufschlag galoppierender großer und kleiner Pferde und das Knarren von Achsen und Rädern zu hören. Die Fohlen trabten hinterher, voller Vertrauen, doch ein wenig nachdenklich. Männer und Frauen ritten vorbei in wichtigen Angelegenheiten, die Frauen im Damensattel; junge Burschen ritten zu zweit auf ungesattelten alten Gäulen, wie zu Hause in Island, wenn sie die Kühe treiben. Nachbarn kamen auf die Veranda, um den Gast aus Island zu begrüßen. Sie fragten nach Neuigkeiten von zu Hause. Doch kaum waren die ersten Dinge berichtet, als auch schon die Ferne aus den Augen der Fragenden schimmerte. Island war entschwunden, sobald es genannt wurde. Ihre Sprache war zwar vollkommen wie das Gezwitscher der Vögel, von außen poliert und von innen gereinigt, so daß besonderes Geschick dazu gehörte, darin ein fremdes Wort anzubringen; doch wenn ein altes Sprichwort oder eine bekannte Replik aus den Isländersagas zitiert wurde, lächelten die Leute in gutmütiger Verständnislosigkeit und hatten schon vergessen. Das Wetter in Island voriges Jahr und vorvoriges Jahr interessierte sie ebensowenig wie die Kohlenwasserstoffhülle des Sirius. Berichte über Personen und Sachen in Island weckten nur ihr Bedürfnis, die großen Probleme aus dem hiesigen Königreich der Heiligen aufzurollen und aus dem Goldenen Buch Joseph Smiths zu zitieren oder den Nachfolger Josephs, Brigham Young, zu loben, den auserwählten Führer, der nicht nur die Hochgebirge des Landes Utah, sondern die ganze westliche Hemisphäre überragte. Island, wo es kleine Gemeindevorsteher und niedrige Berge gab wie auch ewig hilfsbedürftige Erdenkinder, die Rimur deklamierten, und höchstens einen reichen Mann im Bezirk – war es verwunderlich, wenn ein solches Land im Denken dieser Zionsbürger auf die erdabgewandte Seite des Mondes gerückt war? Nie ist Menschen ein Land so hoffnungslos verlorengegangen wie Island diesen Mormonen.

Sira Runolfur pflegte Ankömmlinge aus Island zur Koppel mitzunehmen und ihnen die Schlachtschafe zu zeigen, die er für Bischof Theoderich hütete, damit sie bewundern könnten, wie fett ihr Schwanz war und wie hoch erhaben über die Stummelschwänze isländischer Schafe.

»Das ist die Stelle«, hatte Brigham gesagt, als die Mormonen endlich von der Hochebene an den Rand des Gebirges kamen und ein breites Tal mit geschlossener Bodendecke, frühlingshaften Bächen und frischen Hainen vor sich liegen sahen. Die Mormonen wurden auch nicht müde zu erzählen, wie sie eine halbe Stunde nach der Ankunft des Trupps im verheißenen Land einen alten Pflug von dem unbrauchbar gewordenen Wagen abluden, den abgemagerte Ochsen im Namen Jesu Schritt für Schritt durch die endlosen, unwegsamen Gefilde Amerikas gezogen hatten. Jetzt standen die Ochsen mit dem ruhigen, mürrischen Ausdruck biblischer Rinder da und mit Blut an den Klauen und schüttelten den Kopf, so daß ihr Speichel in der brennenden Sonne glitzerte, und tranken aus einem Bach; und die Menschen hatten zu pflügen begonnen.

Nach den Geschichten von der Wanderung durch die Wüste kamen die Erzählungen aus den ersten Siedlerjahren, als man noch in Dugouts wohnte. Dugouts nannte man Löcher, die man in die Erde grub und dann mit Wurzelgeflecht oder Fellen abdeckte. Die meisten Leute hatte nur solche Kleider, wie sie ihnen das Wild lieferte, die einen verschafften sich ein Fell von einer Bergziege oder Antilope, die anderen von einem Hirsch oder Büffel, um daraus Lederstrümpfe oder Mokassins zu machen. Allmählich brach die Wollzeit an, es kamen die Tage von Wirtel und Spindel. Der Anführer selbst hat offenherzig bezeugt, daß von den Heiligen in seiner Schar manche eine Decke besaßen, viele aber keine. »Und einige besaßen ein Hemd, doch denke ich, daß es auch welche gegeben hat, die keins besaßen, weder für sich noch für ihre Angehörigen«, sagte der Bahnbrecher, der Menschen in ein solches Glück im Diesseits und Jenseits geleitet hat wie kein anderer Anführer. Als sie im ersten Jahr ihr Korn ausgesät hatten, kamen Heuschrecken wie Regen in einem Wolkenbruch. Da wurden die verschiedensten Schlagwerkzeuge erfunden, um die Heuschrecken zu vertreiben. Aber die Heuschrecken machten keine langen Reisen, nachdem sie sich einmal festgesetzt hatten. Man sah schon das Korn zunichte werden, auf dessen Transport man nicht wenig Mühe verwendet hatte, und es drohten Hunger und Tod. Da schickte Gott, der dem Propheten Joseph gegenüber stets Wort gehalten hatte, den Vogel, der seitdem den Mormonen teuer ist, nämlich die Möwe; sie nennen sie ihren Vogel. Sie flog zu ihnen vom Meer, tausend Meilen weit, und fraß die Heuschrecken. Die Heiligen der Wüste hatten ihr erstes Brot.

Jetzt standen wohnliche Bauernhäuser aus sonnengetrockneten Ziegelsteinen in Spanish Fork, die Blockhütten verschwanden allmählich, und in einem Dugout wohnten nur noch vereinzelte Lutheraner. Nahezu jeder hatte eine gute Stube mit einem Bild des Propheten und seines Bruders

Hyrum und einem von Brigham Young. Auf dem Tisch lagen das »Buch Mormon« und die »Köstliche Perle«. Entstanden waren die Kultureinrichtungen, die das Land zur Stadt machen: Versammlungshaus, Postamt und Laden. Gott (Zions Kooperative Merkantile Institution) besaß den Laden. Sein Auge war über die Ladentür gemalt, umspielt von Strahlen ähnlich den Stacheln eines Igels, und diese Worte: »Heilig sei der Herr«. Das Versammlungshaus gehörte der Kirche und das Postamt dem Territorium. Die Kirche hatte das Recht, Grundstücke zu vergeben; sie besaß außer der Wüste Gebirge und Hochweiden, auf denen das Vieh sich frei bewegte; sie hatte auch angefangen, mit den Heiden in der Erzverarbeitung zu konkurrieren; und sie besaß das Wasser, das aus verborgenen Adern des Gebirges auf die Äcker geleitet wurde. Jede Ordnung, die von der Kirchenleitung vorgeschrieben wurde, wie auch jede Änderung, die von ihr vorgenommen wurde, bezeugte sowohl verändert wie unverändert die Fügung des Herrn und das, was man korrekte Denkweise nannte. Alles, was die Menschen erwarben oder was ihnen zufiel, bewies, daß die Lehre ihren Ursprung im Weltgesetz hatte. Neue Schuhe und ein neuer Hut waren Anlaß, die Kirche der Heiligen der letzten Tage und die Weisungen der großen Führer zu loben. Die Maulesel, diese etwas feierlichen Tiere, welche die Vorzüge des Pferdes und des Esels in sich vereinigen, nur nicht den Vorzug, sich zu paaren – waren sie nicht ein bemerkenswerter Beweis für die außergewöhnliche Leitung durch das Goldene Buch im Großen wie im Kleinen? Wer außer den Heiligen hatte sich diese einzigartigen, vorbildlichen Tiere in gleichem Maße zu unersetzlichen Dienern gemacht? Man zeigte Steinar Steinsson eine Volksschule, in der ein hauptamtlicher, für sein Amt ausgebildeter englischsprechender Lehrer angestellt war, um einfachen Kindern Wissen zu vermitteln, welches das Ansehen der Menschen in der Welt steigert. Diese Männer und ihre Frauen, die hier vor zwei Jahrzehnten im Glauben an ihren Propheten in Dugouts gelebt und sich in Felle gehüllt hatten – gab es einen handgreiflicheren Beweis dafür, daß die Prophezeiung richtig war, als solche Wissensquellen für das Volk? Sogar die fortschrittlichsten Nationen der Welt, die doch lange im Schutz besonderer

Gnade gestanden hatten – wo waren ihre Volksschulen? Nur die Kinder von Schwerreichen und unredlichen Menschen erhielten in der Alten Welt eine Schulbildung. »Komm und sieh dir einmal an, wie glücklich die Kinder sind, einem gebildeten Mann zuzuhören!« War es nicht so, als wären jene Kinder, die einst im Sand lagen, ins Glück wiedergeboren worden? »Oder nehmen wir zum Beispiel diesen Kinderwagen! Kinderwagen, hörst du? Ja, von einem geschickten Mormonen ganz und gar mit der Hand gearbeitet, nach einem Kinderwagen in einem Katalog aus New England. Auf vier Rädern, Mann Gottes! Siehst du, wie die Karosserie aus kunstvoll gebogenem Eisen zusammengesetzt ist? Es bildet einen Kreis und dann wieder einen Kreis; manchmal wie die Ziffer 8, manchmal wie der Buchstabe S. Wer außer Grafen und Baronen kann von solchen Kostbarkeiten träumen in dem Teil der Welt, wo nicht die korrekte Denkweise herrscht? Doch vielleicht gibt es etwas, das noch besser beweist, wie weit dieses Volk vorangekommen ist, und das ist die Nähmaschine. Ich kannte das Wort nur«, sagte Pfarrer Runolfur, »weil ich es in der Hauptstadt gehört hatte. Gab es vielleicht in deiner Gegend an den Steinahlidar eine Nähmaschine?« –»Ich muß zugeben, daß das nicht der Fall gewesen sein dürfte«, sagte Steinar Steinsson. »Da siehst du es«, sagte Sira Runolfur, »nur Grafen und Barone im Ausland haben eine Nähmaschine. Aber hier in Spanish Fork ist eine Nähmaschine. Man läßt ein Stück Tuch durchlaufen, und im Nu ist ein Kleidungsstück fertig, das wie angegossen sitzt. Die Weltweisheit, die in den Worten des Propheten und den Taten Brigham Youngs liegt, offenbart sich nicht bloß in immenser Wahrheit, die nur im Gehirn von Hochschullehrern mit schrecklich großen Köpfen Platz findet – nein, sie liegt auch in der Nähmaschine der Leute, die gestern wohl die korrekte Denkweise besaßen, aber kein Hemd. Das Heil eines Sterblichen ist es, in dieses Land geführt worden zu sein.« – »Das ist nicht abzustreiten«, sagte Steinar Steinsson, »man braucht bestimmt viel Weltweisheit, um einer Nähmaschine gleichzukommen.« Leider unterließ man es dieses Mal, Steinar die Maschine zu zeigen, und jedesmal, wenn er später danach fragte, stand dem etwas im Wege. Dennoch gewann dieser unbedeutende Mann von den Hlidar die Überzeugung, daß hier alles für die Weltweisheit Zeugnis ablegte, sogar das Kreuz auf der lutherischen Kirche, denn es war abgebrochen.

Kleine und große Dinge bestärkten den Bauern in seiner Überzeugung. Der Zeitpunkt rückte heran, da er dem Pfarrer Runolfur genügend überzeugt zu sein schien und dieser daran dachte, ihn untertauchen zu lassen. Pfarrer Runolfur sagte, daß er nicht dafür wäre, ihn in einem gewöhnlichen Stadtteich taufen zu lassen, wo Stachelflosser, Schlangen und Ungeziefer einem ins Bein beißen. Er sagte, er wolle Steinars Unterweisung damit abschließen, daß er mit ihm in die Hauptstadt des Glaubens ginge, welche ist Salt Lake City, wie auch immer es den Spöttern gefallen möge, dieses Heiligtum unter den Städten zu nennen. Er wollte ihm die Herrlichkeit dieser Stadt zeigen und dann mit ihm einen der Ältesten aufsuchen, der an ihm die rituelle Handlung vornehmen sollte.

»Wenn du selber nach dem Ritual untergetaucht worden bist, dann hast du das Recht, deine verstorbenen Verwandten, von denen du etwas hältst, taufen zu lassen und dich für jeden einmal untertauchen zu lassen, damit sie die Möglichkeit bekommen, dort im Licht, wo sie jetzt leben, heilige Stätten zu bauen. Vielleicht notiere ich die Namen dieser Leute, damit wir bei dem Ältesten eine Empfehlung für sie beantragen können.«

Der Bauer Steinar lachte glucksend, wie es bei schwierigen Dingen seine Gewohnheit war, und sagte nach einigem Nachdenken, daß weder sein Vater noch seine Mutter zu denen gehörten, die seiner Meinung nach eine Taufe in dem Licht nötig hätten, wo sie jetzt wohnten, denn von diesen Eheleuten wußte er, daß sie Schicksalsschläge mit äußerster Geduld ertragen und gewißlich keinem Menschen Unrecht getan hatten; er hielt sie für ein besonders bescheidenes Ehepaar. Er sagte, daß es noch gute Weile hätte, bis er so weit wäre, die Lage so ehrenhafter Leute bei Gott zu verbessern. »Aber«, sagte Steinar Steinsson, »es gibt andere Verwandte von mir, für die ich mehr fürchte als für Vater und Mutter, und ihretwegen würde ich mich gern untertauchen lassen, und das nicht wenige Male. Zuerst möchte ich da nennen meinen Stammvater Egill Skallagrimsson und meine Ahnen, die Norwegerkönige; und als letzten, doch nicht als geringsten König Harald Kampfzahn in Dänemark, den ersten Mann meiner Ahnenreihe.«

Salt Lake City ist eine Stadt, in der zwar die höchste Wahrheit in manchen Teilen etwas verwickelt ist, wie zu erwarten steht; aber einfache Tatsachen treten dort klarer zutage als in anderen Städten. Man kann sich nicht verirren. Man sieht die ganze Stadt auf einmal, wie sie da am Fuße des Wasatchgebirges in ihrem Tal liegt. Sie ist nach den Grundsätzen der Logik und nach dem Vorbild der ersten Figuren im Geometriebuch errichtet. Du weißt stets, wo du dich in dieser Stadt befindest. Und zugleich weißt du, in welcher Richtung andere Stätten hier in der Stadt liegen und wie weit sie von dir entfernt sind. Es ist die Stadt, in der die Richtungen durch ein unerklärliches Wunder Gottes und seine Gnade den Menschen offenbar wurden. War es verwunderlich, daß ein Mann, der eben aus einem Land gekommen war, in dem das Volk vom langen Reiten in engen, tiefausgetretenen Pfaden krumme Knie bekam, darüber staunte, daß Gott in einer offiziellen Schrift angeordnet hatte, hier sollten die Straßen so breit sein wie die Hauswiesen an den Hlidar? War es wahrscheinlich, daß die Straßen in der Stadt Zion im Himmel breiter sein könnten als diese Straßen Zions auf Erden? Dem Bauern schien es besser, die Straßen zu messen, indem er sie abschritt, so daß er sich nicht auf Schätzungen oder anderer Leute Reden verlassen mußte. Als die beiden Weggenossen die Straßen an einigen Stellen abgeschritten und herausgefunden hatten, daß sie nirgends weniger als zweihundert isländische Fuß breit waren, setzten sie sich auf einen Rinnstein, wischten sich den Schweiß ab, zogen Papier und Bleistift hervor und multiplizierten die Breite der Straßen mit ihrer Länge.

Sira Runolfur fragte, ob der Bauer nicht gern das Haus sehen wolle, in dem Brigham Young seine siebenundzwanzig Frauen hielt, der Mann, der die Stadt nach dem Willen Gottes abgesteckt hatte. Steinar nahm das Angebot gern an und sagte, falls es stimme, halte er es für keine geringere Wundertat, so viele Frauen zu haben, als die Gottesstadt Zion auf Erden abzustecken. Sie kamen an ein langes, aus Holz gebautes Haus; das Haus hatte wahrlich viele Türen. Diese Türen bildeten eine Reihe die ganze Fassade entlang. Es paßte auch gut zusammen, daß im Dach über jeder Tür eine kleine Dachgaube eingebaut war, ein Zwerchgiebel, wie man auch sagt; dort hatte jede Frau ihr Gemach mit einem Fenster. Das ganze Haus war äußerst sorgfältig gebaut; die Bretter der Verkleidung waren genau aneinandergepaßt und dann mit einer zartblauen Steinfarbe gestrichen. Alle Türen hatten gleiche Rahmen und Schwellen, siebenundzwanzig Türklinken aus Messing und ebenso viele Schlösser. Von jeder Tür ging Kühle aus, frei von Menschengeruch; nirgends waren Fingerspuren zu sehen, weder an Tür noch Riegel. Das Haus hatte eine unkörperliche Reinheit von der Art der Eisblumen oder sogar der Luftgebilde. An den Fenstern der Dachgauben war siebenundzwanzigmal dieselbe weiße saubere Gardine zu sehen. Und als die beiden Männer auf der Straße standen, den Atem anhielten und dieses ebenmäßige und schweigende Reinheitshaus betrachteten, glaubten sie zu wissen, daß siebenundzwanzig Frauen hinter den Gardinen über sie lachten; es war nicht zu bestreiten, daß sie verlegen wurden.

Pfarrer Runolfur flüsterte: »Wenn es auch eine Schande ist, so etwas zu erzählen – jedesmal, wenn ich dieses Haus anschaue, muß ich an das Meeresungeheuer denken, das in der Pfarramtszeit meines seligen Großvaters auf den Westmännerinseln an Land ging. Es war ein riesiger Polyp. Man griff es mit siebenundzwanzig Messern an und stach es, doch die Stiche bewirkten nur, daß sich siebenundzwanzig gierige Mäuler öffneten. Manchmal muß ich an den Bauch des Gottes Buddha denken, in dem zehntausend Frauen wohnen.«

»Obwohl es hier so still wie auf einem Friedhof ist«, sagte der Bauer Steinar, »und uns niemand zu beißen droht, so hielt man es doch an den Hlidar für unhöflich, bei Leuten in die Fenster zu glotzen, ohne sich bemerkbar zu machen.«

»Sollten wir nicht anklopfen und um einen Schluck Wasser bitten? Es kann niemand etwas dagegen haben«, sagte Sira Runolfur und begann mit priesterlicher Eleganz an seiner Schleife zu fingern, die es in Wirklichkeit nicht gab, seit er nicht mehr Pfarrer der Gemeinde Hvalsnes war.

»Ich habe zwar Durst, doch ich denke, ich versage es mir, in diesem Haus etwas zu trinken«, sagte der Bauer Steinar. »Ich schlage vor, wir machen, daß wir wegkommen.«

Als sie sich entfernt hatten, fuhr er fort: »Ich habe immer den seligen Abraham bedauert, den Gott dazu zwang, zwei Frauen zu haben – ganz zu schweigen vom alten Salomon, den Gott mit dreien strafte.«

»Dreihundert«, warf Pfarrer Runolfur ein.

»Es ist mir gleich, ob es drei oder dreihundert waren«, sagte Steinar, »ich pflege immer die kleinere Zahl zu nennen. Manch einer, auch wenn er nur eine Frau hat, ist der Ansicht, daß Gott ein Sakrament vergessen hat, als er die Sakramente verfaßte, und das ist das Ehescheidungssakrament. Ich bin zwar fast zwanzig Jahre verheiratet, doch in dem Augenblick, als ich das erste Mal auf der Hausschwelle Bischof Theoderichs stand und die Schwestern mich begrüßten, da begriff ich, daß Gott stets recht hat, sowohl als er die Einehe einsetzte wie auch als er die Vielehe einsetzte: siebenundzwanzig Frauen, eine Tür; eine Frau, siebenundzwanzig Türen.«

Als Steinar Steinsson zum ersten Mal das Tabernakel nennen hörte und ihm gesagt wurde, es sei ein Kästchen, da hatte er es mit Tabak in Verbindung gebracht und gemeint, es wäre eine Schnupftabaksdose. An dem Tag, von dem jetzt berichtet wird, stand er zum ersten Mal vor den Türen dieses Wunders der Architektur, des größten in der westlichen Hemisphäre. Diese Halle ist nach Maßen gebaut, die Brigham von Gott angegeben wurden zu der Zeit, als in der Gottesstadt Zion noch kein Nagel zu finden war oder andere Materialien, die ein Haus zusammenhalten. Dieser Bau ist von allen Großbauten der niedrigste im Vergleich zu seiner Länge. Die Isländer nennen dieses Haus Gottes Sprechhalle, das heißt Mund Gottes, da die Proportionen dieselben sind wie in einem Menschenmund. Gläubige sagen, daß mit einem solchen Mund Gott zu den Kirchenvätern gesprochen habe. Die Akustik dieser Halle ist so wunderbar, daß, wenn der Name des Herrn am Altar geflüstert wird, man ihn an der Tür laut hören kann. Der Bauer Steinar und Pfarrer Runolfur liehen sich von einer feinen Dame, die dort mit beträchtlichem Hochmut die Wunder Gottes besichtigte, eine Stecknadel; und als sie drinnen im Chor die Stecknadel aus der Hand fallen ließen, erschraken die Leute und dachten, eine Brechstange wäre auf den Altar gefallen. Pfarrer Runolfur ging dann zu der Frau, gab ihr die Stecknadel mit Dank zurück und fragte ein wenig von oben herab, ob sie sich jetzt nicht davon überzeugt hätte, daß hier die heilige Weisheit, wie es auf griechisch heißt, näher sei als in anderen Staaten. Steinar hatte die Erlaubnis bekommen, in das Dachgerüst des Gebäudes zu klettern, um dort auf dem Bauch über Quer- und Hahnenbalken zu kriechen, damit er sich möglichst genau ansehen könnte, wie die Allweisheit gebaut hatte, ohne siebzig Tagemärsche durch Wüsten zurücklegen zu müssen, um Nägel zu kaufen; er konnte sich einer gewissen Rührung nicht erwehren, als er sah, daß die gelehrten Baumeister die Intuition gehabt hatten, Rindslederriemen zu verwenden. Dort war auch eine Orgel aus Holzpfeifen, und das Material dazu war in einem fernen Zauberwald geschlagen worden. Während sie drinnen waren, kam ein Organist und spielte auf dieser Orgel mit so schönem Klang, daß die beiden Isländer später erzählten, sie seien während des Spiels am Fußboden festgeleimt gewesen und hätten sich nicht vom Fleck rühren können. Obwohl sie nie zuvor Musik gehört hatten, waren sie so stark davon beeindruckt, wie weit es schließlich Gott gelungen war, die Menschen auf dem Weg der Vollkommenheit voranzubringen, daß ihnen die Tränen noch über die Wangen strömten, als sie sich bereits wieder draußen unter freiem Himmel befanden.

Sie blickten dorthin, wo einen Steinwurf weiter östlich auf dem Platz gerade Ochsenkarawanen mit Schleppen ankamen, die mit riesigen Steinblöcken beladen waren. Pfarrer Runolfur sagte, daß man jenseits des Weges, der über den Platz führte, dabei wäre, den Haupttempel der Menschheit zu errichten. Die steilen Mauern dieses Tempels ragten bereits zum Himmel empor. Diese einzig in der Welt dastehenden Steine wurden aus Steinbrüchen geholt, die weit weg in der Wüste auf einem Berg lagen. Es dauerte Monate, jeden einzelnen Block auf den Platz zu expedieren, und die Ochsenkarawanen waren seit Jahren Tag und Nacht zu diesem einen Zweck unterwegs. Die Ochsen standen dort sabbernd vor ihren Lasten, wie stets mit biblischem Ausdruck. Es war nicht das erste Mal, daß diese Paarhufer die Dinge herangeschleppt hatten, die nötig sind, um Gott zu loben, wie es sich gehört; als Beispiele nannte Pfarrer Runolfur die Pyramiden, Borobodur, Schikhara, die Peterskirche und viele andere Bauten.

Die beiden Isländer betrachteten lange die Ochsen, wie sie da standen und in göttlich erhabener Ruhe die Augen schlossen, während sie darauf warteten, daß der wiederzukäuende Bissen die Speiseröhre hochkäme. Die Bauleute hantierten mit Hebebäumen und Stricken und machten sich bereit, die Steine abzuladen. Steinar Steinsson konnte sich nicht enthalten zu bemerken:

»Man muß schon sagen, es ist allerhand, wie weit der Verstand die Menschen hat führen können. Man kann schwerlich umhin, den auserwählten Führern, die solche Voraussicht an den Tag gelegt haben wie der selige Joseph und sein Nachfolger Brigham, in der Sache recht zu geben.«

Pfarrer Runolfur ließ die Ochsen nicht aus den Augen. Wie schon einmal an diesem Tag, nämlich als sie das Haus mit den Giebeln betrachteten und der Geistliche die Geschichte von dem großen Ungeheuer auf den Westmännerinseln erzählt hatte, machte er auch jetzt eine Bemerkung, die völlig überraschend kam. (Es kann sein, daß hier der Schlüssel zu dem unbegreiflichen Geheimnis lag, daß ein so ausgezeichneter Geistlicher bei den Heiligen nur das Amt erhielt, die fünfzehn Schafe zu hüten, die außer fetten Schwänzen nichts für sich hatten.)

»Auf mich macht es keinen Eindruck«, sagte Pfarrer Runolfur, »wie weit die Weisheit die Menschen führen konnte. Sie ist ja auch nicht groß. Hingegen staune ich, wie weit ihre Unwissenheit und sogar ihre außergewöhnliche Dummheit, um nicht zu sagen ihre vollkommene Blindheit, sie emporzuheben vermochte. Ich bemühe mich, für gewöhnlich der Unwissenheit zu folgen, denn sie hat die Menschheit weiter gebracht als die Weisheit.«

Die Ochsen käuten wieder.

20. Lernen wir, den Ziegelstein zu verstehen

In den Taufregistern des Tempels ist er eingetragen als Stone P. Stanford. Man weiß nicht genau, woher dieses merkwürdige P. stammt; manche meinen, es sei ein komischer Einfall von Pfarrer Runolfur. Im Bricklayer's Yard, wie es in ihrer Sprache heißt, mischen die Leute Stroh und Lehm; das Stroh gibt dem Lehm Halt. Wenn die Bricks ihre Form bekommen haben, werden sie in der Sonne getrocknet – der Sonne, die der Lord der Heerscharen den Menschen rechten Glaubens gegeben hat. Die glitschigen Klumpen verwandeln sich in dieser Sonne zu Ziegelsteinen. Die Steine, die oben von den Hlidarbergen auf die Hauswiese herunterstürzen, sind morsches Zeug im Vergleich zu den durch die Gnade Gottes sonnengetrockneten Utahsteinen. Dieser Bricklayer's Yard lag östlich und auch ein bißchen südlich von dem heutigen Denkmal für sechzehn Isländer, die vor den meisten anderen durch die Wüste zogen. Ronky führte mit Bischof Theoderichs Erlaubnis Stanford in die Ziegelei und rief die Männer herzu, die erforderlich waren, um ihm die Grundlagen der Ziegelsteinherstellung zu vermitteln und ihm Material zu verschaffen. Er ging im Ort umher, betrachtete Ziegelsteine und betastete fremde Hausmauern wie ein Blinder. Verschiedene Sorten Lehm sagten ihm zu. Ein Bricklayer muß früh auf den Beinen sein und genügend geformte Steine bei Tagesanbruch bereit haben, damit die Sonne, wenn sie aufgeht, sogleich etwas zu tun hat.

»In den Passionsliedern steht, es seien nur gottlose Menschen, die früh aufstehen«, sagte ein Passant, ein nicht besonders heiliger Mann. Er war vor dem Hellwerden auf dem Heimweg, sagte, daß er schlafen gehen wolle. »Nur solche Leute«, fügte er hinzu, »die vor Schlechtigkeit nicht schlafen können, wie Sira Runolfur.«

»Mir gefällt es nicht«, sagte der Bricklayer, »nichts zu haben, worauf die Sonne gleich scheinen kann, wenn sie aufgeht. Deswegen knete ich so ein bißchen Lehm.«

»Die Sonne bescheint vieles«, sagte der Passant, »und nicht alles ist gleich schön.«

»Meiner Ansicht nach ist nichts, was die Sonne bescheint, häßlich«, sagte Stone P. Stanford. »Wäre das Weltgesetz seinem Charakter nach nicht duldsam, hätte es nur Sonne geschaffen und keinen Lehm. Mit Verlaub, woher kommst du zu dieser Tageszeit?«

»Da du so duldsam bist«, sagte der Mann, »kann ich es dir eigentlich auch anvertrauen: ich komme von meinen Nebenfrauen. Ich bin Lutheraner.«

»Du solltest Mormone werden, mein Lieber«, sagte Stone P. Stanford. »Dann kannst du als freier Mann bei den Frauen ausschlafen.«

»Da hast du von der Freiheit gesprochen, die ich zuallerletzt haben möchte«, sagte der Lutheraner. »Das wußte niemand besser als der Prophet Joseph. In jenem Winter, als ihm Gott befohlen hatte, die sechste Frau zu heiraten, sah er neidisch jedem Sarg nach, der zu Grabe getragen wurde. Darf ich dich um einen kleinen Gefallen bitten?«

»Was ist es?« fragte der Bricklayer.

»Mir zu erlauben, diese Branntweinflasche in einem Steinhaufen bei dir zu verstecken«, sagte der Lutheraner.

Männer, die vorhatten, sich oder anderen ein Haus zu bauen, kamen dort vorbei, wo der Bricklayer in seiner Ziegelei stand. Sie nahmen seine Lehmziegel mit Kennermiene in die Hand und sagten, es wären schlechte Adobe. Außerdem wären die Steine schief. Ein Haus aus diesen Steinen würde bald einstürzen. Stanford erwiderte, er knete sie zum Spaß, um den Ziegelstein kennenzulernen; er sagte, daß er sich lange gewünscht habe, diesen Stein zu verstehen – »außerdem schlafe ich schlecht, wenn die Nächte heller werden; auch halten mich des Morgens keine Frauen auf«.

»Hier werden die Nächte nie heller«, sagte einer dieser Kerle. »Es ist nicht so wie in Island, wo die Nächte heller werden. Ich würde bis Mittag schlafen, wenn ich so schlechte Ziegelsteine machte und außerdem keine Frau hätte. Diese Ziegelsteine sind nur halb soviel wert wie die von Bischof Theoderich.«

»Ich hätte mir nicht träumen lassen, daß ich im Vergleich mit Bischof Theoderich hinsichtlich der Ziegelsteine als halbe Kraft eingeschätzt würde«, sagte Stanford. »Das nenne ich gut. Fahr die Bricks da weg, wohin du willst, Freund.«

Da fuhren die Kerle Stanfords Ziegelsteine weg, ohne Entgelt von ihrer Seite. Doch bald danach kamen andere Männer und sagten, sie hätten von diesen Ziegelsteinen gehört und wollten sie sehen. Bei Stanford lagerten jetzt mehr Ziegelsteine. Sie sagten, es wären recht hübsche Ziegelsteine, und boten gutes Geld, und was noch besser war, sie zahlten bar. Dieser einstige Bauer an den Steinahlidar, der früher kaum eine geprägte Münze gesehen hatte, stand dort mitten im verheißenen Land und hielt große Silberstücke fest in der Hand. Die Sonne schien auf dieses Geld.

Dann kamen immer wieder Männer, einige mit Mauleseln, und fuhren die Ziegelsteine fort, die er gemacht hatte; und er blieb da mit Geld in den Händen.

Stanford meinte, seinem Verständnis für Ziegelsteine fehle es daran, daß er noch nicht dort zugegen gewesen sei, wo Mauern oder andere Bauten aus solchen Steinen aufgeführt würden. Man nahm ihn also samt seinen Erzeugnissen dorthin mit, wo sie verwendet wurden. Wie schon berichtet, waren die Ansiedler in Spanish Fork, Isländer, Waliser und einige Dänen, zu jener Zeit so wohlhabend geworden, daß sie schleunigst die Blockhütten abrissen, die ihre heiligen Väter, die Wüstenwanderer, sich gebaut hatten, als sie aus den Dugouts krochen.

Es ist klar, daß ein Mann, der von vielen Generationen genialer Mauernschichter an den Steinahlidar abstammte, die doch nur Steine aus Geröllhalden zur Verfügung hatten, nicht in Verlegenheit geriet, wenn es galt, Steine aneinanderzureihen, deren Form er selbst bestimmt hatte. Es dauerte nicht lange, bis man die Hausmauern bewunderte, die er hochzog; es hieß, daß es nirgendwo stabilere Mauern gebe, außer denen, die Bischof Theoderich gemauert hatte. Denn in Spanish Fork galt ein altes deutsches Sprichwort, das besagt, daß niemand, in welcher Hinsicht auch immer, mehr versteht als der Amtmann. Man fragte, wie es möglich sei, daß ein unbekannter Ankömmling Hausmauern mit so kunstgerechten Oberflächen aufführe. Stone P. Stanford antwortete: »Der Ziegelstein ist durch die Gnade Gottes ein Edelstein des Menschengeschlechts. Das beruht darauf, daß er vierkantig ist. Das lehrte mich Bischof Theoderich, als wir in Dänemark Wasser tranken.«

»Bist du ein Mormone oder glaubst du an den Ziegelstein?« fragten die Leute.

»Das Haus Brigham Youngs hat viele Türen«, sagte Stone P. Stanford und lachte glucksend.

Da saubere Arbeit in Spanish Fork schon binnen kurzer Zeit nach Verdienst eingeschätzt wurde, kam der Bricklayer nicht darum herum, die Nacht zum Tag zu machen, um für andere Heilige zu arbeiten. Doch spürte er anfangs oft Brennen an den Handflächen, besonders wenn er, ob er wollte oder nicht, Silber in der Hand halten mußte. Er hielt nicht damit hinter dem Berg, ihn dünkte, die höhere Vorsehung habe ihn in diesen letzten Tagen wider Erwarten mehr als geschickt geleitet.

Einmal auf einer Abendversammlung in der Kirche, als er aufgerufen worden war, nach vorn zu kommen, sagte er folgendes:

»Hier ist die Stelle, soll der Führer der Allweisheit gesagt haben, als das Salzseetal sich öffnete vor sabbernden Ochsen mit blutigen Klauen und vor Männern, die gewißlich durch die Wüste gelangt waren, während ihre Kinder und Liebsten noch im Sande weilten. Manchmal glaube ich, daß ich gestorben und in ein ewiges Land gekommen bin. Von einem solchen Land heißt es in einem Kirchenlied, das ich früher auswendig konnte, daß dort ein einzigartiges Grafenschloß auf Säulen steht, mit Gold geschmückt und schöner als die Sonne. Von diesem Schloß träumte ich gewiß wenig für mich selbst, denn ich bin ein Mensch, dem der Herr kaum volle Glückseligkeit zugedacht hat, sondern für meine kleinen Kinder, die so schön schliefen, als ich von ihnen ging, und für die Frau, die so nachgiebig zu ihrem Mann war. Wenn ich jetzt über das Meer dorthin zurückblicke, von wo ich gekommen bin, erkenne ich hinter mir einen öden und leeren Strand nach den Worten des Liedes. Dort steht meine Familie und schaut traurig herüber.«

Neue Geschlechter kommen, und Generationen erleiden ihr Geschick, doch in Spanish Fork stehen noch die Mauern, die dieser Stanford mit Hingebung gebaut hat. Seine Mauern berücken das Auge mehr als andere Mauern, so daß manch einen danach verlangt, sie mit den Fingern zu berühren. Und dieser Mann, der für Könige und Kaiser ein Kästchen gebastelt hatte, war in den Augen der Menschen ein ebenso guter Zimmermann wie Maurer.

Eines Tages, als Stone P. Stanford in der Ziegelei stand, ging eine Frau vorbei. Sie sah gut aus und war sauber gekleidet, nicht mehr die Jüngste. Die Frau hatte ein blasses Gesicht, dunkle Brauen und einen etwas verschleierten Blick, aber scharfe Augen. Sie blieb stehen, lehnte sich an den Zaun, der die Ziegelei umgab, und starrte wie benommen auf den Heiligen Berg. Die Sonne stand schon tief im Westen. Stanford grüßte die Frau. Ihre hohe und dünne Stimme, als sie »guten Abend« zurückgrüßte, verriet Mitleid mit sich selbst und nicht ganz begründeten Mangel an Trost.

»Wer bist du, gute Frau?« fragte Stanford.

»Tja, was soll ich darauf antworten«, sagte die Frau. »Ob ich nicht eure Elfenfrau bin? Jedenfalls hast du mich nicht gesehen, obwohl ich jeden Tag um diese Zeit hier vorbeigehe, um einzukaufen.«

»Hier gehen viele vorbei«, sagte Stanford. »Es ist ein breiter und schöner Weg.«

»Man kann nicht erwarten, daß du so ein Nichts wie mich siehst«, sagte die Frau.

»Wenn ich die Wahrheit sagen soll, so fallen mir die Maulesel am meisten in die Augen, denn sie sind mir fremd«, sagte Stanford. »Es sind außerordentlich prächtige Tiere.«

»Entschuldige«, sagte die Frau. »Ich bin leider kein Maulesel.«

Sie lachte laut über den Zaun hinweg, und es war, als ob sich innere Bande bei ihr lösten.

»Ronky sagt, du heißt Stonpy«, sagte die Frau. »Ist das wahr?«

»Ich schäme mich, es zu sagen«, sagte Stanford, »aber ich kenne mich genauso wenig wie du dich. Noch weniger weiß ich, wie ich heiße. Hehehe.«

»Es ist nicht zu erwarten, daß du dich selber kennst«, sagte die Frau, und ihr stand der Sinn nicht mehr nach Lachen. »Wer andere nicht kennt, kennt sich selber nicht.«

Der Ziegelmacher dachte einen Augenblick lang nicht mehr an die Ziegelsteine, trat an den Zaun zu der Frau und nannte ihr halb verstohlen seinen früheren Namen: »Steinar Steinsson von Hlidar, und wiederum auch nicht.« Nachdem er sich erneut den Ziegelsteinen zugewendet hatte, fügte er diesen philosophischen Nachsatz hinzu: »Ja-hm, ja-hm.«

»Ich hieß auch einmal Thorbjörg Jonsdottir«, sagte die Frau. »Jetzt heiße ich höchstens Borgy, und meine Tochter heißt gar nichts.«

»Na so etwas«, sagte der Ziegelmacher. »Hm. Gut ist die liebe Zeit diesen Sommer bisher gewesen.«

»Die Zeit?« sagte die Frau. »Was meinst du?«

»Ich meine, daß man Gott für das Wetter nicht genug loben kann, mehr als für alles andere«, sagte der Ziegelmacher.

»Loben ihn denn die Leute hier vielleicht nicht in einem fort?« sagte die Frau. »Ich habe noch nicht bemerkt, daß man hier mit dem Beten sparsamer geworden ist. Wenn man bei denen auch nur eine Tasse Rülpswasser aus den Quellen bekommt, kriegt man eine lange Litanei dazu. Ich für mein Teil möchte lieber eine gute Tasse Kaffee ohne Gebete.«

»Du hast recht, du Frommer, sagte die Frau zum Gespenst; oder war es der Teufel?« antwortete der Ziegelmacher. »Jetzt will ich dir erzählen, wie es mir ergangen ist, gute Frau. Als ich vor bald einem Jahr in Dänemark Wasser getrunken hatte, verlor ich jedes Verlangen nach Kaffee.«

Die Frau seufzte bekümmert. »So ist es immer, wenn man gedacht hat, man kann jemand erfreuen: Er braucht es nicht. Wenn alle heilig geworden und in den Himmel gekommen sind, ist es nicht mehr möglich, jemand etwas Gutes zu tun. Aber auch nichts Böses. Es ist wie im Zuchthaus. Alle haben alles. Ich hatte mir gedacht, es wäre wirklich eine gute Tat, einem fremden alleinstehenden Menschen Kaffee zu bringen, wenn auch nur einmal in der Woche.«

»Zu meiner Schande muß ich gestehen, ich bin nicht so heilig, daß ich eine Tasse Kaffee verschmähte, wenn sie mir ehrlichen Herzens gereicht würde«, sagte der Ziegelmacher und kicherte. »Das Himmelreich ist nun nicht nur Rülpswasser. Aber einmal in der Woche, meine Liebe, ist das nicht zuviel? Sollten wir nicht sagen, etwa einmal im Jahr? Ich könnte dir vielleicht bei passender Gelegenheit mit Bruchsteinen aushelfen, wenn irgendwo etwas aus der Mauer gefallen ist. Hm, habe ich übrigens richtig gehört, meine Gute, bist du nicht mehr ganz sicher im Evangelium?«

»Ich glaube, was ich will«, sagte die Frau in jenem Klageton, der sie nie im Stich ließ, außer wenn sie lachte. Sie starrte über die Ziegelei hinweg und durch ihren Gesprächspartner hindurch auf den Berg drüben. »Einmal, als ich ein kleines Mädchen war, versuchte man, mir das Evangelium zu erklären. Ich lachte so sehr, daß man mich auf einer Decke hinaustragen mußte. Ich verheiratete mich mit einem Josephiten.«

»Was du nicht sagst«, sagte der Ziegelmacher. »Entschuldige meine Unkenntnis. Woran glaubt der gute Mann?«

»Er glaubte, daß der Erlöser bald kommen würde«, sagte die Frau. »Und er glaubte, wenn der Erlöser käme, würde er zuerst zu einem Mann gehen, von dem ich nicht mehr weiß, wie er heißt, und der in der Independence, Missouri, wohnte. Ist das falsch?«

»Es ist zumindest eine sehr bemerkenswerte Idee«, sagte der Ziegelmacher. »Und da du einen Mann hast, möchte ich auch gern mit ihm sprechen und zu euch nach Hause kommen und mit euch Eheleuten Kaffee trinken und mich mit euch über diese Wunder unterhalten.«

»Ja, das bringt dir was Rechtes ein, dich mit ihm an einen Tisch zu setzen«, sagte die Frau. »Er ist nämlich vor achtzehn Jahren nach Independence, Missouri, gegangen, um darauf zu warten, daß Jesus Christus vom Himmel herabkomme.«

»Independenz Miss Uri«, sagte der Ziegelmacher. »Das ist sonderbar. Das ist ein merkwürdiger Ort. Zu Hause in Island wurde uns stets gelehrt, wenn der Erlöser wiederkäme, dann käme er ins Tal Josaphat.«

»Wenn der Erlöser überhaupt kommt«, sagte die Frau, »warum sollte er dann nicht nach Independence, Missouri, kommen? Doch das dürfte eigentlich egal sein, ob er dorthin kommt oder woandershin. Ich weiß nur, daß mein Mann für verschollen erklärt wurde.«

»Na so was«, sagte der Ziegelmacher. »Für verschollen erklärt. Mein Beileid, liebe Frau.«

»Es ist ja nicht das erste Mal, daß sie hier für verschollen erklärt werden«, sagte die Frau. »Sie werden massenhaft für verschollen erklärt. Hingegen scheint es mir hart, daß die Heiligen, von denen man sicher weiß, daß sie noch hier im Tal sind, einer ehrenhaften Witwe nicht die Hand reichen, sondern zulassen, daß meine Tochter und ich den Lutheranern ausgesetzt sind. Mit Verlaub, hat jemand hier in einem Steinhaufen eine Branntweinflasche zurückgelassen? Wenn ja, möchte ich dich bitten, mir zu zeigen, wo sie ist, damit ich sie an einem Stein zerschlagen kann.«

21. Guter Kaffee

Von da an brachte die Frau dem Ziegelmacher einmal in der Woche Kaffee in einer Flasche. Die Flasche steckte sie in einen Strumpf, und den Strumpf nahm sie unter ihren Umhang. Stone P. Stanford fand jedes Mal schöne Worte über ihren Edelmut und holte sein Frühstück hervor, zu dem er sonst Wasser trank. Doch er trank nie mehr als eine halbe Flasche und ließ die Frau mit dem Rest nach Hause gehen.

»Mein Mann trank stets eine ganze Flasche«, sagte die Frau.

»Er war ja auch Josephit«, sagte Stone P. Stanford und hütete sich, die Frau weiter daran zu erinnern, wie es diesem Mann ergangen war.

Da lachte die Frau.

Sie war nicht übermäßig redselig, und wenn er mit irgend etwas anfing, hörte sie in ihrer Selbstvergessenheit oft nicht, wovon er sprach, und wachte erst auf, wenn sie lachte.

»Gottes Lohn für den Kaffee«, sagte er.

»Gern geschehen«, sagte die Frau.

Als sie ihm einige Wochen lang Kaffee gebracht hatte, sagte die Frau unvermittelt: »Wie kommt es, daß du schon so lange Mormone bist und dir noch keine Frauen genommen hast?«

»Ich habe eine, und die reicht mir«, sagte Stanford und kicherte.

»Eine Frau, was ist das schon?« fragte sie. »Das hielt man wenigstens in der Bibel nicht für viel. Vielleicht bist du kein richtiger Mormone.«

»Ich kenne welche, die keineswegs schlechtere Mormonen sind als ich und dennoch keine Frau haben«, sagte Stanford und nannte als Beispiel seinen Kameraden Pfarrer Runolfur.

»Der Ronky!« sagte die Frau und lachte. »Du glaubst doch nicht etwa, daß Ronky zu irgend etwas taugt. Nein, wenn einer nicht besser ist als Ronky, ist er ein schlechter Lutheraner.«

»Du führst da eine Sache an, in der kein Mann einen anderen beurteilen kann; und jetzt sage ich nichts mehr«, sagte Stanford.

»Ob nicht doch noch etwas von einem Lutheraner in dir steckt?« sagte die Frau.

Wie schon früher stellte sich der Lutheraner kurz vor Sonnenaufgang ein. Er ging zum Mauersteinhaufen und fand seinen Branntwein nicht.

»Du hast mir in der Tat nie gefallen und hast mir darin recht gegeben«, sagte er. »Wo ist mein Branntwein?«

»Hier war eine Frau«, sagte der Ziegelmacher, »und sie nahm die Flasche aus dem Steinhaufen und schlug sie an einem Stein entzwei.«

»Ah, diese Huren«, sagte der Lutheraner. »Immer dieselben, bei Tag und bei Nacht: Bringen es fertig, an einen Steinhaufen zu gehen und einem den Trost zu stehlen, wenn es überhaupt einer ist.«

»Das ist eine freigebige und ordentliche Frau«, sagte der Ziegelmacher.

»Da du sie mit meinem Branntwein so hast umgehen lassen, ist es mein heißester Wunsch, daß du sie besser kennenlernen mögest. Und jetzt gehe ich nach Hause, beleidigt und ohne Branntwein. Gute Nacht.«

»Es ist allerdings schon Zeit zum Aufstehen, so daß ich dir nicht gute Nacht sagen mag; doch Gott sei mit dir, Freund, und das, obwohl du mir nichts Gutes wünschst«, sagte der Ziegelmacher.

Nach Art vornehmer Leute geleitete er seinen Gast aus der Ziegelei.

»Wenn ich die Wahrheit sagen soll, so scheint mir, du solltest diese Frau heiraten«, sagte der Ziegelmacher und legte dem Gast am Tor die Hand auf die Schulter.

»Ich hätte es vielleicht getan, wenn ihre Tochter nicht gedroht hätte, mir ein Kind anzuhängen«, sagte der Lutheraner niedergeschlagen.

»Dann um so mehr«, sagte der Ziegelmacher. »Umarme das Evangelium und heirate beide, Freund.«

»Frauen sind mein Tod«, sagte der Mann und wischte sich mit dem Ärmel das Gesicht. »Diese Drachen machen mich zu ihrem Spielball und quälen mich. Ich versuche, sie zu belügen, doch sie verfolgen mich und sagen, daß sie mich lieben. Könnte ich mich nicht in den Branntwein flüchten, dann wäre ich schon tot.«

Der Ziegelmacher antwortete: »Hier unterscheiden sich die Heiligen der letzten Tage von euch Lutheranern. Der Prophet und Brigham wollen der Frau einen Teil der Würde und des Ansehens geben, die der Mann vor Gott erlangt hat. Die Frau ist weder Tabak noch Branntwein. Sie will Frau in einem Hause sein. Deswegen heiratete Bischof Theoderich nicht nur unsere Anna mit der eisernen Brille, sondern auch Madame Colornay und schließlich die alte Maria von Ömpuhjallur.«

Als in der Woche darauf die Frau Kaffee in einem Strumpf brachte, war Stone P. Stanford über alle Berge. Er baute in Stadt und Land Hausmauern aus Steinen, wenn er nicht gar Gerüste zimmerte. Er hielt sich höchstens eine Stunde in der Ziegelei auf, um die Sonne auf ihr Tagewerk vorzubereiten, zu der Tageszeit, in der weder Mormonen noch Josephiten wach sind. Doch eines Tages gegen Herbst, als die Zikaden mit aller Kraft zirpten und die Frösche im Salzsumpf quakten, war er wieder zur Stelle.

»So untreu bist du also«, sagte die Frau; ihr Kopf tauchte am Zaun auf. »Es macht dir nichts aus, von mir wegzulaufen. Das hätte ich von einem Mann wie dir nicht gedacht. Läßt mich den ganzen Sommer mit dem Kaffee warten. Ich dachte schon, du wärst verschollen.«

»So sind wir nun einmal, wir Ziegelmacher«, sagte Stone P. Stanford, »wir tauchen unversehens wieder auf. Ja, hm, das ist so.«

»Ehe ich dich wieder verpasse, möchte ich nicht versäumen, dich zu mir einzuladen, in mein Haus am anderen Ende der Straße«, sagte die Frau leise und nachdenklich. »Ich möchte dich bitten, etwas nachzusehen. Bei mir fällt alles ein.«

Am nächsten Abend bekam er den Kinderwagen des Bischofs geliehen und packte vierundzwanzig Mauersteine hinein als Mitbringsel für diese sehr ansehnliche Schneiderin und Träumerin.

Ihr gehörte ein kleines Haus an der Ecke, Nummer 307. Hier und da war etwas aus den Mauern gebröckelt: Es waren offensichtlich schlechte Adobe. Ihm schien auch, daß der Garten nicht gut gepflegt war. Doch wurde die Sache dadurch besser, daß schönfarbige Unterhosen genug auf der Leine hingen. Er nahm die Mauersteine aus dem Kinderwagen und schichtete sie säuberlich vor der Tür auf.

Sie kam aus dem Haus, hatte eine Schürze um, und ihr Gesicht war rot vor Hitze, denn sie hatte ihm eine Pastete mit Beeren gebacken.

»Wo willst du mit dem Kinderwagen hin?« sagte die Frau.

»Ich habe ein paar Mauersteine mitgebracht«, sagte Stone P. Stanford.

Ein Kinderwagen gehörte zu den unvoraussehbaren Dingen, die diese Frau zum Lachen reizten; vielleicht aber waren es auch die Mauersteine. Sie hörte auf, Tagträume in Trauerfarbe zu träumen; statt dessen schloß sie die Augen und warf sich mit weitausholenden Ruderbewegungen auf das brandende Meer des Lachens, auf dem sie von Welle zu Welle geschleudert wurde, bis die Trauer sie wieder an Land trieb und sie die Augen aufschlug.

Stanford fühlte sich bei der Frau wohl; sie hatte die Stube aufgeräumt und alle Türen zugemacht. Die Wandbilder vom Propheten und von Brigham waren wahre Meisterwerke. Doch überraschte es den Ziegelmacher, daß gerade an dieser Stätte mitten auf dem Fußboden dasjenige stand, was Sira Runolfur als Beweis dafür angeführt hatte, daß in Utah die menschliche Gesellschaft auf Grund richtiger Anschauungen zu Wohlstand gelangt sei: eine Nähmaschine. Die Maschine stand auf einem extra dafür angefertigten Tisch mitten in der Stube, als wäre das Haus um sie herum errichtet worden.

»Ich hätte nie vermutet, daß sich diese Maschine bei einem Josephiten befindet«, sagte Stanford.

»Und ich glaubte, die Josephiten hätten die Nähmaschine erfunden«, sagte die Frau.

»Ausgerechnet«, murmelte Stanford und faßte dieses Prunkstück von einer Nähmaschine vorsichtig und ehrfürchtig an, wie wenn er in der Wüste auf einen Vogel oder eine Blume gestoßen wäre. »Was ist die Fortsetzung des Goldenen Buchs, wenn nicht eine Nähmaschine? Und da muß ich daran denken, daß damals, als ich mich von Bischof Theoderich in der Stadt Kopenhagen verabschiedete, wo wir Kirsten Pils Wasser getrunken hatten, meine Verheißungslosigkeit und die Armut meiner Seele so groß waren, daß ich nur einen Brief Nadeln kaufen konnte, um ihn einer Mutter zu schicken.«

»Ja, ich weiß nur, daß Älteste von höchstem Ansehen in der Kirche mit ihren Frauen und Töchtern zu mir kommen, die einen zu Pferde, die anderen in der Kutsche. Dort im Schrank könnte ich dir die halbfertigen Kleider von denen in Provo zeigen, alle aus echter Seide, zugeschnitten nach der feinsten Neuenglandmode, einige so weit ausgeschnitten, daß du dergleichen nicht mehr gesehen hast, seit du an der Brust lagst.«

Wie gewohnt, spendete der Kaffee der Frau guten Schutz, wie man in Island von erstklassigem Kaffee sagt. Stone P. Stanford trank zweimal eine halbe Tasse, in großem zeitlichen Abstand, und strich sich beide Male mit der flachen Hand über das Haar, das in Wirklichkeit nicht mehr vorhanden war – entweder weil es ihm so vorkam, als ob es sich sträubte, oder weil auf seiner Glatze der Schweiß ausbrach, mit der unbezähmbaren Kraft, die im Kaffee steckte. Die Frau sah ihn aus ihren langen, dunklen, geheimen Träumen heraus an. Sie gehörte zu den Frauen, die in ihrer Jugend ein Kniff am Mundwinkel zierte. Das dämpft nicht nur das Lächeln, sondern heftet es buchstäblich fest. Und obwohl der Kniff durch unwillkürliches Lachen oft langgezogen worden war, zog er sich schnell wieder zusammen und war noch nicht völlig zu einer Falte oder Runzel geworden, wie es mit der Herrlichkeit der Welt zu gehen pflegt. Die Frau starrte schläfrig vor sich hin und durch den Mann hindurch; ab und zu äußerte sie mit gedehnter und matter Stimme trübsinnige Bemerkungen.

»Wie behandelt man dich bei den Bischofsschwestern?«

»Truthahn und Moosbeeren, gute Frau«, sagte der Ziegelmacher. »Wenn ich die vollen Tische in diesem Allweisheitsland betrachte, auf denen Teile von mehr Tieren beieinander sind, als ich benennen kann, wie im Tausendjährigen Reich, und wo die Milch so köstlich ist, daß sie bei Leuten, die die

Wahrheit nicht gefunden haben, Sahne heißen würde – ist es da verwunderlich, wenn ich davon beeindruckt bin, was den Menschen aus einer Salzsteppe hervorzuzaubern gelingt, wenn sie das rechte Buch haben? Wäre es nicht ungezogen, so etwas zu sagen, so fehlt dem komischen Kerl aus dem Osten nur noch gesäuerte Blutwurst. Hehehe.«

»Mit Verlaub, schläfst du irgendwo?« fragte die Frau aus ihren Gedanken heraus.

»Wie?« sagte der Ziegelmacher. »Wo schlafe ich denn nun schnell, gute Frau? Ich weiß es eigentlich nicht. Als ob ich darauf geachtet hätte. Es ist gleich, wo man in der Gottesstadt Zion liegt, die Luft ist überall für die Sinne gleich einlullend mild. Manchmal wirft man sich auf eine Bank draußen im Garten und wickelt sich wegen der Fliegen die Jacke um den Kopf; manchmal, wenn es regnet, liegt man auf dem Balkon. Diesen Sommer habe ich oft auf meinen Mauersteinen in der Ziegelei übernachtet. Jetzt wird es nachts schon kalt, so daß ich mich auf den Fußboden bei Sira Runolfur lege. Doch kann ich nicht ableugnen, daß sich in mir der Gedanke regt, ob ich nicht eine Hütte bauen sollte; doch nicht meinetwegen.«

»Ich verstehe«, sagte die Frau.

»Ich habe dir wohl damals gesagt, daß ich eine Frau habe«, sagte er.

»War es nicht auf der anderen Seite des Mondes?« fragte die Frau.

»Das richtet sich wohl am meisten danach, auf welcher Seite des Mondes man sich selber befindet«, sagte der Ziegelmacher und lächelte.

»Auf welcher Seite sie auch sein mag, hat sie nicht ein Dach über dem Kopf, da wo sie ist?« sagte die Frau.

»Du liebe Güte, allem kann man einen Namen geben«, sagte der Ziegelmacher. »Doch das ist nicht die ganze Geschichte: Diese Frau hat mir zwei Kinder geboren.«

»Machen sie sich nicht gut, oder was?« sagte die Frau.

»Danke für die Nachfrage«, sagte der Ziegelmacher. »Als ich sie in ihrer Kindheit im Schlaf betrachtete, da waren sie in ihrer Seligkeit so schön, daß mir die Vorstellung, sie würden wieder aufwachen, beinahe beklagenswert schien. Einmal glaubte ich, daß ich ihnen ein Königreich für ein Pferd kaufen könnte. Daraus wurde nicht viel. Und doch. Wer weiß. Noch ist die Nacht nicht zu Ende, sagte das Gespenst.«

»Ich will dir dieses Haus schenken«, sagte die Frau, »das Haus, in dem wir uns befinden. Wenn deine Frau kommt: Ich werde ihr nichts wegnehmen, worauf sie Anspruch hat. Das einzige, worum ich für uns hier bitte, ist Anteil am Ansehen eines guten Mannes.«

Seit dem Jahr, in dem er das Kästchen bastelte, hatte er keine Gedichte mehr vor sich hin gemurmelt; jetzt wiegte er sich wieder vor und zurück und deklamierte nach alter Gewohnheit:

»Essen übrig hatte sie,
gern ein Bett sie jedem lieh.«

»Mir war diese Frau so viel wie die drei Frauen Bischof Theoderichs, die siebenundzwanzig Frauen Brigham Youngs und die zehntausend Frauen, die der Gott Buddha im Bauch haben soll.«

Plötzlich verzog sich der Kniff im Mundwinkel der Frau, bis sie herausprustete. Sie lachte laut und lange.

Er hörte mitten in einem Vers auf und sah sie an. Sie sagte:

»Ich hoffe bloß, daß deine Frau nicht so gewesen ist wie das große Ungeheuer, das damals auf den Westmännerinseln an Land gegangen ist, als Ronkys Großvater dort Pfarrer war.«

Sie seufzte auf und lachte nicht mehr.

Er ließ sich nicht aus der Fassung bringen und sagte etwas bestimmter als vorher:

»Die Fügsamkeit dieser Frau mir gegenüber hatte nichts damit zu tun, welches gesteigerte Ansehen ich ihr vor Gott und den Menschen geben könnte, denn ich war bisher nicht Manns genug, ihr etwas anderes als diesen Brief Nadeln zu geben. Daraus kannst du ersehen, gute Frau, wie weit ich imstande bin, andere Frauen vor Gott ehrbar zu machen, wenn ich mich derjenigen, die mir so viel war wie alle anderen zusammen, als ein solcher Mann gezeigt habe.«

Kurze Zeit darauf setzte sich der Ziegelmacher hin und begann einen Brief an seinen Wohltäter Bischof Theoderich, der auf fernen Wegen festgehalten wurde. Er sagte in seinem

Brief, es sei unnötig, wenn er für die Lehre zu danken versuche, die ihm der Bischof vermittelt habe und die gegenüber anderen Lehren den Vorzug besitze, daß es den Menschen gut gehe, die an sie glaubten. Er sagte, je mehr er über das Buch nachdenke, das Joseph im Hügel fand und Brigham dem Volk darbot, um so weniger schienen ihm andere Bücher von Wert zu sein. »Man kann kaum in Zweifel ziehen, daß das Buch richtig ist, das eine Rose auf einem dürren Zweig erblühen läßt. Und dann ist Wahrheit etwas anderes, als wir bisher geglaubt haben«, sagte der Ziegelmacher, »wenn die Wüste durch Lüge zu grünem Weideland oder gelbbraunen Äckern mit Mais und Korn geworden ist.«

Dann berichtete er ausführlich über seinen Aufstieg in der Gottesstadt Zion, wie er das Land Utah nach dem Brauch jener Zeit nannte. Er sei Ziegelmacher und Baumeister in Spanish Folk und Umgegend geworden. Man habe ihn über andere Männer gesetzt, damit er Mauern baue, und er habe den Lohn eines Vorarbeiters erhalten; ebenso sei ihm doppelter Lohn für Zimmermannsarbeiten aufgedrängt worden. Er schrieb, daß er nur deshalb Geld angenommen habe, weil es seine Überzeugung und Gewißheit sei, daß er sich im Lande göttlicher Offenbarung befinde. Er sei Gehilfe in der Wache geworden, und ihm wurde gesagt, er solle sich auf die Weihe vorbereiten, die ihn zu Siegelungen innerhalb der Wache berechtige. Obwohl kein guter Redner, sei er vom Hohen Rat berufen worden, im Besserungsverein der Frauen den Vorsitz zu führen, wo über das richtige Verhalten bei Heiratsanträgen gesprochen werde und auch darüber, wie die Verlobungszeit junger Leute sich mit der ewigen Ansiegelung durch die geistliche Handlung eines Hohenpriesters am besten vereinbaren ließe. Ein Ältester aus Salt Lake City habe gesagt, daß er, der Ziegelmacher, darauf vorbereitet sein solle, in den Hohen Rat erhoben zu werden. »Das eine«, schrieb der Ziegelmacher, »hat mich an dieser Sache betrübt: daß man für diese Aufgabe nicht Pfarrer Runolfur, meinen Lehrmeister, einen hochgebildeten, äußerst klugen Mann, an erster Steile vorgeschlagen hat. Ich werde mich nicht getrauen, eine Beförderung anzunehmen, solange meinem verehrten geistigen Vater keine Ehrung zuteil wird.«

Schließlich kam er zum Hauptthema seines Briefes. Er schrieb, ihm käme es manchmal fast so vor, als begegne man ihm von seiten der Gesellschaft mit einer gewissen Kälte; auch habe er selber manche Bedenken in der Hinsicht, wie weit er davon entfernt sei, das göttliche Sittengesetz zu erfüllen, vor allem, was die göttliche Offenbarung über die heilige Vielehe betreffe. Er verliere zwar keinen Tag das Gebot Gottes aus dem Gedächtnis, daß Gerechte und Heilige der letzten Tage sich viele Frauen zum eigenen Besitz ansiegeln sollten, um sie damit aus leiblicher Einsamkeit, geistiger Not und Ruhmlosigkeit vor Gott zu befreien. »Mir schaudert vor dem Elend«, schrieb er, »daß höchst ansehnliche Frauen, die wirklich die himmlische Ansiegelung verdienten, sich mit Josephiten herumplagen, und daß ihre Töchter in früher Jugend das Unglück haben, sich mit Lutheranern einzulassen; von da ab darf man den Namen dieser armen Leute in der menschlichen Gesellschaft kaum mehr nennen.« Er sehe auch das goldene Vorbild, das Brigham Young der Welt gab, als er ein Haus mit siebenundzwanzig Türen bauen ließ. Doch ebenso groß sei seine, des Ziegelmachers Stanford, Schwäche. Er fühle, daß es ihm an Mut gebreche, die Verantwortung für den Unterhalt vieler eigener Frauen zu übernehmen, solange er an einem anderen Ort der Welt seine Schuldigkeit gegenüber einem bestimmten Haus und dessen Bewohnern, die ihm nicht gänzlich unbekannt seien, nicht getan habe.

Seine Kinder, die am schönsten von allen Kindern geschlafen hatten, worauf hatten sie ein Recht? Auf alles, was er ihnen bieten konnte. »Als sie in das Alter kamen, mit wachen Augen in die Welt zu sehen, die kein Märchenbuch mehr war, wurde mir ihre Gegenwart allmählich unerträglich wegen meiner Unfähigkeit, für sie dazusein«, schrieb er. Und die Frau, die ihren Mann liebte und sich ihm in jeder Hinsicht fügte, ließ er zurück, und fort war er. Er nahm ein Pferd und ein Kästchen mit, die er das Pferd und das Kästchen seiner Seele nannte; sicherlich wollte er für diese Dinge das Glück auf dem Markt kaufen, oder wenigstens eine Grafschaft. Und bekam einen Brief Nadeln.

Und damit schloß das Schreiben des Ziegelmachers Stone P. Stanford in Spanish Fork, Gottesstadt Zion, Territory of

Utah, an Bischof Theoderich, Mormone, voraussichtlich auf Reisen im Reich des Dänenkönigs. »P. S. Ich lege Reisegeld für meine Familie in Banknoten bei und bitte Dich, sie nach Amerika mitzubringen, wenn Du kommst; ich will versuchen, bis dahin ein Haus aus Ziegelsteinen für sie fertigzustellen. St. P. Stanford.«

22. Über gute und schlechte Lehre

»Ich habe eine schlechte Lehre«, sagte der Lutheraner. »Außerdem kann ich meine Lehre nicht beweisen. Der hat die beste Lehre, der nachweisen kann, daß er am meisten zu essen und gute Schuhe hat. Ich habe beides nicht und liege in einem Dugout.«

»Als ob man diesen Ton nicht kennt«, sagte Pfarrer Runolfur. »Die nichts zu beißen und anzuziehen haben, werden nicht müde, über Leute herzuziehen, die zu essen haben. Doch einer der Propheten hat gesagt, daß man Essen und Kleidung haben muß, um Tugend üben zu können. Ihr vergeßt, daß jedes Ding eine höhere Vorstellung in sich birgt, eine gute Fleischsuppe nicht minder als ein Paar Schuhe; die Griechen nannten das die Idee. Nach dieser geistigen und ewigen Eigenschaft des gesamten Daseins und jedes Dings leben wir Mormonen. Wenn einer so schlapp ist, daß er weder Fleischsuppe noch Schuhe, noch die Energie hat, sich aus einem Dugout zu erheben, dann hat er wahrscheinlich auch weder den Geist noch die Ewigkeit.«

»Mir ist es egal«, sagte der Lutheraner. »Niemand kann mich zwingen, etwas anderes zu glauben, als daß Adam ein Dreckskerl war. Und Eva besserte nichts daran.«

Zu jener Zeit wirbelte die offizielle These viel Staub auf, daß Adam nicht weniger von göttlicher Natur sei als der Erlöser, was damit begründet wurde, daß Gott selber sich die Mühe gemacht habe, beide gesondert zu erschaffen. Der Lutheraner berührte damit ein Thema, das den Glaubenshelden in Pfarrer Runolfur auf den Plan rufen mußte.

»Habe ich es mir nicht gleich gedacht, daß das auch noch kommen würde?« sagte Pfarrer Runolfur. »Säufer und Weiberhelden haben noch nie etwas anderes getan, als den armen Adam zu schelten. Alle, die kein reines Gewissen haben, beeilen sich, die Schuld auf ihn zu schieben. Ich kann dir jedoch versichern, daß Adam ein sehr guter Mensch war. Wer schlecht von Adam redet, ist ein Sohn des Großen Abfalls und der Großen Häresie. Glaubst du, der Herr der Heerscharen hat sich dazu herabgelassen, einen Dreckskerl zu erschaffen? Oder vielleicht einen Lutheraner? Glaubst du, als Gott Adam erschuf, hat er schlechteren Stoff benutzt als bei der Erschaffung des Erlösers? Ich bestreite, daß irgendein Wesensunterschied zwischen Adam und dem Erlöser besteht.«

»Darf ich fragen, welche Ruhmestat hat dieser Adam vollbracht?« fragte der Lutheraner. »Hat er sich vielleicht etwas erarbeitet? Ich habe nie davon gehört, daß er ein Haus besessen hätte, geschweige denn einen Wagen; nicht einmal Schuhe. Ob er nicht in einem Dugout gelegen hat wie ich? Und was hatte er zu essen? Glaubst du vielleicht, daß er werktags Fleischsuppe und sonntags Truthahn und Moosbeeren gegessen hat? Ich halte es für sehr wahrscheinlich, daß er sich nie hat satt essen können, außer als er den Apfel aß, den ihm das Weibsbild reichte.«

Diese Streiterei hielt in der Ziegelei Tag und Nacht an, doch erreichte sie ihren Höhepunkt meistens erst in der Morgendämmerung. Pfarrer Runolfur hatte es sich zur Gewohnheit gemacht, dem Lutheraner aufzulauern, wenn er im Morgengrauen von seinen Nebenfrauen kam und auf dem Heimweg in den Dugout zu seiner walisischen Ehefrau war. Wie stark dieser trinkfreudige Erdlochbewohner als Theologe war, ist nicht untersucht worden; und vielleicht war er kein so großer Säufer und Weiberheld, wenn man in Rechnung stellt, wie trist er es bei sich zu Hause fand. Wie dem auch sei, Pfarrer Runolfur machte ihn für die Ketzerei Luthers im besonderen und für den Großen Abfall im allgemeinen verantwortlich. Doch wie mitgenommen der Lutheraner auch sein mochte, er war stets sogleich bereit, dort auf der Straße den Kampf für Luther aufzunehmen. Er bat nur Pfarrer Runolfur, seinen Feind, um die Erlaubnis, in die Ziegelei schlüpfen zu dürfen, wo er noch einen Schluck in einer Flasche hatte, die sorgfältig in einem Steinhaufen versteckt war, um sich damit zu stärken, ehe seine

Ehefrau erwachte und ihm die Morgenepistel verlas. Stone P. Stanford verriet nie, wo der Lutheraner diesen Gnadenborn verbarg, außer dem einen Mal, von dem oben berichtet wurde. Doch hatte der Lutheraner erst einmal seine Flasche auf dem Hof erwischt, so konnte keine Macht ihn mehr an dem endlosen Streit mit Pfarrer Runolfur hindern, der seinen Sinn in sich selber zu haben schien. Stanford, der alle Hände voll zu tun hatte, die Sonne auf ein nützliches Tagewerk vorzubereiten, horchte auf den Lärm, den der Disput der beiden Gegner verursachte, untermischt mit dem Morgengezwitscher der Vögel; auf der einen Seite Branntwein, auf der anderen der Heilige Geist.

Doch eines Tages schien ein neues Blatt aufgeschlagen zu sein: Bei Tagesanbruch war nur das Zwitschern der Waldvögel und das Zirpen der Insekten zu hören statt des theologischen Disputs, und der Ziegelmacher erfuhr gerüchteweise, daß der arme Lutheraner die Gegend verlassen hätte.

Die Zeit verging. Einmal gegen Abend, als Stanford sich in der Ziegelei des Bischofs befand und frischgetrocknete Ziegelsteine stapelte, trug es sich zu, daß ein unbekannter Gast so urplötzlich wie in einer geheimnisvollen Vision vor ihm stand. Es war eine sehr junge Frau. Sie war von der Art jener jungen Menschen, die von großer Frühreife überwältigt werden, so daß sie das Erwachsensein im selben Augenblick ergreift, da sie die Kinderschuhe ausgetreten haben. Unleugbar hatte sie infolge irgendeiner unnötigen Lebenserfahrung einen etwas abgebrühten Gesichtsausdruck, und sie grüßte nicht zurück, wenn man ihr guten Tag sagte.

»Meine Mama schickt mich«, sagte das Mädchen und biß sich auf die Lippe, statt zu lächeln. »Ich soll dir Kaffee bringen.«

»Es ist nicht das erste Mal im Mormonenglauben, daß Mannsleute gute Sachen geschickt bekommen«, sagte der Ziegelmacher.

Sie reichte ihm eine Flasche, die in einem Strumpf steckte. Stone P. Stanford kannte sowohl den Strumpf wie auch die Flasche.

»Es ist fast so, als ob ich deine Mutter selbst träfe«, sagte der Ziegelmacher. »Glück und Segen, gutes Mädchen, und Gottes

Lohn euch beiden. Daß ich auch dieses Jahr von Frau Schneiderin Thorbjörg Kaffee bekomme – mir fallen sozusagen tote Läuse vom Kopf! Ich denke, es hätte genügt, mir Kaffee zu geben, als ich allen hier völlig unbekannt war. Statt dessen überhäuft sie mich jetzt noch mit Wohltaten, nachdem ich hier eingesessen bin und alle vernünftigen Leute seit langem erkannt haben, was ich für einer bin. Sei so gut, Mädchen, setz dich hier auf diese frischgetrockneten Ziegelsteine und erzähl mir etwas.«

Das Mädchen setzte sich auf die Ziegelsteine, biß sich auf die Lippe und schwieg.

»Es ist lange her, daß ich Kaffee zu meinem Frühstück bekam – wenn ich nur nicht den Becher verloren habe«, sagte der Ziegelmacher und begann zu suchen. Als er seinen blechernen Becher gefunden hatte, hielt er ihn dem Mädchen hin und bat sie, einzuschenken. Er fuhr fort, mit ihr zu plaudern, damit die Kaffeepause nicht gänzlich schweigsam verlief.

»Irgendwie ahnte ich, daß Frau Thorbjörg Jonsdottir eine Tochter hatte, obwohl ich neulich kaum Anzeichen dafür sah, als ich euch besuchen kam. Du dürftest doch wohl schon auf der Welt gewesen sein, und mehr als das.«

»Und ob«, sagte das Mädchen und prustete hochmütig. »Ich war in die Wochen gekommen.«

»Die Stubentüren waren alle zu, wenn ich mich recht entsinne«, sagte er.

»Natürlich waren sie alle zu«, wiederholte das Mädchen schnippisch.

»Es ist ein guter Brauch und eine schöne Regel, die Türe zuzumachen, wurde mir in Island beigebracht, wo doch von zuviel Eingängen in den Häusern nicht die Rede sein kann«, sagte der Ziegelmacher.

Da richtete sich das Mädchen auf seinem Platz auf und sagte vorwurfsvoll: »Sofern niemand eingeschlossen wird.«

»Oh, vielleicht gibt es Vergnügen nicht nur außerhalb der Türen, liebes Kind«, sagte der Ziegelmacher.

»Sie nennen uns Josephiten«, sagte das Mädchen. »Jedesmal, wenn ich hier hinausging, schrien die Kinder mir nach, daß wir Kaffee trinken.«

»Die Leute haben manchmal gar kein Urteilsvermögen«, sagte der Ziegelmacher. »Doch glaube ich, es ist die größte Urteilslosigkeit, die es gibt, Leute zu verspotten, die anders sind als man selbst. Das war früher in Eyrarbakki gang und gäbe. Von da aus hat es sich wahrscheinlich gen Osten auf die Rangarvellir und dann nach Amerika verbreitet. Manche sagen, es ist häßlich und unchristlich und sündhaft, Kaffee zu trinken. Diese Leute haben bestimmt recht, was sie selbst betrifft, und sollten keinen Kaffee trinken. Dann gibt es andere Leute, die sich auf medizinische Bücher berufen, in denen steht, daß Kaffee dem Herzen schadet, ich spreche erst gar nicht von der Leber, dem Magen, den Nieren in diesem Tempel Gottes, der des Menschen Körper ist. Sie sollten auch keinen Kaffee trinken. Ich für mein Teil sage: Ich trinke immer Kaffee, wenn ich fühle, daß er mir ehrlichen Herzens angeboten wird; allerdings jedoch nur immer einen halben Becher.«

»Es kam noch einiges dazu zum Kaffeetrinken«, sagte das Mädchen.

»Das verstehe ich«, sagte der Ziegelmacher. »Ihr wart allein. Dennoch ist es ein Trost zu wissen, daß man einen Vater hat, der ein denkender Mensch ist. Nur ein denkender Mann kann von einer so vorbildlichen Frau wie deiner Mutter und von dir, einem so vielversprechenden Mädchen, weggehen, um den Erlöser in Independenz Miss Uri zu empfangen.«

»Möglich, daß mein Vater tiefe Gedanken hatte, als er von Mama wegging«, sagte das Mädchen. »Doch er brauchte keine tiefen Gedanken zu haben, um von mir wegzulaufen, denn ich wurde erst geboren, nachdem er verschollen war.«

»Wie schrecklich klein ich mir vorkomme, daß ich so schofel zu euch gewesen bin; es wurde nichts mit der Ausbesserung eures Hauses, wo ich es doch schon halbwegs versprochen hatte. Doch für Gefälligkeiten wird die Zeit knapp, wenn man für sich selbst schuftet. Der Ziegelstein ist schwer zu verstehen, nicht weniger schwer als das Goldene Buch. Dann kommt die gottgefällige Arbeit in der Wache bis in die Nacht. Außerdem werden uns manchmal Aufgaben vom Hohen Rat gestellt, die ungebildete Menschen wie ich nur langsam und schwer lösen können. Wo sind die Mußestunden? Irgendwie habe ich es noch nicht fertiggebracht, mehr als nur den letzten

Rest der Nacht zu schlafen, höchstens bis die Vögel zu zwitschern beginnen. Und es wird kaum besser dadurch, daß ich drauf und dran bin, mir ein Haus zu bauen. Doch mir ist ein guter Mann bekannt, der wirklich euer Freund ist.«

»Der Ronky?« sagte das Mädchen. »Es kann sein, daß er der beste Mensch ist; er kann wenigstens andere Männer wegjagen, die in seinen Augen vielleicht nicht viel wert sind. Doch was hast du schon von ihm? Die Suppe, die im Bischofshaus abends nach dem Schlafengehen noch übrig ist. Für mich ist das kein Mann. Mir ist auch egal, wenn es an Sonntagabenden vielleicht ein paar trockene Stücke Truthahn sind.«

»Allerhand, was du da sagst, gutes Mädchen«, sagte der Ziegelmacher. »Ich kann nicht umhin, dich noch mehr zu fragen.«

»Ich dachte, du wärst kein so großer Esel, daß du fragen müßtest, was vorgefallen ist«, sagte das Mädchen.

»Da hört doch alles auf – ist etwas vorgefallen?« fragte der Ziegelmacher. »Hier in der Gottesstadt Zion?«

»Soviel mir bekannt ist, wissen alle, daß ich ein Kind bekommen habe«, sagte das Mädchen.

»Nun, da du sagst, daß du ein Kindchen hast, kleines Mädchen, wünsche ich dir noch mehr Glück und Segen als je zuvor«, sagte der Ziegelmacher. »Das möchte ich meinen. Nun ja, um von etwas anderem zu sprechen: Ich habe viel Spaß an den lieben Steppenhühnern, die mich manchmal hier auf dem Hof besuchen; sieh nur, wie geschickt sie schräg einherlaufen, ein bißchen wie die Springer im Schachspiel, hehehe. Es ist eine feierliche Stunde frühmorgens, wenn die Vögel erwachen. Manchmal bei Tagesanbruch kam ein Mann hierher zu mir, der von sich sagte, er wäre Lutheraner, und ständig den Vers über die Übeltäter in den Passionsliedern zitierte: Früh den Schlaf sie enden! Zuletzt weiß man nicht mehr genau, wer der größere Übeltäter ist: derjenige, der früh aufsteht, oder derjenige, der spät schlafen geht. Wenn ich mich recht erinnere, hatte er hier in einem Steinhaufen eine Flasche versteckt.«

»Er war es«, sagte das Mädchen. »Es war der Geliebte von Mama. Aber es war eine Lüge wie jede andere, die Mama ihm und mir andichtete, daß er mir Branntwein gab. Und wenn ich gefesselt gewesen wäre und man mir die Nase zugehalten hätte, so wäre doch kein Tropfen über meine Lippen gekommen. Hingegen ist es eine andere Sache, wenn man dich mit einem Mann eingeschlossen hat, der Branntwein getrunken hat, wie es Mama mit mir getan hat, wenn sie böse auf ihn war. Es ist so, wie wenn man mit einem Baby eingeschlossen ist: man paßt auf, daß es nicht zu Schaden kommt, und man versucht es zu trösten. Man gibt ihm das Spielzeug, das bei der Hand ist, damit es aufhört zu quengeln. Ob er Lutheraner war oder etwas anderes – als ob ich nichts weiter zu tun gehabt hätte, als ihn danach zu fragen! Ich habe nicht einmal danach gefragt, was es heißt, Josephit zu sein.«

»Mit Verlaub, wo seid ihr aufgewachsen, du und deine Mutter?«

»Ist das wohl eine Frage an mich?« sagte das Mädchen. »Als ob es nicht näherläge, Mama danach zu fragen. Oder den Ronky, der Mamas Pfarrer in Island war, als die Alte sich bekehrte und mit den Mormonen mitlief. Laß dir von Mama erzählen, wie sie als junges Mädchen hierherkam, lange bevor der Train fuhr. Eines schönen Tages werden sie plötzlich gewahr, daß Ronky mit dem Gehrock ihnen nachgekommen ist, den ganzen Weg bis hierher ins Gottesreich, um zu versuchen, sie zurückzubekehren. Er hielt Gottesdienst hier auf dem Hügel in der kleinen häßlichen Kirche, die nur einen Maulesel faßt, und brachte ein Kreuz darauf an; aber er kam zu spät: Meine Mama war schon mit einem Josephiten verlobt. Später dann umarmte er das Evangelium und begann, beim Bischof die Schafe zu hüten. Es kann gut sein, daß er der beste Mensch ist, und das eine ist sicher, er verhalf uns zu der Nähmaschine, damit wir für uns arbeiten konnten. Und jetzt, wo wir sie verkauft haben, weil keiner mehr bei uns nähen läßt, seit ich von einem Heiden ein Kind bekommen habe, und wo wir nicht wagen, uns in der Öffentlichkeit sehen zu lassen, und kaum einkaufen gehen, wir haben ja auch kein Geld dafür, da sammelt er die Reste im Bischofshaus und bringt sie uns des Nachts. Aber er ist kein Mann. Und deshalb lügt meine Mutter nicht: Lieber gehen wir in einen Salzpfuhl, als daß wir den Ronky zu uns nehmen.«

23. Ein Brief Nadeln wird überbracht

Jetzt ist davon zu berichten, wie Bischof Theoderich Island zwei Jahre lang bereiste, um den Menschen den Glauben zu verkündigen und sie unterzutauchen, nachdem er zuvor einen Winter lang in Dänemark geweilt hatte, um ein Buch für die Isländer zu verfassen und drucken zu lassen. In Island hielt er sich am längsten in den Landesteilen auf, die noch nicht von Mormonen aufgesucht worden waren, und predigte den Leuten den Glauben, oft mit geringem Ruhm; doch wurde er nicht mehr so oft geprügelt. Von seinem Buch sagte dieser Apostel, es sei die einzige religiöse Schrift, die mit Sondergenehmigung des Dänenkönigs direkt gegen den Willen der Bewohner, besonders der Bezirksvorsteher, in Island vertrieben worden wäre, und dennoch die erste, die ein Isländer in unserer Sprache verfaßt hatte, ohne sämtliche religiösen Vorstellungen vom Dänenkönig zu entlehnen. Er meinte, man könne es den Sklaven des Dänenkönigs in Island durchaus gönnen, daß sie ihn verprügelten, zumal ihre Prügel ihn so wenig berührten, als ob ein Gemeindearmer oben auf Langanes Hartfisch klopfte. Doch über Christian Wilhelmsson hat Bischof Theoderich drucken lassen, daß der König der einzige Mensch im Reich sei, der den geweihten Apostel des Propheten Joseph in religiösen Dingen für seinesgleichen ansähe; aus diesem Grunde genösse er die ungeteilte Achtung Bischof Theoderichs, zumal dieser König vom selben Volk sei wie der geistige Vater der Dänen, Luther selbst. Man hatte jetzt den Mormonen Theoderich schon so oft und an so vielen Orten in Island verprügelt, und das ohne Erfolg, daß man in den meisten Gegenden so gut wie ganz davon abgekommen war, sich damit abzumühen. »Wo auch immer Bischof Theoderich auf seinen Missionsreisen für andere arbeitete, hat er sich jedermanns persönliche Achtung erworben«, stand in der Wochenzeitung »Thjodolfur«. Es ist nämlich ein Gesetz der Mormonen, von Gott durch den Propheten verkündet, daß die Apostel des Evangeliums nicht mit einem Geldbeutel ausziehen, sondern auf Missionsreisen ihren Unterhalt selber bestreiten sollen. Bischof Theoderich war zwei Sommer lang Erntearbeiter im Nordland und je eine Fischfangsaison Matrose im Ost- und im Westland gewesen.

Gegen Ende des Sommers, des zweiten, den Bischof Theoderich dieses Mal in Island verbrachte, kam ihm zum Bewußtsein, daß er noch eine wichtige Angelegenheit im Südland an den Steinahlidar zu erledigen hätte, ehe er aus dem Land reiste: Er sollte einer Frau einen Brief Nadeln überbringen. Das hatte er vor zweieinhalb Jahren einem Mann in Kopenhagen versprochen. Nun traf es sich so, daß er diese Gegend berührte, als er kurz vor dem Hochweideabtrieb aus dem Ostland kam. Er hatte nichts anderes bei sich als seinen Hut, nach amerikanischem Brauch in Pergamentpapier eingewickelt; sein Beutel enthielt nur noch ein Hemd, Roggenbrot und ein bißchen Kandiszucker für die Kinder; seine Bücher waren bereits alle verteilt. Seine Schuhe waren jedoch so schön wie je zuvor. Man wußte mit Sicherheit, daß er auf harten Gebirgspfaden mit scharfen Steinen, auf Lavafeldern, auf Sandstrecken und Mooren, auch beim Durchwaten der Flüsse sich immer die Schuhe auszog, sie mit den Schnürsenkeln zusammenband, sie über die Schulter hängte und barfuß ging. Daher erfreute er sich in Island hoher Achtung.

Es war die Zeit des Sommers, zu der man das Hauswiesenheu längst eingebracht und gute Außenwiesen gemäht hatte; die Leute arbeiteten auf Wildwiesen. Als Bischof Theoderich an die Steinahlidar gekommen war, fragte er nach dem Weg nach Hlidar. Man blickte ihn erstaunt an. Einige wußten nichts davon, daß ein Gehöft mit diesem Namen existierte. Andere sagten: »Du meinst wohl die Hungerstoppeln, an denen das Winterweidevieh Björns von Leirur nagt.«

Schließlich gelangte er dorthin, wo der Weg über einen alten Hofplatz führte. Da standen hohe Mauern am Reitweg, die meisten in schlechtem Zustand. Berühmte Einfriedungen, die früher die Hauswiese umgeben hatten, waren jetzt ebenfalls verkommen, an manchen Stellen offensichtlich von Menschenhand eingerissen, um dem Vieh den Zugang zu erleichtern. Auf der bis zur Narbe abgenagten Hauswiese standen nur noch Büschel von Sumpfdotterblumen; manche Stellen waren kahl, dort wuchs Vogelmiere. Die Felstrümmer, die vom Berg gestürzt waren, hätten allein genügt, die Hauswiese unbrauchbar zu machen. Das Gehöft war verödet. Man hatte das Dach abgerissen und alles, was Holz war, weggeschafft.

Gemüseampfer überwucherte die Mauerruinen. Zwei Birkenzeisige flogen erschrocken aus dem Gestrüpp und waren verschwunden. Der Bischof hatte zwar kein Essen bekommen, aber er setzte sich auf die Türplatte und stocherte mit einem Schmielenhalm lange in seinen Zähnen herum. Ein Hauch von Verlassenheit stieg aus der Ruine auf.

»Hier ist nicht gerade wenig drüber hinweggegangen«, sagte der Mormone schließlich zu Leuten, die ihr Weg dort vorbeiführte und die ihn aus seiner Versunkenheit gerissen hatten.

»Was deutet darauf hin?« fragten die Leute.

»Hier flogen zwei Schicksalsvögel auf«, sagte der Mormone. »Wo sind die Bewohner hin?«

Aus diesen Leuten konnte er wenig mehr herausbekommen, als daß die Bewohner seit langem in alle Winde verstreut seien: Der Bauer sei fortgelaufen und habe sich dem Mormonenglauben ergeben, wie man meinte, und der Kommissionär von Leirur habe den Hof mit Beschlag belegt, und manche sagten, er hätte dem Mädchen ein Kind gemacht, was allerdings nie zugegeben worden sei. Keiner von denen, die des Weges kamen, wußte genug Bescheid, um genau angeben zu können, wo die Leute hingekommen waren. Die Gemeinde habe sie untergebracht, sagten sie; einer sagte, sie lebten in entlegenen Tälern als Gemeindearme, ein anderer meinte, der eine oder andere sei unten auf den Strandhöfen.

»Schwer der Schwaden bei der Nässe«, sagte der Bischof, als er endlich ein Mädchen beim Harken traf. Hier war das Gelände eben, und die Wiese streckte ihre Zungenspitzen in die Sandflächen hinaus. Jetzt konnte man das Rauschen der nie schweigenden Brandung an der Südküste hören. Es war am Ufer des Flusses, der von den Steinahlidar kam; hier war er schon still und breit und nicht mehr ganz klar.

Das Mädchen schob das nasse Kopftuch aus der Stirn und sah auf. Er ging zu ihr, reichte ihr die Hand und grüßte. Sie starrte ihn an, verharrte aber reglos an Körper und Seele.

»Mir wurde der Hinweis gegeben, daß du wohl das Mädchen bist«, sagte er.

»Ja«, flüsterte sie, »ich bin das Mädchen.«

»Ich weiß nicht genau, ob ich dir einen Gruß bestellen sollte; ich tue es dennoch, obwohl ich seitdem manchen tüchtigen Happen geschluckt habe«, sagte der Bischof.

»Einen Gruß von Mama?« sagte das Mädchen und lebte ein bißchen auf.

»Vom alten Steinar, ich weiß nicht mehr, wessen Sohn er ist, von Hlidar an den Steinahlidar, falls er dir bekannt ist.«

Bei diesen Worten stand das Mädchen noch sprachloser da als vorher, und schließlich verzog sich ihr Gesicht zum Weinen. Die Tage der Kindheit stiegen unerwartet vor ihr auf, unvermittelt, als sie den Namen hörte. Mit tränenerfüllten Augen sah sie vor sich hin wie ein Kind, ohne den Kopf zu senken oder auf andere Weise zu versuchen, ihr Gesicht zu verbergen; sie weinte lautlos.

»Ich hätte euch schon früher aufgesucht«, sagte er, »wenn ich geahnt hätte, daß es so gekommen ist.«

Das Mädchen wendete sich ab, schniefte und begann zu harken.

»Ich wußte nicht, was los war, bis zwei Vögel aus der Ruine bei euch aufflogen«, sagte er im Rücken des Mädchens. »Es ist die Geschichte von uns allen. Wie oft mögen wohl Vögel aus meiner Ruine aufgeflogen sein! Setz dich auf einen Grashökker, kleines Mädchen, wer weiß, ob ich nicht etwas im Sackzipfel habe.«

Er nahm ein Stück Kandiszucker aus seinem Beutel und bot es dem Mädchen an; sie hörte wieder auf zu harken, nahm das Stück und steckte es in den Mund. Dann wischte sie sich die Tränen ab und bedankte sich – »aber«, sagte sie, »hinsetzen darf ich mich nicht. Ich bin im Tagelohn.«

»Du bist ein ehrliches Mädchen«, sagte er. »Doch wenn ein Gast mit dir spricht, hat keiner über dich zu bestimmen. Die Höflichkeit geht vor.«

Sie hielt die Harke mitten im Zug an und blickte ihn wieder an.

»Wie heißt du?« sagte sie.

»Ich heiße Theoderich, genannt der Mormone.«

»Ist es also wahr, daß es sie gibt?« fragte das Mädchen.

»Wenn sie nicht plötzlich gestorben sind«, sagte der Bischof.

»Gibt es keinen, der einem die Wahrheit sagt?« fragte das Mädchen.

»Ich glaube nicht, daß sich dein Vater über Land und Meer auf den Weg gemacht hätte, wenn er mich der Lüge verdächtigt hätte«, sagte der Bischof.

»Es hat keinen Sinn, mir etwas vorzumachen«, sagte sie. »Denkst du, ich weiß noch immer nicht, daß Himmel und Erde zweierlei sind?«

»Dein Reich komme, wie auf Erden, so im Himmel«, sagte der Mormone. »Ist das vielleicht ein Spaß vom Erlöser?«

»Ich verstehe die Bibelsprache nicht«, sagte das Mädchen. »Nicht mehr.«

»Das Reich Gottes ist in Utah, das mit dem Himmelreich fest zusammenhängt, ohne einen Abstand dazwischen«, sagte der Bischof. »In dem Reich lebt dein Papa.«

»Entweder lebt er, oder er lebt nicht«, sagte sie.

»Für einen Mormonen ist niemand tot. Bei uns gibt es nur ein Reich, das ist und bleibt«, sagte der Bischof.

»Ja, ich ahnte es«, sagte das Mädchen. »Ich muß weiterharken.«

Der Bischof geriet ein wenig in Zorn. »Und ich sage, daraus wird nichts«, sagte er. »Du harkst unter keinen Umständen weiter. Ich bin gekommen, um euch zu holen und mit euch zu deinem Vater zu fahren. Wo ist deine gute Mutter? Und dann sollst du noch einen Bruder haben, ja, und sonst noch was, worüber man auf der Straße spricht. Sag mir Bescheid über das alles.«

»Wenn ich noch an Märchen glaubte, würde ich meinen, du wärst der Tod«, sagte das Mädchen. »Oder wenigstens das Trollweib Gryla. Mit Verlaub, sind Sie Pfarrer?«

»Ich komme von deinem Papa«, sagte er.

»Sind Sie ganz sicher, daß Sie sich nicht in der Person geirrt haben? War es nicht ein anderes Mädchen, daß Sie aufsuchen wollten?« fragte sie. »Sind Sie sicher, daß Sie nicht die Namen verwechselt haben?«

»War es denn nicht der, dem das Pferd gehörte?«

»Doch, wir hatten ein Pferd«, sagte sie.

»Und ein Kästchen?«

»Kästchen?« sagte sie. »Woher weißt du das? Ist es denn wirklich wahr, daß mein Vater noch lebt? Nicht nach einer Bibel, sondern wie wenn er hier auf einem Grashöcker säße? Träume ich – wie gewöhnlich?«

Den Burschen traf der Bischof in einem anderen Winkel der Gemeinde, wo er für sein Essen arbeitete. Er führte Packpferde mit trockenem Torf in Kästen zum Hof. Außerdem hatte er Torf in Nase und Mund. Der Bursche trug einen zu großen Hut, und darunter war ein nicht gerade kleiner Haarschopf, von Sonne und Regen ausgebleicht.

»Du siehst mir ganz so aus, mein Junge, als ob dir seit dem ersten Sommertag nicht mehr die Haare geschnitten worden sind, ganz wie einst mir«, sagte der Bischof. »Was hast du vor?«

»Ich will diese Pferde mit Torf nach Hause führen«, sagte der Bursche.

»Laß sie los«, sagte Bischof Theoderich.

»Mein Dienstherr wartet daheim auf dem Hofplatz«, sagte der Junge. »Er stapelt den Torf auf. Dürfte ich dich vielleicht bitten, mir eine Prise zu geben, guter Mann? Mein Tabakshorn ist leer.«

»Laß dir einmal ins Gesicht sehen«, sagte der Bischof, trat an den Burschen heran und untersuchte ihn sorgfältig. »Ich will verwünscht sein, wenn das nicht Schnupftabak ist; ich dachte, es wäre Torf. Das hast du kaum von deinem Vater gelernt.«

»Mein Vater ist tot, im Ausland«, sagte der Bursche.

»Oh, das solltest du mit Vorsicht behaupten, Freundchen« sagte der Bischof. »Er dürfte wohl ebenso tot sein wie ich.«

»Ich glaube nicht, daß er uns alle der Armenpflege überlassen hätte, wenn er am Leben wäre, denn er stammte sowohl von Egill Skallagrimsson wie von den Norwegerkönigen ab, und außerdem von Harald Kampfzahn«, sagte der Bursche.

»Steig in den Bach, Freund, und wasch dir die Nase von innen und außen, während ich die Packpferde mit dem Torf nach Hause führe und sie dem Bauern übergebe«, sagte Bischof Theoderich. »Ich will dich aus dem Dienst nehmen. Dann mache ich mich mit dir auf den Weg und zeige dir, wie tot dein Vater ist.«

»Hat er irgendeine schreckliche Krankheit bekommen?« fragte der Bursche.

»Ach, nur so das Übliche, Freund«, sagte der Bischof. »Erkältung, wenn das Wetter entsprechend ist. Und vielleicht Winde, wenn er zu Weihnachten zuviel Pfannkuchen gegessen hat, und dergleichen.«

»Hast du ihn gestern gesehen?« fragte der Bursche.

»Ja, gestern vor etwa drei Jahren.«

»War es, nachdem er verschwand?«

»Als ob ich ihm auf die Fersen gesehen hätte«, sagte der Bischof.

»Wurde er begraben?« fragte der Bursche.

»Nicht damals, mein Junge – so oft sie ihn auch seitdem begraben haben mögen.«

Der Junge sah den Bischof dumm an, nahm den Hut ab und kratzte sich den Kopf; er überlegte, wie er sich angesichts dieser unerwarteten Nachricht verhalten sollte.

»Etwas ist bestimmt daran, glaube ich, daß mein Vater tot ist«, sagte er schließlich, vielleicht jedoch mehr aus Trotz als aus Überzeugung, und sah dem Bischof nach, wie er die Pferde mit dem Torf zum Gehöft führte. Nach einigen Zweifeln ging der Bursche doch zum Bach und begann sich das Gesicht zu waschen.

Die Frau Steinars von Hlidar befand sich auf einem kleinen Gehöft in einem Seitental, das Götur hieß, sie verdiente dort den Unterhalt für sich und ihr Tochterkind, einen Knaben von zwei Jahren.

Sie war kränklich und für Außenarbeiten untauglich geworden; man ließ sie das Haus hüten, während die Eheleute auf der Heuwiese waren. Sie kam zur Tür und hielt den Knaben Steinar den Jüngeren an der Hand. Bischof Theoderich gab der Frau zum Gruß die Hand und suchte in seiner Tasche nach einem Stück Zucker für das Kind.

»Meine guten Herrschaften sind auf der Heuwiese, obwohl es schon spät ist«, sagte die Frau. »Sie sagen, sie sind hinter der Mittabendwarte, um für das Pfarrerlamm zu mähen. Ich will dir die Richtung zeigen.«

»Wer bist du, Missus?« fragte er.

»Ich bin Witwe«, sagte die Frau. »Wir wohnten in Hlidar an den Steinahlidar. Gib dem Mann einen Kuß für den Zucker, mein Steinar. Der Mann ist mir nicht bekannt, obwohl ich lange an der öffentlichen Straße gewohnt habe. Du bist wahrscheinlich aus dem Osten.«

»Ja, das verhält sich so«, sagte der Bischof. »Sogar so weit von Osten, daß es schon wieder Westen geworden ist.«

»Armer guter Mann«, sagte die Frau. »Ich bin eine Gemeindearme wie andere und habe kein Hausherrenrecht. Doch glaube ich, daß mein seliger Mann, wenn er noch über der Erde wäre und an meiner Stelle, dir angeboten hätte, die müden Glieder drinnen auf einem Bett auszuruhen, während du Neuigkeiten erzählst.«

»Ich nehme den Willen für die Tat«, sagte der Gast. »Hab Dank dafür. Es hat sich so ergeben, daß ich mich in Island draußen auf dem Pferdestein wohler fühle als drinnen im Haus. An einem Pferdestein lernten wir uns kennen, ich und der Mann, den du erwähnt hast. Du fragst mich nach Neuigkeiten, Missus. Ich weiß nicht viel, aber ein bißchen kann ich dir sagen. Du nanntest dich Witwe; doch ich kann dich darüber aufklären, daß du da gelogen hast, Missus. Du bist ebensowenig Witwe wie ich. Dein Mann hat mich zu dir geschickt und mich gebeten, dir diesen Brief Nadeln zu geben.«

Die Frau wischte sich mit der einen Hand den Nebel der Welt von den Augen und nahm mit der anderen den Brief Nadeln entgegen. Sie betrachtete eine gute Weile angestrengt den kleinen schwarzen Papierumschlag, denn sie konnte nicht mehr gut sehen.

»Ein Brief Nadeln kommt einem gelegen«, sagte die Frau. »Oft war es gut, jetzt ist es nötig – wären die Augen in Ordnung. Ja, vieles Unglaubliche ist mir in meinem Leben erzählt worden und ist doch wahr gewesen. Es ist auch schon viele Jahre her, daß mich diese Leere im Kopf und diese Schwäche ums Herz befallen hat, so daß ich wahrhaftig kaum weiß, ob ich mich im Himmel oder auf der Erde befinde. Eines habe ich jedoch stets gewußt: Die Allweisheit ist meinem Steinar stets gleich nahe, ob er nun tot ist oder lebendig. Schickt er mir nicht einen Brief Nadeln! Die Allweisheit sei gelobt! Jetzt wäre es nicht verkehrt, ein bißchen Zwirn zu haben.«

»Die Allweisheit kann man nicht genug loben, Missus«, sagte der Bischof.

Irgendwie war die Frau so bewegt über den Brief Nadeln, daß sie vergaß, nach weiterem zu fragen. Oder es schien ihr, daß der Mann, der ihr einen Brief Nadeln geschickt hatte, in so guten Verhältnissen im Himmel und auf Erden leben müsse, daß es nicht nötig sei zu fragen. Angesichts eines wettergebräunten weitgereisten Mannes dachte sie nur an die Wasserläufe, die in diesem Teil des Landes ein so großes Reisehindernis sind.

»Führten die Flüsse nach all dem Regen nicht schrecklich viel Wasser?« fragte die Frau.

»Verstehst du dich auf Flüsse?« sagte er.

»Gott sei Dank«, sagte die Frau, »ich habe bisher nie große Ströme zu überqueren brauchen, nur unseren Hofbach. Mein Steinar ist durch Ströme geritten.«

»Das dürfte sich jetzt ändern, Missus«, sagte der Gast. »Ich bin gekommen, dich abzuholen und dich zu ihm zu bringen. Ich habe es schriftlich von ihm und will es dir zeigen. Er ist dabei, dir ein Haus aus Ziegelsteinen zu bauen.«

»Wer ist dieser unbekannte Mann, mit Verlaub?« sagte die Frau.

»Ich heiße Theoderich und bin Mormone«, sagte er. »Hörst du schlecht, Missus? Ich bin zu dir geschickt von deinem Mann Stone P. Stanford im Land Utah in Amerika: Er will, daß du zu ihm kommst.«

»Sie sind ein sehr gesetzter Mann, nach dem Gesichtsausdruck zu urteilen, und, wie ich glaube, zuverlässig in Worten«, sagte die Frau. »Aber da ich mich nun hier ein bißchen um meinen Tochtersohn kümmere, wird bei mir nicht viel aus dem Reisen, denke ich. Meine Steina ist ein junges Mädchen, und der Gemeinderat meinte, daß in ihr das Muttergefühl noch nicht erwacht sei, so daß sie den Jungen in meine Obhut gaben. Ich habe ihn schon fast so lieb wie seinen Großvater. Hoffentlich trenne ich mich nicht vom Namen Steinar, solange ich lebe. Gottes Lohn dafür, daß du mir diesen Brief Nadeln gebracht hast. Er war ein begabter Mann; er war ein geschickter Mann: und er war ein Licht. Ja, der Mann hing sehr an seinen Kindern. Wer weiß, vielleicht kommt er eines Tages oben aus den Wolken zu uns! – Und jetzt habe ich keine Zeit mehr zu spielen, denn ich habe im Haus noch nichts besorgt.«

Alles auf der anderen Seite des Flusses gehörte zum Hof Leirur. Der Kommissionär hatte die kleinen Höfe gekauft, die hier im Unterland gestanden und tausend Jahre lang auf das Brandungsrauschen draußen von den Sandstrecken gelauscht hatten. Er ließ sie veröden und schlug ihre Ländereien zu den seinen. An einem Spätsommerabend, als man in Dunkelheit und Regen vom Heumachen nach Hause ging, paßte sie eine Gelegenheit ab, zurückzubleiben: Ja, ich bin das Mädchen. Die anderen Leute gingen Abendbrot essen und ihre müden Glieder ausruhen, sie kehrte um, ging hinunter zum Fluß. Sie kannte die alte Furt der Kleinbauern, die verschwunden waren und deren Weg früher hier hindurchführte. Aus drei kleinen Steinen hatte sie eine Warte gemacht, dort, wo man in den Fluß hinausritt. Sie fand ihre Steine, obwohl es dunkel war. Dann watete sie hinaus in den Fluß. Das Wasser reichte ihr fast überall nur bis an die Knie, doch an manchen Stellen war der Grund schlecht. Bei Tage wußte sie zwar, wo man waten konnte, doch im Dunkeln hatte sie keine Orientierung, und schon zweimal war sie in Schwemmsand geraten und hatte kehrtgemacht. Jetzt beim dritten Versuch glaubte sie, das Ufer etwa zwei Faden weit vor sich zu erkennen, doch ehe sie sich's versah, war sie bis unter die Arme eingesunken, rang nach Atem und rief Gott an. Wie schon öfter war Gott nicht saumselig, sondern schuf für sie eine Sandbank, die es vordem nie gegeben hatte und die jetzt mitten aus dem Fluß herausragte, und als das Mädchen im kalten Wasser den Halt zu verlieren drohte, konnte sie sich auf diese neuerschaffene Sandbank retten. Zum Glück war der Fluß auf der anderen Seite der Sandbank flach. Bald war das Mädchen auf das grasige jenseitige Ufer gelangt und begann nun, ihre Kleider auszuwringen.

Ungebildete Leute zündeten nie Licht an, obwohl der Sommer zu Ende ging, außer Björn von Leirur, doch auch er kaum öfter als hin und wieder einen Abend, denn dieser große Reisende blieb selten viele Tage hintereinander zu Hause. Wenn er zu Hause war, saß er unten in der Oststube. Wenn er nicht mit Gästen von hier und dort plauderte, machte er Bilanzen.

Dieses Licht war das einzige, das ins Land hinausleuchtete und an Spätsommerabenden weither von der Straße am Fuße des Gebirges zu sehen war; es brannte manchmal bis zum frühen Morgen; es war nicht nur das Zeichen dafür, daß der Kommissionär zu Hause war, sondern zugleich das Licht der Welt für diese Gegend.

Sie war müde nach einem schweren Sommer mit langem Draußenstehen und spätem Schlafengehen zu unpassender Zeit. Plötzlich war ihr, als ob ein Weitgewanderter auf ausgeruhte Pferde gesetzt würde oder als ob die Flügel des Märchens an ihre Schuhe gebunden wären. Sie sprang ebenso leichtfüßig über unwegsame Watten und Heiden und Moore wie über ebene grasige Gründe. Diese Reittiere traten so sicher und sahen so scharf, daß sie in einer unbekannten Landschaft im herbstlichen Dunkel und bei stürmischem Regenwetter nicht ein einziges Mal strauchelten.

Das Licht, das seine matten Strahlen über das flache Land schickte, kam näher, bis sie am Haus angelangt war. Die großen Fenster unten an der Ostseite, das war seine Stube, dort brannte sein Licht, dieses unstete Licht. Die Vorhänge waren nicht zugezogen. Sie drückte das Gesicht an die Scheiben und spähte hinein. Die Lampe stand bei ihm auf dem Schreibtisch. Er saß über seine Kopienbücher und Rechnungen gebeugt, steckte die Nase in die Papiere, hielt mit der einen Hand eine Leselupe vor das Auge; mit der anderen umfaßte er den Bart, damit er nicht über die Seiten flutete. Sie klopfte mit den Knöcheln an die Scheibe; er erschrak und blickte auf. Er rief nicht zu dem hinaus, der geklopft hatte, wie es sonst landesüblich ist, sondern legte, zum Fenster gewandt, den Zeigefinger an den Mund als Zeichen, leise zu sein. Dann ging er aus der Stube. Er öffnete die Außentür, tastete sich an der Hausmauer entlang um die Ecke und packte den unbekannten Gast. Er merkte schnell, daß es ein Mädchen war; er stützte sie, zog und trug sie, alles zugleich. Als er mit ihr in seine Stube gekommen war, zog er die Vorhänge zu.

»Was für schrecklich nasses Zeug ist das«, sagte er und küßte das nasse Mädchen. »Bist du ins Wasser gefallen? Sei dennoch willkommen. Es ist lange her, daß mir etwas in die Arme geflogen ist.«

»Kennst du mich?« sagte sie.

»Ich hoffe, daß du nicht zum falschen Mann gekommen bist«, sagte er. »Und wenn es so wäre – mir ist nie passiert, daß ich an das falsche Mädchen geraten wäre.«

»Ich wußte, ich brauche mich nicht bei dir zu entschuldigen, Björn«, sagte sie. »Wenn es spät geworden ist, so haben wir uns früher in der Nacht getroffen. Wir sind sicher alle gleich. Ich bin gewiß nicht die erste, die Angst gehabt hat, daß sie dich nicht erreichen würde, bevor das Licht bei dir ausging.«

»Alte Frauenliebhaber kommen in keiner Nacht zeitig ins Bett«, sagte er. »Sie schieben es möglichst lange hinaus, ihre Alte zu wecken. Wir bedauern, daß wir nicht mehr auf schwimmenden Pferden durch Gletscherströme reiten, was fast so schön ist, wie in Mädchenarmen zu schlafen; wir werden bei uns zu Hause von schlechtem Wetter festgehalten, mehr als gut ist, wir alten Kerle.«

»Ich habe von Osten über den Fluß hierher zu dir geschaut, die ganze Zeit, seit die Nächte dunkel wurden«, sagte sie. »Manchmal habe ich dein Licht brennen sehen. Zweimal versuchte ich, zu dir hinüberzuwaten, doch beide Male watete ich wieder zurück, ging nach Hause und zog die nassen Kleider aus. Doch jetzt bin ich bis hierher gekommen. Ich muß mit dir sprechen, Björn.«

»Willst du zu dieser Zeit des Tages mit so einem Tropf große Dinge besprechen?« sagte Björn von Leirur. »Nun ja, schieß los, mein Schäfchen; aber sprich nicht laut, denn hier kann man alles hören; ich muß mir ein Haus aus Stein bauen. Jetzt stecke ich mir eine Pfeife an. Es ist sowieso die einzige Weisheit, die von mir kommt, wenn es mir gelingt, ein bißchen Rauch zu paffen.«

»Weil wir alle gleich sind und weil es nicht möglich ist, an ein falsches Mädchen zu geraten, weiß ich schon, was du denkst, das ich mit dir besprechen will, Björn«, sagte das Mädchen. »Doch da irrst du dich. Ich bin gekommen, um dich zu fragen, was du über meinen Vater denkst.«

»Deinen Vater? Als ob der etwas auszustehen hätte!«

»Glaubst du nicht, daß er irgendwann wiederkommt?«

»Wieso?«

»Komisch, wie ich mich benehme«, sagte das Mädchen. »Andere verstehen nicht, wie wir an ihm hingen. Jeden Abend bat ich Gott, sterben zu dürfen, ehe er meine Hand aus seiner ließ. Eines Tages ritt er auf unserem Schimmel fort und kam zu Fuß wieder.«

»Er hätte besser daran getan, mir den Gaul zu verkaufen«, sagte Björn von Leirur.

»Ein anderes Mal brach er mit seinem feinen Kästchen auf.«

»Das Mahagoniholz bekam er von mir«, sagte Björn von Leirur und wurde sich jetzt endlich klar darüber, von wem er sprach und mit wem. »Nebenbei bemerkt, was war denn in diesem Kästchen?«

»Da war ein großes Fach für Silbergeld«, sagte das Mädchen. »Und eine vielfach unterteilte Schublade für Gold und Edelsteine.«

»Was zum Teufel?« sagte Björn von Leirur.

»Und schließlich waren da geheime Fächer für das, was kostbarer ist als Gold«, sagte das Mädchen. »Er kam nie wieder, nicht einmal zu Fuß.«

»Er war der größte Querkopf«, sagte Björn von Leirur. »Ich denke, er ist am besten aufgehoben da, wo er ist, mein Schäfchen. Ob du wirklich glücklicher wärst, wenn du ihn wiedersähest? Man sagt, ich tue wenig für meine Kinder. Was hat er für seine getan?«

»Er tat viel für mich«, sagte das Mädchen.

»Was zum Beispiel?« fragte der Kommissionär und paffte Volldampf.

Das Mädchen sagte: »Ich weiß noch, einmal bei der Kirche. Da waren furchtbar viel fremde Hunde, wie stets bei der Kirche. Sie krochen zwischen den Beinen der Leute herum. Ich war bestimmt nicht älter als fünf Jahre. Irgendwie wurde ich von den Meinen getrennt. Ich sah niemand in der Nähe, der mich hätte in Schutz nehmen können, falls die Hunde mich beißen wollten. Ich begann zu heulen. Da merkte ich plötzlich, wie sich eine große warme Hand um meine Hand legte. Das war mein Papa. Er hatte eine so große warme Hand. Jetzt komme ich zu dir, Björn, weil ich sonst niemand kenne, zu dem ich gehen könnte, und ich weiß, daß es dir nicht in den

Sinn kommen würde, mir etwas anderes als die Wahrheit zu sagen: Ist er tot?«

»Was für ein Unsinn: tot, der Steinar von Hlidar!« sagte Björn von Leirur. »Meiner Treu, der und tot! Weißt du denn nicht, Kind, daß er bei den Mormonen ist?«

»Ist es denn wahr, daß es diese Mormonen gibt? Ich habe immer gemeint, wenn jemand zu den Mormonen gegangen ist, ist es dasselbe wie über die Sippenklippe gehen oder ins Gras beißen. Ich habe immer gedacht, die Mormonen wären im Himmel.«

»Du glaubst doch nicht, daß alle tot und zum Teufel gegangen sind, außer denen, die bis zum Bauch in Sümpfen stecken«, sagte der Kommissionär. »Wenn du von einem hören willst, der tot ist, dann will ich dir sagen, wer es ist: Das bin ich. Ich bin es, der in diesem bodenlosen Morast versunken ist. Was habe ich davon gehabt, daß ich Tag und Nacht durch die Gletscherströme geritten bin, um den Menschen Gold zu bringen? Nicht mehr als das, was zwischen uns liegt, außer der Gicht. Und fast blind. Nein, liebes Kind, unser Steinar von Hlidar ist nicht tot. Ich bin sicher, er hat wenigstens sieben Frauen bei den Mormonen.«

»Und wenn er nur eine Frau auf der anderen Seite der Erde hätte oder gar keine, ist er trotzdem tot«, sagte das Mädchen. »Wir würden ihn nicht wiedererkennen. Wenn wir hier früher unserem Papa ins Gesicht sahen, dann war alles gut, er brauchte nichts zu sagen. Es machte nichts aus, wenn an den Steinahlidar eins der schweren Unwetter hereinbrach, Orkan aus Ost oder dichter Schneesturm: bei uns schien die Sonne. Und wenn wir kaum zu essen hatten, es war egal. Eines Morgens wachten wir auf, und er war fort. Wer sich in Gedanken verabschiedet hat, der ist tot. Den Winter, nachdem er nicht gekommen war, wenn ich wieder die ganze Nacht in meine Decke gebissen hatte und an der Luft spürte, daß der Morgen kam, und mein Mund trocken und geschwollen war, da merkte ich schließlich, daß ich flüsterte: Gott, Gott, Gott, ja, ja, ja; du darfst ihn bei dir haben, denn du hast die Welt erschaffen; und ich schlief ein.«

Björn von Leirur tat, als ob er lachte, trat zu dem Mädchen und küßte es. »Verlaß dich drauf, mein Schäfchen«, sagte er,

»es kommt der Tag, an dem ich keinen Bissen mehr zu essen habe und hier blind und ohne Beine auf dem Hofplatz herumkrieche. Da sieht man von weitem einen Mann von Süden kommen, und es ist mein Steinar von Hlidar auf seinem Schimmel, und in den Satteltaschen hat er Gold und Branntwein.«

»Ich glaube, ich würde nicht einmal wagen, seinem Pferd das Maul zu streicheln«, sagte das Mädchen. »Der wiederkommt, ist ein anderer Mann als der, welcher ging. Das kleine Mädchen meines Papas gibt es auch nicht mehr. Das weiß niemand besser als du.«

»Wie die angibt«, sagte der Kommissionär und gähnte.

»Es ist jemand in unsere Gegend gekommen«, sagte das Mädchen. »Dieser Mann traf mich heute auf den Wiesen und sagte mir, ich sollte mich auf einen Grashöcker setzen, denn er müßte mir etwas sagen. Er ist aus dem Mormonenland und gekommen, um mich zu holen. Er sagte, mein Vater habe ihn geschickt. Er gab mir zwei Tage Zeit, mich fertigzumachen.«

»Bist du verrückt, Mädchen«, sagte der Kommissionär und wurde wach. »Weißt du, wo diese Hölle ist? Sie liegt auf der anderen Seite des Mondes. Dich hat da auf dem Grashöcker bloß der Schlaf übermannt, und du hast geträumt.«

»In dem Fall hätte der Traum meinen baldigen Tod bedeutet«, sagte sie.

»Wenn es ein Mann gewesen ist und sogar ein Mormone, wahrscheinlich dieser Teufel aus den Eylönd, der sich in letzter Zeit im Land herumgetrieben hat, wie die Zeitungen sagen – ja, was willst du denn nach zwei Tagen sagen, was willst du tun?«

»Ach, eigentlich nicht viel«, sagte das Mädchen. »Ich warte nur auf der Heuwiese, bis er mit Mama und meinem Bruder Vikingur kommt und mich mitnimmt«, sagte das Mädchen.

»Und der Junge?«

»Was für ein Junge?«

»Unser Junge.«

»Gehört er dir denn?«

»Wem denn sonst, glaubst du?«

»Ich habe ihn meiner Mama gegeben.«

»Niemand geht auch nur einen Schritt mit dem Jungen aus der Gemeinde, zuallerletzt in dieses Kaff auf der anderen Seite des Mondes«, sagte Björn von Leirur.

»Du hast stets gesagt, der Junge gehört dir nicht«, sagte das Mädchen. »Und da gehörte er mir natürlich auch nicht. Er begann bloß von selbst da drinnen in mir zu wachsen, so wie Gott die Welt und sich selbst aus nichts erschaffen hat.«

»Du brauchst dich nicht dümmer zu stellen, als du bist, mein Mädchen, wenn du mit mir sprichst«, sagte der Kommissionär.

»Glaubst du, ich habe nicht gewußt, daß du mich eigenartig berührt hast, nachdem ich so tat, als wäre ich eingeschlafen?« sagte sie.

»Es gibt keine Brücke zwischen Mann und Frau«, sagte er. »Kein Mann weiß, was eine Frau weiß, und das wird sich erst herausstellen, wenn siamesische Zwillinge geboren werden, ein Junge und ein Mädchen mit einem Körper.«

»Wen ging es etwas an, was ich wußte?« sagte das Mädchen. »Meine Mama? Oder meinen Liebsten? Nicht die Bohne. Hätte ich vielleicht dem Sira Jon darüber eine Predigt halten sollen? Jesus kümmerte sich nicht darum, wie sich die Säugetiere vermehren, sagte der Bezirksvorsteher. Sie konnten auch nie beweisen, daß ich wach gewesen bin. Doch jetzt sind diese und andere Tage vorbei. Ob ich meinen Tod geträumt habe oder nicht, eins ist gewiß: In zwei Tagen bin ich nicht mehr hier.«

Er legte den Arm um das warme und nasse Mädchen, drückte es an seinen Bart und an die fette Brust und streichelte es.

»Nenne mich noch einmal dein armes Ding, ehe ich gehe, und fort bin ich«, sagte das Mädchen.

»Mein kleines, armes Ding«, sagte Björn von Leirur und küßte das Mädchen mit dem bereits erwähnten großen Tabak- und Kognakbart. »Morgen gehe ich zum Bezirksvorsteher und erkenne den Jungen als meinen an. Diesen Sommer ritt ich über die Hauswiese auf Götur und sah, wie der kleine Kerl zwischen den Grashöckern spielte. Er sieht meinem seligen Großvater ähnlich, der ein vornehmer Mann und ein Dichter war. Ich verspreche dir, daß ich diesen Jungen zum Bezirksvorsteher mache. Zum Nationaldichter werde ich ihn machen. Wir gehen los und holen ihn. Du sollst nicht einen Tag mehr auf die Sumpfwiesen gehen. Denk ja nicht, daß ich dich wieder in die Hände des Gemeindeausschusses fallen lasse. Und erst recht nicht in die Hände der Mormonen. Ich gehe nach oben und wecke Knechte und sage ihnen, sie sollen die Pferde holen. Wir reiten fort.«

»Wohin?« sagte das Mädchen.

»Das weiß der Teufel; ich habe die Nase voll. Ich lasse alles sausen: die Höfe in den Marschen, die Küste, den Kognak, das Mahagoniholz, die Pferde; und die großen Pläne, mit den Reichen in Reykjavik eine Dampfschiffreederei zu gründen; und die Gicht; und das große Ungeheuer auf den Westmännerinseln. Wir reiten heute nacht nach Reykjavik zum Schiff, du und ich und der Junge, und kommen im Elfenland zur Schlafengehenszeit vor den Mormonen an. Jetzt gehe ich einen Augenblick nach oben und ziehe meine Wasserstiefel an.«

Er entließ sie aus seiner Umarmung, in der sie halb erstickt unter seinem Bart geruht hatte. Sie stand mitten in der Stube. Auf dem Fußboden hatten sich Wasserlachen um ihre Schuhe gebildet. Sie hatte alles wie im Nebel gesehen bis jetzt, da sie ihren Blick auf lederbezogene Mahagonisessel richtete, die er aus vielen Schiffsstrandungen zusammengetragen hatte. Man brauchte in der Stube nur Atem zu holen, und schon drängte sich einem der Geruch von Kognak und Tabak auf. Auf einem Kissen in einem Sessel schlief eine Katze und rührte sich nicht.

Der Ostwind schlug noch immer in Böen den Regen gegen die Fenster. Das Mädchen stand wie an den Fußboden genagelt, und die Lache wurde größer. Und die Katze schlief weiter. Doch der Mann, der noch eben das Mädchen umarmt hatte, ließ auf sich warten. Waren seine Wasserstiefel verlorengegangen? Fiel es den eben eingeschlafenen Knechten schwer, aufzuwachen? – Das ist doch wohl keine tote Katze? dachte das Mädchen. Oder war alles nur ein Traum, auch ihre Spuren auf dem Fußboden? Sie trat zu der schlafenden Katze hin und streichelte sie. Die Katze öffnete nur halb die Augen, hob den Kopf, streckte die Glieder und gähnte, dann schlief sie wieder ein. Vielleicht hatte sie gedacht, daß dieses unbekannte Mädchen ihr Traum wäre; und vielleicht war es auch so.

Schließlich knarrten in der nächtlichen Stille Schritte auf der Treppe und im Flur. Die Stubentür wurde mit jenem vorsichtigen Griff geöffnet, der die Scharniere quietschen läßt. Eine alte Frau mit rundem Rücken, fast einem Buckel, trat herein, mit verschlafenem Gesicht und grauen Haarsträhnen, die fest zu Zöpfen von der Dicke einer gewöhnlichen Schnur geflochten waren. Sie hatte eine Nachtjacke an, die so lose zugeknöpft war, daß man unter dem Halsausschnitt sehen konnte, wie ihre Brüste schlapp wie leere Beutel herabhingen; doch sie hatte ihren schwarzen Faltenrock angezogen, ehe sie nach unten ging, Gäste zu empfangen. Sie sah das nasse Mädchen mit flackernden Augen an, reichte ihm die Hand und fragte: »Was hast du auf dem Herzen, mein Kind?«

»Nichts«, sagte das Mädchen. »Ich habe Björn aufgesucht. Ich mußte etwas mit ihm besprechen.«

»Bist du nicht oben von den Hlidarhöfen?« fragte die Frau.

»Ja, ich bin von Hlidar an den Steinahlidar«, sagte das Mädchen.

»Armes Mädchen«, sagte die alte Frau. »Bist du das nicht, die ihren Vater verloren hat?«

»Ja«, sagte das Mädchen, »er ist bei den Mormonen.«

»Nein, was es nicht alles gibt«, sagte die alte Frau. »Da ist es doch viel besser, die Seinen auf dem Friedhof zu sehen, als dieses Unglück.«

»Sie kommen wenigstens nicht wieder«, sagte das Mädchen.

»Wie schrecklich spät du unterwegs bist, mein Schäfchen«, sagte die Frau. »Man darf meinem armen Björn nicht unnötig die Nachtruhe rauben. Siehst du nicht, daß er ein alter Mann geworden ist und bald blind und daß er nachts schlafen muß?«

»Mir ist Björn nie alt vorgekommen«, sagte das Mädchen. »Manche sagen, daß er mit mir einen Jungen hat.«

»Was die Leute nicht alles über meinen Björn von sich geben«, sagte die Frau. »Tropfst du, meine Beste?«

»Ich bin auf der anderen Seite des Flusses, als Erntearbeiterin. Ich bin hinübergewatet.«

»Es ist schön, wenn junge Menschen Erntearbeit machen wollen«, sagte die Frau. »Doch wie scheußlich ist heutzutage die Unmoral an den Abenden. Willst du dich jetzt nicht beeilen, daß du nach Hause kommst, du Ärmste, damit du morgen früh aus dem Bett findest? Ich werde dir meinen Reitmantel leihen, zum Umhängen. Willst du ein Stück Kandiszucker? Leider ist das Feuer unter dem Kaffeekessel aus.«

25. Bruchstück eines Reiseberichts

Als Björn von Leirur den Bezirksvorsteher aufsuchte und darüber klagte, daß ein ausländischer Agent wie ein verheerender Brand durch das Land ziehe und ehrbare Leute im Auftrag der Mormonen aufkaufe, so daß Island von Verödung bedroht sei, da antwortete der Bezirksvorsteher: »Ehrbare Leute, was für Leute sind das? Meinst du Gemeindearme oder Helden des Altertums?«

»Du erinnerst dich an das Mädchen hier an den Hlidar, das durch Jungfernzeugung einen Sohn bekam. Denk nur, die Mormonen haben ihre Nase in die Sache gesteckt. Ich habe vor, diesen Jungen gesetzlich als meinen anzuerkennen.«

»Du wirst keinen verdammten Jungen anerkennen, den du abgeschworen und mich damit in meinem Amt lächerlich gemacht hast«, sagte der Bezirksvorsteher.

»Du lügst, ich habe diesen Jungen nie abgeschworen«, sagte Björn von Leirur. »Hingegen konnte ich nichts dafür, daß seine Mutter behauptete, er wäre von einer Jungfrau geboren.«

»Ja, man zeigt mit dem Finger auf mich«, sagte der Bezirksvorsteher, »weil ich nicht euch alle ins Zuchthaus geschickt habe, wo ihr hingehört.«

»Nimm die Sache wieder auf und tu, als ob du von nichts weißt«, sagte der Kommissionär. »Ich fordere Festsetzung der Leute von Hlidar, solange die Sache untersucht wird.«

»Hast du dir überlegt, was für einen Gefallen man den Steuerzahlern tut, wenn man Gemeindearme gerichtlich festhält? Ich kenne Gemeinderäte, die Gott dafür danken, wenn sie für Gemeindearme die Reise nach Amerika bezahlen können.«

»Tja, dann ergreife ich meine eigenen Maßnahmen«, sagte Björn von Leirur.

»Über dich verfügst du selbst, doch zieh mich in nichts hinein und versuche, am Zuchthaus vorbeizukommen. Und jetzt sprechen wir von etwas Angenehmerem. Möchtest du Kognak?«

»Was hast du?« fragte Björn von Leirur.

»Napoleonswasser«, sagte der Bezirksvorsteher. »Und damit ich auf etwas zu sprechen komme, das wert ist, Worte darauf zu verschwenden; man hat uns einen englischen Trawler angeboten, ein großes Schiff, Freund. Ein Dampfschiff. Es fängt in einer Saison so viel wie alle Fischer an fünfzig Fangplätzen in Island zusammen. Auf so einem Schiff liegen die Leute keinesfalls auf dem Rücken und lesen von alten Helden, während sie auf Fänge warten. Nach wenigen Jahren sind Schuten und Schoner zum allgemeinen Gespött geworden, und niemand weiß mehr, was ein Ruderboot ist. Es fehlt nur noch das Tüpfelchen auf dem i, und unsere Gesellschaft in Reykjavik ist gegründet. Wenn ganze Kerle wie du Ländereien im Wert von fünfhundert Kühen oder so ungefähr zusätzlich zu barem Geld vorstrecken, dann ist ein Ausländer bereit, für ein Bankdarlehen für uns zu bürgen. Nach einem Jahr schöpfen wir Gold aus dem Meer.«

Björn von Leirur klagte, daß ihm so langsam die Puste ausginge und daß er des Nachts Alpdrücken hätte. »Über kurz oder lang ist es aus mit mir. Außerdem verstehe ich nichts von großen Geschäften. Höchstens, daß ich mich darauf verstehe, Guineen aus schierem Gold anzunehmen, wenn die Schotten sie mir für Pferdeherden oder lebende Schafe auszahlen. Wie du weißt«, fuhr er fort, »ist es immer mein Ideal gewesen, in Island wieder das Gold zur Geltung zu bringen. Es waren mit die schönsten Stunden meines Lebens, in denen ich den Bauern pures Gold in die Hand zählte und sah, wie sie Augen machten. Die wenigsten Leute, mit denen ich Geschäfte machte, wußten mit Münzen Bescheid. Einige haben mir gesagt, sie hätten geglaubt, Gold gäbe es nur in den Rimur. Einer sagte zu mir, das heutige Gold sei alles verfälscht. ›Das unverfälschte Gold, das es in der Welt gab, wurde zur Zeit der Edda im Rhein versenkt‹, sagte er. Mit solchen Leuten kann ich Geschäfte machen, doch nicht mit den Großen in Reykjavik und erst recht nicht mit ausländischen Bankdirektoren.«

Der Bezirksvorsteher erbot sich, ihm englische Tabellen über den Profit auf Trawlern zu leihen, doch Björn von Leirur sagte, seine Augen seien zu schlecht geworden, um Zahlen zu lesen, und sein Kopf zu schwach zum Rechnen. Der Bezirksvorsteher holte dennoch die Tabellen hervor und las dem Kommissionär einige Zahlen vor und argumentierte damit.

»Ja, das sind die Engländer«, sagte Björn von Leirur. »Und Jon ist nicht Sira Jon. Ich kann mein Geld nicht kontrollieren, wenn es in einem Trawler steckt.«

»Trawler sind Trawler«, sagte der Bezirksvorsteher. »Der Fisch ist nun einmal so unbegabt, daß er ins Schleppnetz geht, ohne zu fragen, ob dieses Schleppnetz Björn von Leirur oder denen in England gehört. Ich sehe nicht ein, weshalb Ausländer den ganzen Fisch aus isländischen Fischgründen herausholen und wir selbst an Land liegen sollen, um Heldensagen zu lesen und auf gutes Wetter zu warten; ich begreife nicht, wie ein fortschrittlicher Mensch wie du es aushalten kann, diese Kätner auszunehmen, die hier eingeschlossen von Gletscherströmen und sandigen Küstenstrecken vegetieren. Ich sage für mich und meine Person, mich schaudert vor mir selbst, Obrigkeit über so etwas zu heißen. Es ist ebenso lächerlich, armen Menschen gegenüber Gerechtigkeit zu üben, wie sie auszunehmen. Jetzt wollen wir zwei, du und ich, die Engländer tüchtig an der Nase herumführen.«

Es kam dahin, daß sie zu rechnen begannen. Sie berechneten an diesem Tag vielerlei und sanierten die isländische nationale Wirtschaft auf dem Papier und schickten ehrbare Gemeindearme und Helden des Altertums nach Amerika, um die Steuerzahler zu entlasten. Es war kein Wunder, daß die Mormonen bei diesem Spiel in Vergessenheit gerieten.

»Da du nicht dafür zu gewinnen bist, einen Festsetzungsentscheid gegen Sklavenhändler aus Mormonien zu fällen, werde ich mit meinen Tiefländern hier südlich in den Marschen sprechen. Ich bin es nicht gewohnt, mir von armseligen Beamten ein Bein stellen zu lassen«, sagte Björn von Leirur schließlich, als er am Abend im Sattel saß.

»Halt dich aus dem Zuchthaus heraus und besuch mich wieder«, sagte der Bezirksvorsteher zum Abschied.

Jetzt ist vom Treffen an der Jökulsa zu berichten.

Früh am nächsten Morgen konnte man eine nicht gerade furchterregende Heerschar den Weg entlangziehen sehen, der von den Steinahlidar nach Westen führte. An der Spitze schritt barfuß Theoderich der Mormone und führte ein Lastpferd am Zügel mit einigem Gepäck, das nicht von der Art war, daß es viele Schriftzeichen in Büchern verdient. In einigem Abstand trottete die Sippschaft, welche die Mormonen mit Beschlag belegt hatten, die Frau, ihre Tochter und der Bursche Vikingur – und ihm waren nach Meinung des Bischofs seit dem ersten Sommertag die Haare nicht geschnitten worden. Man darf auch nicht völlig unerwähnt lassen, daß der alte Theoderich, der seine Schuhe und seinen Hut über der Schulter trug und, wie schon gesagt, barfuß ging, in seinen Armen den kleinen Knaben trug, der in jenen Gemeinden das größte Mysterium gewesen war; der kleine Kerl streckte über die Schulter des Bischofs hinweg seine Hände nach den Bergen aus, die im Begriff waren, Abschied von den Leuten zu nehmen.

»Es ist, als möchte er gern die Gipfel da mit sich nehmen«, sagte seine Mutter und lachte.

»Er bekommt dafür bessere Berge, zum Beispiel den Heiligen Berg, wo die Sonne aufgeht über den Menschen, die den rechten Glauben haben«, sagte Bischof Theoderich. »Nicht zu reden vom Berg Timpanogos, der nach einer roten Frau heißt und Zitterpappeln trägt.«

»Wohin wollen diese Leute, mit Verlaub?« fragten Reisende, blieben mitten auf dem Wege stehen und betrachteten die Leute, die aus Mangel an Pferden kaum für großen Ruhm geschaffen schienen, obwohl unter ihnen eine vollentwickelte, blühende Frauensperson war.

»Falls man dich geschickt hat nachzufragen, mein Lieber«, sagte Bischof Theoderich, »wir sind auf dem Weg zum Paradies auf Erden, das schlechte Menschen verloren und gute Menschen wiedergefunden haben.«

Der Fährbauer und seine Frau gaben den Wanderern Quark und danach Sahnekaffee, wovon sie meinten, es wäre gesund. Sie erzählten folgende Neuigkeiten: Hier trieben sich heute morgen Männer herum, zumeist keine Jammerlappen und dementsprechend beritten. Solchen Leuten fällt nicht ein, um die Fähre zu bitten, wenn sie an Gletscherflüsse kommen. Auch hatte ihr Anführer heile Kleider an.

»Gehen die mich etwas an?« sagte Bischof Theoderich.

»Nur, falls sie euch treffen wollten.«

»Hatten sie vielleicht vor, mich zu schlagen?« sagte der Bischof.

»Das weiß ich nicht«, sagte der Fährbauer. »Doch mein Haus steht euch offen, bis man den Bezirksvorsteher geholt hat.«

»Ich lache nie so laut, wie wenn ich den Bezirksvorsteher nennen höre«, sagte Bischof Theoderich, lachte jedoch nicht, denn in dieser Kunst war er nicht begabt.

Als die Leute unten an die Fähre kamen, sahen sie Reiter auf der Sandstrecke jenseits des Flusses. Sie schienen auf etwas zu warten und beobachteten die Bewegungen Theoderichs und seiner Gefolgschaft. Ein Mann hielt ein Fernrohr vors Auge.

Die Frau des Fährmanns sprach mit dem Mädchen unter vier Augen, als sie sich von ihm am Rand der Hauswiese verabschiedete.

»Du siehst, er steht dort mit dem Fernrohr, bereit, das Kind zu ergreifen, wenn ihr auf dem anderen Ufer landet. Weißt du noch, was ich dir vorvoriges Jahr sagte: Laß den verdammten Kerl zahlen. Überlaß ihm nicht das Kind, nur gegen eine hohe Summe, bar ausgezahlt.«

»Betreiben wir alles mit Bedacht, mein Freund«, sagte Bischof Theoderich zum Fährmann. Er setzte sich behutsam ins Gras und zog seine Schuhe an. Dann setzte er sich den Hut auf, wie er war, in die durchsichtige Hülle gewickelt. Danach trugen sie ihr Gepäck und das Geschirr ihres Troßpferdes in das Boot und ließen den Gaul frei hinüberschwimmen.

Sie hatten das Boot kaum abgestoßen, da lenkten auch schon die Wegelagerer auf der anderen Seite ihre Pferde an das äußere Flußufer. Einige stiegen ab, andere warteten im Sattel. Sie warfen sich grimmige Scherzworte zu und lachten laut. Waffen schienen sie auf ihrem Streifzug nicht zu tragen. Hingegen hatte Björn von Leirur seine Stiefel gefunden und stand in ihnen am Ufer. Er versuchte, das Fernrohr einzustellen, doch das wollte sein Pferd nicht; es zerrte ständig am Zaum, zertrat den Boden und biß auf die Trense, schnaubte und versuchte bald an seinen eigenen Beinen, bald an der Schulter seines Herrn, das Zaumzeug loszuwerden.

Da Bischof Theoderich offensichtlich entschlossen war, auf den Fluß hinauszufahren, verteilte der Fährmann seine Fahrgäste in seinem Kahn, setzte die Frauen nach hinten, den Burschen neben sich auf die Ruderbank, und den Bischof ließ er vorn sitzen; dieser hielt das in eine Decke gewickelte Kind; der Knabe war eingeschlafen. Der Fluß war so beschaffen: Er war flach auf der Seite des Fährhofs, wurde allmählich tiefer und bildete eine Rinne mit reißender Strömung, wenn man sich der anderen Seite näherte. Der Fährmann pflegte erst den Fluß hinaufzurudern, wo er flach und still war, dann ließ er das Boot auf der Strömung flußabwärts treiben und steuerte es mit dem Ruder auf den Landeplatz zu. Bischof Theoderich bat jetzt den Fährmann, direkt auf die Männer zuzuhalten. »Denn ich habe mit ihnen zu reden«, sagte er, »ehe wir in die Strömung kommen.«

Der Fährmann antwortete: »Wenn wir direkten Kurs nehmen, kommen wir an der Stelle in die Strömung, wo sie einen Bogen mitten auf den Fluß hinaus macht, und es kann geschehen, daß sie uns wieder an dieses Ufer zurückwirft oder uns auf Sandbänke treibt.«

»Komme es, wie es wolle«, sagte der Bischof. »Ich will mit diesen Männern vom Fluß aus sprechen, ehe wir wehrlos ans Land treiben, ihnen vor die Füße.«

»Ich übernehme keine Verantwortung für diese Nußschale, denn sie hält nur aus alter Gewohnheit zusammen und kann auseinanderfallen, wenn man von dem Weg abweicht, auf dem ich sie ein Menschenalter lang gesteuert habe. Sie verträgt die Strömung nicht aus einer anderen Richtung als der gewohnten.«

»Fürchte nichts, Freund, ich bin der Bischof«, sagte Bischof Theoderich.

Jetzt steuerte der Fährmann das Boot in die Richtung, die der Bischof angegeben hatte. Als sie dort angelangt waren, wo die Strömung zunahm, befahl Theoderich dem Fährmann, gegenzurudern. Dann rief er zu den Männern am Ufer hinüber:

»Wartet ihr auf etwas, Freunde, oder wolltet ihr uns sprechen?«

»Das ist eine öffentliche Fährstelle«, sagte Björn von Leirur.

»Mir scheint es berittenen Männern nicht gut anzustehen, sich in diesen Kahn drängeln zu wollen«, sagte der Bischof. »Warum reitet ihr nicht durch die Furt? Wer bist du?«

»Der Kommissionär von Leirur«, wurde geantwortet.

»Oh, da hat man schon etwas anderes zu sehen bekommen«, sagte Bischof Theoderich.

»Ich weiß, wer du bist«, fuhr Björn von Leirur fort. »Und deshalb möchte ich dich wissen lassen, daß wir keinen verrückten Mormonen zu fragen brauchen, wie wir uns hier im Osten bewegen sollen.«

Bischof Theoderich antwortete: »Da du mich einen verrückten Mormonen schimpfst, fordern meine Ansichten deine Ansichten heraus. Wer von uns die richtigeren Ansichten hat, das wird sich daran erweisen, wem es letzten Endes im Leben besser ergeht.«

Jetzt fing Björn von Leirur zu kochen an.

»Zum Glück habe ich keine Ansichten – vor sieben Uhr abends. Dann weiß ich, ob ich lieber Rinderbraten oder Pökelfleisch essen will«, rief er, und alle die Teufelskerle am Ufer lachten. »Und lungert nicht länger mitten auf dem Fluß herum, das Kind erkältet sich.«

»Was schert dich dieses Kind?« sagte der Mormone.

»Ich bin hergekommen, um es zu holen. Ich will es adoptieren«, sagte der Kommissionär.

»Wer hat dir das schriftlich gegeben?« fragte der Mormone.

»Die Behörden des Landes sind auf meiner Seite«, sagte Björn von Leirur.

»Wenn du damit Bezirksvorsteher meinst, Freund, so können sie das fressen, was draußen friert«, sagte der Mormone. »Mein Schriftstück ist von Christian Wilhelmsson persönlich.«

Theoderich sagte nun dem Fährmann, sie sollten sich den Fluß hinuntertreiben lassen und darauf achten, daß sie die Strömung zwischen sich und den Teufelskerlen hätten, die auf dem Ufer standen.

Björn und seine Leute stiegen in den Sattel und folgten dem Boot zu Lande. Der Fluß wurde breiter und tiefer mit gleichbleibenden Stromwirbeln, und beide Ufer entfernten sich. Das Boot reagierte auf den Fluß nicht mehr wie sonst, nachdem es aus dem gewohnten Weg getragen worden war, und es begann recht beängstigend zu knarren. Den Frauen wurde schwindlig. Die Frau Steinars von Hlidar schob das Kopftuch nach hinten, hob die Augen und begann das Lied zu singen: Lobet den Herrn, den gütigen Vater im Himmel. Der Kommissionär rief etwas vom Land aus, doch wegen des Windes und des Wassers war er nicht zu verstehen. Er rief, wenn auch der Mormone ein schlechter und gottverdammter Kerl sei, so traue er doch dem Fährmann, der zum selben Bezirk gehöre, nicht zu, daß er mithelfe, das Kind umzubringen.

»Ich höre nicht, was du sagst«, rief der Fährbauer.

»Komm näher«, sagte Björn.

»Wenn ihr mich vom Ufer wegscheucht, indem ihr meine Fahrgäste bedroht, kann ich nicht für ihr Leben garantieren. Hier im Fluß ist eine starke Strömung, doch das Boot ist leck, und die Ruder sind morsch.«

»Versuche, wieder in Rufnähe an uns heranzukommen«, sagte Björn von Leirur. »Ich sehe nicht mehr gut – ist im Boot kein junges blondes Mädchen mit roten Wangen und drallen Brüsten? Ich möchte ihr etwas sagen, wenn sie gestattet.«

»Hast du etwas mit dem Mann zu besprechen?« fragte der Bischof.

Das Mädchen bat darum, daß man näher an Land rudere, für den Fall, daß dieser Mann ein Anliegen an sie hätte. »Es steht ihm doch frei, zu sagen, was er will«, sagte sie.

»Ich bin hierhergekommen mit vielen Pferden und Begleitern und einer Menge Geld«, rief Björn von Leirur, »nur nicht mit guten Augen. Willst du mit mir fortreiten? Ich will dorthin, wo ich das Augenlicht wiederbekomme. Ich will den Jungen aufziehen und ihn gut halten. Er soll die Ausbildung bekommen, die seinen Gaben entspricht. Ich werde ihn zum Mann machen, so gut, wie es auf Island nur möglich ist. Als ich ihn im Sommer oben in den Tälern sah, sagte ich zu mir: Dieser Junge soll mir gehören und seine Mutter auch, ehe der Sommer vergangen ist.«

Die Frau von Hlidar sang weiter, ohne zuzuhören, und blickte in die Luft: Lobet den Herrn und singet mit all seinen Engeln. Doch bei dem Mädchen war das Schwindelgefühl draußen in der Strömung stärker als jede Gemütserregung.

Bischof Theoderich rief: »Diesen Knaben sollst du nicht lebendig kriegen, Freund.«

»Was kümmerst du dich um dieses Kind, Ausländer?« fragte der Kommissionär.

Bischof Theoderich hob den Knaben hoch und sprach: »Jetzt werde ich, Bischof und Ältester der Kirche der Heiligen der letzten Tage, die im Himmel und hier und jetzt auf Erden steht, dieses Kind durch Eintauchen in Wasser und Geist heiligen und mir vor Gott und den Menschen im Diesseits und Jenseits in Ewigkeit ansiegeln. Danach werde ich dieses Kind lieber in seinem Taufwasser hier im Fluß ertränken, als es lebendig oder tot dem Mann in die Hände fallenlassen, der uns vom Flußufer drüben angesprochen hat.«

Jetzt wickelte Bischof Theoderich den Knaben aus der Decke, und dieser begann zu schreien, weil er in so ungewohnter Umgebung geweckt worden war. Doch der Mormone ließ sich dadurch nicht stören, sondern begann mit etwas ungeschickten Handgriffen, doch um so größerer Gefaßtheit dem Jungen die Sachen auszuziehen, bis er da draußen mitten auf dem Fluß das Kind nackt im Arm hielt, in dem knarrenden Boot. Das Kind schrie aus Leibeskräften. Die Männer am Ufer steckten die Köpfe zusammen und schilderten Björn das Tun des Mormonen: er habe jetzt dem Kind die Kleider ausgezogen. Björn fragte, ob sie es für möglich hielten, auf schwimmenden Pferden zum Boot zu reiten, um zu versuchen, das Kind zu retten. Doch dieser Vorschlag fand keine Unterstützung. Sie sagten, der Fluß sei hier wegen der Schwemmsandbänke für Pferde unpassierbar. »Und jetzt«, sagten sie, »hält der Kerl das nackte Kind hoch und sagt einen Spruch und noch einiges; und nun hebt er das Kind über den Rand des Kahns und senkt es ins Wasser.« Sie meinten, es bestünde kein Zweifel daran, daß der Mormone entschlossen sei, das Kind zu ertränken.

Jetzt unterbrach Björn von Leirur den Mann, der gesprochen hatte, und sagte, daß sie unverzüglich ihre Pferde besteigen und fortreiten sollten, ehe ein Kindesmord verübt werde. Der Trupp reagierte sofort, und sie suchten schleunigst das Weite.

Während dies vor sich ging und der Bischof das ängstlich weinende, nackte Kind in das Gletscherwasser tauchte, verhielt sich die Mutter wie schon immer bei schweren Prüfungen: Sie ließ alles über sich ergehen, wie es kam; und als der Punkt erreicht war, wo Worte keinen Sinn mehr haben, überkam sie Bewußtlosigkeit. Sie sank an die sangesfreudige Brust ihrer Mutter und wußte nichts mehr von sich; in ihren halbgeöffneten Augen sah man das Weiße, als ihr die Sinne schwanden.

Als sie wieder zu sich kam, lag sie am Ufer; ihre Mutter saß ihr zu Häupten, das Lied war zu Ende. Der Mormone saß mit ausgestreckten Beinen im Sand und hielt ihren kleinen Jungen unter dem Hemd an seinen bloßen Körper gedrückt, um ihn zu wärmen. Allmählich wurden die Pausen zwischen den Schluchzern des Kindes immer länger, je mehr es sich von seinem Schrecken erholte, bis es an dem behaarten warmen Brustkasten dieses Bischofs einschlief, der es noch kurz zuvor hatte umbringen wollen; oder ihm vielmehr das ewige Leben der Heiligen von Zion gesichert hatte.

Es war ein angenehmer Herbsttag, seine Stimmung erhob die Seele über Zeit und Stunde; im weißen Sonnenschein über der Sandebene glitzerte das blauschwarze Gefieder vereinzelter Raben. Bischof Theoderich zog die Schuhe wieder aus und nahm zum Zeichen, daß die Zeremonie einstweilen beendet sei, den eingewickelten Hut ab, doch die Sonne lieferte Ersatz, indem sie keck aus den Wolken hervorbrach. Er band die Schuhe mit den Senkeln an einen dafür bestimmten Aufhänger am Hut und warf sich das Ganze über die Schulter, die Schuhe nach hinten, den Hut nach vorn. Sie steuerten direkt nach Westen über die Sandebene. Am Rande der Sandebene stießen sie auf einen zweiten Fluß; diesseits gehörte dazu ein fremder Fährmann, und jenseits waren keine Teufelskerle; auch trugen sich den Rest des Tages über keine bemerkenswerten Eintauchungen, Taufen und Kindesmorde mehr zu. Sie waren in einem anderen Bezirk angelangt. Die Frau von Hlidar war nicht gut zu Fuß, man mußte sie auf das Gepäck setzen.

In diesem neuen Bezirk krächzte der Kolkrabe im Sonnenschein mit einem Glockenton; der kluge, musikalische Vogel hatte sich die Glocken der kleinen Kirchen in den Sandgemeinden zum Vorbild genommen; diese Kirchen glichen angetriebenem ausländischem Kinderspielzeug. Der kleine

Junge schaute von der Schulter des Bischofs schweigend nach dem Raben hin, doch er fühlte sich erst sicher genug, nach diesem Vogel zu greifen, als er im Arm seiner Großmutter oben auf dem Gepäck war. Die Gegend hieß Eylönd nach den grasigen Gründen, welche die Feuchtigkeit festhielten und stehenblieben, als die dürren Grashalden vom Wind erodiert und zu Sandstrecken wurden. Diese Grasflächen bildeten die Grundlage für verstreutes, doch gutes Leben; die Gehöfte der Bauern standen auf bescheidenen Hügeln, die oft nichts anderes als Lehmhorste waren. Andererseits hatten, als sich die Reisenden näherten, alle Berge Reißaus genommen, als hätten sie befürchtet, daß diese Leute sie entführen und zu den Mormonen verschleppen wollten; sie blieben erst weit oben im Land stehen, ganz im Gegensatz zu den Bergen an den Steinahlidar, die oben aus dem wüsten Innern bis vor die Nase der Leute herangebraust kamen, voll Verlangen danach, daß dieser kleine Junge sie mitnehmen möge.

»Was nicht ist, das ist nicht«, sagte Bischof Theoderich und sah sich in dieser ebenen Gegend um, die irgendwo unauffällig mit dem Meer und der Luft zusammenfiel. »Hier ist rein gar nichts«, fuhr er fort, »und doch kommt mir die Gegend irgendwie bekannt vor. Dort, wo die Felsen über dem Meer in der Luft zu stehen scheinen, sind die Westmännerinseln, wohin meine Mutter geschickt wurde, um mich zu bekommen; dort, hatte ich immer gedacht, gäbe es die größten Rüpel in Island, bis Schwester Maria Jonsdottir von Ömpuhjallur mir sagte, daß es Heilige gewesen wären. Jetzt geht es bald ein bißchen bergauf, und ich glaube bestimmt, daß ich mich dann wieder zurechtfinde.«

Es war am späten Nachmittag, die Sonne schien den Leuten direkt ins Gesicht, als das Gelände sich ein wenig aus der Tiefebene zu erheben begann.

»Seht ihr vielleicht ein grünes dort unterhalb der Bergnase?« sagte da der Bischof. »Darauf sollten wir zuhalten und sehen, ob man aus denen da kein Abendessen herausschinden kann; und am liebsten auch etwas Milch von einer dreifarbigen Kuh für den Jungen. Das Gehöft heißt Bol in den Eylönd. Ich soll von dort stammen; ich wurde von Gemeinderäten dorthin geschickt, als ich vier Jahre alt war, um für meinen Unterhalt zu arbeiten. Meine Mutter war damals schon zu kränklich, um mich auf ihrer Stelle bei sich zu behalten, sie war anderer Leute Magd draußen auf den Westmännerinseln.«

Als sie auf den Hofplatz von Bol in den Eylönd kamen, wo sie Milch von einer dreifarbigen Kuh für den Jungen und vielleicht andere gute Dinge haben wollten, war dort leider niemand zu Hause, außer zwei Sumpfdotterblumen, die trotz des nahen Herbstes in dem Kraut am Hofbach gewachsen waren, weil sie einen kleinen Jungen erwarteten, der außer Landes ging. Doch das Gehöft war vor mehr als vierzig Jahren abgerissen worden. Die Ruinen waren schon lange in sich selbst hineingewachsen. Damit nichts unterschlagen wird: Es waren auch zwei Odinshähnchen da, die sich auf der gut eine Spanne tiefen Gumpe im Hofbach verneigten. Kaum hatte man den Knaben vom Pferd genommen, da lief er schon zum Bach hinunter, um die Sumpfdotterblumen auszureißen, die auf ihn gewartet hatten, und die höflichen Vögel zu fangen. Seine Mutter setzte sich auf einen Grashöcker und sah wie entrückt diesem merkwürdigen kleinen Mann im Röckchen zu, als ob sie so etwas noch nie in ihrem Leben gesehen hätte (und das hatte sie vielleicht auch nicht). Der Bischof nahm die Frau und das Gepäck vom Pferd und schien nicht sonderlich verwundert darüber zu sein, daß das Anwesen hier verödet war.

»Dann essen wir unser eigenes Brot, das wäre nicht das erste Mal«, sagte er und begann den Proviant auszupacken. Bald sah man den schwarzen Knust eines hübschen Topfbrotes in der Öffnung des Beutels glänzen. »Dieses hier kommt aus Skaftartunga im Osten, den ganzen Weg!« sagte der Bischof. »Geknetet und gebacken von einer Heiligen. Ich habe es aufgehoben in der Hoffnung, ich würde das Glück haben, es mit ehrbaren Leuten zu verzehren. Ob ich wirklich nicht irgendwo die berühmte Türplatte finde, um sie euch zum Sitzen anzubieten? Lange Zeit hat mich diese Türplatte in Träumen heimgesucht.«

Der flache Stein war zwar fast im Gras versunken, doch Bischof Theoderich wußte, wo er steckte, und brauchte nicht lange, um eine herausragende Ecke davon wiederzuerkennen.

»Bitte, nehmt Platz«, sagte der Bischof. »Auf dieser Platte da lag die Hündin seligen Angedenkens bis zum ersten Sommertag auf meinem Rock.«

Sie setzten sich auf Hofplatzsteine zu Bol in den Eylönd. Der Bischof sprach ein Gebet und dankte dem Himmelsherrn dafür, daß er die Wüstenreisenden zu Beginn des Tages vor ungerechten Menschen bewahrt habe; daß er seinen kleinen Knaben in die Gemeinschaft der Seelen aufgenommen und uns alle zu einem grünen Ruinenhügel an einem kleinen Bach geleitet habe, wo zwei Sumpfdotterblumen wachsen und Vögel, die kleiner als andere Vögel in Island sind, sich verneigen. Dann verzehrten sie das köstliche pechschwarze Brot aus Skaftartunga im Osten und hatten die Abendsonne als Brotaufstrich.

Danach begann der Mormone auf dem Hügel dort zu lehren und sprach also: »Diese Ruinen sind ein Zeugnis dafür, daß jedes Anwesen veröden muß, wenn die Menschen falsche Ansichten haben. Obwohl dies hier ein erstklassiges Gehöft war, hielt man die Kinder mit Knochengelee und sauren Molken von Ende Hornung am Leben, bis das Gras gewachsen war und die Kühe mehr Milch gaben. Wenn mein Dienstherr in der Woche vor Ostern auf seinem Rücken aus Eyrarbakki Mehl holte und für jeden ein Plunderstück mitbrachte, um die Leute zu erfreuen, dann achtete er sorgfältig darauf, daß kein Stück für den angenommenen Jungen abfiel. Ständig wurde ich des Morgens für nicht begangene Vergehen geschlagen. Niemals ging ich durch diese Tür hinein oder hinaus, ohne daß ich unversehens der Hündin auf den Schwanz trat, so daß sie nach mir biß. Zum Glück war das Wasser hier gut. Sei so lieb, Freund, und laß den Becher da für uns im Bach vollaufen. Was sagst du dazu, Missus? Manch einer würde sich an deiner Stelle schon nach dem Lande sehnen, wo die Wahrheit wohnt.«

»O ja, guter Mann«, sagte die todmüde Frau. »Nun begebe ich mich doch noch aus meiner Heimat fort. Es kommt mir ja auch so vor, als ob ich auf der Welt gelebt habe und in eine andere Welt gekommen bin. Wenn ich aufrichtig sein soll, mein Lieber, dann gab es zu meiner Zeit, als ich auf der Welt war, zweierlei Höfe. Da waren einmal die Höfe, wo die Leute zu essen und anzuziehen hatten, und dann die Höfe, wo die Leute weder zu essen noch anzuziehen hatten. Doch glaube ich nicht, daß es danach gegangen ist, ob die Leute die richtige Gesinnung hatten; zum Glück allerdings auch nicht im Gegenteil. Kannte ich doch Leute, die schrecklich wenig Gesinnung und nicht mehr als gewöhnliche Herzensgüte besaßen und die auf kargem Land in den Bergen wirtschafteten, und dennoch hat man nie davon gehört, daß diese Leute jemals eine Mahlzeit ausließen; sie strotzten ja auch vor Speck. Es strömt Überfluß zu Leuten, die überhaupt keine Gesinnung haben. Es wäre schön, wenn man sagen könnte, daß es guten und klugen Leuten, welche die rechte Lehre beherzigen, immer gelingt, sich genug Essen und Kleidung zu verschaffen, doch das ist leider nicht der Fall. Bei uns in Hlidar bestand stets Mangel an den Gütern, für die man gewöhnlich Gott dankt. Doch dürfte schwerlich jemand zu finden sein, der ein besseres Verständnis für alles hätte als mein Steinar.«

Bischof Theoderich hatte diesmal keine Lust, sich mit der von Haus und Hof vertriebenen Frau herumzustreiten; er trank das Wasser, das ihr Sohn Vikingur für sie aus dem Bach geholt hatte. Er schlug ein anderes Thema an und sagte: »Gut, sein Wasser wiederzufinden und davon mit Menschen trinken zu dürfen, die nur noch die Schwelle zur heiligen Stadt zu überschreiten brauchen. Ja, das war eine herrliche Zeit, Missus, im Sack der Hündin herumzulaufen und jeden Morgen für die Untugenden des kommenden Tages geschlagen zu werden. Niemand hier, außer diesem kleinen Jungen, der bei den Vögeln im nassen Sand patscht, hat noch eine herrliche Zeit vor sich. Gott sei gelobt für dieses Wasser.«

»Ich habe den Bischof schon lange etwas fragen wollen«, sagte Vikingur Steinarsson. »Was mögen wohl solche Schuhe kosten, wie du sie auf dem Rücken hast? Und wo könnte man sie bekommen?«

Bischof Theoderich antwortete: »Solche Schuhe kann ein Lutheraner nie bekommen, Freund. Solche Schuhe werden nur von den Heiligen angefertigt. Solche Schuhe sind ein Beweis dafür, mein Junge, daß die Kirche der Heiligen der letzten Tage auf der Allweisheit begründet ist. Wenn Lutheraner Schuhe bekommen, dann ist das ein Zufall wie jeder andere. Sie verlieren sie vielleicht nach einem Jahr und bekommen niemals wieder Schuhe. Yes Sir. No Sir. Nicht einmal jeder hundertste Mensch in Island kann sich Schuhe anschaffen. Diese Schuhe sind in meinen Auseinandersetzungen mit

Lutheranern ein stärkeres Argument gewesen als Zitate aus den Propheten. Mit diesen Schuhen könnte man den ganzen Weg bis zum Mond hinaufklettern.«

26. Clementinentanz

»Hinterm Walde auf der Heide,
als das rote Gold man fand,
wohnten Schmied und Tochter beide,
bestens war sie dir bekannt...«

Früh und spät konnte man diesen Tanz auf dem Auswandererdeck des Ozeandampfers »Gideon« hören, der Leute aus einer alten Welt in eine neue transportierte. Ein jeder hatte seine Goldmine jenseits der Meere, und der Tanz gestaltete sich gemäß der Hoffnung, wie eh und je. Junge Mädchen in zu dikken Umhängen, einige davon aus den Karpaten stammend, gingen untergehakt über das Deck, mit dem Tanz in ihren hoffnungsfrohen Augen und dem Wind im Haar am Morgen der Ewigkeit. Dieser Tanz war das einzige von Bedeutung für ein paar Bauernjungen in schwarzen Boleros und bestickten Hemden, anscheinend Gascogner; oder für einen Handwerksburschen aus dem Bayernland mit dem breitkrempigen Hut seiner Gilde und in Hosen, so weit, als ob er an jedem Bein einen Rock anhätte. Der Tanz wurde auf Deck getanzt, bis spät in die Nacht und auf nüchternen Magen zur Aufstehenszeit; er wurde auf der Ziehharmonika oder der Mundharmonika gespielt, auf der Laute oder der Mandoline gezupft und auf einer Drehorgel geleiert. Er drang aus dem Speiseraum mit dem süßsauren Bierdunst, aus der Küche, eingehüllt in den Geruch von Kohl und angebranntem Fett: Clementine, romantische Blüte jener Zeit, die nach Amerika fuhr, mit einem Anflug von Traurigkeit im Kehrreim, wie sie nur die Romantik kennt:

»Liebe Kleine, Wunderfeine,
wo ist meine Tänzerin?
Seh ich keine, bin alleine,
wo ist deine Freude hin?«

Während der ersten Tage, nachdem man von Schottland ausgelaufen war, war das Meer ruhig. Die Menschenmenge drängte sich danach, der Enge und der schlechten Luft des Zwischendecks zu entkommen und sich einen billigen Genuß zu verschaffen, etwa den Hauch der See oder den Strahl eines matten Sterns, wie sie an den Steinahlidar schienen. Verwandte sammelten sich in Gruppen und setzten sich mit ausgestreckten Beinen oder in der Hocke aufs Deck. Diese Leute wickelten geräucherten Schinken, selbstgebackenes Topfbrot und eine Mandoline aus Zeitungspapier aus. Die Burschen wurden nach Bier geschickt, und ein Fest begann, vor dem die Vergnügungen der Auswanderungsleitung verblaßten. Diese Leute sangen und redeten in den Sprachen, die nur sie selber verstanden; das taten auch der Schinken, der Pumpernickel und die Mandoline. Es dauerte nicht lange, und man faßte sich an den Händen und tanzte im Kreis. Es waren auch viele junge Leute dort, die auf eigene Faust reisten, oder einige Kameraden hatten sich zusammengetan, um in Amerika Gold zu graben. Sie und ihr Anhang kamen des Abends unter einer Laterne an Deck zusammen und zeigten ihre Künste, je nachdem, was jeder konnte: einige tanzten mit Messern, andere machten Salto, sie klatschten in die Hände und stießen lautere Rufe und Schreie aus, als man sie in Island kannte. Alles das gehörte zum Tanz. Die Geschwister von den Hlidar sahen den Männern erschrocken und mit offenem Munde zu. Hier gab es das Vergnügen, das in Island vor zweihundert Jahren laut königlicher Verordnung unter Androhung der Hölle verboten worden war. Hier dachte man nicht daran, die Schuhe zu schonen, indem man vorsichtig auftrat, wie man es in Island den Kindern beibrachte; und alle Musikinstrumente, die den Dänenkönigen sündhaft schienen, wurden hervorgeholt. Die Geschwister von den Hlidar waren die einzigen jungen Leute unter der Jugend der Welt, die keine Vergnügungen kannten, außer zur Kirche zu gehen, nicht einmal, sich im Kreise zu drehen. Sie standen abseits von der Schar und hielten sich bei den Händen und begriffen lange Zeit nicht, was hier vor sich ging. Was sollte das bedeuten? War das ein richtiges Benehmen? Da überschlug sich der Mann in der Luft! und kam stehend unten an! War das vielleicht eine neue Methode, zum Abendmahl zu gehen? »Das geht mir durch Mark und Bein«, sagte der Bursche, als der Lärm der Dudelsackpfeifen und Trommeln alles übertönte. »Ich bin beinahe froh, daß Mama krank geworden ist und diese Toberei nicht hört«, sagte das Mädchen. »Ich bin sicher, es würde sie fertigmachen. Pfui Schande, wenn ich mich nicht in Sicherheit bringe!«

Doch obwohl es hoch herging, blieben die Geschwister da, wo sie waren, und brachten sich nicht in Sicherheit; zwei Mondkälber. Hinterm Walde auf der Heide, als das rote Gold man fand: Sie vergaßen Ort und Zeit. Es überkam sie jener Zustand der Entrückung, der die geheimen Pforten der Seele für die Luft der Wiedergeburt öffnet. Und jetzt wurde das Mädchen plötzlich gewahr, daß jemand sie umgefaßt hatte und sie von ihrem Bruder gerissen wurde; ein Mann hielt sie im Arm und drehte sich mit ihr; er war aus dem Volk, das nach Clementine Mazurka tanzt. Und dieses junge Mädchen in Lodenstoff-Fesseln – in seiner äußeren Gestalt steckte ein anderes Mädchen, das den Rhythmus fühlte und ihm folgte, ohne viel falsche Schritte zu machen, und es beherrschte von selbst die Kunst, welche die Dänenkönige den Isländern verboten hatten. Was hatte sich plötzlich in jedem ihrer Glieder zu regen begonnen auf jene unnatürlich leichte Weise, die bewirkt, daß man sich selbst begegnet und nicht weiß, wer man ist?

Da sie nicht gewohnt waren, viele unbekannte Menschen auf einmal zu sehen, und keine Erfahrung darin besaßen, Ausländer auseinanderzuhalten, besonders wenn viele beieinander waren – so wie es kaum jemandem gegeben ist, die Austernfischer zu erkennen, wenn sie spät in der Heuernte in großer Zahl auf der Hauswiese stolzieren –, flossen die Gesichter dieser Leute für die Geschwister von Hlidar zu einem Brei zusammen, jedesmal wenn sie versuchten, eines vom anderen zu unterscheiden, und verschwanden wie die Blasen auf einem kochenden Brei. Dieses ausländische Volk, ihre Reisegefährten, war ein einziger Wal, ein schreckliches Ungetüm, und hielt von selbst zusammen wie das Tier auf den Westmännerinseln mit den vielen Mäulern. Sie kamen nicht darauf, sich einen einzelnen besonders einzuprägen oder zu versuchen, sich klarzumachen, wer aus Norwegen, wer aus Montenegro sein könnte. Sie glichen jetzt den englischen Beamten, die sie auf dem Auswandererbüro ausgefragt hatten: Diese Engländer meinten, sie sprächen finnisch, weil sie Isländer waren. Als Bischof Theoderich sagte, sie sprächen isländisch, da fragten die Engländer ein wenig kurz angebunden: »Ja, ist das nicht auch Finnisch?« Für die Geschwister von Hlidar wie für die Engländer waren fremde Sprachen entweder Finnisch oder noch mehr Finnisch; auch bei äußerster Anstrengung hörten sie nur, daß dieses vielmäulige Ungetüm stets die gleiche Sprache sprach. Ihnen war es so vorgekommen, als wäre außer ihnen selbst niemand in dieser Menge ein Ausländer. Jetzt entdeckte das Mädchen plötzlich, daß ein einzelner Mann mit ihr zu tanzen begonnen hatte. Sie sah ihn zwar noch nicht, doch sie fühlte ihn. Vor allem spürte sie, wie die Bewegung seiner Seele in ihrer Seele eine entsprechende Antwort hervorrief. Richtiger gesagt: Das Leben hatte zu strömen begonnen. Doch sie wagte nicht einmal, ihn während des Tanzes heimlich anzusehen, weder wenn er heranflutete, denn da wollte sie ihn nicht ahnen lassen, daß sie von sich selber wußte, noch wenn er wieder zurückebbte – das wäre einem Mangel an Feingefühl gleichgekommen, etwa wie wenn man seinen Ehemann am Morgen nach der Hochzeit nach dem Namen fragt. Dennoch hatte sie das Empfinden, daß es ein hochgewachsener, breitschultriger junger Mann mit schmalen Hüften und dementsprechend geschmeidigen Gliedern war. Ohne es zu wollen und nur für einen Moment gewahrte sie unter der Laterne etwas wie eine sonnengebräunte männliche Wange und eine blonde Haarsträhne, die er forsch wieder hinter das Ohr strich. Er sagte etwas zu ihr, was sicherlich Finnisch war, und sie wehrte sich dagegen, zu mutmaßen, was er meinte: Wenn er sie nach dem Namen fragen wollte, so schien es ihr eine Gotteslästerung, wenn sie ihren Namen nicht geheimhielt, ihre Person, Sprache, Familie, ihr Volk und Land – was machte das schon aus? Das Leben hatte keinen Namen.

Als sie so lange getanzt hatte, daß sie nicht nur vergessen hatte, daß sie nicht tanzen konnte, sondern alles außer dem Tanz vergessen war, hielt er plötzlich inne. »Eine Minute«, glaubte sie ihn sagen zu hören. Er faßte sie und führte sie von der Tanzfläche. Es schien ihr, als schwebe sie in unbekannten

Luftschichten, von einem leichten Windhauch getragen. Sie schwebten durch geöffnete Türen in eine Kantine, in der die Leute dicht gedrängt an kleinen Tischen saßen und tranken.

Zwei Männer saßen dort für sich an einem Tisch und tranken Bier; sie sah, daß es seine Kameraden sein mußten, denn sie klatschten ihm mit lautem Hallo Beifall, weil er eine Frau aufgegabelt hatte. Sie erhoben sich, verbeugten sich vor ihr und sagten, wie sie zu verstehen glaubte, daß sie ein vorzügliches Stück wäre. Dann setzten sie sich zusammen hin. Sie machten noch einen Versuch, mit ihr zu sprechen, doch ihre Sprache war Finnisch und noch mehr Finnisch. Sie konnte jedoch nur über ihren Eifer lachen, und ihnen schien das zu gefallen, denn sie hatte schöne Zähne nach Art der Menschen, die kein Brot essen. Sie betrachtete sie, während sie sich Mühe gaben zu sprechen, und sie sah schnell, daß ihr Tänzer von ihnen abstach, mit seinen blauen Augen und seinem blonden, gewellten Haar. Der eine seiner Kameraden war ein großer Mann mit schwarzem Haar, so daß sie ihn mit einem Raben verglich; seine Haare waren strähnig wie bei einem Pferd; er hatte eingefallene Wangen und große, steife Hände, blaufleckige, alte Frostbeulenhände, denn die Knöchel waren verdickt oder durch schlechte Werkzeuge verdorben. Seine kalten, durchbohrenden Augen begannen sofort mit einer Art Bosheit in sie zu dringen, als meinte er, sie verberge dort etwas, was sie ihm abgeschwindelt hätte. Sie gab sich mit seiner Gesellschaft erst zufrieden, als er eine Mundharmonika hervorholte und auf diesem Musikinstrument kunstvoll zu spielen begann, das in seinen blauen Pranken verschwand wie eine Krähenbeere im Faß. Während er auf dem Instrument spielte, hatte sie Zeit, sich den dritten Mann in ihrer Runde anzusehen. Er hielt sich möglichst im Hintergrund und zog es vor, im Schatten seiner Kameraden zu leben; die Ursache dafür war, daß er eine klaffende Hasenscharte und einen Wolfsrachen hatte. Er sah angegriffen aus, und auf seiner Glatze war nur noch ein Haarbüschel übrig; seine Zähne deuteten auf Brotessen. Doch das Mädchen war in Island dahin erzogen worden, auf das Aussehen der Menschen kein Gewicht zu legen, denn nicht jede Tugend zeigt sich im Angesicht; sie ließ es sich in keiner Weise anmerken, daß sie von ihrem Tänzer mehr hielt als von seinen Kameraden. Und als die Blauhand zu spielen aufhörte und den Speichel aus der Mundharmonika zu klopfen begann, umgab sie ihn aus Dankbarkeit mit der freimütigen Wärme ihrer Augen. Und kaum war Stille eingetreten, als auch schon der Mann mit der Hasenscharte seine Künste spielen ließ: Er gackerte nämlich wie eine Legehenne, als gäbe es in nächster Nähe einen Hühnerstall. Das fand das Mädchen von den Hlidar deshalb besonders amüsant, weil es diesen Vogel so selten gehört hatte. Er konnte auch das leidenschaftslose einfache Alltagsgegacker dieser Vögel nachahmen, wenn sie in der Mittagsstille kleine Körner aufpicken. Da legte die Blauhand wieder los, zog ein Spiel Karten hervor und gab Kunststücke zum besten, von denen einige so verblüffend waren, daß seine Kameraden ihn beinahe verprügelt hätten. Dann legte der Mann mit der Hasenscharte wieder los und ahmte miauende Kater nach, die des Nachts hinter den Häusern herumschleichen. Die Einfälle dieser Männer erheiterten das Mädchen, und sie lachte herzlich, denn sie war in ihrem Leben noch nie auf einem Vergnügen gewesen. Aus Dankbarkeit tanzte sie das nächste Mal, als Clementine dran war, mit seinen beiden Kameraden, denn jetzt war sie in diesem Tanz perfekt. Noch einmal wurde Bier gebracht, bevor die Bierstube geschlossen und das Licht ausgemacht wurde. Doch das Mädchen konnte nicht Bier trinken, ihr schmeckte es nicht, es erinnerte sie an Harn, sie schob ihren Krug den Kameraden zu, sie sollten ihn sich teilen. Danach saßen sie an Deck in einer Ecke, wo kein Licht war, und sie sangen für sie immer wieder Clementine und andere Lieder, eins schmissiger als das andere. Einer von ihnen umfaßte ihren Knöchel. Sie wußte nicht genau, wer es war, und sie hatte es nicht sonderlich gern, doch tat sie nichts dagegen, bis sich die Hand verdächtig weit an ihrer Wade hochschob. Da erinnerte sie sich plötzlich an ihre Mutter, die krank im Schiffslazarett lag; sie sollte diese Nacht bei ihr schlafen und sie pflegen. Sie stand auf. Sie begriffen nicht, warum das Mädchen so früh gehen wollte. »Mama, Mama«, sagte sie. Sie äfften sie nach und lachten. »Eine Minute«, sagte sie und ließ sich nicht zurückhalten. Sie lachten noch mehr. Es endete damit, daß ihr Tänzer sie begleitete; seine Kameraden ließen es aus Gründen des Edelmuts geschehen, da er unbestrittenermaßen das größte Anrecht auf das Mädchen hatte.

Als sie um die Ecke gebogen waren, hielt er sie zurück und wollte ihr alles mögliche sagen. Doch hier taugten keine Worte. Dann zeigte er fragend auf sie und danach auf sich. Kein Verstehen, keine Antwort. Er zeigte in die Richtung, in der das Schiff fuhr, und tat so, als ob er grub und schaufelte, doch sie verstand nicht recht, denn sie hatte nur gesehen, wie man ausmistet. Er führte sie an eine Stelle, wo es ein wenig heller war, und nahm aus seiner Tasche einen kleinen Gegenstand, den man gut in der Faust verstecken konnte. Es war ein ungereinigtes Stück Erz voller goldener Stäubchen. Nun wollte es der Zufall, daß dieses Mädchen schon einmal die Farbe gesehen hatte, die an diesem Klumpen am meisten auffiel.

»Gold«, flüsterte sie und bekam Herzklopfen.

Er wollte ihr das Stück Erz schenken, doch da bekam sie noch mehr Angst, denn sie dachte plötzlich daran, daß ein Mädchen nur einmal im Leben Gold wert ist. Sie konnte sich die Schmach nicht vorstellen, wenn er ihr Gold schenkte und es sich herausstellte, daß ihr schon einmal Gold geschenkt worden war. »Eine Minute«, sagte sie, drückte ihm den Goldklumpen wieder in die Hand und eilte fort. Doch dann kamen ihr Zweifel, ob der Klumpen wirklich reines Gold enthalten hatte: Der Bursche war doch erst auf dem Weg nach Amerika. Vielleicht hatte er dieses Gold nur bei der Hoffnung als Darlehen genommen. Sie war noch nicht an der Tür ihrer Mutter angelangt, als sie schon bereute, den Klumpen nicht genommen zu haben, ob er nun aus reinem Gold bestand oder nicht. Sie hoffte und wünschte, daß sie den Burschen nicht beleidigt hatte, als sie sein Gold zurückwies.

Jetzt muß von der Frau von den Hlidar berichtet werden. Diese Frau war aus Island aufgebrochen mit Leere im Kopf und Schwäche ums Herz und so kranken Füßen, daß sie nicht einmal über grüne Landstriche, geschweige denn über Sandstrecken gehen konnte. Sie hatte sozusagen die Wüste selbst in ihren Beinen. Auf dem Meer zwischen Island und Schottland mußte sie sich vor Erschöpfung hinlegen und konnte danach kaum mehr längere Zeit aufstehen. Durch diesen Anfall nahmen auch ihr Gedächtnis und ihre Sprechfähigkeit ab. Eine solche Mattigkeit befiel sie, daß sie sich nur wohl fühlte, wenn sie liegen konnte. Es war nicht üblich, daß man mit armen Frauen aus unbekannten Orten, die in Auswandererlager eingeliefert wurden, viel Umstände machte. Die meisten Leute in Glasgow glaubten, die Frau wäre Finnin. Bischof Theoderich ordnete an, daß die Tochter Steinbjörg Tag und Nacht nicht von der Seite ihrer Mutter weichen sollte, solange sie in Schottland warteten; er selber nahm den kleinen Bauern im Röckchen, den er in die Jökulsa getaucht hatte, in seine Obhut. Und obwohl sie und der Junge sich jetzt endlich ein wenig kennenlernten, vertraute sie ihn dem Bischof auch weiter an, nachdem sie an Bord des Auswandererschiffes gegangen waren; sie glaubte richtig verstanden zu haben, daß die beiden gemäß dem verzwickten Text, den der Bischof auf dem Fluß gesprochen hatte, Vater und Sohn wären. Der Bischof erreichte es, daß dem Mädchen erlaubt wurde, nachts in der Nähe seiner Mutter achtern im Schiffslazarett zu schlafen. Dort lagen einige andere Bauersfrauen aus Europa: Die eine, die zu ihrem Sohn nach New York wollte, war infolge einer inneren Krankheit vollständig steif und grün; die andere hatte sich durch die Strapazen, wie sie zum Transport armer Leute gehören, einen Beckenbruch zugezogen, und man sprach davon, daß kaum ein zweiter Bruch nötig wäre, um sie gänzlich zu zerbrechen. Hier befanden sich ausschließlich solche Menschen, die, wie es im englischen Sprachgebrauch heißt, nur noch ein weißes Hemd nötig hatten. Grimmige eiserne Betten ragten von den Wänden, und in einer Ecke hinter der Tür war für die Tochter der Hlidarbäuerin auf einer Bank ein Lager zurechtgemacht; es war ihre Aufgabe, des Nachts aufzustehen und sich um ihre Mutter zu kümmern, sobald man sie stöhnen hörte, und lieber noch öfter, und ihr Medizin zu geben. Der Arzt und die Krankenschwester hatten es eilig, so selten, wie sie sich hier zeigten. Wenn es hell geworden war, kam Bischof Theoderich mit dem Enkel der Frau, und die entkräftete Hlidarbäuerin war glücklich, wenn sie diesen kleinen Mann auf sich trampeln fühlte, gleichsam dem letzten Flecken Islands, und wenn sie hörte, wie er seiner Großmutter die wenigen Worte zukreischte, die sie ihm beigebracht hatte, als sie noch Gemeindearme auf dem Hof Götur waren.

Jetzt wird der Faden da wieder aufgenommen, wo das Mädchen »eine Minute« sagte und nach unten ging, ohne das Gold angenommen zu haben. Es war schon nach Mitternacht und höchste Zeit, daß ihre Mutter ihre Medizin einnahm, so matt war sie geworden. Eine einzige rote Laterne, wie man sie todkranken Menschen zum Trost des Nachts brennen läßt, verbreitete einen trüben Schein. Das Mädchen war in guter Stimmung nach der Wärme, die ihr der Goldgräber mit Gesang und Tanz gespendet hatte. Sie entschuldigte es, daß er keine besonderen Künste beherrschte, wie Mundharmonika spielen oder Hühner nachahmen. Sie machte sich keine Gedanken darüber, daß niemand wußte, wie er zu dem Gold gekommen war, oder ob es rein war. Am dankbarsten war sie ihm jedoch dafür, daß nicht er es war, der ihr Bein oberhalb des Knöchels umfaßt hatte. Solche Männer konnte sie nicht leiden. Erst hinterher bemerkte sie, daß sie das rote Licht gelöscht hatte, das die Frauen erfreuen sollte, während sie starben. Sie schlich wieder hinaus und fand zu der Stelle hin, wo sie sich eben erst von ihm verabschiedet hatte. Irgendwie stand es für sie fest, daß er wartete. Doch er war fort. Alle waren gegangen, außer einem Mann, der am Mast ein Mädchen im Arm hielt; beinahe wäre sie unversehens gegen sie gestoßen. Selbstverständlich waren alle fort, und sie verstand sich selbst nicht, daß sie sich mitten in der Nacht so etwas hatte einfallen lassen. Sie beeilte sich, nach unten zu kommen, machte wieder Licht bei den Frauen und gab ihrer Mutter kaltes Wasser aus einer Tasse zu trinken, das ihr jedoch sogleich aus dem Mundwinkel lief, hinab auf den Hals. Dann legte sich das Mädchen auf seiner Bank schlafen.

27. Eine Minute

Am nächsten Tag ging die See höher, und das Mädchen fragte sich, ob ihr diese Unruhe zusagte oder ob sie schon kalte Schläfen bekam. Wie dem auch war, eines stand fest: daß sie sich nämlich vollkommen von dem Trubel erholt hatte, den wildfremde Männer am Abend zuvor für sie veranstaltet hatten. Oder war Gefühl für sie am Morgen ebenso unverständlich wie am Abend selbstverständlich?

Da bemerkte sie plötzlich, daß sie über das Deck auf sie zukamen. Manch ein Mädchen hat sich gefragt, ob sie nur aus Höflichkeit und schöner Zurückhaltung wegblickte und fremd tat. Schließlich waren sie einer wie der andere bei ihr angelangt, vollkommen munter nach dem Schlaf. Sie begrüßten sie mit dem Wort, das ein geistiges Band bildete: eine Minute; und sie nahmen sie in ihre Mitte. Unversehens stand sie wieder neben dem blonden Goldgräber. Die beiden anderen begannen sogleich, in Ermangelung einer Sprache ihre Künste vor dem Mädchen spielen zu lassen, wie zum Beispiel Purzelbaumschießen und Bockspringen, und die Blauhand versuchte den mit der Hasenscharte zu schubsen; der hingegen verwandelte sich in ein Tier und lief auf allen vieren mit Gebrüll auf dem Deck umher. Der Goldgräber aber brauchte nichts zu tun, denn er hatte den Goldklumpen in der Tasche. Als seine Rivalen schließlich vor dem Mädchen Kopfstand machten und auf den Händen liefen, da stand er nur schweigend bei ihr und faßte sie um die Taille.

Es war zur Regel geworden, daß sie des Morgens nach dem Frühstück zum alten Theoderich ging und ihm ihren Sohn abnahm, um den Tag über auf ihn aufzupassen, während sie sich zugleich um ihre Mutter kümmerte. Es war keine geringe Sonne des Glücks, die über ihrem Leben aufging, jetzt, da sie eine vollentwickelte Frau war, nämlich diesen Knaben kennenzulernen, den sie nicht verstanden hatte, als er geboren wurde. Nun, da sie mit ihm bekannt wurde, schmerzte es sie, daß ihr sein erstes Geplapper entgangen war; es tat ihr leid, daß sie seine Tränen nicht selbst hatte trocknen dürfen. An diesem atlantischen Morgen, bei drohendem Sturm und schwerem, langsamem Seegang, war plötzlich dieser eben gewonnene Freund, der noch Röckchen anhatte, aus ihrem Gedächtnis entschwunden. Sie kam erst wieder zu sich, als Bischof Theoderich in Schuhen und mit Hut hinzugekommen war. Er trug den Knaben auf dem Arm. Er fragte, was das für Possenreißer wären, die da Kopfstand machten, doch sie wußte nichts Rechtes zu erwidern.

»Wer seid ihr, Burschen?« fragte er auf englisch, doch sie verstanden die Sprache nicht.

»Ich verstehe sie auch nicht«, sagte das Mädchen und machte sich von dem Mann los, der sie beim Rollen des Schiffes vor einem Fall behüten wollte, und ging ihrem Knaben entgegen. »Dieser Blonde, das ist der Goldgräber«, fügte sie hinzu, um dem Bischof eine Antwort zu geben. »Den Schwarzen mit den Frostbeulen, den nenne ich die Blauhand. Und den mit der Hasenscharte nenne ich im stillen den Hühnerhirten, denn er kann den Hahn krähen und die Hühner Eier legen lassen. Doch jetzt ist es an der Zeit, an meinen Sohn zu denken.«

Wie zu erwarten, trauten die Künstler ihren Augen nicht, als sie sahen, daß das eben dem Konfirmationsalter entwachsene Mädchen ein Kind in den Arm nahm und sich mit einem uralten Amerikaner davonmachte, der Pergamentpapier um seinen Hut gewickelt hatte; es schien ihnen, daß diese Frau sie tüchtig an der Nase herumgeführt hätte. Im Laufe des Tages erkundigten sie sich bei der Schiffsleitung nach diesen Leuten; in den Listen stand, daß der mit dem Pergamentpapier um den Hut Bischof wäre, das Mädchen aber Witwe. Dadurch kamen sie wieder in gute Stimmung; sie vergaben der Witwe und machten sich auf die Suche nach ihr.

Da bekam der kleine Junge Kameraden, die ihm gegenüber nicht mit Späßen geizten; sie ersetzten ihm den Spielgefährten wie vorher seine Mutter: die Blauhand mit Purzelbäumen und Kunststücken, der Hühnerhirt mit einer Schar Hennen, zu denen sich Enten gesellt hatten und sogar Schweine und schließlich noch ein heulender Hund. Aus verschiedenen Richtungen strömten Leute herbei, um zuzuhören, und die Unterhaltung fand bei den Zuhörern außerordentlichen Anklang. Doch am seligsten war das Mädchen von den Hlidar, weil sie an einen jungen Mann gelehnt saß, der keinem irdischen Wort noch Bild verhaftet war und doch der Vater dieses Knaben hätte sein können, und weil sie fühlte, wie er sie mit einer Wärme umgab, die Kunst und Spiel übertraf.

Eine Sache, deren Beschluß und Durchführung durch lange Erklärungen in Wort und Schrift, durch Vorhaltungen und Briefwechsel mitunter glückt, die jedoch oft mißlingt, je länger sie diskutiert wird, eine solche Sache klärt die Stummheit an einem Tag. Deswegen meinen kluge Leute, daß die Sprache einer der Mißgriffe des Menschengeschlechts sei, und sie sind der Ansicht, daß das Gezwitscher der Vögel mit dazugehörigem Flügelschlag mehr aussage als irgendein Gedicht, wie sorgfältig seine Worte auch gewählt seien, und daß sogar ein einziger Fisch weiser sei als zwölf Bände Philosophie. Die selige Kunde, die zwei junge Leute einander von den Augen ablasen, wird durch mündliche Erklärung unverständlich; eine stumme Zusage kann sich in eine Absage verwandeln, wenn der Zauber durch Worte gebrochen wird.

»Liebe Kleine, Wunderfeine,
wo ist meine Tänzerin ...«

Als Clementine wiederum erklang und alle einander auf der Tanzfläche gefunden hatten, die sich im Seegang unablässig hob wie ein Berg, da hatten auch das Mädchen von den Hlidar und ihr Goldgräber einander gefunden in jener allessagenden Wortlosigkeit, die zu beschreiben Büchern versagt ist. An einem einzigen Tag hatten sie einander in der Sprache der Fische mit dem Licht der Wahrheit überschüttet, das tägliche Briefe mit endlosen Beteuerungen ewiger Treue in einem Jahr nicht zu schaffen vermögen, auch wenn sowohl Philosophie wie Poesie oder sogar Musik hinzukommen. Sie hatten sich den Tag über nicht voneinander trennen können, nachdem fast alle Leute sich niedergelegt hatten und sich zu übergeben begannen. Doch irgendwie schien es dem Hlidarmädchen, daß der Goldgräber sich scheute, mit ihr eine Weile aus dem Blickfeld seiner Kameraden zu verschwinden, und als ob sie ebensosehr gewillt waren, nicht von seiner Seite zu weichen. Sie fuhren fort, die Annäherung der beiden mit Kunst und Erfindungsgeist zu begleiten, als ob jeder von ihnen gemäß Übereinkunft Anteil an einem Goldklumpen hätte, den einer ausgraben könnte. Es ist doch sehr schön, dachte das Mädchen, und zeugt von Edelmut bei jungen Männern, wenn sie unter sich so feste Freundschaft schließen, daß nie ein Schatten von Eigennutz, Neid oder Eifersucht darauf fällt. Die Hochherzigkeit des Goldgräbers zeigte sich unter anderem darin, daß er sich in jeder Hinsicht mit seinen beiden Kameraden auf eine Stufe stellte, mit dem Hühnerhirten nicht minder als mit der Blauhand. Schlichtheit, die darin besteht, den Geringsten gleich dem Höchsten zu achten und ein wahrer Bruder desjenigen zu sein, den die Natur benachteiligt hat, sie wurde den Isländern in Worten mit der Begründung gelehrt, daß der Erlöser die Seelen aller Menschen gleich teuer gekauft hätte. Sie war bereit, diese Idee in der Tat anzuerkennen, obwohl sie sich zu ihrer Schande gestehen mußte, daß sie beim Tanz mit seinen Kameraden nicht den Rhythmus fand, sondern ihnen auf die Zehen trat und sie ihr, bis sie wieder in den Armen ihres Abgotts gelandet war.

Manche Autoren sind der Ansicht, daß die Annäherung zwischen einem jungen Mann und einem jungen Mädchen in gewisser Weise von geringerem Wert sei, wenn der Zeitfaktor nicht genügend berücksichtigt werde. Andere meinen, daß sich hinter der Lehre von der Unerläßlichkeit einer Verlobungszeit Vorstellungen von der alkoholischen Gärung verbergen, wie etwa der Stutenmilch oder jener sonderbaren Flüssigkeit, die laut Edda in Beziehung zur Schüssel Bodn steht, oder der Notwendigkeit, Delikatessen drei Jahre in einem Erdhaufen zu vergraben. Das eine jedoch ist gewiß, daß dort, wo Familienoberhäupter und Graubärte lange Verhandlungen benötigten, um die Verlobung eines Mannes und einer Jungfrau zu vereinbaren, die Natur oft nur eine Minute brauchte, wenn es nach ihr ging.

Am Abend kam Bischof Theoderich zufällig dorthin, wo eine Schar junger Leute sich abmühte, im Seegang zu den abgerissenen Tönen der Ziehharmonika eines Betrunkenen zu tanzen. Jegliche Seekrankheit lag diesen Leuten so fern, daß sie sich über die großen Wogen freuten, die sie nach physikalischen Gesetzen durcheinanderwarfen. Der Bischof legte seine Hand auf die Schulter des Mädchens von den Hlidar, das in einer Ecke in die Arme eines Mannes gefallen war. Sie stand verwirrt auf und strich sich eine Locke von der heißen Wange; ihre Pupillen waren weit geöffnet, glühend.

»Ich komme von deiner Mutter«, sagte er. »Sie macht es nicht mehr lange, glaube ich. Dein Bruder und dein Sohn haben sich bei mir hingelegt, und ich gehe jetzt auf deinen Jungen aufpassen. Wäre ich ein junges Mädchen, so würde ich mich heute abend nicht so sehr an Landstreicher aus Galizien hängen.«

Das Mädchen schrak bei dieser Ermahnung des Bischofs zusammen, und auf ihr Gesicht legte sich der Ausdruck schlafwandlerischer Furcht. Sie machte sich aus den Armen des Goldgräbers mit der Formel frei, die zwischen ihnen feststand: eine Minute, und lief fort.

Es war schon spät und niemand sonst unterwegs als diejenigen, die durch unwiderstehliche Drüsentätigkeit dazu getrieben wurden, nachts während eines Orkans auf einer Fläche mit einer Neigung von fünfzehn Grad zu tanzen. Aus Kabinen und Unterkunftsräumen des ganzen Schiffs konnte man hören, wie sich die Leute erbrachen oder vor Seekrankheit stöhnten. Doch das Mädchen paßte ihre Schritte frohgemut den Wellen an und fühlte sich keineswegs unwohl. Sie versuchte, ihre Mutter zu betreuen, und gab ihr nach ärztlicher Vorschrift Wasser und Gift. Sie versuchte, der matten Frau vom Wetter zu berichten. Sie erzählte, daß die jungen Leute, die einander nicht verstanden, Spaß daran hätten, auf bewegter See zu sein, und sie erfreute diese teilnahmslose Frau mit der Neuigkeit, daß sie einige Ausländer kennengelernt hätte, die freundlich zu ihr wären. Wenn sich die Frau auch nicht aufgeschlossen zeigte, so war sie doch nicht tot; sie schlug sogar das eine Auge halb auf und lächelte ihrer Tochter bei dem oben geschilderten schwachen roten Licht mit einem Mundwinkel zu, als wolle sie sagen, die Freude der Jugend sei schön, und man solle sie genießen, solange es möglich sei. »Ich verstehe dich, meine Tochter«, schien die Frau mit diesem halben Lächeln zu sagen, »und ich mache dir keine Vorwürfe, solange ich dich mit Gottes Willen mit einem Auge sehen kann.« Dann fiel sie in Schlummer.

Beim Rollen des Schiffs begann das Mädchen seine Sachen abzulegen. Das Schiff knarrte, wenn es in ein Wellental stieß oder auf einen Wellenberg gehoben wurde, der so steil war, daß die Schraube nicht mehr ins Wasser tauchte. Die Maschinen dröhnten und kreischten ohne Unterlaß.

»Eine Minute« – das Wort drang wiederum an ihr Ohr, als sie wenig bekleidet und benommen auf schwankendem Boden stand und sich festhielt, um nicht zu fallen. Die Tür war geöffnet worden, ohne daß es bei dem Lärm zu hören war. War da nicht ihr Goldgräber gekommen, um sie für den dürftigen Abschied, den sie vor kurzem genommen hatten, schadlos zu halten, ihr guten Abend zu sagen und sie umzufassen? Und da mußte sie an Björn von Leirur denken, der die Lampe auszulöschen pflegte, wenn dieser Punkt erreicht war. Als ob es die natürlichste Sache wäre, drehte sie den Docht herunter, wobei sie jedoch darauf achtete, daß der junge Mann sie nicht losließ; sie sah die blonden Locken seines Haares in dem Moment schimmern, als das Licht ausging. Während die Frauen fortfuhren zu sterben, atmete sie diesen jungen Mann, der durch seine bloße Gegenwart Macht über alle ihre Adern besaß. Die Stunde war da, die einige Autoren für höchst bedeutend halten; sogar für so bedeutend, daß nichts mehr aussteht, wenn sie vorüber ist. Dennoch wurde hier nichts laut wie Heiratsantrag, Eheversprechen, Geständnis, Lobpreisung und Gedichte, geschweige denn ein Disput über Moral und Philosophie. In diesem Punkt, der ebensowohl den wahren Sinn eines Menschenlebens enthalten mochte, wurde keine andere Vorrede gebraucht als diese: eine Minute.

Die Zeit verging in der Hitze dieser Nacht der Selbstvergessenheit mit hohem Seegang, der das Schiff von Woge zu Woge warf; unter den vereinzelten Seufzern der kranken Frauen und den Klängen von Clementines Tod; Wahrnehmungen und Träume dieser dunklen Nacht des Blutes flossen zusammen zu einem wunderlichen Bilderbuch oder verebbten in Selbstvergessenheit, begleitet vom klagenden Laut der Schraube, die auf der Höhe der Wogen ins Leere griff, und von Mundharmonikatönen draußen. Sie war eingeschlafen und wußte nichts mehr von sich, bis sie durch den Mann wieder aufwachte. Seine Hände umspannten sie wie ein Gefäß; sie waren jetzt kalt und kühlten sie. Und die Flamme dieser wortlosen Nacht loderte von Schlaf zu Schlaf, aus der entfernten Erinnerung an den duftenden Bart von Leirur, bis hin zum Gegacker der Hühner.

Wie bereits gesagt, war Bischof Theoderich die Frau von Hlidar recht mitgenommen erschienen, als er sie am Abend zuvor aufgesucht hatte. Der Bischof hatte die Tochter der Hlidarwitwe in der Gesellschaft junger Burschen gefunden und dem Mädchen Vorhaltungen gemacht, bis sie nach unten ging. Danach ging er in den Schlafraum, wo der Bruder und der Sohn des Mädchens seekrank lagen und sich nicht zu rühren vermochten. Der Bischof, der ausgesandt worden war, diese Familie mit Haut und Haar Gott zuzuführen in ein heiliges Land, konnte vor Sorge um sie nicht einschlafen. Während der Nacht war er immer wieder drauf und dran, noch einmal die Frau aufzusuchen und nachzusehen, wie sie diesen Sturm ertrug, doch schien es ihm nicht geraten, von dem kranken kleinen Jungen wegzugehen. In seiner Nähe lag ein Mormonenältester, der aus England kam. Er wachte stets in aller Herrgottsfrühe auf und stimmte dann, leise vor sich hinsummend, einen wunderschönen Mormonenpsalm von einem armen, traurigen Wanderer an. Als nun Theoderich hörte, daß der alte Mormone am frühen Morgen zu summen begann, ließ er den Jungen in dessen Obhut zurück und machte sich auf, um gemäß dem Evangelium Kranke und Hilfsbedürftige aufzusuchen.

Noch immer war hoher Seegang und grauer Himmel, doch der Sturm ließ nach, und der Tag brach an. Er tappte über Treppen und Gänge nach achtern. Niemand war auf den Beinen. Trübe Laternen blakten hie und da. Er öffnete die Tür zum Krankenraum, und da stellte sich heraus, daß das Licht darin ausgegangen war und bei den Kranken vollkommene Finsternis herrschte. Er zog Streichhölzer aus der Tasche und machte Licht. Sein Blick fiel auf die Bank, die für das Mädchen vorgesehen war, und es kam ihm reichlich sonderbar vor, daß neben ihr ein Mann lag von wenig jugendlichem Aussehen, nicht besonders schön, mit einer Glatze und einer Hasenscharte; sein Mund stand weit offen; er schnarchte. An seiner Seite schlummerte dieses blutjunge Mädchen in seiner Blüte. Der Anblick versetzte den Bischof dermaßen in Erstaunen, daß er vorerst andere Anliegen vergaß, an die Bank herantrat und die Schlafenden mit jenem Laut anzischte, mit dem man Schafe auf der Nachtweide aufzuscheuchen pflegt. Zuerst regte sich das Mädchen und schlug die Augen auf. Sie sah den Bischof an ihrem Lager stehen, doch neben sich ein Geschöpf, das ihr im Aufwachen vom Geschlecht der Unholde zu sein schien; sie kauerte sich schreiend in die Ecke und bedeckte mit den Händen ihre nackten Brüste. In diesem Augenblick wachte auch der Kavalier auf. Er rieb sich die Augen und grinste, so daß die Arabeske auf seiner Lippe sich verzog; seine Augen bekamen einen tierischen Ausdruck, was bei Menschen nicht selten ist, die so von der Natur gezeichnet sind. Er sagte auch mit nasaler Stimme einige unverständliche Worte und griff nach dem am nächsten liegenden Kleidungsstück, um seine Blöße zu verdecken – ein abgemagerter, sehniger, grobknochiger Mann mit eingefallener Brust. Dann zog er seine abgetretenen Schuhe an, nahm seine übrigen Kleider unter den Arm und ging fort, ohne zu grüßen. Das Mädchen saß noch immer zusammengekauert wie versteinert, mit gekreuzten, an die Brust gepreßten Händen, gespreizten Fingern, und starrte dem Mann angstverwirrt nach.

»Zieh die Decke über dich, damit du dich nicht erkältest, kleines Mädchen«, sagte der Bischof. »Ich will mich um deine Mutter kümmern; soviel ich sehe, liegt sie ziemlich schlecht. Es ist doch wohl nicht vergessen worden, sie heute nacht zu versorgen?«

Von der Frau ist zu berichten, daß sie im Seegang hin und her gewälzt worden war; doch ihr standen die Abwehrbewegungen nicht zu Gebote, die selbst Schlafende unwillkürlich bei grober See vollführen, um sich gegen Stöße zu schützen. Zuletzt lag sie auf dem Bauch und hatte das Gesicht an das Gitter am Kopfende gepreßt. Bischof Theoderich befreite die Frau aus dieser Falle und legte sie auf den Rücken. Sie war kalt und schwer. Sie reagierte in keiner Weise, wie man sie auch berührte. Ihr eines Auge war geöffnet, das andere halb geschlossen. Der Bischof setzte die Brille auf und legte das Ohr an ihr Herz. Doch als er eine Weile aufmerksam gehorcht hatte, nahm er gefaßt die Brille ab und legte sie sorgfältig ins Futteral.

»Deine Mutter ist vor uns in das Land gegangen, kleines Mädchen«, sagte der Bischof. »Dein Vater und ich, wir werden sie zu gegebener Zeit taufen und ihr ermöglichen, für alle Ewigkeit die heilige Stadt zu betreten.«

Bei diesem unerwarteten weiteren Schlag hörte das Mädchen mit allen unnötigen Seufzern wegen ihres offenbaren Falles bei Seegang auf, ihr Gesicht wurde schlaff, ohne einen anderen Ausdruck als den der Entspannung und der Leere, als ob das Uhrwerk des Bewußtseins plötzlich nolo gesagt hätte. Danach richtete sie sich auf und drehte sich zur Wand, das Kinn auf die Knie gestützt; dieser dralle junge Körper hatte plötzlich keine Seele, keinen Trieb mehr, wie bei einem zu schnell gewachsenen Kind, und der Bischof deckte sie aus Gründen des Anstands zu, ehe er fortging, um die Schiffsleitung aufzusuchen.

An diesem und dem darauffolgenden Tag hob das Mädchen den Kopf nicht vom Kissen, nahm nichts zu sich und ließ nicht mit sich sprechen, sondern preßte ihr Gesicht in die Ecke. In der Nacht darauf, gegen Mitternacht, kam der Bruder des Mädchens mit dem Bescheid, daß ihre Mutter jetzt beerdigt werden sollte. Sie sagte nichts, sondern zog sich die Decke über den Kopf und verkroch sich noch mehr.

Der Sturm hatte sich gelegt, und das Meer war verhältnismäßig still. Die Sterne schauten hernieder.

Genau um Mitternacht stoppte der Ozeandampfer für drei Minuten, und man versenkte die Leiche der Frau, die sich von zu Hause auf den Weg ins Himmelreich begeben hatte, um dort dem Mann zu begegnen, den sie als den besten von allen kannte und der ihr eine Zeitlang gestorben war. Bei dieser Beerdigung waren zugegen der Kapitän und der Steuermann sowie sechs Matrosen in Paradeuniform. Auch der Sohn der Frau war da, etwas verlegen in zu kurzen Hosen und Bergsteigerschuhen, die ihm Bischof Theoderich in Schottland gekauft hatte. Der Arzt stand etwas abseits und rauchte eine Zigarette, was damals in Mode kam. Bischof Theoderich war da mit dem Tochtersohn der Frau auf dem Arm in der nächtlichen Brise. Der Gruppe schloß sich auch der alte Mormonenprediger an, der einen der schönsten Psalmen singen konnte, die je über einen einsamen Wanderer gedichtet worden sind; den Psalm durfte er jedoch an diesem Ort nur im stillen hersagen, denn nach dem Gesetz ist es Aufgabe des Kapitäns, auf See die Leichenrede zu halten, wenn kein Geistlicher jener Religionsgemeinschaften anwesend ist, welche die Mormonen heidnisch nennen. Bischof Theoderich setzte jedoch durch, daß er über dem Grab der Frau einige Gebetsworte in einer Sprache sprechen durfte, die nur Gott verstand, doch nicht länger als dreißig bis vierzig Sekunden, denn hier hatte man es eilig.

Die Leiche wurde nicht in einen Sarg gelegt, sondern auf ihrer Bahre in einem weißen Nachthemd von The Company mit einem dicken Segeltuch umwickelt; zuletzt wurde die rotweiße Fahne des Dänenkönigs als Ehrenbezeigung darumgelegt, denn in den Schiffstabellen über die Nationalitäten der Welt wurden die Isländer nicht als Finnen angesehen, so unglaublich das auch ist, sondern als Dänen.

»Unter diesem flotten Tuch schläft deine Großmutter, mein Freund«, sagte Bischof Theoderich.

Der Kapitän, ein kräftiger, untersetzter Mann mit grauem Haar und rotem Gesicht, blätterte in seinem Buch nach, trat in den Laternenschein am Kopfende der Bahre und sprach auf englisch die Worte, die bei Beisetzungen auf See vorgeschrieben sind. Bischof Theoderich trat dann vor, übergab dem alten Mann den Jungen, faltete die Hände vor der Brust über dem wohlverpackten Hut und sprach:

»Die Schwester, von der wir hier Abschied nehmen, umhüllt von einem rotweißen Tuch, das jedoch nicht ihr Tuch ist, sondern das des Dänenkönigs, sie heißt jetzt der Herr in seinem Hause willkommen, in einem anderen Tuch, das sie als einziges behielt, als sie Island verließ. Doch das Tuch trägt ein Zeichen, das über Isländern und Dänenkönigen steht; es zeigt das Bild des Bienenkorbs, der Segolilie und der Möwe; es ist das Zeichen des Landes, das uns der Prophet mit dem Goldenen Buch gab und das an dem Tage im Himmel erstehen wird, wenn die Erde verödet ist.«

Danach nahm Theoderich den Knaben wieder an sich. Die Matrosen wickelten jetzt die Fahne des Dänenkönigs wieder ab und legten Stricke um die Bahre. Dann hoben sie sie über die Reling und ließen sie vorsichtig an der Bordwand hinab. Bischof Theoderich ging mit dem Knaben an die Reling und zeigte ihm, wie seine Großmutter hinabsank. Der Knabe sah in der nächtlichen Brise mit großen, verständigen Augen zu und schwieg, doch als die Bahre die Meereswellen berührte und die Stricke sich zu lösen begannen, da sagte er nur das eine – und jetzt war er dem Weinen nahe, denn sie waren beide die glücklichsten Menschen gewesen, als sie zusammen als Gemeindearme in Götur lebten: »Den kleinen Steini mit Oma gehen lassen.«

Am Morgen, als es hell wurde, öffnete Bischof Theoderich die Tür zum Krankenraum und trat an die Bank zu dem Mädchen und grüßte es. Das Mädchen blickte ihn an wie ein Tier aus seiner Höhle, ohne seinen Gruß zu erwidern.

»Warst du wach, mein Schäfchen?« sagte er.

Das Mädchen schwieg lange, bis es antwortete: »Ich kenne mich selbst nicht. Ich weiß nicht, was ich bin. Bin ich ein Mensch?«

»Das möchte ich wohl glauben«, sagte der Bischof.

»Darüber aufzuwachen, daß man alles verloren hat und weiß, daß man nichts mehr besitzt, heißt das ein Mensch sein?« sagte das Mädchen. »Ach, wo ist unser gutes Pferd, das wir alle einmal besaßen?«

»Es steht außer Zweifel: Die Geister vor deiner Tür sind nicht gerade schön. Ich habe heute nacht hier Wache gehalten und hatte alle Hände voll zu tun, diese Teufel fortzujagen. Erst kam einer, dann kam der zweite, danach der dritte. In ihren Augen bist du die verkommenste Hure.«

»War es denn das, was mein Vater mir versprach?« sagte das Mädchen und war jetzt von Kummer überwältigt. »Ich bitte dich im Namen – ich weiß nicht wessen –, bewahre mich davor, laß mich niemals wieder davon geblendet werden. Sperr mich ein. Schließ zu.«

»Mir kommt etwas anderes in den Sinn, mein Schäfchen«, sagte er, »und das ist eigentlich der gleiche Ausweg, den ich vergangenen Herbst auf dem Fluß wählte, als Satan auf dem anderen Ufer stand, um das Kind zu holen: Ich siegelte es mir vor Gott an. Ich sehe keinen besseren Rat, als es mit dir ebenso zu tun.«

»Du entscheidest, was du mit mir tust, Theoderich«, sagte das Mädchen, »wenn du mich nur verwahrst und mich nicht losläßt.«

»Ich muß dich wahrscheinlich mir ansiegeln, mein Schäfchen, und dich zu meiner himmlischen Ehefrau machen. Sonst fällt der Schatten deiner Erniedrigung mit Recht auf mich, nicht nur in den Augen des Herrn, sondern auch in den Augen deines Vaters, der etwas anderes von mir verdient hat, als daß ich ihm ein verkommenes Luder statt seines Kindes bringe, das zu befreien er in die Welt zog.«

»Lieber Theoderich«, sagte das Mädchen und richtete sich jetzt unter Tränen auf und streckte die Hände nach ihm aus, »wenn du dieses mein schnödes Leben irgendwie nutzen willst, dann befreie mich so, daß ich den Hauch jener Tage wieder zu spüren bekomme, als ich daheim noch klein war.«

28. Gute Fleischsuppe

Seit langem schon hatte die Union es darauf abgesehen, das Territorium in seine Jurisdiktion einzugliedern; so wurde das Gebiet Utah von den dortigen Einwohnern genannt, wenn sie nicht die Sprache des Goldenen Buchs sprachen. Von dieser Föderation waren die Heiligen der letzten Tage nicht entzückt. Die Regierung sah sich ständig gezwungen, Milizionäre zu entsenden, die Feddys genannt wurden, um die Dinge in die Hand zu nehmen, wenn es zu Differenzen zwischen der göttlichen Offenbarung und den Vorstellungen des Präsidenten der Vereinigten Staaten kam. Für andere Leute war einer der größten Steine des Anstoßes die Lehre, daß das Ansehen einer Frau im Himmel und auf Erden sich danach richtete, wer ihr Mann wäre, und daß deshalb gute und redliche Männer die Pflicht hätten, möglichst viele Frauen an ihrem Ansehen teilhaben zu lassen und deren guten Ruf zu mehren. Es ist für eine Kirche immer ein schwerer Schritt, eine Lehre aufzugeben, die ihr von der Gottheit anbefohlen worden ist; das trifft nicht zuletzt für Morallehren zu, die aus der Selbstverleugnung des Individuums und dem gesellschaftlichen Enthusiasmus der Gemeinde erwachsen, wie es bei den Mormonen mit der heiligen Polygamie der Fall war.

Zu dieser Zeit waren die Verkehrswege nach Utah bequemer geworden, und aus den östlichen Staaten begannen Leute in Scharen dorthin zu ziehen. Dieser Umzug wurde durch die Redensart »gute Zeiten« gerechtfertigt, die damals in Amerika aufkam und die man vordem nirgends auf der Welt gehört hatte; solche »guten Zeiten« sollten in Utah sein. Die meisten dieser Leute, die jetzt herbeiströmten, waren keine Heiligen der letzten Tage, sondern Heiden, wie die Mormonen nach dem Beispiel der Juden die Menschen nennen, die den wahren Gott nicht kennen; sie halten dafür, daß diese Leute der Großen Häresie, mit anderem Namen dem Großen Abfall, angehören, in den die Christen seit dem dritten Jahrhundert verstrickt waren, bis der Prophet das Buch auf dem Hügel Cumorah fand. Kaum hatten die Heiden Boden unter den Füßen gewonnen, da traten sie gegen die Pioniere des Propheten auf, nannten seine Offenbarung Geschwafel und Humbug und propagierten die heilige Monogamie an Stelle der heiligen Polygamie.

Die Regierung hatte in vielen Orten in Utah Leute angesetzt, die ausspionieren sollten, ob irgendwo ein Trottel bei zwei oder drei Frauen schlief. Wurden solche gefunden, dann wurden diese Ehemänner vor Gericht gestellt und mußten an die Regierung Geldstrafen zahlen; einige wurden in die Oststaaten verschleppt und dort hinter Schloß und Riegel gebracht. Man trachtete besonders danach, in den einzelnen Gemeinden tonangebende Männer zu verurteilen, in der Hoffnung, dadurch den kleinen Leuten Angst zu machen. Nun kam es dahin, daß genau überprüft werden sollte, wie es sich in Spanish Fork verhielt – wer in diesem Punkt dem göttlichen Gebot mehr gehorcht hätte als den Unionsgesetzen und doch Ehrenmann genug wäre, daß es sich bezahlt machte, ihn zu verurteilen. Da fiel der Verdacht auf Bischof Theoderich, der das Verbrechen begangen hatte, Madame Colornay, frühere Kindesmutter in Straßengräben, vor Gott auf die gleiche Stufe zu heben wie die wahrhaft heilige kinderlose Eisenanna, und der dann die Dinge auf die Spitze getrieben hatte, indem er sich Maria Jonsdottir von Ömpuhjallur, die immer schniefte, vor Gott für alle Ewigkeit ansiegelte. Die Leute von Spanish Fork sagten den Feddys, daß der Kerl, nach dem sie suchten, entweder am Nordpol oder aber in Finnland sei, um die Menschen zu lehren, das Evangelium zu umarmen.

Es hat sich nicht vermeiden lassen, unsere Geschichte für eine Weile hinwegzuführen von Stone P. Stanford, Ziegelmeister in Spanish Fork, und dem Haus, das er baute, während anderenorts in der Welt sich manches ereignete. Damit ein so vorzüglicher Ziegelmacher in diesem Buch – und somit in anderen Büchern – nicht vollkommen in Vergessenheit gerät, soll jetzt der Faden dort wieder aufgenommen werden, wo von seinem Haus berichtet wurde. Dieses Haus mauerte Stanford zum größten Teil in einem Sommer, und die Ziegelsteine, die er brauchte, trocknete er selber im Ziegelhof Bischof Theoderichs. Zuerst errichtete er ein Hauptgebäude, aber dann bekam er großartige Einfälle, und er baute ein Nebengebäude an, das zu dem ersten einen rechten Winkel bildete, als ob die Gebäude eines aus dem anderen herauswuchsen, jedes in seine Richtung. Solche Hauser wurden in Spanish Fork nicht selten errichtet, weil man nach einer abwechslungsreicheren und repräsentativeren Form suchte, als sie die Umstände den ersten Ansiedlern erlaubt hatten. Verschiedene gute Isländer sagten, daß sie zu ihrem Schaden aus Island in das Land der Allweisheit gekommen wären, wenn sie sich und den Ihren geringere Häuser zumuten sollten, als sie bei isländischen Bezirksvorstehern gang und gäbe sind. Niemand wußte, wohin das kleine Gebäude wollte, das aus dem großen Gebäude herausgestapft kam. In belehrenden Unterhaltungsromanen aus England, die in den Tageszeitungen diesseits und jenseits des Atlantiks unterm Strich abgedruckt wurden, wurde stets die Meinung vertreten, daß man in feinen Häusern, »zum Frühstück herunter« komme, und nicht zuletzt deswegen hatten brave Leute in Spanish Fork die Schlafzimmer im oberen Stockwerk. Stone P. Stanford wollte nicht weniger hoch hinaus als andere Nutznießer des Gottesreiches auf Erden. Er hatte drei Zimmer unten und in der Küche eine Ecke für den Kauz von Hlidar, sich selbst. Dort hoffte er in Ruhe sitzen zu dürfen, wenn er alt geworden wäre, und mit dem Taschenmesser an einem gesalzenen Hammelschinken herumzuschneiden, während die jungen Leute, Gäste und Familienangehörige, in der Stube singen würden. Das Schlafzimmer für sich und seine Frau machte er so groß wie das eheliche Schlafzimmer bei einem walisischen Schafzüchter, der damals in Spanish Fork lebte und in den Bergen vierundzwanzigtausend Schafe hatte, etwa ebensoviel wie die Bauern in zehn isländischen Gemeinden zusammen. Doch er selbst schlief nie dort. Im oberen Stockwerk des Anbaus, dessen Giebel nach Osten zum Heiligen Berg schaute, war unversehens ein Zimmer entstanden, bezüglich dessen ihm die Antwort schwerfiel, wenn er gefragt wurde, was dort hinein sollte. »Wenn meine Tochter an ihrem ersten Morgen in der Gottesstadt Zion aufwacht«, sagte er, »wird die Sonne über dem Heiligen Berg aufgehen und die Heiligen bescheinen; die Sonne der Allweisheit; die Sonne des Bienenkorbs, der Segolilie und der Möwe; und dann wird sie ihren Vater verstehen, auch wenn sie ihn nicht verstand, als er einst das Kästchen zimmerte. Mein Sohn, der oben auf der anderen Seite wohnen soll, auch er wird an dem Morgen verstehen, daß Egill Skallagrimsson und die Norwegerkönige hier in Spanish Fork zu Hause sind, nur daß ihre Augen den Glanz bekommen haben, den die Augen gerechter Menschen besitzen, und daß sie selbst Vorgesetzte im Hohen Rat, einer der Siebzig oder Hohepriester geworden sind.«

Mit einer Schwierigkeit war er nicht fertiggeworden: nämlich welche Gardinen die Fenster im Zimmer seiner Tochter bekommen sollten. Immer wieder hatte Stanford nach passenden Gardinen im Laden Gottes Deines Herrn gefragt, der nicht von Kaufleuten verunreinigt wurde und wo ein schreckliches Auge mit Stacheln wie bei einem Igel von oben herabsah. Er hatte viele Ballen aufrollen lassen, doch nie etwas in der Farbe und dem Muster gefunden, die den Stoff zieren sollten, der zwischen seiner Tochter und dem Heiligen Berg sein sollte. Er trug die Sache (weiß oder bunt?) einem redlichen, altersgebeugten Ältesten in der Hauptstadt vor, als er den Hohen Rat in Amtsgeschäften für die Wache aufsuchte. Die in Salt Lake City zögerten nicht, ihm alles für die Inneneinrichtung zu beschaffen, doch Gardinen für die Fenster im Zimmer des Mädchens, das ging über ihre Kräfte. Dieser bedächtige Älteste, der über die ganze Erfahrung der Wüste verfügte, erinnerte den Ziegelmacher daran, daß ihm jetzt zwei Dinge mehr not täten als Gardinen für seine Tochter, wenn er auf dem eingeschlagenen Weg vorankommen wollte: Das erste war, sich nach guten Frauen umzusehen, die, sich selbst überlassen, wie ein Wrack auf dem salzigen Meer der Wüste treiben und doch nicht sinken können, und sich zu überlegen, ob es für ihn nicht an der Zeit sei, sich eine oder zwei Schwestern auf gottgefällige Weise anzusiegeln und damit das Seine zu tun, um diese heilige Gesellschaft gegen die Heiden zu stärken. »Als Brigham Young auf dem Sterbebett lag, ließ man die Fahne der Union auf seinem Haus mit den siebenundzwanzig Dachgauben wehen, und schwerbewaffnete Feddys standen davor«, sagte der weise Älteste, wie um weitere Beweisführung unnötig zu machen. »Das zweite ist, lieber Bruder: wird es nicht allmählich Zeit, der Verpflichtung eines guten Mormonen nachzukommen und nach den Ländern der Heiden aufzubrechen, um die Menschen zu lehren, das Evangelium zu umarmen?«

Stone P. Stanford kam nach Hause, wohlgestärkt durch das Vertrauen, das ihm durch nützliche Ermahnungen erwiesen worden war. Diese Ermahnungen hatten ein so hohes Niveau, was Behutsamkeit und Feinfühligkeit betraf, daß er, je länger er über die Sache nachdachte, immer besser begriff, daß man ihn in Wirklichkeit ins Gebet genommen hatte; richtig und angemessen ist nur die Züchtigung, die man nicht spürt, wenn sie erteilt wird, um am nächsten Morgen zu entdecken, daß man am Vortage ausgepeitscht wurde. Gegen Abend stand er an dem Fenster, von dem aus man den Heiligen Berg sehen konnte, den Berg, der nackt ist wie ein Mensch, dem man nicht nur die Kleider genommen hat, sondern auch Haut und Fleisch, Nerven und Blut. Vielleicht war es der Wille Gottes und des Propheten, daß zwischen diesem kleinen Mädchen, wenn sie käme, und diesem Berg, dem Heiligen Berg, dem Nackten Berg, diesem Skelett von einem Berg, keine Gardine sein sollte.

Nie hatte es dem Ziegelmacher so fern gelegen wie jetzt, nachdem er über die Worte des Ältesten nachgedacht hatte, in dem Haus zu wohnen, das er errichtet hatte. Er stellte den neugekauften Eßtisch mitten in die Stube und die Stühle darum herum, als ob er ein Festmahl veranstalten wollte – und die Gäste hängte er an die Wände: die Bilder des Propheten Joseph, seines Bruders Hyrum und Brigham Youngs; als es dunkel geworden war, machte er sich weiter zu schaffen, indem er Türen und Treppen im Haus polierte; er hatte eine kleine Lampe. Doch als ihn der Schlaf überkam, legte er sich nicht in das große Ehebett, sondern ging hinaus in die Werkstatt hinter dem Haus, wie er es gewohnt war. In diesem Schuppen bestand der Fußboden aus dem Sand der Wüste. Sein Bett war ein Rahmen, den er selbst zusammengenagelt und auf zwei Stützen oder Böcke gelegt hatte, den einen Bock zu

Füßen, den anderen zu Häupten. Dort pflegte er sich abends in eine Decke zu wickeln. Der Klopfkäfer wurde wach und begann seinen Hals zu massieren, wenn er die Kerze ansteckte, und eine Spinne von der Größe eines Wiesenpiepers, die sich zur Überwinterung oben in eine Ecke verzogen hatte, gab Knarrlaute von sich. Ein gesunder Luftzug kam durch die offene Luke. Und vom Himmel schien ein Stern. Er schüttete sorgfältig den Sand aus seinen Schuhen, ehe er sich ausstreckte.

Es geschah an einem der Abende, die allen anderen Abenden gleichen, an denen es nicht einmal eine Versammlung im Besserungsverein gab. Der Ziegelmacher wollte gerade sein Brot essen und schlafen gehen; da wurde ihm bestellt, ob er nicht auf einen Sprung ins Bischofshaus hinüberkommen wolle, Fleischsuppe essen. Er wusch sich sorgfältig das Gesicht, wie es an den Hlidar Brauch ist, wenn man auf andere Höfe zu Besuch geht, und strich sich mit der flachen Hand über seine Glatze, denn er hatte das Gefühl, daß seine Haare hochstanden, wie sie es getan hatten, als sie noch vorhanden waren.

Als er in das Bischofshaus kam, brannte Licht in allen Fenstern. Bischof Theoderich war heimgekommen. Aus dem Haus strömte der verlockende Duft von Kohl und allerlei Wurzelgemüse und überhaupt all dem Herrlichen, das in einer amerikanischen Fleischsuppe steckt. Theoderich hatte die Jacke ausgezogen und saß in seinem Lehnstuhl unter der Lampe. Ein siebenjähriger Junge und ein achtjähriges Mädchen knieten vor ihm auf dem Fußboden und betrachteten ihren Vater voller Erstaunen und Bewunderung; der Junge hatte den Hut seines Vaters aufgesetzt, diesen wunderbaren, in Pergamentpapier gehüllten Hut, der nie einen Fleck oder eine Beule bekam. Das kleine Mädchen des Bischofs berührte die Knöpfe an seinem Hemd und sagte: »Oh, wie schön sind die Knöpfe an deinem Hemd, lieber Papa.« Und Madame Colornays jüngster Knabe, der ein halbes Jahr nach der Abreise seines Vaters das Licht der Welt erblickt hatte, war an seinem Vater hochgeklettert, bis er die Brille zu fassen bekam.

Stanford hatte kaum Zeit gehabt, den Bischof zu begrüßen, als Madame Colornay aus der Küche auf ihn zustürzte, die ganze Person ein strahlendes Lächeln; sie hielt ein blühendes

Mädchen aus einer anderen Welt an sich gedrückt, das mit großen, fragenden Augen geradeaus blickte.

»Dem Gott der Heerscharen sei Lob und Preis dafür, welch Edelstein von Tochter du besitzt, die vierte Frau unseres Theoderichs! Küsse jetzt mich und sie und uns alle und wünsche uns Glück«, sagte Madame Colornay. »Ja, meint ihr, es sei kein Glück, eine duftende Rose zu diesen mürben Knochen mit dem ganzen Altweibergeruch zu bekommen, so hell und rein, mit unbeflecktem Herzen, und das gerade jetzt, wo ich bald keine Kinder mehr bekommen kann? Jetzt beginnt hier im Bischofshaus das Leben wieder mit Sonnentagen wie in dem Jahr, als unser Theoderich mich mit meinen kleinen Söhnen, die jetzt große Männer und im Krieg sind, aus dem Graben zog. Und es würde keinen Schatten im Bischofshaus geben, wenn nicht die verflixten Feddys (Gott stehe den Kindern bei!) bis spät in die Nacht hier um das Haus schlichen; einer hat mich gestern abend in die Ecke bei der Wassertonne gedrängt, mich dickes Weib mit Krampfadern an den Schenkeln, und obendrein habe ich Gott sei dank den Trieb verloren.«

Stanford küßte seine Tochter gemäß dem Brauch, der an den Hlidar herrschte, und dennoch ein wenig zögernd. Dann küßte er seinen Sohn, der aus dem Schatten der Stube hervortrat; doch keinem der beiden Geschwister kam ein Wort über die Lippen, als sie ihrem Vater hier in der Ewigkeit begegneten, bis er seine Tochter fragte, wo ihre Mutter sei. Da sagte das Mädchen:

»Mama ist tot – sie auch.«

Dann erzählten die Geschwister ihrem Vater, wie die Frau auf dem Meer starb und versenkt wurde.

»Der Herr sei gelobt und sei ihr gnädig«, sagte Stone P. Stanford.

Er lachte leise glucksend und fügte hinzu: »Nein, so etwas. Es macht nicht soviel aus, daß ich nicht weiß, was ich sagen soll, wenn ich nur wüßte, wohin ich blicken soll.«

»Sieh hierher, lieber Steinar, und begrüße dich selbst«, sagte Maria Jonsdottir von Ömpuhjallur.

Sie hielt den kleinen Röckchenbauern von Hlidar auf dem Schoß. In der kurzen Zeit, die vergangen war, seit er hier durch die Tür kam, war sie schon fast seine Großmutter geworden, dieselbe Großmutter, nach der er sich gesehnt hatte, seit sie verschwunden war, und die er wiederzufinden meinte, wenn er »nach Hause« käme; denn irgendwie hatte der Knabe die Vorstellung gewonnen, daß sie, als sie im Atlantischen Ozean versenkt wurde, nur den kürzeren Weg dorthin eingeschlagen hätte, wohin sie alle wollten.

»Beuge dich herab, lieber Stanford, und küsse ihn hier auf meinem Schoß«, fuhr die alte Maria fort. »Er ist der Sohn deiner liebwerten Tochter, der vierten Schwester von uns und unserem Theoderich. Ich wußte die ganze Zeit, daß ich, solange ich lebte, immer wieder einen kleinen Jungen bekommen würde, um ihn durch die Gnade Gottes in diesen plumpen Händen zu halten, wie es mir eine Heilige auf den Westmännerinseln prophezeite, als ich jung war.«

Nun trat Stone P. Stanford näher und küßte alle noch einmal und wünschte jedem alles Gute mit den wahrsten und aufrichtigsten Worten, die ihm zu Gebote standen. Dann fragte er seine Tochter nach Neuigkeiten von den Hlidar.

»Eigentlich nichts Besonderes«, sagte das Mädchen und schniefte. »Nur war dieses Frühjahr furchtbar kalt mit dauernden Schneeschauern, bis das Gras wuchs, und Lämmer kamen in einem fort in den Wasserlöchern um ...«

Hier ergriff der Bruder des Mädchens das Wort: »Steina und ich haben uns gesagt, daß es an den Hlidar wohl kein solches Frühjahr gegeben hat seit dem Jahr, in dem die Stute den Krapi bekam ...«

»Und die Steinschläge vom Berg waren nie so schlimm, möchte ich beinahe behaupten«, sagte das Mädchen.

»Ich nehme an, ihr meint, daß die Bauern letzten Winter viel zufüttern mußten«, sagte der Ziegelmacher. »An den Hlidar konnte es mitunter auch im Frühjahr schneien; die Schafe rannten dann auf die zu dünnen Eisdecken über den Sumpflöchern, das stimmt. Was ich sagen wollte, Steine sind vom Berg auf die Hauswiesen gestürzt, als ob man das nicht kennt. Doch den Trost hatten wir früher, daß wir in Hlidar an den Steinahlidar ein gutes Pferd besaßen, das ihr eben genannt habt. Hm, das meine ich.«

Verwundert hörten sie sich wieder miteinander sprechen: drei Menschen, die ursprünglich alle dasselbe Herz waren; so also war das Wiedersehen im Himmel. Sie beeilten sich zu schweigen.

»Ich hoffe, daß auf deiner Reise alles leidlich verlief, Freund«, sagte Stone P. Stanford.

»In den letzten anderthalb Jahren, die ich in Island war, schlugen sie mich nicht mehr so, daß es der Erwähnung wert wäre; ist das nun Fortschritt oder Rückschritt?« sagte der Bischof. »Es kann einen zum Wahnsinn treiben, sich mit Wolle abzuplacken, wenn sie nicht einmal in Säcken ist.«

»Ach, ich meine, man könnte es als gutes Zeichen ansehen, wenn die Menschen irgendwo aufgehört hätten, die zu schlagen, die anders denken als sie selbst«, sagte Stanford. »Du weißt noch, wo und wann wir miteinander bekannt wurden, lieber Theoderich. Wenn ich dir sage, daß ich auf der anderen Seite des Mondes zu Hause bin, wie es mir manchmal beinahe vorgekommen ist, dann scheint zum mindesten kein vollgültiger Grund vorzuliegen, daß du mich schlägst, bevor du überlegt hast, auf welcher Seite du selber zu Hause bist. Wir alle sind sowieso hunderttausend Millionen Meilen draußen im Weltall zu Hause.«

Danach senkte der Ziegelmacher die Stimme und fragte den großen Bischof und Reisenden fast unhörbar: »Dürfte ich mich nur eben nach etwas erkundigen: ob wohl die Sterne am Himmel standen, als sie ins Meer gesenkt wurde?«

»Der Sturm hatte nachgelassen, und es hatte angefangen sich aufzuklären, und am Firmament schienen schon die Sterne«, sagte der Bischof.

»Das ist gut«, sagte Stone P. Stanford. »Dann möchte ich nichts mehr wissen.«

Eisenanna brachte die Fleischsuppe in einem großen Topf herein und stellte sie mitten auf den Tisch. Sie rief alle zum Essen. Die Sippe setzte sich zu Tisch; sie war erstaunlich groß. Eisenanna setzte sich nicht gleich, sondern füllte Suppe in die Näpfe. Bei den Mormonen ist es nicht Brauch, daß der Familienvater das Gebet spricht, wenn es sich nicht gerade so trifft; manchmal tut es eine der Schwestern oder eines der Kinder. Das kommt daher, daß der Hausherr oft lange Zeit fort ist, um an fernen Orten Gutes zu stiften. Eisenanna setzte sich auch dieses Mal erst hin, nachdem sie das Gebet gesprochen hatte. Nach der Art hagerer Menschen war sie recht wortkarg.

»Wir danken dir, Gott«, sagte sie, »dafür, daß unser Bruder wieder ein Glaubenswerk vollbracht hat, das man bei den Heiligen lange in Erinnerung behalten wird, und daß er ein neues Reis mit schöner Blüte gepflanzt hat, dessen Nachkommenschaft hier in der Wüste allezeit leben und gedeihen wird. Amen.«

29. Polygamie oder Tod

Es wird berichtet, daß sich um diese Zeit zweihundert heidnische Frauen zusammenschlossen und eine Versammlung in Salt Lake City einberiefen; in der Einladung nannten sie sich »christliche Frauen der Union«. Die Heiligen zählten diese Frauen zum Hause und zum Stamme des Großen Abfalls. Die Frauen, die selbst wahrlich nie eine Offenbarung empfangen hatten, forderten den Kongreß der Vereinigten Staaten von Nordamerika dringend auf, mit dieser Kirche kurzen Prozeß zu machen, die mit göttlicher Vollmacht zu handeln behauptete; sie forderten die Unionsregierung auf, den Polygamisten die Bürgerrechte abzusprechen und die Gesetze und die Ordnung abzuschaffen, welche sich die Heiligen gegeben hatten. Weiter sagten sie in ihrer Erklärung, die Ansicht, daß viele Frauen sich in einen Mann teilen sollten, wäre gottlos, da Gott dem Adam nur eine Eva, und nicht viele, gegeben habe. Auf dieser Zusammenkunft, die in einer der Kirchen des Großen Abfalls abgehalten wurde, die jetzt in der Stadt entstanden waren, wurden von seiten der Frauen aus Einehen wilde und steinerweichende Reden gehalten, in denen sie für die Frauen, die in Vielehen lebten, Freiheit forderten. Sie verlangten mit großem Wortreichtum von ihren und anderen Männern, die nur eine Frau hatten, sie sollten die Ehemänner, die viele Frauen hatten, hinter Schloß und Riegel bringen. Einige Frauen beantragten, man solle den Männern, die mehr als eine Frau liebten, und ebenso ihren Ehefrauen eine speziell angelsächsische körperliche Züchtigung zuteil werden lassen, das sogenannte Teeren und Federn.

Hier können die Vorkehrungen und Maßnahmen nicht aufgezählt werden, welche die Behörden der Union sich ausdachten, um die Mormonen in Utah zu beugen. Es soll nicht unterlassen werden, als Beweis dafür, daß jetzt in dem Streit mit den Heiligen scharf durchgegriffen werden sollte, folgendes zu berichten: Als Stone P. Stanford am Tage nach der Heimkehr Bischof Theoderichs diesen aufsuchen wollte, um sich genauer nach den großen Begebenheiten zu erkundigen, die sich nach höherem Ratschluß in ihrer beiden Leben zugetragen hatten, da war der Bischof in seinem Heim nicht anwesend. In aller Frühe waren Feddys erschienen und hatten ihn festgenommen; sie waren mit ihm in einem großen Militärwagen fortgefahren. Die blühende Familie, die gestern abend bei einer guten, gesunden Fleischsuppe in der Freude über das Wiedersehen und über die seelsorgerischen Ereignisse vereint gewesen war – wobei der Seelenfriede alles übertraf –, sie war heute von der Pranke der Ungerechtigkeit im Namen der Gerechtigkeit und der Gottlosigkeit unter dem Vorwand der Gottesfurcht geschlagen.

Wenn auch die Mormonen im allgemeinen in der Literatur als friedfertige Menschen geschildert werden, so war es nicht ihre Gepflogenheit, sich, am Boden liegend, lange verprügeln zu lassen. Kurz nachdem zweihundert Töchter des Großen Abfalls ihre Botschaft hatten ausgehen lassen, rüsteten die Heiligen im Land zum Kampf. Zuerst beriefen sie Distriktsversammlungen in jedem Distrikt von Utah ein, um vor der Öffentlichkeit Gelöbnisse abzulegen und Propaganda zu machen. Dann sollten die Distriktsversammlungen zu einer Großversammlung in Salt Lake City zusammengezogen werden, um dort die Einmütigkeit und das Zusammengehörigkeitsgefühl zu festigen sowie die Stellung und Bedeutung der Polygamie in der Seelsorge darzulegen. Die Frauen in Spanish Fork kamen zu Beratungen zusammen und bereiteten sich vor, nach Salt Lake City zu fahren und dort ihre Stimme im Chor der Allgemeinheit hören zu lassen. Sie sangen zuerst wunderschöne Psalmen der Heiligen der letzten Tage und gingen dann dazu über, einzeln ihre Freude über ihre Auserwähltheit zu schildern. Sie dankten dem Lord der Heerscharen für die Erleuchtung, erkennen und verstehen zu dürfen, daß das Seelenheil von Frauen darin bestehe, einen gerechten Ehemann zu haben, der durch seine Tugenden ausgezeichnet sei: Es könnten nie genug Frauen eines solchen Mannes teilhaftig werden. Sie sagten, daß die geistige Übereinstimmung samt der spürbaren Teilhabe an der göttlichen Gegenwart den Mormonenfamilien einen Liebreiz verleihe, nach dem man im Zusammenleben anderer Menschen lange suchen könnte. »An jedem Tag, den Gott werden läßt«, sagten sie, »danken wir dem Lord der Heerscharen und seinem Freund, dem Propheten, welch letzterer auf Erden ein schönes Leben ohne Mißgunst und Eifersucht eingeführt hat. Wem ist je zu Ohren gekommen, daß hier gute Frauen auf den Abfallhaufen geworfen werden, wie es bei den Josephiten und Lutheranern Brauch ist, wo die Männer so lange wie nur möglich darum herumkommen wollen, sich anständig zu verheiraten, oder ihre Frau betrügen, wenn sie endlich verheiratet sind, und zuletzt von ihr weglaufen. Dieses unser schönes Leben werden wir nicht aufgeben, solange wir leben, wie sehr wir auch durch die Union, deren Armee und Polizei bedrängt werden, durch Kongreß und Senat, durch Redner, Journalisten und Schriftsteller, Professoren und erbärmliche Bischöfe und sogar durch den Antichrist selber, den Papst. Keiner Macht auf Erden wird es gelingen, uns daran zu hindern, dem heiligen Gebot Gottes zu folgen, sowohl in der Polygamie wie in anderen Dingen, die uns Gott offenbart hat: Polygamie, solange wir leben! sagen wir heiligen Frauen der letzten Tage; Polygamie oder Tod!«

Als die Distriktsversammlung beendet war, verteilten sich die Teilnehmer auf Wagen, die draußen auf der Straße bereitstanden, um die Frauen zur Großversammlung nach Salt Lake City zu bringen. Große Heu- und Getreidewagen, darunter vierspännige, waren mit Sitzen und Planen versehen, um den Frauenflor zu transportieren. Diese auserlesenen Frauen strahlten vor Idealismus und rechten Anschauungen und hatten heitere Unschuldsmienen, wie sie am schönsten bei Nonnen vorkommen. Einige lachten und kreischten aus kindlicher Überfülle an gutem Gewissen, die an Gewissenlosigkeit grenzt; andere fuhren fort, mit vibrierender Stimme Lobgesänge zu singen, um dieser großen Unschuld Luft zu machen; eine Gruppe junger Burschen begleitete sie mit Blasmusik. Die Ehemänner standen mit den Kindern auf der Straße, um bye-bye zu sagen; man küßte sich ungestüm. Ein Mann in vorgerücktem Alter trat an einen Wagen, strich sich das Haar in die Stirn und wandte sich an ein junges Mädchen, das sich auf dem Wagensitz zwischen zwei älteren Frauen zurechtgesetzt hatte und mit großen Augen ins Blaue sah, allerdings ohne zu singen, denn sie kannte die Worte nicht; doch das konnte man aus ihrer heiteren Miene lesen, daß sie unsäglich glücklich war.

»Ich hoffe, mein Licht«, sagte er und lachte glucksend auf, »daß du mit Land und Reich, das ich euch Kindern gekauft habe, nicht betrogen bist. Ich möchte dir sagen, wenn ich von einer wahreren Gottesstadt woanders gewußt hätte, so hätte ich sie dir und deinem Bruder gekauft.«

Die vierte Frau des Bischofs blickte ihren Vater aus jener Ferne an, wie sie eines Tages zwischen zwei Herzen entsteht. Sie antwortete vom Wagen herab: »Was könnte ich mir Besseres wünschen, als in Gesellschaft dieser Frauen zu sein? Ich hoffe, daß der Tag nie kommen wird, an dem ich Theoderich enttäusche, denn er befreite mich von diesem schrecklichen Tier, dessen Namen ich nie nennen werde.«

»Sprich nicht mehr von diesem Biest: wohl dem, der frei davon ist«, sagte Madame Colornay, die neben ihr saß.

»Auf den Westmännerinseln war nur ein schreckliches Tier, das immer neue gierige Mäuler bekam, sooft man es mit Messern durchbohrte«, sagte die alte Maria von Ömduhjallur, die mit Steinar junior auf dem Schoß an der anderen Seite der vierten Frau saß. Und die Blinde fügte hinzu: »Die Leute, bei denen ich auf den Westmännerinseln aufwuchs, trugen hingegen das Himmelreich in sich. Wo sie sich auch befanden, selbst wenn sie sich zum Vogelfang an sechzig Klafter hohen Felsen abseilten, waren sie zu Hause in der Gottesstadt Zion.«

Hott, hott, und der erste Peitschenknall: Der vorderste Wagen hatte sich in Bewegung gesetzt, und bald war der ganze Zug mit den Frauen und der Musik aufgebrochen. Die Männer zogen die Kinder mit sich und liefen eine gute Weile nebenher, schwenkten die Hüte zum Abschied, die einen mit Scherzworten, die anderen mit guten Wünschen; doch dann blieben sie zurück. Die Frauen winkten mit ihren Tüchern aus den Wagen, lachend und zur Blasmusik singend, und auf der Straße wirbelte der Staub auf. Nach und nach gaben die Männer das Nachlaufen und Winken auf, und als man die Ortsgrenze erreicht hatte, kehrten alle nach Hause um, außer einem. Er fand erst wieder zu sich, als er mit erhobenem Hut allein im Staub dastand und die Wagen mit den Frauen in der Ferne, auf halbem Weg nach Springville, verschwunden und Gesang und Blasmusik fast verklungen waren. Nach der zwecklosen Lauferei wischte er sich den Staub aus den Augen. Doch erst als er den Hut wieder aufgesetzt hatte, bemerkte er, daß er sich vor dem Haus am äußersten Ende der Straße befand, dem Haus, in dem früher die Nähmaschine stand und das bald einzustürzen drohte.

Seit er seinerzeit zum ersten Mal hierhergekommen war, hatte das Haus, das schon damals in schlechtem Zustand war, stark gelitten. Die Mauern hatten so große Risse bekommen, daß sich Eidechsen darin einquartiert hatten; an anderen Stellen hatte sich in den Rissen Humusboden gebildet, und Weizenhalme wuchsen daraus hervor. Auch an der Wäscheleine sah es im Vergleich zu früheren Tagen recht trübe aus: nur ein paar zerschlissene Kindersachen hingen dort.

Er entdeckte, daß er nicht der einzige war, der den musikalischen Wagen dumm nachblickte: Draußen vor der Tür stand das junge schwarzhaarige Mädchen, das alles von ihrer Mutter hatte, außer dem Lachen, und mit allen weiblichen Tugenden ausgestattet war, außer mit der, guten Tag zu sagen. Sie hielt ein einjähriges Kind auf dem Arm und sah weinend die Straße entlang. Der kleine Fratz versuchte, seine Mutter zu trösten, und wollte ihr die tränennasse Nase umdrehen und mit seinen weichen Fingerchen die Augen auskratzen. Zum Glück hatte Stone P. Stanford seinen Hut schon aufgesetzt, so daß er ihn vor dem Mädchen wieder abnehmen konnte.

»Was denkt ihr, haben die Wagen heute nicht ordentlich gerumpelt?« sagte er und trat näher. »Gott gebe der jungen Mutter und ihrem Sohn einen guten Tag!«

Dieses Jahr war um das Haus herum nicht aufgeräumt worden, und wahrscheinlich auch nicht in den letzten zwanzig Jahren. Es war einmalig, wie prachtvoll das Salbeigestrüpp und die Tamariskenbüsche auf diesem Hofplatz gediehen und überhaupt all das Unkraut, das in der Wüste wächst. An manchen Stellen war das Adobe-Gebröckel wie eine Geröllhalde aus den Hausmauern gefallen. Die Fenster, die zur Straße gingen, waren mit Brettern vernagelt. Vor recht langer Zeit hatte dieser Ziegelmacher der Frau zugesagt, ihr Haus auszubessern; kaum je ist eine Zusage so schlecht gehalten worden. Die Ziegelsteine, die er in einem Kinderwagen zu ihr hingefahren hatte, als er zu dem Besuch seligen Angedenkens kam, standen noch so, wie er sie gestapelt hatte, nur daß sie tief in Gras und Gestrüpp versunken waren. Er streckte dem Mädchen die Hand hin, und das Mädchen wischte sich erst die Tränen ab und reichte dann dem Gast die vom Kummer nasse Hand. Dann tätschelte er dem kleinen Jungen die Stirn und lachte glucksend.

»Es sind wohl heute in der Gottesstadt Zion nicht alle in bester Stimmung – man hätte eigentlich etwas anderes erwarten sollen«, sagte er. »Was könnte man dagegen tun?«

»Wir sind Josephiten und dürfen nicht mitfahren«, sagte das Mädchen und weinte weiter.

»Ach, hättet ihr euch an mich gewandt, ich hätte euch sofort Plätze neben meiner Tochter verschafft als Dank für all den guten Kaffee«, sagte er. »Und wenn ich vielleicht auch unzuverlässig bin und das Blaue vom Himmel versprach, dann wäre es doch für euch ein leichtes gewesen, euch an den zu wenden, der euch ein älterer und erprobterer Freund ist als dieser Kauz von den Hlidar.«

»Der Ronky«, sagte das ein wenig frostige Mädchen. »Du glaubst doch wohl nicht, daß er über genug Platz für einen Frauenhintern verfügt. Er kann nur eins: bei uns Bretter vor die Fenster nageln, wenn die Bengels Steine hineingeworfen haben. Er hat nämlich in der lutherischen Kirche Übung in solchen Arbeiten bekommen.«

»Das ist nicht zu bestreiten«, sagte der Ziegelmacher. »Zu viele Scheiben sind kaputt. Wenn ich mir diese Verheerung ansehe, dann tut sie mir so weh, als hätte ich sie selber angerichtet.«

Wie bereits berichtet, stand die Nähmaschine nicht mehr mitten in der Stube, sondern die Schneiderin Borgy saß mit verweinten Augen an einem Fenster der Hinterfront des Hauses und stopfte mit Nadel und Faden. Die Türen, die einst hier im Haus so sorgfältig zugemacht wurden, sie waren jetzt nicht nur aus den Angeln, sondern gänzlich verschwunden. Und was war aus den Schränken geworden, in denen hochmoderne prächtige Neuenglandkleider hingen, mit tiefen Ausschnitten, die einen an die Zeit erinnerten, als man an der Brust lag!

Die Frau sah den Gast mit ihren ausdrucksvollen, vom Weinen geschwollenen Augen aus dem Dunkel der Tiefe an.

»Es ist schon lange her«, sagte er.

Er strich sich, wie es seine Gewohnheit war, das unsichtbare Haar in die Stirn und fand in einer Ecke auf dem Fußboden einen Platz für seinen Hut, ehe er der Frau die Hand reichte. »Glück und Segen, liebe Frau Thorbjörg. Es ist kaum anzunehmen, daß du dich an diesen Kauz erinnerst, der selber nicht mehr weiß, wie er heißt, und noch weniger, woher er ist. Doch es gab eine Zeit, wo du mir viel und guten Kaffee gebracht hast. Gottes Lohn dafür.«

»Kaffee!« wiederholte die Frau starr vor Staunen, als wäre das der größte Unsinn, den sie je gehört hatte.

»Das weiß jedoch der noch besser, der einen Labetrunk nicht unbelohnt ließ«, sagte er.

»Ja, es ist wahr«, sagte die Frau, »ich danke dir auch für die Ziegelsteine, die du in einem Kinderwagen hierhergefahren hast.«

Obwohl sie noch kurz vorher geweint hatte und die Tränendrüsen ihre Tätigkeit kaum eingestellt hatten, besaß sie so viel Humor, daß sie sich bei der Erinnerung an diese Gabe unvermittelt vor Lachen schüttelte. Sie schrie so, daß man ihr in den Hals sehen konnte.

»Es ist wahrlich eine Gottesgabe, wenn man lachen kann, liebe Frau«, sagte er.

Sie hörte auf zu lachen und wischte sich die letzten Tränen ab.

»Bitte, nimm auf meinem Stuhl Platz«, sagte die Frau und stand auf. »Ich hocke mich auf diesen Schemel. Nein, mir war wirklich nicht zum Lachen. Das größte Unrecht scheint mir doch zu sein, daß da Weiber thronten, bei denen ich zweifle, daß sie je den Namen des Propheten gehört haben, geschweige denn mehr. Das geht mir über die Hutschnur.«

»Es ist schon immer so gewesen«, sagte er, »daß die Ersten die Letzten waren und die Letzten die Ersten. Es ist noch nicht lange her, daß meine Tochter den Namen des Propheten gehört hat. Es ist wohl so, daß alles seinen Grund hat, auch daß man dich und deine Tochter nicht aufgefordert hat, einzusteigen. Wenn ich mich recht entsinne, hast du mir einmal gesagt, daß du, als man dich lehren wollte, das Evangelium zu umarmen, lachtest, bis du in Ohnmacht fielst.«

»Als ob man nicht vom Propheten abhängig ist, auch wenn man nicht an ihn glaubt«, sagte die Frau. »Warum stehen wir hier alleine? Der Prophet hat alle von mir weggezogen. Das Haus ist ganz aus den Fugen gegangen, und warum? Der Prophet hat es mit Steinen beworfen. Das einzige, was der Prophet mir gelassen hat, ist der Ronky, und dadurch bekam ich die Reste von eurer großen Rindfleischsuppe neulich im Bischofshaus.«

»Jammerschade um die Nähmaschine«, sagte er. »Ich bekam einen Schreck, als ich es erfuhr.«

»Natürlich mußte ich Schulden damit abzahlen«, sagte die Frau. »Ich hatte nur noch wenig Verwendung für die Maschine, denn nachdem meine Tochter ein Kind von einem Lutheraner bekam, hat kein Heiliger mehr auch nur ein Stück Unterkleidung für seine Frauen bei mir nähen lassen (es sollte doch nicht darüber gesprochen werden, wer für wen Unterzeug näht), erst recht kein sichtbares Kleidungsstück, bei dem die Gefahr besteht, daß im Besserungsverein danach gefragt und gesagt wird: Das ist doch nicht etwa von Borgy!«

»Ich möchte wirklich das Meine tun, damit mein guter Sira Runolfur den Pfarrersfrack auszieht, so daß er seinen Unterhalt verdienen und doch wenigstens Vorsteher einer Wache werden kann«, sagte Stone P. Stanford. »Daran, wie er die Schlachtschafe Bischof Theoderichs besorgt, sehe ich, daß er der allerbeste Familienvater werden müßte, wenn er sich nur eine oder zwei Frauen ansiegeln wollte.«

»Dich selbst siehst du nicht«, sagte die Frau.

»Nebenbei bemerkt, sollte ich nicht meine Jacke ausziehen und nachsehen, wo in den Wänden bei dir böse Risse sind?

Um die Wahrheit zu sagen, ich gebe bereitwillig zu, wenn auch zu meinem größten Leidwesen, daß ich dich mit der Kleinigkeit im Stich gelassen habe, die ich dir damals versprach; aber noch ist die Nacht nicht zu Ende, sagen die Gespenster, hehehe«, sagte der Ziegelmacher. »Mit Verlaub, sehe ich recht, gibt es keine Türen mehr hier im Haus?«

»Wir haben sie bei der Kälte im vorvorigen Winter ins Feuer gesteckt, gleich nachdem meine Tochter niedergekommen war«, sagte die Frau. »Wir brauchten sowieso nicht mehr voreinander die Türen zu verschließen. Unser Lutheraner war fort.«

Jetzt unternahm der Ziegelmacher eine kleine Inspektionsreise außerhalb und innerhalb des Hauses; ihn schauderte um so mehr, je genauer er sich umsah. An manchen Stellen konnte man in den Zimmern vor Ameisen und Käfern nicht auftreten, und in dem Gestrüpp um das Haus war allerlei kleineres Getier; das meiste allerdings harmlos, doch an einer Stelle glitzerten die Augen einer Giftschlange.

»Nun ja, ich möchte euch beide heute nicht länger aufhalten und danke euch für die Besichtigung des Hauses, das wirklich verbessert werden könnte wie die meisten Menschenwerke«, sagte er. »Doch es springt nicht immer in die Augen, wo man beginnen soll, Hand anzulegen, wenn man eine eingestürzte Mauer vor sich hat.«

»Es ist eine große Schande, daß man seinem Gast keinen Kaffee mehr anbieten kann«, sagte die Frau.

»Oh, laß nur gut sein, ich zehre noch von dem Kaffee, den ich damals bei dir bekam, ganz zu schweigen von dem Kaffee, den du mir seinerzeit durch deine Tochter geschickt hast«, sagte der Ziegelmacher und küßte die Frau. »Und gern möchte ich mit dir Freundschaft halten, mit dir und deiner Tochter. Und falls ich deine Tochter nicht draußen im Garten treffe, dann bitte ich dich sehr, sie von mir zu grüßen. Sie ist ein recht hübsches Mädchen, wenn sie auch kein einschmeichelndes Wesen hat, nicht mehr als ihre Mutter, hehehe; und ihr kleiner Sohn ist auch nicht von schlechten Eltern; er erinnert mich wahrhaftig an den Sohn meiner Tochter, den ich neulich sozusagen aus dem Nichts bekam; oder, besser gesagt, zum Glück durch Gottes Hilfe nie bekam; ich getraue mich auch nicht, zu ihm hinzusehen, um ihn nicht von besseren Vätern, als ich einer bin, wegzuziehen. Und wo habe ich nun wieder meinen Hut gelassen, denn hoffentlich bin ich nicht ohne Hut zu fremden Leuten gekommen. Soviel ich weiß, habe ich vorhin draußen auf der Straße damit gegrüßt.«

Die Frau erwiderte nichts, sondern sah den Mann aus der Ferne der Seele an, in jenem großen, tiefen und tränenreichen Schweigen des menschlichen Daseins, das nur das Lachen brechen kann.

Endlich fand er seinen Hut in der Ecke, wo er ihn hingelegt hatte.

Erst als er bereits über die innere Schwelle in den kleinen Flur getreten war und die Außentür unter gehörigem Quietschen und Knarren geöffnet hatte, fiel ihm plötzlich eine Kleinigkeit ein, die er beinahe vergessen hätte. Er lehnte die Tür wieder an, ging hinein und sagte so leichthin zu der Frau, die sich mit ihrer Stopfarbeit wieder an das Fenster gesetzt hatte:

»Es ist nicht so einfach, diesen komischen Kerl von den Hlidar loszuwerden, wenn man so etwas einmal ausfindig gemacht hat«, sagte er. »Und da liegt der Hund begraben. Doch wenn ich das Haus ansehe, aus was für schlechten Adobe es gebaut ist – und Lümmel haben euch die Fenster eingeworfen, und die Türen sind unter dem Kochkessel gelandet, und die Nähmaschine, von der mir Pfarrer Runolfur oft erklärt hat, daß sie der Beweis für den Sieg der Allweisheit in Spanish Fork ist –«

»Trete ich dir zu nahe, wenn ich frage, wovon du sprichst?« fragte die Frau.

»Hm«, sagte er. »Mir ist eben eingefallen, ob man euch nicht anbieten sollte, in mein neues Haus zu kommen und dort zu wohnen? Dort hat man eine überaus reizvolle Aussicht aus dem oberen Stockwerk auf den Heiligen Berg, den ich für den Inbegriff eines Berges halte. Bald bin ich alt, und ich treffe Anstalten, von hier wegzugehen. Und da schadet es nichts, zuverlässige Menschen, am liebsten Frauen, zu haben, die einem zugetan sind. Ich gebe euch dann dafür das Siegel, das Frauen im Himmel brauchen.«

Am Morgen darauf entschloß sich Stone P. Stanford, noch einen Versuch zu unternehmen, eine geeignete Gardine für das Fenster oben in seinem Haus zu finden, von wo aus man die Wahrheit in Gestalt eines Berges sehen konnte, das Panorama, für das kein Tuch als Vorhang geeignet schien. Jetzt ist zu berichten, wie er sich auf die Suche machte.

Als er ein Stück die Hauptstraße entlang gegangen war, sah er, daß einige Hausbesitzer wutentbrannt Schafe aus ihren Gärten zu beiden Seiten der Straße jagten. Zuletzt sammelten sich die Schafe mitten auf der Straße und blökten unschlüssig; einige begannen sich zu stoßen, als könnten sie sich nicht einig werden, was sie jetzt anfangen sollten, wo sie keinen anderen Zufluchtsort mehr hatten als die mit Schotter belegte Straße, auf der die Freiheit wächst, jedoch kein Gras. Der Ziegelmacher zählte aus alter Gewohnheit die Schafe; es waren fünfzehn, alle mit dicken Schwänzen, welche die Stummel der isländischen Schafe bei weitem übertreffen.

»Was sind das für Schafe?« fragte er.

Einer aus der Nachbarschaft, außer Atem von der Jagd nach den Schafen in seinem Garten, stellte die Gegenfrage, ob er nicht sehen könne, daß dies hier die Suppenfleischschafe Bischof Theoderichs seien. »Was sagst du dazu, Sira Runolfur hat sich nicht entblödet, sie heute morgen herauszulassen!« Ein anderer Mann kam vorbei und sagte: »Der Ronky ist bestimmt nicht mehr ganz bei Verstand. In aller Frühe hat man ihn gesehen, wie er umzog und sich mit seinem Koffer auf dem Rücken abquälte. Er soll in den Dugout gezogen sein, in dem der Lutheraner gewohnt hat.« Der dritte Mann kam und erzählte diese Geschichte: »Hast du gehört, daß die Josephitinnen ihn gestern abend samt den bischöflichen Breiresten hinausgeworfen haben?«

Es ist hier im Buch schon erwähnt worden, daß in Spanish Fork die armselige lutherische Kirche stand, von der man weiß; von dieser Kirche hatte die junge Josephitin behauptet, daß darin nur ein Maulesel aufrecht stehen könnte. Auf dieser Schachtel, die dort auf einem Hügel stand, hatte man einen Turm errichtet, der nicht größer war als eine ordentliche Kaffeemühle. Aus dem Turm hatten die Lutheraner ein Kreuz ragen lassen; dieses Symbol betrachten die Heiligen der letzten Tage als Ketzerzeichen, das vom Papst stammt, ein Erbe des Großen Abfalls. Die Kirche hatte ursprünglich vier Fenster. Doch als Pfarrer Runolfur den lutherischen Glauben ablegte und die Gemeinde sich auflöste und in alle Welt zerstreute, wurden die Scheiben durch Steinwürfe zertrümmert, wie es die Unart von Jungen in der ganzen Welt ist, wo immer sie ein geistig herabgewürdigtes Haus sehen. Seit Jahren waren die scheibenlosen Fenster mit Fensterläden vernagelt und von dem Kreuz war nur noch ein abgebrochener Stumpf übrig.

Stone P. Stanfords Weg führte ihn an dieser verödeten Kirche vorbei, die einer berühmten Kirche auf einem Hochgebirgsgipfel ähnlich war, »so öde wie der Tod«. Das Unerhörte war eingetreten, daß ein Mann eine Leiter an die Kirchenmauer gelegt hatte und es ihm gelungen war, bis auf das Türmchen zu klettern; er versuchte, das Kreuz zu reparieren. Er war in Hemdsärmeln. Sein Pfarrersfrack, das ehrwürdigste Kleidungsstück von Spanish Fork in alter und neuer Zeit, war der Länge nach sauber mit dem Futter nach außen zusammengelegt und lag auf einer Sprosse der Leiter. Stone P. Stanford blieb auf der Straße stehen, nahm den Hut ab und rief dem Mann zu: »Gott gebe dir einen guten Tag, mein lieber Sira Runolfur.« Doch Pfarrer Runolfur gab keine Antwort und fuhr fort, das Kreuz zu reparieren.

30. Schluß

Um diese Zeit war die Leitung der Mormonenmission aus Dänemark nach Schottland verlegt worden; dort befand sich die Zentrale, wie man im heutigen Jargon sagt, die aber in alter Zeit Erzbischofssitz geheißen hätte. Diesem Sitz war eine Schule angegliedert, in der die Geistlichen der Mormonen in der Kunst und Methode unterwiesen wurden, der heidnischen Bevölkerung in anderen Ländern das Evangelium nach einem neuen Bekenntnis zu predigen. Hierhin wurde Stone P. Stanford aus Utah geschickt, um einen Winter lang Kenntnisse zu erwerben, ehe er nach Island ginge, um in die Fußstapfen Bischof Theoderichs und anderer Heiliger zu treten, die das Land bereist hatten. Es wird erzählt, daß der Ziegelmacher sich später so äußerte, daß er an diesem Ort heilige

Wissenschaft mit dem Teil des Kopfs studiert habe, der oberhalb der Nase beginnt; und vorher habe er sie beherrscht, wie wenn man Schnupftabak aus einem hölzernen Horn durch die Nasenlöcher saugt.

Dieses Mal können hier keine weiteren Punkte der Theologie und der heiligen Mission aufgezählt werden, zumal der Ziegelmacher selber gesagt hat, daß kaum etwas in der Lehre der Erzbischofsschule in Schottland über die Lehrsätze hinausging, die Pfarrer Runolfur verkündete und die in diesem Büchlein schon behandelt wurden. Unsere Erzählung wendet sich dem Tag zu, an dem die Vögel in den Bäumen auf dem frischergrünten Abhang, der unterhalb der Burg der Schotten liegt, ihr Gezwitscher wieder aufnahmen. In der Stadt dort gibt es die Prinzenstraße; sie ist breit und sonnig und wird mit gesunden Schauern besprengt, mehr als alle städtischen Straßen in der Welt, wenn man von den Straßen der Gottesstadt Zion absieht, die von der Allweisheit auf dem Terrain abgesteckt und angezeichnet wurden. An diesem Tag war der Ziegelmacher aus Utah in der Prinzenstraße unterwegs, um sich für die Reise nach Island Schuhe mit dicken Sohlen zu kaufen, vielleicht auch einen einigermaßen guten Hut; da kam unversehens jemand auf ihn zu, in der Menschenmenge auf der Hauptstraße von Edinburgh, wo bessere Herren Röcke tragen, und klopfte ihm auf die Schulter. Dieser Mann war in einen kostbaren Pelzmantel gekleidet und hatte eine hohe Mütze aus dem gleichen Pelz auf; seinen Schnurrbart hatte er mit Wachs einreiben und die Enden zwirbeln lassen, so daß sie wie Nadeln in die Luft stachen. Nichts deutete darauf hin, daß es sich hier um einen Straßenfeger oder Schuhputzer der Schotten handelte; das war auch nicht der Fall. Am meisten wunderte sich der Ziegelmacher aus Spanish Fork darüber, daß dieser Mann ihn schüttelte und ihn in isländischer Sprache begrüßte, mit anheimelnden Flüchen, wie es unter guten Bekannten üblich ist: »Nein, in die türenlose Hölle mit dir! Ei, zum Gehörnten!« und so weiter.

Der Ziegelmacher zwinkerte erst lange mit den Augen, um ein Staubkorn darin loszuwerden, und schluckte seinen Speichel sorgfältig hinunter, um die Zunge frei zu machen; schließlich sagte er nicht ganz ohne Glucksen, doch mit einem Anflug von Lachen, das sich bei dem Mann immer einstellte, wenn er eine Erklärung abgab, die nach seiner Meinung berechtigt war:

»Ich heiße«, sagte er, »Stone P. Stanford, Ziegelmacher und Mormone aus Spanish Fork im Territorium Utah, tja, das ist so.«

»Ziegelmacher und Mormone aus Spanish Fork, ja, verdammt verrückt seid ihr. Doch hol's der Teufel, sei mir dennoch gegrüßt und schieß los: Sag mir, wie es kommt, daß ich nicht so viele Frauen kriegen kann wie Björn von Leirur und du.«

Der Ziegelmacher: »Oh, es gibt kaum Neuigkeiten bei solchen komischen Kerlen, wie ich es bin; nur scheinen mir die Vögel heute in Schottland unmäßig viel zu singen; es ist nicht ausgeschlossen, daß sie mehr sagen als nur ihre Gebete, hehehe.«

»Gib nicht zuviel darauf, was wir zwitschern«, sagte der Pelzmantelmann. »Wie dem auch sei, ich nehme dich direkt in mein Hotel da drüben mit und spendiere dir ein Bier.«

»Ich kann nicht gerade sagen, daß Bier mein Lieblingsgetränk ist, mein lieber Bezirksvorsteher«, sagte der Ziegelmacher. »Doch Kaffee nehme ich gern an, wenn er aus ehrlichem Herzen angeboten wird. Er kann den Geist eher beleben als einschläfern, wenn man Geist hätte; und dann bekäme ich vielleicht Mut, danach zu fragen, wie es zugeht, daß ich die liebe Obrigkeit auf dieser riesigen Weltstraße treffe.«

»Der Mensch ist der Geringste in der Hölle, der die Obrigkeit verlauster Leute ist«, sagte der Bezirksvorsteher. »Lassen wir das. In kurzen Worten, ich habe genug von Männern, die auf dem Rücken liegen und Sagas lesen, während sie auf Fischzüge warten. Und wenn es endlich Fisch gibt, kommt eine Woge und ertränkt sie. In diesem Hotel gebe ich mich lieber als Gouverneur von Island aus denn als gar nichts; der Portier bekommt einen Penny dafür, daß er es glaubt, jedesmal, wenn ich durch die Tür gehe. Für einen Penny Gouverneur in den Augen des Portiers zu sein ist doch noch besser, als in Wirklichkeit Obrigkeit und Richter von Leuten zu sein, die vor Armut nicht mal die unterste Grenze der Tugend erreichen. Ich habe drei Anliegen in Großbritannien: eine britisch-isländische

Kompanie mit beschränkter Haftung zu gründen, um Trawlfischerei zu betreiben; zweitens Geld aufzunehmen, um Island zu elektrifizieren; und drittens will ich letzte Hand an meine Gedichtsammlung legen.«

Der Ziegelmacher hatte nicht einmal in der Gottesstadt Zion Räumlichkeiten betreten wie die, in die ihn jetzt der Bezirksvorsteher des Bauern führte. Auf dem Fußboden lagen Teppiche, grün und weich wie Grasmatten. Vom Deckengebälk hingen so prachtvolle Kronleuchter herab, daß, wenn Egill Skallagrimsson sie erblickt hätte, ihn mit Sicherheit Berserkerwut befallen hätte – durchaus keine geringere als damals, da Einar Skalaglam den mit Gold und Edelsteinen ausgelegten Schild über Egills Bett anbrachte. Dort hingen auch Porträts von Königinnen mit Halskrause und anderen ehrenwerten geköpften Personen aus Schottland. Die Stühle hatten hohe, gerade Rücken mit hölzernen Streben, so daß jemand, der sich darauf setzte, das Gefühl haben mußte, er säße auf einem guten Reitpferd. Governor of Iceland Benediktsen sprach weiter.

Es war deutlich zu sehen, daß der Bezirksvorsteher sich aus der Torfgrube, in der in Island die Gerechtigkeit wohnt, in kein weniger glänzendes Licht erhoben hatte als der Kohlenbeißer Quarkbeutelfaul, als er einstens aus der Aschengrube stieg. Dabei stand er schon immer über dem Durchschnitt der Bezirksvorsteher von früher.

Der Ziegelmacher konnte in dem Gespräch keine Lücke entdecken, in die man ein Wort über die Wahrheit hätte einschmuggeln können, die den Heiligen der letzten Tage mit dem Paradies gegeben wurde. Nachdem er lange schweigend dagesessen und entweder gelächelt oder geistesabwesend mit dem Kopf genickt hatte – nur daß er jedesmal ein bißchen in sich hineinkicherte, wenn der Bezirksvorsteher fluchte –, begann er nach einem Vorwand zu suchen, um sich zu verabschieden. In der Nacht war das Postschiff nach Reykjavik zu erwarten, und er hatte noch allerlei Besorgungen zu machen, unter anderem wollte er Schuhe kaufen, um mit ihnen den Glauben zu verkünden.

»Ich weiß jemanden, der nicht lange zögern wird, den Mormonenglauben anzunehmen, und das ist Björn von Leirur; ich wurde nie müde, den Alten auszuschimpfen und ihm zu sagen: Verfluchter Kerl, kriegst alle die Weiber, die ich hätte bekommen sollen. Mit dir werde ich noch abrechnen, sagte ich zu dem Alten, obwohl die Schuld wahrhaftig nicht bei ihm lag. Zum Beispiel tat ich alles, um deine Tochter zu retten, aber das war rein unmöglich. Als Gott und Menschen das eine Ziel hatten, ihren guten Ruf zu retten und ihr einen annehmbaren Kindesvater zu verschaffen, und als der alte Björn sozusagen die Vaterschaft abgeschworen hatte – was war da das Ende vom Lied? Das Mädchen machte mich in den Augen der Regierung zum Narren und Idioten. Beim Landeshauptmann wurde mir ins Gesicht gesagt, ich wäre ein Bezirksvorsteher, bei dem es von Jungfern geborene Kinder gäbe. Zuletzt luchste ich dem Alten alles ab, was er besaß, um dafür einen Trawler zu kaufen. Von Elektrizität wagte ich jedoch nie mit ihm zu sprechen, denn er weiß nicht, was das ist; er würde denken, das sind Restposten von durchweichtem Schiffszwieback, die ich ihm aufschwatzen will. Nun bitte ich dich, den Alten trotzdem zu grüßen, und sage ihm, daß die britisch-isländische Kompanie in Gang gekommen ist.«

Der Dichtergouverneur wies seinem Gast den Weg durch das Vestibül des Hotels und küßte ihn vor der Tür. Der Portier verbeugte sich, so daß die Rockschöße in die Luft zeigten, und sah mit vornehmer Gelassenheit zu, wie gnädig der Gouverneur den geringsten seiner Untertanen verabschiedete. Doch als der Ziegelmacher den Bürgersteig betreten hatte, fiel dem Gouverneur eine Kleinigkeit ein, die er noch mit dem Mann zu regeln hatte. Er ging mit bloßem Kopf seinem Gast nach und rief auf isländisch: »Steinar von Hlidar, habe ich recht verstanden, daß du auf dem Heimweg bist? Soll ich dir nicht einen Hof schenken?«

»Oh, das ist eigentlich ganz unnötig, du liebes Himmelslicht«, sagte der Mann, der plötzlich wieder Steinar von Hlidar war und sich dort in Edinburgh umdrehte. »Was für ein Hof ist es denn, mit Verlaub?«

»Es ist der Hof Hlidar an den Steinahlidar, den ich zwangsversteigern ließ, um Steuern und fällige Schulden zu begleichen, und den ich mir selber zuschlug, damit er nicht in der Sammlung Björns von Leirur landete. Wenn du mit mir an den Schalter des Portiers kommst, schreibe ich ein paar Worte auf einen Zettel, den du in die Tasche stecken kannst, und der Hof ist wieder dein.«

Der Dichtergouverneur, der neueingesetzte Außenposten Islands im Britischen Reich, erwies sich leider nicht als der einzige Isländer, der kein Verlangen danach hatte, Botschaften von der Wahrheit des Goldenen Buches und dem Land jenseits der Wüste zu hören, das ein Zubehör der Wahrheit ist. Die Isländer hatten es sich jetzt seit drei Großhundert Jahren, manche sagen vier, zur Regel gemacht, an Leitsätze aus Dänemark zu glauben – Bischof Theoderich hatte auch verlauten lassen, wie die Dänen ihren ganzen Verstand von den Deutschen hätten, so wäre das Gehirn der Isländer, hoffentlich jedoch durch Unachtsamkeit, im Schädel des Dänenkönigs gelandet –; nun ließen sie auch die Mormonen unbehelligt, als sie erfuhren, daß Christian Wilhelmsson es bei sich zu Hause ebenso machte. Damit wird auch die Frage berührt, die Bischof Theoderich unbeantwortet ließ, als er von seiner zweiten Missionsreise, der größeren, nach Utah zurückkehrte: War es Fortschritt oder Rückschritt bei den Isländern, daß sie die Mormonen nicht mehr verprügelten? Früher war ein Mormone kaum in Reykjavik an Land gestiegen, als auch schon Pöbel und Säufer, die zu jener Zeit der Stadt ihr Gepräge gaben, herbeiliefen und ihn mit Schimpfwörtern und unflätigen Reden verfolgten, während die Jungen ihn mit Steinen und mit Straßendreck bewarfen, den sie mit Schnee vermischt hatten. Wenn ihnen nichts anderes einfiel, schrien sie, daß dieser Mormone einen zu großen Kopf oder Schlenkerbeine habe. Jedesmal, wenn ein Mormone versuchte, eine Versammlung abzuhalten, um nützliche Dinge wie die Taufe durch Untertauchen oder die notwendige Enthaltsamkeit von Flüchen zu verkünden sowie Kunde von der Breite der Straßen in der strahlend schönen Stadt Zion zu geben, da war diese Meute gleich auf dem Podium, auf dem gepredigt wurde, und gab sich Mühe, den Heiligen zu verprügeln. Der Bischof und die Lehrer des lutherischen Theologenseminars machten sich daran, Broschüren zu schreiben, um die Vorzüge Luthers und anderer Deutscher gegenüber den Mormonen hervorzuheben, denn sie wußten, daß die Dänen an die Deutschen glauben. Auch Isländer, die zu Geistesgestörtheit neigten, veröffentlichten gehässige Artikel im »Thjodolfur« oder klaubten einen Vers gegen die Mormonen aus der Bibel, in der Hoffnung, so etwas würde diese schrecklichen Leute in die H... verfrachten.

Jetzt waren andere Zeiten. Als der Mormone Stanford nach Reykjavik kam, gab es in der Stadt weder einen Straßenjungen noch einen Säufer, der einen Unterschied zwischen einem Mormonen und irgendeinem Mann vom Lande östlich der Berge gemacht hätte. Die meisten Leute mit einem Tick hatten auch schon die Mormonen vergessen und dachten jetzt an Elektrizität. In den Tageszeitungen jener Zeit wird nirgends die Ankunft dieses Mormonen im Lande erwähnt, wenn man von einer Anzeige absieht, die er selbst in den »Thjodolfur« setzen ließ. Darin heißt es, daß Stone P. Stanford, Ziegelmacher und Mormone aus Spanish Fork im Territorium Utah, nach der Winterfangzeit im Guttemplerhaus an dem und dem Abend eine Versammlung abhalten wolle, um der Bevölkerung die Offenbarung Joseph Smiths in allen Einzelheiten zu erläutern. Dieser Stanford ist der einzige Mormone, der nach Island gekommen ist und nie geschlagen wurde; auch wurde über ihn keine Broschüre veröffentlicht, weder von Doktoren noch von verrückten Leuten, außer diesem wertlosen Büchlein, zusammengeschrieben von dem wenig befähigten Wissenschaftler, der hier und jetzt die Feder führt.

Der Mormone Stanford versuchte, am Hafen Männer anzusprechen, die dort beieinanderstanden, oft viele auf einem Haufen, besonders spätabends, und nach Westen auf die Fischgründe schauten; die Tüllen ihrer hölzernen Schnupftabaksbehälter steckten tief in den Nasenlöchern. Er hielt auch einen Wasserträger an, der vier Paar Fellschuhe und drei alte Hüte trug, sowie eine alte, betrunkene Hafenarbeiterin mit einem Sack Salz auf dem Rücken. Er fragte, ob das Untertauchen für sie nicht etwas Gesundes sein könnte und ob er ihnen eine Broschüre von John Pritt leihen dürfte. Die Leute sahen ihn an und schüttelten nicht einmal den Kopf. Oder wollten sie lieber, fragte er, das ausgezeichnete Meisterwerk über die Wahrheit von Theoderich Jonsson aus Bol in den Eylönd haben? Die Leute sagten diesem komischen Kerl nicht einmal, er solle das fressen, was draußen friert.

Und als die Abendstunde im Frühling herangekommen war, zu der Stone P. Stanfords Vortrag über die Offenbarung im Guttemplerhaus beginnen sollte, flogen Seeschwalben vor den Türen und suchten im Stadtteich nach Kleinfischen. Nicht eine lebende Seele am Ort machte einen Umweg, um etwas über das gute Land zu hören, wo Frieden herrscht und die Wahrheit wohnt. Und doch. Zwei ältere Frauen in Faltenröcken bis an die Knöchel, in ihren Werktagsjacken – die pechschwarzen Wollschals hatten sie sich um den Kopf gebunden, so daß gerade nur die Nasenspitze zu sehen war –, sie schoben sich durch den Eingang und setzten sich vorne bei der Tür hin; vielleicht wollten sie gern etwas über Polygamie hören. Doch die Hoffnung soll man nicht aufgeben. Ein vornehm aussehender Graubart mit einem Schmerbauch, offensichtlich fast erblindet, tastete sich mit seinem Stock mitten durch den Saal nach vorn und hielt erst vor dem Rednerpult an; dort legte er seinen Hut neben sich auf die Bank; doch der Stock war zum Hauptwahrnehmungsorgan dieses Mannes geworden; ihn ließ er auch nicht los, nachdem er sich hingesetzt hatte.

»Nun ja, schönes Wetter, Freunde, nicht wahr?« sagte dieser Versammlungsteilnehmer in den Saal hinein, nachdem er sich gesetzt hatte; er lauschte, wartete eine Weile auf eine Erwiderung und fügte dann hinzu: »Ich nehme doch an, daß hier viele gute Leute versammelt sind.«

Doch als im Saal keine Antwort erfolgte, stand der Veranstalter selber von seinem Platz in einer dunklen Ecke auf, wo er auf Zuhörer wartete, und gab sich diesem Interessenten zu erkennen, der über seine Blindheit und Gebrechlichkeit den Sieg davongetragen hatte, um Kenntnisse über das Land der Länder zu erwerben.

»Sieh mal einer an, ist das nicht mein guter Björn von Leirur? Sei mir willkommen, du liebe Tugend«, sagte der Mann aus Utah. »Wie mir scheint, kannst du nicht mehr gut sehen. Doch daraus sollst du dir nichts machen, sage ich, denn es gibt nur ein Sehvermögen, das gilt ...«

»Dieses Kapitel kannst du ruhig überspringen, Freund, denn ich bin gerettet«, unterbrach ihn der Blinde und tastete sich mit dem Stock vor, bis er an den Mormonen stieß. Er zog ihn an sich und küßte ihn. »Sei mir herzlich gegrüßt, Steinar von Hlidar. Deine Tochter, dieses Lämmchen, hat mich zum Mormonentum bekehrt mit weitaus beweiskräftigeren Argumenten, als sie einem alten Kerl wie dir zur Verfügung stehen.«

»Irgend jemand hat etwas in dieser Richtung angedeutet«, sagte der Mormone. »Es lag mir nicht zu fragen, denn was die Allweisheit einmal geschehen ließ, das allein und nichts anderes ist richtig. Vielleicht ist es mir noch vergönnt, dich den ewigen Wohnstätten der Heiligen anzusiegeln, wenn wir auf einen klaren Bach treffen.«

Der Blinde antwortete:

»Ach, ob du dieses Kind des Todes untertauchst oder es trokken läßt, darauf gebe ich nichts: von nun an haben wir beide ein und dieselbe Heimat. Und hätte mich nicht der Bezirksvorsteher Benediktsen mit seiner Beredsamkeit bankrott gemacht, so wäre ich jetzt vielleicht schon in Utah, um dort zu sterben, statt in Reykjavik zu sitzen, um im Alter für meinen Lebensunterhalt Stricke für Pferdehändler zu drehen. Sie sind jetzt nämlich dazu übergegangen, die Pferdeherden zu fesseln. Mit neuen Herren kommen neue Sitten.«

Der Mormone antwortete: »Vielleicht behalte ich den Gruß nicht länger für mich, den ich dir von der britisch-isländischen Kompanie in Edinburgh bestellen soll. Ich traf den lieben Kerl in seinem neuen Pelzmantel auf der Prinzenstraße. Er ging mit mir in ein großes Hotel und kaufte mir Kaffee und schenkte mir einen Hof, hehehe. Das stand dem Jux von Christian Wilhelmsson nicht nach, als er damals von Dänemark hierherkam und den Isländern die Erlaubnis gab, bei sich zu Hause aufrecht zu gehen. Doch wann kommen die Isländer dahin, daß ihre Gesellschaft nach der Allweisheit eines Goldenen Buches regiert wird?«

»Ja, Freund, du hast gut reden, denn die Allmacht gab dir ein Reitpferd, das besser war als alle meine Pferde, wo ich doch in ganz Island am besten mit Pferden versehen war«, sagte Björn von Leirur. »Ich werde nie vergessen, wie der Bezirksvorsteher Benediktsen, der gerissenste Überredungskünstler Islands, dir wegen dieses Pferdes in den Ohren lag, nicht zu reden von dem dummen Kommissionär von Leirur.

Nun ja, endlich hast du dein Prachttier für das verkauft, was es wert war. Doch Björn von Leirur? Zehn Öre bekommt dieser alte Pferdefreund für einen Strick, und doch ist sein Sproß im Paradies verwurzelt so gut wie deiner. Die Allweisheit weiß, was sie singt.«

Einst sah es anders aus, als Bezirksvorsteher und Pröpste überall bekanntmachen ließen, daß jeder, der einen Mormonen bei sich nächtigen ließ oder ihm nur einen Trunk Wasser reichte, verdient hätte, gerädert zu werden. Damals schlichen gerichtlich verfolgte Heilige wie Geächtete spätabends um den Schafpferch herum oder legten sich in den Außenställen nieder, wo im Winter wiederkäuende Schafe und im Sommer Pilze standen.

Als nun dieser Mormone nach Osten über das Gebirge gekommen war und seine Wanderung durch die Tiefebene des Südlands begonnen hatte, klopfte er an die Türen der Leute mit der Vorrede, daß hier ein Ziegelmacher und Mormone aus dem Territorium Utah stehe, »hm, so ist es«. Sodann wartete er ab, ob ihn jemand mit Schlägen angreifen würde. Anstatt sich mit dem Mann über die rechte Denkweise herumzustreiten und ihn dann wegen des Goldenen Buches des Propheten zu verprügeln, sagten die Bauern im ganzen Floi wie auch in den Landstrichen Holt und Skeid, ebenso in den Gegenden Tungur und Gullhreppar und auch im ganzen Bezirk Rangarvellir: »Ach, du bist Mormone? Nun, guten Tag. Ich habe schon lange einen Mormonen kennenlernen wollen. Bitte, tritt ein.«

Oder: »Was, hast du Utah gesagt? Ja, es soll eine hervorragende Gemeinde sein, und ausgezeichnete Leute sollen dort wohnen. Ich hatte einmal einen Verwandten, der seine Liebste in einem Handwagen dorthin fuhr. Dort soll es kein noch so jämmerliches Weibsbild geben, das nicht zur Frau in einem Haus gemacht wird, wenn sie den Weg bis dorthin schafft.«

Noch andere sagten: »Nein, Freund, pst! Komm schnell herein, ich habe Schnaps genug, und erzähl mir, wieviel Frauen du hast.«

Der Ziegelmacher beantwortete höflich alle diese Fragen, doch wenn es zu der letzten Frage kam, kicherte er leise und antwortete mit folgendem Rätsel:

»Ich bin dreifach angesiegelt, guter Mann: einer Verstorbenen und zwei Lebenden. Die erste, der ich mich ansiegelte, liegt auf dem Grunde des Atlantischen Ozeans. Die zweite ist meine Schwiegermutter, die dritte meine Schwiegertochter. Am Tage, nachdem ich sie mir alle förmlich und auf ewig angesiegelt hatte, machte ich mich auf den Weg nach Island, um euch zu lehren, das Evangelium zu umarmen. Nun rechne aus, lieber Bruder: Wieviel Frauen hat der Ziegelmacher, der der erbärmlichste Ziegelmacher ist und bleibt, während die Zeiten vergehen?«

Die Leute versuchten das Rätsel auf verschiedene Weise zu lösen, und manch einer geriet in Verlegenheit, wenn er entscheiden sollte, wer die rechtmäßige Ehefrau eines Mannes war, der zugleich seine Schwiegermutter und seine Schwiegertochter geheiratet hatte, außer der Frau, die auf dem Grunde des Atlantischen Ozeans lag; er war deswegen in den Landgemeinden ein gern gesehener Gast.

Nun geschah es an einem Sonntag im Sommer, daß ihm die Gegend bekannt vorkam, als wäre er schon einmal hier gewesen. Er folgte den ausgetretenen Reitpfaden bis zu einem Kirchengehöft, das auf dem Abhang eines niedrigen grasbewachsenen Hügels stand. Auf dem Hofplatz standen schlafende Pferde herum, und Hunde balgten sich am Kirchhofseingang oder heulten nach den Westmännerinseln hinüber, wo – wie manche sagten – Heilige wohnten; in der Tat waren die Inseln in der flimmernden Luft mehr als halb gen Himmel gestiegen. Kein Mensch war zu sehen. Aus alldem schloß der Bauer, daß es mitten im Gottesdienst war; aus der Kirche konnte man auch recht schönen Gesang hören. Auf der Hauswiese standen drei halb im Gras versunkene Pferdesteine, die in früheren Zeiten benutzt worden waren, als Gehöft und Kirche anders lagen als jetzt, und die in unserer Zeit seit langem von Gott und den Menschen wie auch von den Pferden verlassen waren. Der Mormone Stanford wartete nun, bis der Gottesdienst aus war; und als die Leute einer nach dem anderen aus der Kirche kamen, stieg er auf den mittleren dieser drei Steine, nahm seinen Hut ab und begann aus einer Schrift von einem gewissen John Pritt vorzulesen. Er rechnete halbwegs damit, daß angesehene Bauern und andere bessere Leute zu ihm kommen und dem Strolch eine Tracht Prügel verabreichen würden, der hier die korrekte Gesellschaft nach einer Schrift zu verkünden glaubte, die die Allweisheit auf dem Hügel Cumorah von sich gegeben hatte. Doch als er die Stimme der Wahrheit John Pritts dort auf dem Stein vorlas und einige Leute begonnen hatten zuzuhören, kam da nicht der Pfarrer selbst in Talar und Zylinder hinaus auf die Wiese? Er nahm vor dem Redner den Hut ab, trat zu ihm heran, reichte ihm die Hand und fragte: »Möchte der Herr Mormone nicht lieber in die Kirche kommen, als hier draußen auf diesem unwürdigen Stein zu stehen? Der Organist der Gemeinde ist bereit, für Sie jeden Psalm zu spielen, den Sie bestimmen und den wir mitsingen können.«

Und als der Mormone seine Botschaft verkündete, nahmen die Leute sie mit freundlicher Lässigkeit entgegen, wie es bei unseren Landsleuten in den Sagas üblich war, als sie im Jahre tausend einen unbekannten Glauben annahmen und doch nicht annahmen, denn sie mochten nicht streiten; oder sie setzten sich hin und banden ihre Schuhriemen, denn sie mochten nicht fliehen, wenn sie in der Schlacht unterlagen. Jetzt hatten die Isländer das bißchen Glaubenseifer wieder gänzlich verloren, das sich noch vor einigen Jahren gezeigt hatte, als sie Mormonen an Steine fesselten. Fortschritt oder Rückschritt? hatte auch der Bischof gefragt, der beste, der Island in den letzten Jahrhunderten bereist hatte: Es ist alles andere als ein Vergnügen, sich mit viel Wolle abzuplacken, wenn sie nicht einmal in Säcken ist.

Auf einmal kam dem Mormonen zum Bewußtsein, daß er sich im Osten an den Steinahlidar befand. Als er eines Tages am frühen Abend während der Heuernte nach Hlidar kam, fiel er aus allen Wolken, weil er hier kein Gehöft fand. Dennoch schien es ihm erst gestern gewesen zu sein, daß er eines Morgens früh aufgestanden war, sich von seinen schlafenden Kindern verabschiedet hatte und die Frau in Tränen auf der Türplatte stand und dem klügsten Mann der Welt nachblickte, als er hinter der Bergnase verschwand. Nichts wäre ihm selbstverständlicher erschienen, als hier alles wieder so vorzufinden, wie er es verlassen hatte, und zu seinen schlafenden Kindern zu gehen und sie mit einem Kuß wecken zu können. Am meisten wunderte er sich darüber, daß die Hauswiese zum Weideland für fremde Schafe geworden war. Es wäre auch nicht weiter schlimm gewesen, daß das Gehöft verschwunden war, wäre nicht die Türplatte, auf der die Frau gestanden hatte, auch versunken gewesen. Was waren das für zwei stille Birkenzeisige, die aus dem Sauerampfergestrüpp und den Engelwurzstauden aufflogen, wo früher das Gehöft gestanden hatte, und ins Blaue entschwanden? Hätte er nicht in die Tasche gefaßt und darin eine Bescheinigung von einem Mann in Edinburgh gefunden, daß dies sein Hof sei, so hätte er kaum geglaubt, daß dem so war.

Doch erst als er die Wiesenmauer näher betrachtete, ging ihm der chaotische Zustand nahe. War es zu verwundern, daß ihn schauderte, als er sehen mußte, wie dieses Meisterwerk seines Urgroßvaters, Vorbild und nachahmenswertes Beispiel ganzer Gemeinden, innerhalb einer kurzen Stunde, während er auf einen Sprung wegging, verfallen war; und die herabgestürzten Felsbrocken lagen über die ganze Hauswiese verstreut! Er mußte zum steilen Berg oberhalb des Gehöfts hinaufblicken, zum Eissturmvogel, diesem treuen Geschöpf, wie er mit weichem, starkem, unsterblichem Flügelschlag hoch oben vor den mit Wurmfarn und Mondraute bestandenen Felsabsätzen schwebte, wo er seit zwanzigtausend Jahren sein Nest hatte.

Er legte den Rucksack mit den Broschüren von John Pritt ab, zog die Jacke aus und nahm den Hut ab; er begann Steine zusammenzutragen und die Mauer ein wenig auszubessern. Hier hatte ein Mensch eine große Arbeit zu leisten: Solche Mauern brauchen in der Tat einen Menschen auf, wenn sie stehen sollen.

Ein Mann, der vorüberging, sah, daß ein Fremder an den Mauern dieses verödeten Anwesens herumwerkte.

»Wer bist du?« fragte der Wanderer.

Der andere antwortete: »Ich bin der Mann, der das Paradies wiederfand, nachdem es lange verloren war, und es seinen Kindern schenkte.«

»Was will ein solcher Mann hier?« fragte der Wanderer.

»Ich habe die Wahrheit gefunden und das Land, in dem sie wohnt«, bekräftigte der Mauernschichter. »Das ist gewiß nicht wenig wert. Doch jetzt kommt es vor allem darauf an, diese Wiesenmauern wieder aufzurichten.«

Dann fuhr der Bauer Steinar fort, als ob nichts geschehen wäre, Stein auf Stein in die alten Mauern zu fügen, bis in Hlidar an den Steinahlidar die Sonne untergegangen war.

Nachwort

Das wiedergefundene Paradies trägt im Original den Titel *Paradísarheimt* und entstand in den Jahren 1957 bis 1960. Die isländische Erstausgabe erschien 1960. Wie in vielen seiner Romane verarbeitet Halldór Laxness auch hier einen Stoff aus dem wirklichen Leben, die Biographie und Reisebeschreibung des Bauern Eiríkur Ólafsson von Brunir (1823–1900). Wie stets geht Laxness jedoch sehr frei mit seiner Vorlage um und paßt sie seinem Werk und den damit verfolgten Intentionen an.

Die Handlung spielt in den siebziger Jahren des letzten Jahrhunderts, das heißt in einer Zeit des Umbruchs, als sich auch in Island die alten Strukturen der bäuerlichen Gesellschaft unter dem Einfluß der Industrialisierung grundlegend zu wandeln begannen.

Die Hauptfigur des Romans, der Bauer Steinar, lebt mehr schlecht als recht auf seinem ererbten Hof in Südisland. Trotz großer materieller Armut gelingt es ihm, seine Kinder in einer glücklichen, heilen Welt aufwachsen zu lassen. Er weiß jedoch, daß dieses Paradies der Kindheit vergänglich ist, und versucht deshalb, aus den überkommenen Lebensformen auszubrechen und für sich und seine Familie ein dauerhaftes Paradies auf Erden zu finden. Dabei läßt er sich zunächst von der literarischen Tradition leiten, in der er aufgewachsen ist. Wie der Held einer mittelalterlichen Saga versucht er, die Gunst des Königs dadurch zu gewinnen, daß er ihm ein kostbares Geschenk macht. Doch die Welt reagiert nicht so, wie Steinar erwartet; statt Gold und Ruhm und Ehre bringt ihm sein Geschenk am Ende nur ein paar Nähnadeln ein.

Bei seinem zweiten Versuch, das Paradies auf Erden zu finden, macht sich der Bauer Steinar, wie viele seiner Zeitgenossen, auf in die Neue Welt. Von einem missionierenden Mormonen hat er gehört, daß in Utah ein Bauer mehr Schafe besitzt als die Bauern eines ganzen Bezirks in Island zusammengenommen; das scheint ihm der handfeste Beweis dafür, daß sich dort das gelobte Land befinde. Tatsächlich findet er bei den Mormonen in Amerika großen materiellen Wohlstand, doch dieser Wohlstand ist durch große persönliche Opfer erkauft und wird von Intoleranz gegenüber allen Andersdenkenden begleitet. Als Steinar erkennt, daß auch die Wahrheit der Mormonen nur Illusion ist, kehrt er in die Heimat zurück und beginnt, seinen alten Hof wiederaufzubauen. Die Suche nach dem irdischen Paradies hat ihn wieder zu seinem Ausgangspunkt zurückgeführt.

Halldór Laxness hat den Stoff zu diesem Buch jahrzehntelang mit sich herumgetragen und unter anderem mehrere Male den Mormonenstaat Utah besucht, bevor er sich daranmachte, den Roman zu Papier zu bringen. Es ist sicher kein Zufall, daß das Buch dann gerade in den späten fünfziger Jahren entstand, als Laxness Rückschau hielt auf sein eigenes politisches Schreiben und abrechnete mit all den Ideologien und Ismen, die dem Menschen ein Paradies im Diesseits oder Jenseits versprechen.

Die vorliegende Ausgabe folgt dem Text der deutschen Übersetzung von Bruno Kress, die erstmals 1971, und zwar gleichzeitig in Ost- und Westdeutschland, erschien. Der Herausgeber hat kleinere Auslassungen ergänzt, offensichtliche Fehlübersetzungen berichtigt und die isländischen Orts- und Personennamen wieder dem Original angenähert.

Reykjavik, im August 1993 *Hubert Seelow*

HALLDÓR LAXNESS

Der große Weber von Kaschmir

Roman

Aus dem Isländischen von Hubert Seelow

stb 169, 344 Seiten, € 11,50

*

Er ist egozentrisch, rücksichtslos und auf der Suche nach sich selbst. Island ist ihm zu eng und provinziell, in der großen weiten Welt leben junge Männer wie er inmitten von Ausschweifungen und leidenschaftlichen Debatten. Dorthin zieht es Stein Ellidi, auch er will zügellos leben und mitreden. Bevor er geht, verabschiedet er sich von seiner Kindheitsfreundin Dilja. Eine Nacht lang sitzen sie auf den Thingfeldern am Meer, und Stein entwirft ihr das Panorama seiner strahlenden Zukunft.

Ähnlich jung wie sein Held war der Autor, als er *Der große Weber von Kaschmir*, seinen ersten bedeutenden Roman, schrieb: 23 Jahre. Auch Laxness hatte sich in das wilde Leben gestürzt, war der Enge seiner Heimat entflohen, bevor er diese bunte, lebenssatte Geschichte eines Aufbegehrenden in Sizilien niederschrieb.

»Wie jubeljung ist das! Im Platzkonzert des schwarzen Humors ein Fanfarenstoß des ästhetischen Immoralismus.«

Süddeutsche Zeitung

HALLDÓR LAXNESS

Das Fischkonzert

Roman
Aus dem Isländischen und mit einem
Nachwort von Hubert Seelow
stb 168, 272 Seiten, € 9,90

*

Alfgrimurs Leben hätte trauriger kaum beginnen können. Ein Vater steht nicht zur Verfügung, und die Mutter läßt den Säugling auf der Durchreise nach Amerika an seinem Geburtsort zurück: auf dem armseligen Hof des Seehasenfischers Björn. Dort wächst Alfgrimur in einer vollkommenen Welt auf, zwischen mittellosen Durchreisenden und kauzigen Dauermietern, zwischen den Versen und Chorälen der Ersatzgroßmutter und dem ewigen Gesang der alten Standuhr. Der leisen Schwermut, mit der die Geschichte einer Jugend erzählt wird, ist stets eine unwiderstehliche Situationskomik beigemischt. *Das Fischkonzert* gehört zu den erfolgreichsten Werken von Halldór Laxness.

»Der Roman gehört zu den schönsten literarischen Kindheitsbeschreibungen überhaupt.« *Rheinischer Merkur*